海飞自选集
SELECTED WORKS
STORIES BY HAI FEI

海飞 著

遍地姻缘
A BOUNTY OF MATCHES

花城出版社
中国·广州

图书在版编目（CIP）数据

遍地姻缘 / 海飞著. —— 广州：花城出版社，2023.6
 （海飞自选集）
 ISBN 978-7-5360-9376-8

Ⅰ. ①遍… Ⅱ. ①海… Ⅲ. ①短篇小说－小说集－中国－当代 Ⅳ. ①I247.7

中国国家版本馆CIP数据核字（2023）第100762号

出 版 人：	张　懿	
责任编辑：	黎　萍　　夏显夫	
责任校对：	李道学	
技术编辑：	凌春梅	
装帧设计：	吴丹娜	

书　　　名	遍地姻缘 BIANDI YINYUAN	
出版发行	花城出版社 （广州市环市东路水荫路11号）	
经　　　销	全国新华书店	
印　　　刷	广州市岭美文化科技有限公司 （广州荔湾区花地大道南海南工商贸易区A幢）	
开　　　本	880毫米×1230毫米　32开	
印　　　张	12.125　　2插页	
字　　　数	268,000字	
版　　　次	2023年6月第1版　2023年6月第1次印刷	
定　　　价	268.00元（全四册）	

如发现印装质量问题，请直接与印刷厂联系调换。
购书热线：020-37604658　37602954
花城出版社网站：http://www.fcph.com.cn

| 目 录 |

青花	001
鸦片	015
防空警报	024
寻找花雕	048
遍地姻缘	066
床前明月光	116
马修的夜晚	138
闪光的胡琴	157
飞翔的瓦片	173
胡杨的秋天	190
王小灶1986	206
卧铺里的鱼	228
蓝印花布的眼泪	247
瓦窑车站的蜻蜓	269
有间酒吧,有家米店	293
城里的月光把我照亮	320
俄底甫斯的白天和夜晚	361
创作谈	377

青花

  房间里摆放着两件青花瓷器。屋子收拾得很干净，西德的真皮沙发，一套山水迷你音响，进口的台灯，一台康柏笔记本等等，以及摆放在洗手间里的整套的兰蔻化妆用品。是单身公寓，高度是第十八层。一切，很现代，所以那两件青花瓷放在床头柜上，显得有些不伦不类。一件是元青花扁壶，壶身上盘踞着一条张牙舞爪的青龙。一件是清康熙的青花盘，盘上是一个坐着的微笑着的女人，蛾眉淡扫，显现着一种贵气。两件青花瓷住在十八层的高楼上，显得有些寂寞。透过窗的一角，它们偶尔能看到飘过的云，它们最多只能看到飘过的云。

  主人是一个叫花无衣的女人，一家外资公司的技术总监。每天晚上她都回来得很晚，她脱掉那件黑色的风衣时，会随风飘起淡雅的香水味和淡淡的烟味。然后她开亮台灯，灯光有些昏暗，只能把房间照得半明半暗，花无衣就在半明半暗里走来走去。她走到厨房，倒一杯开水。她端着杯子喝开水，把身子靠在窗边，两条腿交错着站立。她的脚上已经换成了一双棉拖鞋，鞋上绣着两只小猫，小猫在静夜里显得很安静，像是睡着了。我知道花无衣的每一个细节。花无衣在洗手间冲热水澡的时候，门总是半开半掩的，热气像一团云一样，从那半扇玻璃推门涌出来。花无衣穿着棉布睡袍出来，她用干燥柔软的毛巾擦着头发。她的头发染成了栗色，一种安静而又不本分的颜色，像水底下涌动的暗流。花无衣还抽烟，她抽的是驼驼牌，一般女人都不抽这个牌子的烟。香烟壳是黄色的，有骆驼在画面上呈现。花无衣就幻想，自己骑着骆驼穿过了撒哈拉，穿过了尼罗河。花无衣像一朵瘦弱的花，升腾的烟雾就在花的旁边。暗夜里，有着昏暗灯光的暗夜里，烟升腾的样子，有些像一匹扭来扭去的绸缎。

　　我本来不知道她叫花无衣。但是有一天一个男人叫她花无衣，我才明白原来这个常在深夜出没的女人，有一个与花有关的名字。花无衣二十六岁？二十八岁？女人的年龄是你不太能准确猜到的。但是不管她是几岁，总之不会超过三十岁。花无衣常去蹦迪，喝酒和泡吧。她从十八层高的房间里出去，然后走出这座花园小区的大门，走出大门口保安的目光，就会隐没在车流中，隐没在城市的灯光中。花无衣像一滴高贵的水，每一个夜晚来临时就隐入一条河里。有时候花无衣会醉眼惺忪地回来，洗澡，泡一杯玫瑰花茶，打开碟机看文艺电影，有时候也看韩国的三级电影。花无衣是寂寞的，看三级电影的时候，她会躲在被窝里，发出轻微的声音。夜是一件黑色的衣裳，我看到了这件巨大的衣裳，把整幢楼都包裹起来。我想我是爱上了花无衣，我的目光充满着爱怜的成分。

　　花无衣有时候会带高高大大的帅小伙进来。他们在床上亲热。这样的时候，往往是花无衣酒有些喝多的时候。小伙子亲她的裸体，她的裸体像是白瓷。小伙子有多大了？二十？二十二？小伙子俯下身从花无衣的脚趾头开始亲，然后是小腿，然后是膝盖，然后是大腿，然后是小腹，然后是胸部和脖子。再然后是她的额头。小伙子会把头埋在花无衣的股腹间，发出咿咿呜呜的声音。花无衣也会发出这样的声音。花无衣在这个时候还抽烟，她让小伙子替她点上烟。她有一只ZIPPO的女士火机，很精巧的白板打火机。小伙子伏到她身上的时候，她就不停地吐着烟。花无衣还会拍打小伙子瘦小的屁股，像赶着一匹马，像对马说，你跑快点就给你加草料。花无衣还会用双腿夹紧小伙子的腰，花无衣就像在草原上奔马。

我不太能记得清小伙子的脸，是因为在烟雾里小伙子的脸显得有些虚幻。小伙子一律都很高大，身材匀称且浓眉大眼的。小伙子一般都会在清晨离开，走的时候，他们会在窗口微弱的晨光下点钱。钱是从花无衣手里递过来的，花无衣的手从被筒里伸出来，递过一只黑色的钱包，说，拿走你应得的部分。小伙子穿上名牌的衣裤和皮鞋，高高的身影晃动了一下，就开门走出去了。一年之中，这样的情况会发生四五次，直到有一天男人出现了，才没有小伙子们的出现。

花无衣长得并不是很好看，但她性感和妖媚，这不是装出来的，她是天生的。有一次她被她的上司堵在电梯里，上司先是向她微笑，然后伸过长长的手，把她揽入了怀中。上司是个老外，老外坚硬的美国牌胡子扎痛了花无衣。花无衣的脸涨红了，她愤怒地推开了老外，愤怒地用手中捧着的资料狠狠击打着老外的头部。老外摸摸头笑了，花无衣也笑了，花无衣说，我对你没兴趣，所以以后请别惹我。但是花无衣对男人有兴趣。男人大概已经四十岁了，或许还不止。男人是个大胡子，他的大胡子刮得青青的,给人干净的感觉。他不太说话,花无衣就喜欢他的不太说话。花无衣和他是在一个酒会上认识的,花无衣喝醉了,是男人把她送回家的。花无衣喜欢男人的眼神,男人的眼神很忧郁,像一个叫尼古拉斯·凯奇的外国影星。

男人常来,轻轻地敲门。花无衣就像一只燕雀,飞到门边打开门。男人和风以及烟草的气息一起进门。男人也抽烟,男人抽的是国产烟,一种叫白沙的香烟。这种香烟会让人想到一双像翅膀一样柔软却有力的手,那是电视广告里的一双手,这双手舞动的时候,有一个沉沉的男低音响了起来,鹤舞白沙,我心飞翔。一个下午花无衣跪了下来,花无衣跪着去解男人的皮带扣。花无衣的脸却是仰着的,她在看着男人的表情。男人在微笑,男人的大手罩下来,罩在花无衣的脸上。花无衣就张嘴咬住了男人的手指头。裤子掉了下来,是男人的裤子,一条笔挺的圣宝龙裤子。裤子掉下来,像是电梯的急速下坠。男人的腿上多毛,像水草一样。花无衣就把脸贴在了水草上。然后,男人弯下腰,他把花无衣拉起来,然后开始解花无衣的衣服。花无衣的衣服和裤子,就像一片片枯叶一样飞起来,然后又落下去。一会儿,枯叶就凌乱地落满了房间。男人抱起花无衣,他们进了卫生间,拉上玻璃门洗澡。他们出来的时候,身上还有来不及擦干的饱满的水珠。

男人和花无衣在床上做爱,很长时间地做爱。他轻易地滑入了一片温暖的沼泽地,然后他就在沼泽地里走来走去。男人走出沼泽地的时候,听到了花无衣无所顾忌的大叫。男人的走路方式和速度,令花无衣满意。花无衣唱歌,嘴里念念有词,说着一些不着边际的话,或者问男人一些问题。花无衣问男人,你老婆现在会想到现在你正在另一个女人的身体里面吗？男人哑然失笑，男人说，不会想到的，她很信任我。然后他又说，你怎么问这么奇怪的问题。花无衣也笑，说，我一定不会是你妻子以外的第一个女人，而奇怪的是你的老婆对你如此放心。女人既敏感又迟钝。

渐渐安静下来，他们就坐在床上抽烟。他们赤着身子，一人手里夹着一根烟，一人手里拿着一只法国产的玻璃烟缸。国产烟和外烟的烟雾就在床上纠缠在一起，升腾着。他们相互往对方的身上喷着烟，花无衣说，你的皮肉上留着骆驼香烟的气味了，好像骆驼踩了你一脚。男人也说，那要这么说，你的乳房上留下了白沙烟的气味，难道可以说成是一只白鹤在你的乳房上咬了一口？花无衣就笑了起来，很轻的那种笑。抽完烟，花无衣翻身上了男人的身子，继续做。他们停停做做，就等于是停停走走，他们的样子，好像是要到很远的一个地方去，比如从这座城市出发，去一个叫伊犁河的地方。

他们终于累了，累得不能再动的那种累，眼皮还能勉强张开。他们不吃东西，只喝水和抽烟。然后，男人看到了风卷窗帘的样子，看到了窗帘扭捏着，不时把光线漏到屋子里。然后，男人还看到了元青花扁壶和清康熙年间的青花盘，它们并排站在床头柜上，它们被擦得很干净，透着一丝丝清亮。男人说，你的房里为什么有青花？花无衣笑了，花无衣笑起来的时候，眼睛弯弯的像一轮新月一样。花无衣说，我喜欢青花。

男人常来。结识男人以后花无衣的脸色变得更加红润，精神也好了许多。男人像是一场雨，男人的雨是从江南的某个野郊的亭子边上飘来的斜雨，男人的一场场斜雨令花无衣感受着做女人的幸福。在十八层的屋子里，他们在微露的晨光里做爱，在黄昏夕阳照进窗子的时候做爱，他们的皮肤也泛着爱的颜色，光亮、柔软而细腻。他们其实都是安静的人，所以他们才会安静地吸烟和喝水。他们再一次赤着身子坐在床上抽烟的时候，男人的声音响了起来，男人的声音穿越烟雾，男人说，你的青花瓷是祖传的吗？花无衣看到男人的目光，就落在了两只安静的青花瓷上。花无衣说是我祖母留下的，我祖母是大户人家的女儿。

　　花无衣说，我不懂青花瓷的，康熙青花盘里那个女人的表情，从容而恬淡，我想她的生活一定安逸，我渴望像她这样的生活。离开你以后，我想要嫁人。我总有一天会离开你的是吗？花无衣的手缠在男人的身上，男人的皮肉因为年龄的关系，已经略有松弛了。花无衣说，我祖母说，这是一只名贵的青瓷盘，而那只元青花扁壶，可以说是稀世珍品了。你知道在元朝不到百年的历史里，能留下的极品瓷器是少之又少了。报纸上都说了，两大故宫，皆无重器。据说八件传世扁壶中，有七件流失国外。

　　男人吐出一口烟。男人说，那你的意思是国内仅存的一件，就是你房里的这一件了。女人妩媚地笑了，说，我不知道，是不是珍品并不重要，我只是把这两件东西，当作是对祖母的纪念。我小时候，是祖母带大的。男人再一次把目光落在了扁壶身上，这是一只扁长方形的壶，上面有着一个筒形的小口，卷着唇。扁壶的两侧圆弧形的肩膀上，各有一个龙形的双系。男人看到花无衣的手伸了过去，落在了龙形系上。手指头爬过去落在壶口，再爬过去，又落在了另一个龙形系上。手指头像一只白胖胖的蚕宝宝,它在扁壶上慢慢爬动着。男人看到壶口已经呈现出略微的黄色,那是岁月打磨的痕迹。壶口以下的壶身上,是一个青色的如意图案,再下面,才是张牙舞爪在云里翻滚的龙,才是翻腾着的水。男人看到了一种遥远的力量,来自七百年以前的岁月,来自一座民间的窑,来自一双粗糙的手。扁壶是用来灌酒浆和水的,男人就闻到了酒的清香,从壶口丝丝缕缕地飘出来。花无衣的手指头落回到男人胸前的皮肉上,让男人感到有些微凉。微凉是一种好感觉,它不是冷,也不是温热,它是让人清醒的微凉。男人笑了起来,他的头侧过来,唇盖在了花无衣的唇上说,你想什么时候离开我。花无衣支吾了一下,她的嘴被堵住了,这让她发不出声音来。舌头与舌头在一片温湿里相遇。花无衣推开男人时,才说,总有一天的,难道不是吗。

　　男人终于不见了。男人是一个月以后不见的,男人和花无衣都喝醉了。他们醉倒在床上,一会儿,就都睡着了。花无衣醒来的时候,是一个安静的清晨。她看到了风吹开的窗帘。掀开被子的时候,她才发现自己是裸身的,身体上落满了斑驳的光线,让她成了一条花蛇的形状。这时候,花无衣才想起男人是和她睡在一起的,现在男人不见了。然后花无衣的目光落在床头,花无衣看到康熙青花盘和元青花扁壶都已经不见了,花无衣就傻傻地愣在了床上,很久都没有动一下身子。两件青花瓷,一定都是和男人一起消失的。花无衣后来把手伸向了床边的红色电话机,花无衣拨男人的手机,手机说,机主不在服务区内。花无衣就想,恐怕不会再拨得通男人的手机了。而除了手机号码以外,花无衣不知道男人的任何联系方式。花无衣在床上坐着，抽烟，看烟雾飘来飘去。花无衣一直坐到黄昏，黄昏的时候她才起床，趿着拖鞋去洗手间冲澡。花无衣在热水龙头下冲着自己的脸，抬头的时候，她突然大喊了一声，王八蛋你不得好死。

男人从花无衣身边彻底消失了，这令花无衣感到寂寞。女人离开男人，她就会很快枯萎，花无衣感觉自己就快枯萎了。她和朋友们去蹦迪，出一身汗回来，把自己放到热水龙头下冲着。她坐在床上抽烟，看碟，把夜搞得支离破碎。她的床头柜上，出现了一只鼻烟壶，一只青花的鼻烟壶。鼻烟的出现年代并不久远，那么鼻烟壶当然也是近期的青花瓷了。花无衣在一个静夜里抽着骆驼牌香烟的时候，电话铃响了。花无衣接起了电话，是男人打来的，男人的声音从扬声器里传出来，在夜里很响亮。男人说，我是男人。花无衣说，我知道你是男人。男人说，你想到我会打电话给你吗？花无衣说，我想到的。男人说，你那两件青花瓷是赝品，你被你祖母骗了。我找的那位专家说，如果是真品，价值将是几千万。男人的声音里充满了可惜的成分。花无衣淡淡地说，我知道，我祖母没说过那是真品，我也没说过那不是赝品，是你把它们当作真品了。男人沉默了一会儿说，我想你。花无衣就笑了，花无衣说，你的一句我想你，真廉价，随口就来。你还有事吗，我想休息了。男人迟疑着说，我能来你那儿吗。花无衣说，永不可能。花无衣把电话挂了，她看到香烟已经自燃了很长的一截，白白的烟灰下垂着，终于掉落下来，掉在被子上，像一具灰色的尸体。花无衣看着这灰色的尸体，发了一会儿呆。

花无衣仍然常常到很晚才回到家里，她又恢复了以前的那种生活。打开十八层这间屋子的门,把皮鞋胡乱地甩开,倒水,趿着拖鞋走动。目光就一寸一寸地落在地板上,目光像水一样把地板浸湿。有时候花无衣拿起床头柜上的鼻烟壶,放在鼻子下抽闻着。她抚摸着烟壶,光洁而滑溜的表面,上面的青花是不规则的花纹,没有具体的图画。一个很合适的软木塞子,一个可意的舀匙。花无衣不知道是什么时候的哪位贵人,曾经使用过这只烟壶,很时尚地在年代久远的从前闻着鼻烟。那些细小匀称的烟的细末,加入了香料或药草,温和地进入鼻腔,让人会突然间兴奋起来。烟壶就躺在花无衣的手中,握紧,松开,再握紧,再松开。在花无衣无所事事的每一个夜晚握紧与松开烟壶的过程中,一个瘦而高的男人出现在花无衣的生活中。

男人叫子归。男人的名字多少有些怪,他居然叫子归。我听见花无衣坐在床边说,你为什么叫子归。子归说,没有为什么,就叫了子归了。子归又补充说,子归是一种鸟,一种很苦的鸟,它的另一个名字叫布谷,就像我,也很苦的。我不知道子归是怎么认识花无衣的,反正花无衣把子归带回了家。子归也抽烟,他抽的是中南海。他和花无衣一起抽烟,就像以前男人和花无衣抽烟一样。有时候他们拥抱,接吻,一起坐在床上看碟。看文艺电影和韩国三级片。但是他们从不做爱。男人有时候在屋子里走来走去,烟就跟着他走动,他就在烟里面晃动,或者穿行。更多的时候,他抱着花无衣,好像花无衣没有了他的拥抱就会感冒一样。当坐在床上的花无衣伸出手,把床头柜上的鼻烟壶拿过来,放在鼻子下面闻的时候,子归很淡地说,这个东西,值几百万。花无衣笑了,斜着眼睛,轻佻地笑。花无衣说,子归你怎么知道。子归说,因为我在博物馆工作。我像一件古董一样，生活在博物馆里，我和古董们成了朋友，我经常和它们说话，我也可以和你的鼻烟壶说话。

鼻烟壶是花无衣的祖母留下来的，而元青花扁壶和清康熙青花仕女盘却是花无衣从陶器市场买来的。花无衣让它们都出现在房间里，房间里就充满了青花的气息。花无衣常对着鼻烟壶说着话，有时候她掀开窗帘，跪在窗口下的一堆光影里，对着手里捧着的鼻烟壶说话。花无衣把鼻烟壶当成了祖母，花无衣说，奶奶，我想嫁人，我寂寞，我已经三十岁了，我想要一个孩子。青花鼻烟壶就发出了一声叹息，像是从遥远的地方传来的。花无衣又说，我骗过男人，男人也骗过我，我不知道骗来骗去，我的一生会骗到几时，我要找一个不会骗人的人做我的朋友，我还要找一个可以为我挡风遮雨的人做我的老公。青花鼻烟壶又叹了一口气，在遥远的天边叹气，并且伸出了一只手，那只手抚摸了一下花无衣的头发。花无衣的身子，就一下子暖起来，像细软的麦芒扎遍全身。

我的日子很平静。我是花无衣白领岁月中男女恩怨的见证人。我看到子归来了好几次，来了，就坐大沙发上静静地抽烟，他把整个的身子都埋在沙发里。他们认识了好几个月了，子归甚至有了花无衣房间的钥匙。我无数次看着子归用钥匙开门进来，然后为自己泡茶，坐在沙发上看碟。我也无数次看到花无衣回到屋子里，第一步必定是去看那只青花鼻烟壶，捧在手里摩挲着，好像长长地舒了一口气似的。一转眼就到了秋天，十八楼看不到秋天的颜色，十八楼只看到风的颜色。秋天的风，它的颜色有些灰黄。子归就一次又一次地被灰黄的风吹拂着。花无衣站到了子归的面前，花无衣说，子归，我要嫁人了。子归愣了一下,说,这么快?花无衣说,我想嫁人了,我已经三十岁,我想要个孩子。我的未婚夫是个皮草商,我们认识才两个星期,但我们已经在酒店里上了好几次床。子归吸了吸鼻子,他点了一支烟,吐出一口烟说,怪不得我闻到你身上有一股皮草的气息。子归说完,眼角有了一滴泪。他用食指把那滴泪擦掉了。

花无衣也坐下来,坐在子归的腿上。花无衣点上了一支骆驼烟,她吐出的烟和子归吐出的烟纠缠在一起。花无衣轻声说,子归,你多大了?子归说,我二十六。花无衣转过身,现在她是面对着子归的脸坐在子归的腿上了,她吻了一下子归,说你还那么小啊。子归说,不小了,我每天和博物馆里的老古董在一起,已经不小了。花无衣扭了一下身子说,对我来说,你还是小的。子归没有说话。花无衣在子归脸上喷了一口烟,花无衣说,你叫一声姐。子归就叫了一声姐,子归说,姐。花无衣把嘴放在子归的耳边,轻声说,想不想要姐,姐在结婚前还可以给你。子归想了想,轻声说,姐,你是我姐,我就不能要你。花无衣的眼泪突然就下来了,说,子归,我想送你一样东西,我把青花鼻烟壶送给你。还有,我搬出去嫁人以后,这间屋子给你住。产权是我的,但是你拥有使用权。答应我子归,我想让你住到这儿来,和青花鼻烟壶住在一起,它很寂寞的。

子归答应了花无衣,他本来就租住在一间狭小的房子里,花无衣让他住,他很开心。花无衣说,子归我是怎么认识你的,我已经忘了。子归说,我也忘了,怎么认识的并不重要。花无衣说,子归,你有没有女朋友?子归说,有过的,但是她嫌我穷,我在博物馆的收入,只有八百块钱一个月。花无衣坐在子

青花 | 011

归的腿上,开始计算自己的收入和子归的收入,她的月收入,相当于子归月收入的十多倍。花无衣苦笑了一下,她想,没办法的,收入就是那么悬殊。

　　花无衣终于嫁人了。走的时候,只带走一只皮箱和几件衣服。花无衣走的时候,穿着红色的毛衣和银灰的风衣,下面穿着一条黑色的长裤,一双咖啡色的靴子。花无衣离开十八楼的房间以前,把鼻烟壶拿在手里,轻声说着什么。我不太能听得清,我只是大概听出她在和奶奶告别,她在诉说着什么,说她曾经无缘无故跟人上床,只是为了感官的刺激。说她曾经骗得男人晕头转向,也被男人骗得晕头转向。说她爱得累了,累得苦和痛并且哭了。花无衣迈出家门的时候,子归就站在了门口。子归把身子靠在墙上,右手指间夹着一支烟。花无衣从屋里出来,子归就说,我在这儿站一会儿,算是送你走上嫁人的路。花无衣放下皮箱,抱了一下子归,然后拍拍子归的背,把子归推开了,又在子归额上印下了暗红的唇印。花无衣说,子归,你和青花鼻烟壶做伴吧,那里面,装着我无数的心情和心事,装着我的爱恨和情仇。花无衣说完就走了,拖着皮箱就像拖着她从前的岁月一样。子归仍然把身子倚在墙上,他的手里多了一串钥匙,他的目光斜过去,罩在花无衣的背上。电梯的门开了,花无衣走进去,像是走进一张大嘴。电梯门又关了,花无衣就消失在电梯里。

　　子归的生活很平静。子归是一个忧郁的年轻人,许多时候他都坐在床上吸烟。当然他也看碟,在夜深人静时,看花无衣留下的那些文艺片和韩国三级片。子归后来有了一个女朋友,一家工厂里的女工,长得不好也不坏,却性感。女工是个实在的过日子的人,她为子归打扫房间,她对这套十八层上的小套很满意。她说,花了多少钱?子归笑了起来,说,不是我的,一个朋友让我住的。我没有房子。女朋友愣了一下,但是很快就笑了,说,我也很穷的,但是穷没有关系,照样能活着。子归突然就愣住了,他看了女朋友很久,他后来紧紧抱住了女朋友,把嘴贴在女朋友的唇上。女朋友后来推开他说你怎么啦?子归说,你是好人,我怕我对你不够好。女朋友说,傻,你真是傻。

女朋友看到了床头的青花鼻烟壶,说这是什么东西。子归想了想说,鼻烟壶,以前人们在烟壶里装上一种不用点火的烟,拿着放在鼻下闻的。可以算是古董吧,我是博物馆工作的,我知道如果是真的,这个时期生产的鼻烟壶很值钱。可惜是赝品,赝品懂吗,就是假货。女朋友惘然地摇了摇头说,不懂,我也懒得去懂。后来,子归就抱起了女朋友,把她抱到床上。他慢慢脱掉了女朋友的衣服,在进入女朋友的时候,女朋友轻声说,子归,你得对得起我。

这是我亲耳听到的一句话。

第二年初夏。我实在不是一个讲故事的高手,明明是秋天的,就算是深秋吧,怎么就一下子到了第二年初夏。我应该讲讲漫长的落雪的江南冬天,或者是江南那绿油油的,连风都是绿油油的春天。但是我却一下子讲到了初夏,不如接着讲吧。花无衣在初夏回了一趟十八楼的屋子,她穿着宽大的孕妇装,她明显胖了不少。她推开门的时候,看到子归盘腿坐在床上看碟,看一张叫作《宠爱》的韩国三级片。花无衣笑了起来,子归也笑了,他从床上跳下来,光着脚站在花无衣的面前。他的手伸过来，触摸着花无衣的肚皮。他还蹲下了身子，用耳朵贴着花无衣的肚皮，轻声说，让我听听，让我听听小皮草商的声音。好像里面的孩子，是他的孩子一样。花无衣的目光抬起来，她在搜寻着什么，她看到了那只青花瓷鼻烟壶，那是一只价值不菲的正宗的古董。她和子归都很清楚。当子归站起身子的时候，花无衣吻了一下子归的脸说，你是好人。又吻了一下他的脸说，我爱你。

初夏的风从窗口急急地赶来。初夏的风掀起窗帘。子归坐在床边，花无衣坐在沙发上，他们都没有说话，他们在看着十八屋房间的窗外。子归的女朋友出现了，她出现在门边，敲了一下门，然后就走了进来。子归和花无衣看了她一眼，都没说话。她也就没说话。女朋友走到了窗口，她看着窗外好久，然后口齿清晰地说，子归，往这个方向以南一百八十里的地方，是我的故乡。她的声音那么纯明，她转过头来，看看花无衣和子归，她的目光也那么纯明。花无衣笑了起来，说，子归你女朋友吧，你女朋友叫什么名字。子归说，杜鹃。

花无衣说，杜鹃，你真好，我也爱你。杜鹃是小地方来的，不会说爱，杜鹃的脸就红了一下。这时候子归把青花鼻烟壶拿在了手里，对着鼻烟壶轻声说，还记得你的前世和今生吗，你看时光那么快，我们正在等着老去呢。子归说话像诗人一样。我想起了多年以前，一个子弟，把我捧在手里，拿到鼻下闻了闻，他的脸上就漾起了红光。我，就是那只青花鼻烟壶。

鸦片

你知道什么叫鸦片吗？唐成低缓的声音，像很远的地方流过来的一条河一样。唐成开始为李卉讲述许多鸦片的典故。这是一个初春的上午，新开张的新梧桐咖啡吧二楼靠窗的地方，坐着唐成、李卉和我。我在看着窗外不远的地方，那里有条穿城而过的江。我一直在思考着一个问题，为什么会有这样一条江把城市劈成两半。上午的咖啡吧生意清淡，除了我们三个人以外，没有其他人了。是唐成把我拖来的，我和唐成落座后，一个穿着浅蓝毛衣，披着一头秀发的女人走了过来，笑着和唐成打招呼。唐成说这是李卉，唐成又说这是海飞，唐成补充说，海飞是作家。我的脸在这时候红了一下，我没有想到唐成会说我是作家，我不算一个作家。李卉笑了笑说，作家好。李卉笑了笑又说，我对作家没兴趣。唐成把身子稍稍前倾，那你对什么有兴趣。李卉再次笑了笑，李卉说，对你有兴趣。

窗外开始飘落雨丝，很小的雨丝，有一些落在了窗玻璃上。唐成开始讲述鸦片的典故。我仍然看着窗外，但是我的耳朵没有拒绝唐成发出的音符。唐成说，你知道什么叫鸦片吗？我说的鸦片是一种香水，是法国圣罗兰的第一瓶世界级香水，诞生于一九七七年，七七年你多大？李卉说，我三岁。唐成笑了，说你比我小三岁，我七一年。李卉没有说话，只是轻轻笑了一下。唐成又补充说，我是属猪的。李卉说，属猪跟鸦片有关吗？唐成愣了一下，说，无关的。

唐成接着开始讲。唐成讲话的过程中，有四个女人上了楼，她们也挑了一张临窗的桌子。她们不年轻了，也不老，二十七八岁的样子，说话的声音很轻。我把目光从窗外的江面上拉过来，我认为烟波浩渺不如美色当前来得现实。我对每一个美女都充满了好奇。四个女人发现我在看她们，窃窃私语了一番，然后又一阵轻笑。我也笑了，我喜欢女人的轻笑，不喜欢女人的大笑。咖啡吧是适合女人轻笑的地方。唐成说，鸦片香水的造型参考了中国鼻烟壶的造型，是暗红色的，你说暗红色是不是充满了危险与神秘的诱惑力，我就喜欢暗红色。它的香氛是东方琥珀调的，前段是柑橘的果香调，中段以芍药和茉莉为主调，最后则以香草为基调。外盒包装上的色彩和流苏，以及精致的瓶身，像一件精巧的工艺品。

李卉在用吸管吸着一杯柠果星冰乐，她已经喝了一半的果汁。她一边吸着吸管，一边拿眼睛瞅着唐成。李卉说，你说完了？唐成说我说完了。李卉说你约我来，就是为了向我介绍一款香水？你不会是推销香水的吧？有两样东西我是不缺的，香水和男人。唐成尴尬地笑了，他的手在相互搓着，他说我只是想请你坐坐而已，也没想到，怎么就说起了鸦片香水。对了我忘了告诉你，鸦片香水的创始人伊夫·圣罗兰出生于一九三六年八月一日，出生地是法属北非的阿尔及利亚，他的家境很富裕的。李卉皱了一下眉头，她显然不太愿意听到唐成再说鸦片香水的事，她显然是对唐成的谈话内容感到失望了。

接下来让我来为唐成叙述事情的经过。唐成那天晚上就把李卉带回了家。我对唐成的居室了如指掌，当唐成告诉我那个晚上的风月时，我完全能够想象他们发生关系的每一个步骤。唐成是在一次酒会上认识李卉的，李卉不说话，只微笑，穿得干干净净。李卉很快就吸引了唐成的视线，唐成想办法弄到了李卉的电话号码，唐成说能借你手机用一下吗，我的手机没电了。李卉把手机给了他，一只小巧的爱立信手机。唐成就用那只手机拨通了自己的电话，在自己电话上留下了李卉的号码。唐成把手机还给李卉时，李卉笑了一下，斜着头说，你留下号码了。唐成笑了起来，像一个孩子。唐成说，你是个聪明的女人。

唐成和李卉的第二次见面，是在新梧桐咖啡吧里，我也在场。除了唐成讲了一大通的鸦片香水以外，我和李卉都几乎等于没说话。这天晚上，唐成把李卉带回了家。唐成为李卉倒水，放音乐，开红酒。唐成是个花花公子，熟谙俘虏女人的三十六计。李卉喜欢看唐成的影集，她喜欢看唐成小时候的照片，她说唐成小时候长得还是可以的。唐成哑然失笑，说你的意思是我现在长得不好是不是。李卉没说话，只是吃吃地笑。后来唐成就把手放在了李卉的肩头，李卉的肩头躺着一丝乌黑安静的头发。唐成的手指开始触摸李卉的头发，他用手指头缠起李卉的头发。他的手指头后来渐渐爬上了李卉的头顶，然后又从额头跌落下来。

手指头像一粒粒甲虫，缓慢地爬动。爬上李卉的眼睛时，眼睛合上了，唐成只感到眼睫毛的轻微抖动。李卉是坐着的，

鸦片

所以唐成俯下身去，他的嘴轻轻触了触李卉的耳垂。唐成嘴里的热气呵在了李卉脸上，李卉的身子抖动了一下。唐成的手指头从李卉的眼睛上滑下来，滑到高挺的鼻子上。然后，从鼻子上跌落到嘴唇上。唐成的手指摩挲着李卉的唇，李卉的唇轻轻开启了，她雪白的牙齿咬住了唐成的手指头。唐成后来把唇盖在了李卉的唇上，唐成轻微的吮吸，使李卉的嘴唇慢慢开启，温热的舌尖最后被唐成吸入嘴里，两个舌尖就搅在了一起。

后来李卉手里的影集掉到了地上，她的两只手伸上来攀住了唐成的肩。唐成睁着眼，他看到了掉到地上的影集，以及影集里的童年。影集里一个孩子，笑着看唐成和一个女人接吻。唐成不由得在心底笑起来，看着地上的影集无异于同一个人在不同年龄的相互对视。唐成把李卉轻轻抱到了床上，唐成缓慢而坚硬地进入李卉，唐成让李卉有了一声轻微的呼叫，然后李卉一把抱紧了唐成。当李卉松开唐成的时候，李卉哭了起来，她钻在唐成的怀里哭。唐成有些不知所措，说不会吧，这样也会哭。李卉抬起头，用手擦了擦眼泪说，不哭了，哭过就没事了。

唐成这天晚上要了李卉好几次。李卉有个好身材，这让唐成非常迷恋。唐成突然发现自己竟然如此健壮，李卉轻微的欢叫让他很兴奋。后半夜，灯开着，薄被半盖着两个赤着身子的人。后半夜像前一天一样，也落起了淅沥的春雨，唐成迷迷糊糊地想要睡着。他累了，所以他想睡着。这时候李卉却不让他睡了，李卉说不许睡，唐成就没敢再睡。李卉给唐成讲她的故事，李卉讲得很慢，李卉讲了许多的细节。唐成望着床边的灯光，想要睡着了，眼皮直打着架。他看到灯光里李卉讲的那个故事，李卉说她是大学里的图书管理员，每天都钻在图书里，每天图书都把她包围或者淹没了。她爱上了一个大他二十岁的男人，是一个中文教授。她疯狂地迷恋着这个男人。男人却不爱她，男人有着自己的老婆和孩子，男人的孩子也小不了她几岁。她苦苦纠缠着男人，不要名分，只要男人有空的时候，去她那儿。但是男人始终不答应。她的热情终于经不起一次次的冷遇，她的热情像潮水一样退去。她不再纠缠着男人了，她想和男人最好不要有一点点的关联。这时候男人找到了她，男人跪地抱着她的腿，说其实是深爱她的，只是不敢爱而已。她沉醉在幸福中，她沉醉在幸福中不能自拔。两个月后，男人死了，是猝死的。医生告诉过他家属，他有心血管病，防止猝死。男人死了，她为他痛哭了整整两天，她再也爱不起来了，她爱不上别人。

　　李卉把她的故事讲完了，唐成也睡着了，他忍不住睡着了。唐成醒来的时候，看到李卉已经起床，坐在床边梳着头。这是一个温暖的镜头，这个镜头可以温暖唐成的心灵。这时候唐成想，不如结婚吧，不如找一个女人结婚吧，让女人天天坐在身边梳头。李卉看到唐成醒来，笑了一下，说我走了。唐成说，慢着，我送你一样东西。唐成赤着身子从床上跳下来，在柜子里翻找了一阵。他把一瓶香水给了李卉，那是一瓶50毫升的香水。唐成说，你说过不缺男人和香水，今天我就送给你男人和香水。这是鸦片女用的，你带回去。女人得像鸦片一样，妖娆而且迷离。

　　李卉走了。李卉走的时候雨还没有停。唐成仍然赤着身子，他站到了窗前。一会儿，他看到了楼下的一位撑着伞的女人走过。女人走路的姿势，带着一种风韵。女人后来在雨中消失了。

忘了说唐成的职业了。唐成是个温文尔雅的医生，医生一般都温文尔雅的，就算是收红包的医生，也长得温文尔雅。唐成喜欢看书，他的书看得很杂，除了医药书外，他还看文学、音乐类的书，他甚至看汽车修理，看保险业的书。有一天他看到了一本小说，他本来只想翻翻的，后来一看就着了迷。最后，他把这本书看完了。看完后他才发现，书中的情节，和李卉讲给他听的故事，几乎一模一样。唐成给我打来电话，他说海飞，你知道有一本书叫作《悲情主义的花朵》吗。我说知道的。他说李卉说的故事，和这本书中的故事是一样的。是不是李卉看了这本书后，就把书中的故事套到自己身上，然后讲给我听。我想了想说，是的。唐成说，那她为什么要骗我。我说，我也不知道。我说你给李卉打电话吧，你证实一下。没多久，唐成又给我打来了电话，唐成说，他存在手机上的李卉的电话，不小心被删除了。我说你们不联系吗。唐成说，那天以后，就从没联系过。

唐成后来又出现在新梧桐咖啡吧的一次聚会中。他认识了一个光彩夺目的女人。唐成认识这个女人，是因为他闻到了一种气味。就像电影《闻香识女人》中的史法兰中校，靠闻对方的香水味能识别对方的身高、发色乃至眼睛的颜色。唐成就像史法兰中校一样，穿梭在聚会的女人们中间。和史中校不同的是，唐成没有双目失明，唐成游走在女人中间，就像一条鱼游在水里一样。唐成后来告诉我，那天他闻到了一种冰薄荷的味道，这种味道夹杂着淡淡的苦柠檬以及葡萄柚果的气息。唐成像一条狗一样，在人群里寻找带这种味道的人。后来，那味道渐渐化成了灰琥珀、杉木与檀香的混合,那是前者悄悄变幻后的后味。唐成终于找到了那个女人,那个女人手持红酒,身材高挑,臂弯上缠满了薄如蝉翼的轻纱。唐成笑了一下,说,我找到你了。女人也笑了一下,说,为什么要找到我?唐成说,我闻到了你身上的香水味道,你用的是鸦片。女人说,你真像史法兰中校。唐成说,你看过那电影?女人说,不仅看过,而且喜欢。

女人和唐成谈得很投机,他们坐在二楼靠窗的位置谈,我想象他们坐的地方,一定是上次我和他以及李卉坐过的地方。唐成说,你很像我以前的一个朋友,我朋友是大学里的图书管理员,叫李卉。女人妩媚地笑了,说,你们还有联系吗?唐成摇了摇头说,我找不到她电话号了,她笑起来时,和你一模一样。女人说,可惜我不是李卉,我叫黄菊,这是我的名片。唐成拿过了女人的名片,名片小巧而且精致,散发着鸦片香水的味道。唐成看到上面写着天宝汽车城、业务经理、黄菊等字样,还有一串手写体的阿拉伯数字,是黄菊的手机号码。唐成也递了一张名片给黄菊,说,我们多联系好吗?黄菊笑了,说,好的。

唐成后来就经常想念那个叫黄菊的人。先是淡淡的思念,后来思念越来越强烈了。唐成打来电话问我,他说海飞,我想给她打电话,但是又想忍着不打。我笑了起来,那时候我正在赶一个叫作《花雕》的长篇,里面堆满了旗袍、酒、女人、江南的水与及人们的欲望。我说,你给她打电话吧,你请她喝花雕,别老是请人喝茶了,都喝腻了。唐成说,好吧,那我试试。一会儿,唐成又打来电话,说电话接通了,一个女声莫名其妙地说，女人，最容易受鸦片的诱惑。女人本来就长得和鸦片一样，女人的全身都充满了鸦片。女人迷离、艳丽、笑靥如花。有时候女人是盛开的花，有时候女人是美丽的毒药。忘了我吧，可爱的人。

唐成接着就一次次地给这个全身充满鸦片的女人拨电话，一直都是关机。几天以后再拨打，这个号码已经停机了。唐成通过朋友，去查天宝汽车城一个叫黄菊的销售员，汽车城说，她走了，去上海嫁人了。唐成的日子就一下子不好过了，我去他家里看他的时候，他的眼睛是通红的，他的胡子疯狂地生长着，他的衣服有几天没有换了。我说，你是不是爱上那个人了。你不是一向不相信爱情的吗，你只相信一夜情。唐成说，我开始相信爱情了，我爱上了李卉和黄菊，她们一定是同一个人。我相信爱情的时候，爱情像花一样，凋掉了。女人，真的就像是鸦片一样。

唐成的医生做得有点不太像样，给病人动手术的时候，出了好几次差错。院长骂他说，你属猪的啊。唐成愣了，说院长你怎么知道我属猪的。院长被搞得哭笑不得。唐成最后还是离开了医院，他在这座城市里无声无息地消失了，像水蒸气一样，蒸发到空中，我们就谁也看不见了。

一年后我收到了一个寄自云南丽江的速递包裹，包裹里是一小瓶鸦片男用香水，和一张鸦片香水的宣传页。画面上是一个全裸的模特，她佩着金色项链、钻饰手链，穿着一双黑色的高跟鞋，身子向后仰躺着，这是一种撩人的姿势。在黑色的毛皮上，雪白的裸体呈现出一种醒目的美丽，半睡半醒的朦胧神情，半开半合的双唇，演绎着女人花。包裹是消失了的唐成寄来的，他没有在丽江做外科医生，而是和当地的一个女人一起开了一间酒吧。他们相爱了，但是说好不结婚。他说男用香水是送给你的，他说他到现在还爱着那个李卉或是黄菊，他说女人真的是花，女人中的女人，叫作鸦片。遭遇鸦片，他情愿中毒的。

一年以后我仍然去新梧桐咖啡吧二楼靠窗的位置坐坐，我固执地爱上了卡布其诺的味道。我对出没在咖啡吧里的漂亮女人充满了好奇。有一天我看到了四个女人，也坐在了临窗的位置上。四个女人发现我在看她们，窃窃私语了一番，然后又一阵轻笑。我也笑了，我喜欢女人的轻笑，不喜欢女人的大笑。这时候，我发现楼梯口一个穿薄毛衣的女人，她的头发是微黄而且卷曲的，她长得跟一年前的李卉一模一样。我走过去，对她说，唐成说我是作家。女人笑了，拢了一下掉在前额的头发说，我对作家不感兴趣，我也不认识什么唐成。我也笑了，我说女人像鸦片，这是唐成说的。女人想了想，点了点头，认同了这样的说法。这让我感到开心，感到一次小小的胜利。我一回头，看到玻璃窗外，又有一场春雨开始绵绵不绝地飘落下来。

防空警报

1

刘天明走进办公大楼的时候，在大厅看到一张贴在墙上的通知。这个时候是上午八点，他手里还捏着一小盒盒装的光明牌特浓牛奶。通知说今天下午市区会拉响防空警报，时间将持续三分钟。刘天明就对着那张通知笑了一下，刘天明想起以前每年都要搞的防空演练。这是一座不大的城市，那种巨大的声音在城市上空盘旋的时候，刘天明老是能感觉到灰尘就在声音中飞舞，和声音纠缠在一起。当然这样的时候，会有鸽群在天空中飞过，会有老式炼钢厂的烟囱喷出浓烟。

刘天明含着吸管吸着牛奶，他是一个长得壮实的警察，他仍然站在那张通知的面前。通知上说下午三点拉警报，那个时候是一般的人工作效率最高的时候。刘天明是110接警中心的，他开的车子是3号巡逻车，他和一个长得瘦弱的叫豆豆的小警察一起搭班。刘天明一直以为豆豆的名字改成豆芽会更加形象。下午三点，刘天明一定会开着车子在大街上巡逻。

刘天明想要吸完手中拿着的牛奶再上楼去。他的眼睛是红的，因为他昨晚没有睡好，如果需要确切表达的话，那就是昨晚他根本没睡。昨晚商牛来找他借钱，商牛只有二十岁，很年轻的一个小伙子，高中毕业没有工作，成天在街头游荡，像一个小混混似的。以前刘天明不认识商牛，刘天明认识商牛的姐姐商羊后不久，就认识了商牛。商羊在一家公司里做事，很文静的一个女孩子。那天刘天明去了商羊的公司，刘天明是去找商羊公司里的一个人的，刘天明问商羊那个人在哪儿上班，商羊就说在哪儿上班。刘天明大盖帽下的眼睛很深地看了商羊一眼，商羊觉得那目光像刀子一样看到了她的灵魂深处，那样的目光让商羊有些心虚，不知道为什么，就是有些心虚。商羊不敢抬头，长发就那么垂在哪儿。刘天明找了那个人后又回来找商羊，刘天明笑着说你好像有些怕我，商羊也笑了一下，很腼腆的样子。商羊一直在看一本书，但是她什么也没看进去，因为刘天明一直笔挺地站在面前。商羊不习惯一个男人站得笔挺的样子和她说话，后来刘天明俯下身来，两只手撑在商羊的办公桌上，这个时候刘天明的脸和商羊的脸就近了不少。刘天明说，你叫什么名字。商羊想了想，终于顽强地抬起头说，为什么要告诉你。刘天明笑着说我正在调查一个案子，你不可以不配合。商羊说，我叫商羊。刘天明说，我叫刘天明。

那天刘天明吹着口哨离开了公司，刘天明走在走廊的时候突然吹起了响亮的口哨，这是刘天明从十八九岁开始养成的习惯。后来刘天明意识到了什么，他停止了吹口哨，像急刹车一样停了下来，那个尾音像一条左右闪动的尾巴一样。然后他迅速转身回头，他看到公司办公大厅里的工作人员都笑了，刘天明也笑了一下。他整了整警服，他觉得应该有个警察的样子，所以他挺起胸像一棵挺拔的树一样移出了办公大厅。

第二天傍晚的时候，刘天明的警车就停在了商羊公司的楼下，刘天明问人家说商羊下班了吗，我来接商羊。商羊有说有笑地和一群同事下楼，突然看到了刘天明，脸色就变了。但是商羊还是上了车，而且跟着刘天明一起吃了饭。他们选择了一家叫作避风塘的饭店。商羊说你为什么来接我，刘天明说我还没有女朋友，我是一个好警察，我觉得你很适合做我的女朋友，所以我就来接你了。商羊说但是你不适合我。刘天明说你现在说这个话为时尚早，再说我也没说让你马上成为我的女朋友，我们是朋友总可以吧。商羊说这还差不多。但是实际上刘天明已经缠着了商羊，并且在商羊的家里认识了商牛。商牛在打电脑游戏，他看都没看刘天明一眼，在吃饭的时候，他有说有笑的，就是不和刘天明说话。但是在刘天明回家下楼的时候，在楼梯口商牛跟了上来说你能不能借我一点钱，商羊每个月只给我五百块钱，爸妈根本不给我钱，我不够用，你借我一点。刘天明说多少，商牛说五百。刘天明掏出五百块钱，塞到商牛的手里。刘天明继续走下黑乎乎的楼梯，他感觉到商牛没有移动步子，还是留在楼梯那一堆黑暗里。但是商牛不动不关他刘天明的事，刘天明仍然觉得去了商羊家里虽然损失了五百块钱，不过还算是一件愉快的事。

昨天晚上商羊和刘天明吵了一架。他们一起在一家小饭馆里吃的晚饭，然后一起去逛街。刘天明明显地感觉到商羊的心情不太好，当刘天明说到商牛老是向他借钱的时候，商羊突然火了。商羊说你是不是在对我说我应该还钱给你，或者说让我觉得我们商家欠了你很多。一说两说两个人吵了起来，商羊说你别跟着我，你再跟着我我报警了。刘天明说，你一报警指挥部就派我来了，因为我是110的警察。后来他们在一条小街站住了，那是一条很静的小街，只有一盏发出昏黄灯光的路灯。刘天明把商羊贴到了电线杆上，商羊挣扎了一下就没动了。后来刘天明发现商羊的脸上有泪水，商羊说，天明，我想和你分手。刘天明愣了，说为什么。商羊说不为什么，你以后也别再给商牛钱了。刘天明急了说我没有怪商牛的意思，我只不过是跟你说起有这么一件事情而已。商羊说我知道你没怪商牛，但是我觉得我们还是分开的好，我们没有结果。

刘天明把商羊送回了家，然后下楼。商羊的父母在看《射雕英雄传》，他们只是向着刘天明点了一下头而已。商羊进了自己的房间，商牛却钻了出来。商牛说，天明哥，天明哥你再借我一点钱。刘天明站在漆黑的楼梯里，他掏出皮夹拿出了身份证件什么的，把里面的现金连同皮夹都塞到了商牛手里。商牛有些慌了，商牛说天明哥你这是怎么了。刘天明没有和商牛说商羊想要和他分手的事，他伸出手去在商牛的脸上轻轻抚摸了一把，他摸到了商牛脸上像星星一样密布的青春痘，青春痘让他想起了他的警校生涯。刘天明能听到商牛的呼吸声，甚至慌乱的心跳声。刘天明拍拍商牛的脸说，没什么，以后天明哥不来找你姐了，你姐挣钱不容易，每月给你五百块够多了，你千万别乱花。

刘天明一步步走下了楼梯，商牛还愣在那一堆黑暗中，那个时候刘天明突然想到，以后就是想给商牛钱，也没有机会了，这时刘天明想要哭。刘天明快走到底楼的时候，突然从楼上传来了一个瓮声瓮气的声音，那是商牛的声音。商牛说，谢谢你。刘天明看不到商牛的人在哪儿，但他还是对着漆黑的楼梯笑了一下。

现在刘天明的眼睛布满了血丝。昨晚回家后他就打电话给豆豆说豆豆我失恋了。豆豆也很着急的样子，说那可怎么办，听得刘天明很不耐烦，他很后悔自己给豆豆打了这样一个电话，所以刘天明很快就把电话给挂了。许多人在一楼大厅里走过，他们和刘天明打招呼，刘天明举着牛奶盒一一回应。豆豆走到他身边的时候，刘天明说，豆豆，今天下午三点要搞防空演练，到时候咱们这座城市的上空，会响起防空警报。

豆豆说防空警报怎么了。

刘天明说，没什么。

2

王大喜是清晨的时候找到潘顺的办公室的。王大喜已经三十多岁了，在他的安徽老家，有一个老婆和两个孩子。其实王大喜应该可以算得上一个优秀的泥瓦匠，他曾经在建筑公司的砌砖比赛中得过奖。在王大喜家的泥墙上，一直都贴着这张奖状。后来由于泥墙在梅雨天时的潮湿，而导致了那张奖状的霉变，这让王大喜很痛心。王大喜来到这座城市，和许多民工一起替这座城市造高楼，然后赚取一点点辛苦费养家。在老家安徽安庆的天空下，王大喜的老婆或许正坐在院子里洗衣服，或者是喂猪什么的，王大喜的两个孩子在地上玩。尽管在这座城市里，王大喜睡的是阴冷的地铺，吃的是廉价的饭菜，但是王大喜一想到老家的老婆孩子，就感到幸福就像一只鸟一样，一次一次地飞过他所在的工棚的上空。

王大喜找到潘顺的时候，潘顺在他的办公室兼卧室里睡大觉。王大喜其实是不太敢拍潘顺的门的，王大喜在潘顺的门口坐了好久。早晨的阳光暖暖地照在王大喜的身上，王大喜在潘顺屋子的门槛上坐了下来。许多民工兄弟从王大喜身边经过，他们说王大喜你在干什么？王大喜想了想，他说我在晒太阳，这么好的太阳不晒是一种浪费，这儿的太阳虽然没有我老家安庆的太阳暖和，但是还是有一些温暖的。王大喜就坐在门槛上晒着他的太阳，王大喜后来终于坐不住了，王大喜站起身来，犹豫了很久以后，他轻轻地拍了拍潘顺办公室兼卧室的门，先是很轻的，潘顺大约没听到。王大喜叹了一口气，他终于重重地拍了一下门，后来越拍越重，像是敲鼓的模样。屋子里终于有了骂娘的声音，还有趿拖鞋的声音。门打开了，潘顺蓬松着一头乱发，他只打开一条门缝，看到了一张熟悉的脸，那是王大喜拼命挤出来的一个笑容。潘顺又把门合上了，很重地响了一下，像是对王大喜清晨拍门有意见。过了一会儿，门又开了，穿着西装的潘顺出现在王大喜的面前，王大喜还看到了八枝。八枝和王大喜是同村的，去年老公死了，八枝把断奶不久的孩子往爷爷奶奶那儿一放，就跟着一群人一起来到了这座城市。八枝是给工地开卷扬机的，许多民工都喜欢在八枝身边转悠。八枝在上工前一定会喷上香水，一定会打扮得很俊俏的模样。她的眼睛很大，含着一泡水，王大喜一直都喜欢这样说，八枝的眼睛像荔枝一样，里面有许多水。后来有一天潘顺把王大喜叫到了跟前，潘顺仍然穿着那套灰色的西装，潘顺是一个小包工头，他不是王大喜村子里的，但他和王大喜是同一个镇里的人，他的舅舅还是副镇长。潘顺说王大喜你过来。王大喜就从脚手架上下来，很谦卑地站到了他的面前。潘顺在王大喜脸上吐了一口烟，然后说王大喜你以后不可以再说八枝的眼睛像荔枝一样有许多水，就算她真的有许多水，也轮不到你评头论足，你知道吗。王大喜愣了一下，他想潘顺怎么管得那么宽，都管起这事来了，但是王大喜还是很响亮地回答，王大喜说好的我以后不说了。王大喜之所以有这么听话，是因为王大喜的工资都掌握在潘顺的手中。那个时候王大喜就想，莫不是八枝成了潘顺的女人。

　　王大喜果然看到了八枝，八枝的眼睛里依然盛着许多水，她的脸颊红红的，她就坐在床边，床上堆着凌乱的被窝，像藏着一个人似的。八枝笑了一下，八枝说是王大喜呀。王大喜站在屋子里，他像一棵彷徨的不知道把根扎到哪儿的树一样，很尴尬地立在屋子中央。潘顺笑了，他点着了一支烟。王大喜想不好了，潘顺又要往我的脸上喷烟了。果然，潘顺往王大喜的脸上喷了烟，一口，两口，三口，潘顺往王大喜的脸上喷了许多口烟，不一会儿屋子里就烟雾腾腾了，让王大喜有些云里雾里的感觉。潘顺说王大喜你那么清早就搅了我的好梦，是不是美国和伊拉克开战了，或者是咱们造的房子塌下来了。潘顺说的是普通话，但是王大喜还是听出了浓重的安庆口音。王大喜鼓起了勇气，王大喜大声说潘顺我想从你这儿开点工资你已经半年没有开给我工资了我的老婆孩子在老家等着我寄钱回去的你再不给我开工资我家里就揭不开锅了。王大喜是一口气说出这句话的，没有停顿。王大喜以为自己的嗓门已经够响亮了，但是他一点也不知道其实他的声音很轻,而且他一直不敢看潘顺的眼睛,讨工资就像是在向潘顺借钱似的。王大喜看到烟雾里伸过来一只手,那只手那么白净,一定是潘顺的。那只手一把揪住了王大喜的耳朵,一个声音也从烟雾里传了过来,声音说王大喜你怎么了,你怎么敢向我讨工资,好像我是一个赖工资的专家似的。总包头没有开工资下来,让我怎么开工资给你。王大喜又壮起胆子说,可是我家里等着钱用,要不你先借我一点,等开工资了你再扣除。

潘顺"嗤"地笑了一下,潘顺说你向我借钱我向谁借去。王大喜说你不是给别人发了工资了吗,你为什么不发我工资。王大喜的声音比前面几句响了一些,然后王大喜听到了一声清脆的声音,王大喜以为有一个热水瓶突然爆了,后来他才明白原来是他的脸上挨了一个巴掌。王大喜觉得在八枝面前很没面子,八枝笑了,八枝说好了都是一个地方出来的,都不容易。她向王大喜走来的时候,带着一股香风。王大喜心里说,这个开卷扬机的女人,怎么就随便上了潘顺的床呢。八枝走过来替王大喜整了整衣领,八枝这个细小的动作突然感动了王大喜,因为有大半年了,没有一个女人在他面前表现过温存。王大喜说,八枝你是一个村子里的人,你知道的我家里就等着我汇钱,再说潘顺给别人发了工资,为什么不发我的工资。

许多民工都听到了潘顺屋子里的激烈争吵,这其中还夹杂着噼噼啪啪的声音,后来有几个人走进了屋子,那是潘顺打电话叫来的。然后有一个人飞了出来,像一只灰蓬蓬的大鸟一样,突然落在了潘顺屋前的水洼里。那几个人走了,潘顺拍着巴掌出来,好像他打人的时候手上沾满了灰尘似的。潘顺说,王大

防空警报 | 031

喜你知道我为什么不发你工资吗，因为你说八枝的眼睛里有水，你他娘的你的眼睛里没有水吗，没水的话你的眼睛就变成眼干了。王大喜躺在地上一动不动，他知道这个流氓睡了八枝，现在又想要赖工钱了。这时突然下起了雨，潘顺抬头望了望天，嘟哝了一句就进屋了。雨水扑打在王大喜身上，王大喜很想大哭，但是他哭不出来，他连哭的力气都没有了。他只知道骨头像散了架子一样，他看到八枝一扭一扭地从屋子里跑了出来，仍然带着一股香风。她走到王大喜身边，替王大喜盖上了一块塑料纸。王大喜在这个时候突然低号了一声，把八枝吓了一跳。

雨其实不大，只下了一会儿就停了。王大喜最后还是站了起来，他再次走进潘顺的屋子。潘顺已经不在了，只看到八枝坐在潘顺的床沿上喝一杯牛奶。王大喜说八枝你今天不去开卷扬机了吗？潘顺呢，我找潘顺。八枝说潘顺接了一个电话就出去了，我今天不开卷扬机，今天我累了，有人替我顶班呢。

王大喜没再说什么，他走出了潘顺的屋子后又在工地附近转了转。他不知道什么时候转到了闹市区，转到了一条大街，转到了一座高楼附近，他看到许多人走进了一只不锈钢笼子里，他也跟着进去了。那些穿西装的人都离他远远的，怕他身上的泥水沾到他们身上。这个时候还有人不合时宜地放了一个屁，臭气在这个笼子里散发着。许多人都看着他，并且用手捂住了鼻子。王大喜笑了，这个屁并不是他放的，但是因为他是民工所以这个屁就得算到他的头上。王大喜突然说，这个屁是我放的，是我放的一个民工屁。没有人理他，他们在铁笼稍作停顿的时候全部走出了笼子。王大喜在一个阿拉伯数字上按了一下，那个数字就像炭火一样红了起来。笼子继续上升，然后门打开了，王大喜走了出来。

王大喜不知道自己是怎么到了21层顶楼的，也不知道自己怎么就爬上了露台。露台上的风很大，让他不由得抱紧了膀子。后来他坐到了一根挑出的大梁上，大街在他的眼皮底下就像一根他老婆使用了好些年的裤带一样。王大喜想，要是一不小心掉下去，那么自己就像是一张饼一样了。王大喜极目四望，他望见了自己所在的那个建筑队正在施工的工地，他想，八枝这个骚货一定还坐在潘顺的床沿上喝牛奶。他其实是想看一看他的安庆老家的，他奢望能够在这么高的楼上看到他自己家的院子，他希望看到的景象是老婆在院子里的井台边洗着衣服，两个孩子就在枣树底下玩耍。但是令他失望的是，他只看到了灰蒙蒙的天空，看到了不远的地方一个天主教堂高高耸立着的十字架。

3

小包工头潘顺出现在大街上，他从工地走出来的时候还下着一些零星的雨，所以他撑着一柄黑色的伞。这个早晨对他来说，是一个不太安宁的早晨。昨天晚上他好不容易把一个叫八枝的女人哄到了床上，这个没有了老公的女人起先不肯给他，但是被他一撩拨以后，却生龙活虎起来，最后倒让潘顺有些感到不太吃得消。潘顺早上是被王大喜的拍门声叫醒的，他不知道是谁在拍门，他起身去看了一下，见是王大喜，他就知道这个王大喜一定是来要工钱的。其实有许多民工的工钱他都没有付，当然也有一部分不太好惹的民工的工资他已经付了。他和王大喜吵起来后，打电话叫来了一些人。潘顺不仅可以指挥一部分民工，而且他在这个城市里已经待了好些年，他能讲这个城市的方言，而且在这个城市有了一些朋友。比如一个叫海飞的人也是他的朋友，那是有一次和总包头一起出去喝茶时认识的，总包头说这个海飞是作家。那个叫海飞的人说不是的，是自由撰稿人，就是基本上什么稿子都能写，然后投出去骗点稿费。尽管海飞这样说，但是潘顺认定他是一个有文化的人，没有文化怎么就可以编那么多的东西来骗人呢。

　　王大喜被抛到屋外的水洼里时，潘顺就有些后悔了，不管怎么说他总是害怕捅了乱子被总包头骂，断了他以后的活路。再说其实民工们的工资早就该开了，但是他始终没有开给一部分民工。他站在屋子里，看着屋外飘落的雨。八枝一扭一扭地去替王大喜盖塑料纸，潘顺冷笑了一声，说你还知道疼他。八枝就把身子从背后贴在潘顺的身上，像潘顺披着的一件真皮大衣一样。潘顺后来推开了八枝，说我要出去，他撑起一把黑色的雨伞就走进了下得并不很大的雨中。

　　潘顺是去闹市区找几个老乡玩的，当然他准备着去银行取钱，潘顺想得给王大喜安慰一下了，把工资给付了吧。其实潘顺来到大街上的时候，雨已经很小了，但是潘顺一点也没察觉，还是把伞打得好好的。潘顺看到一辆 3 号 110 巡逻车从他的身边开过，车子溅起了雨水。后来潘顺还看到了一个长得很漂亮的女孩子，她披着很长的头发，在街上像风景一样走过了。这个女孩的名字叫商羊，她在昨天晚上刚刚和一个叫刘天明的人说了分手的话。她昨天晚上也一直没有睡着，所以她的眼睛里同样布满着血丝。当然潘顺不可能知道她的名字叫商羊，潘顺只是在街上看到了一位美女而已，再说这个江南城市盛产美女，见到个把美女并不是一件十分稀奇的事。

潘顺在中午的时候约了几个朋友一起在小酒馆里吃饭，他们在吃饭的时候自然谈到了女人，潘顺就即兴谈了一下他昨晚的女人八枝。潘顺告诉大家他的经验，说是很久没有过夫妻生活的女人你们不要碰，你们想要碰的话必须有绝对强壮的身体。于是朋友们都大笑起来，都举起杯喝了酒。潘顺中午的时候酒有些喝多了，他不知道中午喝了几个小时，他走路的样子有些摇摇晃晃，他想找一个好的醒酒方法。后来他看到了银行门口的自动取款机。他拿出卡取钱，是分两次取的，一共取了一万块钱。他把钱塞进了西装的内袋里，所以看上去他的胸口鼓出了一块，好像左右胸部发育不对称似的。这时候他发现雨已经完全停了，于是他收起了手中的伞。他不知道那天会发生那么多事，后来他想一定是昨晚哄了一个女人上床睡觉的缘故，不然的话不会有那么多的麻烦事。一个年轻人向他走来，就像他一个老朋友一样冲他笑了笑，然后年轻人突然亮出了一把刀子，一手从后面环住他的脖子，一手割开他的西服，一探手就掏走了那一万块钱。潘顺惊叫起来，他意识到这个人不是朋友，因为朋友不可能拿着刀子并且割破他的衣服，既然不是朋友拿他的钱了，那么就一定是强盗。他惊叫的时候，仍然能感到脖子上冰凉的尖刀。那个年轻人推开他开始夺路奔跑，他稍稍愣了一下后，马上一边追赶一边高声叫喊着。其实他想不起来应该喊"抓强盗"或者其他什么的，他只是噢啊噢啊地喊着，但是路人们仍然可以看出，前面是小偷在跑，后面是被偷者在追。后面追的那个人脸红红的，显然是喝了很多酒的缘故。而这个

防空警报 | 035

时候潘顺却想到了，原来最好的醒酒的方法就是钱被抢走。

4

早晨商羊看到窗帘的缝隙外射进来的阳光，她赖了一会儿床，然后起来了。整个晚上她都没有睡好，其实她昨天向刘天明提出分手的时候，心口也像被针扎了一下。刘天明把她送回家，下楼的时候，很深地看了她一眼，就像初次认识时那样很深的一眼，看得她低下头去。弟弟商牛跟了下去，一会儿商牛又回来了，商牛说姐你错了，这一次你一定错了。商羊什么也没说，商羊想，人生就是这样，有时候明知是错的，但是还是错了下去。商羊的父母仍然在看着《射雕英雄传》，他们对这个电视连续剧很感兴趣，好像也要加盟武林似的。

商羊提出分手并没有什么大不了的原因，如果不出现意外的话，她会和刘天明在恋爱一段时间后结婚，然后像所有的人那样，生一个孩子，过一种极平常的生活。但是偏偏就出了意外，商羊公司里的老板最近让商羊进他办公室的频率明显高了，这让其他女人很不舒服。她们不舒服的原因是因为老板只有三十挂零，那么年轻而且人长得英俊，尽管他有了老婆也有了一个三岁的儿子，但是这丝毫不影响公司里的女人们暗恋这位风度翩翩的上司。

这天上午商羊上班有些迟了，她想迟就迟一会儿吧。她去了街上，在马路上她感觉到有人在看她，其实大街上是常有人盯着她看的，她习以为常了。她瞟了那人一眼，那是一个穿着西装的年轻男人，但是商羊还是一眼分辨出了这是一个外地人，这样的穿着打扮和看人时的眼神都属于外地人。商羊看到那人撑着一把黑色的伞,雨已经停了,但是他却撑着一把伞。商羊还在这时候看到了疾驰而过的3号110巡逻车,在往常,商羊看到这车的时候,胸口会涌起一种温暖,但是现在不了,现在尽管也会涌起暖意,但是这种暖意是虚弱无力的。商羊下定决心要和这辆车里的刘天明成为陌路人,商羊说到就能做到。

这天下午商羊在上班的时候昏昏欲睡,那完全是因为昨晚没有睡好的缘故。下午两点钟,老板又让秘书打电话给她,让她去他的办公室,说是要问问外贸销售的情况。商羊一直管着这一摊的活,许多报表和电话让她忙得喘不过气来,但是千元左右的月收入却让她面对大街上的时装和名贵化妆品望而却步。她拿起桌子上的一些资料,拢了拢披散着的头发,走进了老板的办公室。

老板不太喜欢手下叫他老板,他喜欢手下叫他阿强,这是他的名字,但是手下们不敢叫,仍然叫他老板,这就让他有些失望。阿强不知什么原因,有一次经过办公大厅时突然看到了低垂着眼帘忙于做账的商羊,他的心就动了一下。其实商羊很知道老板的心,老板第一次叫她进办公室的时候她就知道了,老板开始喜欢她了。在经过深思熟虑以后,她还是果断地和刘天明提出分手,她甚至后悔和刘天明恋了些日子,若是这个过程都没有,那么她不会有对刘天明的愧疚感。老板已经对她有了暗示,老板说可以送她去国外读书,如果她愿意的话。那天老板是把手放在她的肩头上说的这句话,她仍然低垂着眼睛,但是她的身子却颤抖了一下,老板掌握了这个细节的时候,老板笑了一下。

老板今天看到商羊的时候，发现商羊脸色有些灰暗，而且眼睛布满着血丝。老板说你是不是没睡好。商羊说是的，我昨晚没睡好。老板又把手放在了她的肩头，然后问，你出国读书的事都想好了吗，你不可以告诉公司里的任何人。这个时候，窗外突然开始飘起了雨丝，这让商羊想到了她的大学生活。商羊上大学的时候，一直过的是清贫的日子。商羊的家境并不好，父亲在化肥厂工作，是从看传达室的岗位上退休的。母亲是自行车厂的热处理工，很辛苦的。他们的收入全部用来给商羊和商牛读书。但是现在看来，大学结业了，想要靠这样的月收入有所节余，是一件相当困难的事情。商羊对自己的容貌相当自信，她知道自己不是没人喜欢，是没人敢追，这个时候偏偏出现了一个刘天明。警察的胆子毕竟是大的，他不管你心有多骄多傲，一上来就死缠烂打。但是最后，刘天明还是被迫退出了她的情爱场。现在，商羊望着窗外，她知道老板正在看着她，她也知道老板放在她肩头的手在缓慢移动，她什么也没说，她只是看着窗外。老板说，叫我阿强，公司里没人叫我阿强，你就叫我阿强吧。商羊张了张口，她想叫阿强的，但是她仍然没有叫出声来，只是嘴巴稍微动了动。

　　老板想让商羊去的国家是日本，因为老板做着珍珠生意，那个岛上的国家是老板常去的地方。商羊知道她去了日本后意味着什么，也知道从日本读了书以后自己的身价会上涨，当然老板还会给她许多钱，她的命运从此可以改变。老板的另一只手也放到了商羊的另一只肩上，他说叫我阿强，你叫我阿强。他轻轻摇晃着商羊，像是摇着一棵绵软的柳树一样。商羊终于叫出了声，阿强，阿强。老板轻轻抱住了她，老板说，你去日本我要让你住在日本。

5

现在出场的是海飞,他蜗居在这座城市里,白天不太喜欢出门,有点老鼠的生活习性。他是商羊的邻居,就住在商羊家的楼下,如果说确切一点,他一个人生活在这座城市里,并且是看着商羊商牛怎么样长大成人的。但是海飞不认识一个叫刘天明的人,也不知道刘天明曾经和商羊有过一场短暂的恋爱,更不知道在他常常走上走下的楼梯上,有一个叫刘天明的人老是在黑暗里逗留。海飞在写一个小说,他是一个把小说写得并不很好,但是勉强可以拿出去发表的人,当然机遇凑巧的时候也会发在一些知名的刊物上。海飞靠稿费生活可以,但是靠稿费去讨一个老婆实在太难。

海飞这天早晨醒来的时候,看到了一场雨的不期而至。他突然很想写小说,把昨天没有写完的那个小说接下去写。那个小说的名字叫《刀子是锋利的》,写的是一个剃头匠和一把剃刀的故事。海飞醒来后打开了电脑,然后才去洗脸刷牙,而且这个过程非常之潦草,达到不能言说与人听的程度。然后他打开门去取门口的牛奶,他不太注重饮食结构,却非常重视早上的牛奶。有人说离不开奶的男人是长不大的,海飞就想长不大就长不大呗。在他打开门的过程中,看到一前一后走下两个人。一个是商牛,他穿着运动鞋,脸上的青春痘闪闪发亮。他连看都没看海飞一眼,就噔噔噔地下楼了。这让海飞想到了自己的青春期,脸上长着同样的青春痘。不多久,海飞就看到了商羊下楼了，商羊轻轻她笑了一下，她一直不知道应该对海飞有个怎么样的称呼，所以她每次碰到海飞就是低头笑一笑。海飞也笑了一下，但是海飞肯定商羊并没有看到他的笑容，所以海飞的笑说到底只是一种浪费表情而已。后来海飞关上了门，坐到了电脑桌前。电脑就是他的工具，房子就是他的车间，一个个汉字就是他的产品，嘿嘿，海飞自己做自己的老板。

在淅沥的雨声中，海飞的创作很顺利。中午一点多的时候，他已经完成了那篇并不长的小说。他为自己泡了一碗方便面，然后伸着懒腰走到了窗前。海飞看到了街上来来往往的人，他突然有了一种想出去走一走的冲动，他想自己恐怕已经有很久没有下楼了，于是他套了一件衣服走下楼去。那一件衣服的商标叫作"七匹狼"，海飞在大街上走路的姿势就有了狼的那种不羁。海飞其实不知道自己想要去干什么，走过一个叫"玲珑"的地方时，海飞走了进去。他大吼一声来人哪，就有几个女人上来了，她们说你找谁呀。海飞想了想说，我找多妹。

这是一个专营推拿的场所，有几个盲人做着师傅，但更多的是从乡下上来的女孩子。这个地方是海飞的一个朋友带他来过的，朋友的名字叫潘顺，是外地人。海飞已经记不清自己怎么就有了一个叫潘顺的朋友，反正是潘顺老打电话给他。那次潘顺请客让人给他推了一下，他只记得那个乡下妹子的名字叫多妹，还记得多妹把他拧成一只粽子的模样，骨头都咯咯咯地开始怪叫。后来一下地，海飞就觉得走路都轻飘飘了，浑身说不出的舒坦。那个多妹膀大腰圆，肯使劲，不一会儿多妹的脸上就全是汗水。

海飞等着多妹过来的时候，随手拿起了桌子上的日报。日报上开了一个他的专栏,他对自己写的文字不认识了,他记不清自己这篇文章是什么时候写出来的,后来他想一定是自己最瞌睡的时候,但是因为第二天要交稿而赶出来的。海飞看完了全篇以后就笑出声来,那不是中学生作文嘛,这让他在笑的过程中有了一些惭愧。这个时候多妹进来了,多妹已经忘了这个人,多妹说你推拿呀。海飞说是的我的颈椎不太好。

一会儿多妹的脸就红了,脑门上全是汗,她又把这个男人拧成一只粽子的模样,又让他的骨头叽叽嘎嘎地响了一通,然后她说好了。海飞走出推拿房的时候,感觉到浑身舒坦,这个时候他打定主意晚上一定要找个人喝酒,他想来想去想不到合适的人,就想还是一个人去"小阳春"喝上几两同山烧吧。他本来想打电话给一个虚拟的文友的,说虚拟是因为那个文友偶尔和他通通电话,但是从没见过面。那是一个好听的女声,海飞在接电话的时候就老是想着手持话筒讲话的人该是长成什么模样的。女声告诉他电话是从报社的副刊编辑那儿打听来的,女声还告诉他每天必看他开在日报上的专栏。海飞说那是垃圾你就别看了,我只不过是为了赚点钱养活自己而已。那边的女声就很生气,就说你不许那样说。海飞就没敢再那样说,但是那个人长什么模样多少年岁他都不知道,当然他也在顺便的时候问了一下,不过那边只是轻轻笑了一下没有正面回答。现在海飞想要打这个电话,海飞想请她出来喝酒。但是想了很久以后,海飞还是没有打,因为海飞的底气不足了,他怕见了面以后对方从此不再给他打电话,这无疑是一个缺少自信的男人。

6

　　每个故事都有一个结尾，海飞先生从"玲珑"出来正一步步走向许多个结尾。他在街头晃荡着，像一个无所事事的失业工人一样。海飞的脸是苍白的，那是因为熬夜和长时间待在灯光下的缘故。海飞突然看到前面有许多人围着，有救护车和警车的顶灯在闪着，许多人把头昂得高高的，像在看日全食。海飞也把他的目光抬了一抬，没看到什么，再抬了一下头，他看到了一个人，坐在这幢楼的顶楼露台上。当然海飞并不知道那个人的名字叫王大喜，他只听人们在说上面有个人想要跳楼。海飞的脑海里就掠过了呼啸的风声以及那人落地时的巨响，他想那个时候跳楼的人一定会变成一张饼的。电视台里的女主持人摆出一个合适的姿势，然后开始录播新闻。电视台女主持人说有一个民工想要跳楼是因为民工和老板之间的劳资纠纷，女主持人还故作姿态地说，记者在现场看到警察和救护人员也都到场，做好了一切救护准备。女主持人的姿态让海飞感到很恶心。

　　王大喜就坐在露台的一个挑出的横梁上，他坐在那上面就像骑着一匹马在草原上奔跑一样。他和潘顺吵了一架，而且被潘顺打电话叫来的人打了，他不知道自己怎么就上了这幢高楼，他其实是想看风景的，说确切一点是想看一看安庆老家他家院子里的老婆孩子。他把目光拧成细细密密的绳子，一把抛过去，但是仍然不能抛到安庆的天空下。这时候他发现有许多人在下面张望，后来下面的人越聚越多，他们都在抬头看他并在指点着什么。后来他明白了他们一定认为他是想跳楼了，这个时候他出了一身冷汗，他想从这儿掉下去自己就什么都没有了。这时候他想要往回退，但是他没有力气退回去了，他怕动一下身子，自己随时都会从这根挑出并不很多的横梁上跌落下去。他的手心开始冒汗，风在他的耳边呼啸而过，一阵紧似一阵，他开始感到绝望。

  刘天明是接到指挥中心的指令赶来的，他看到了露台上的那个人，他的心情其实很糟，所以他想你要跳就跳吧别浪费老子的时间了。刘天明心情糟完全是商羊造成的，商羊下了分手令让刘天明感到无比失败。但是刘天明还是上楼了，他让豆豆留在下面，这时候一辆又一辆的警车都赶来了。刘天明嘴里骂骂咧咧的，他乘着电梯上楼，然后他上了露台。他是轻手轻脚地走向目标人物的，和海飞一样，他也不知道那个民工叫王大喜。他把皮鞋脱掉放到一边，然后轻轻向王大喜走去。走到王大喜身后时，他有了大概五分钟的停顿，如果他不能正确抓住王大喜的一只手，如果抓住王大喜的手后不能一下子把他拖进露台，那么王大喜就会掉下去，说不定他自己也会被惯性带到楼下。最后刘天明还是果断地伸出了手，伸出手的时候他想着商羊，他想商羊啊我在关键时刻都在想着你你为什么那么绝情呢。刘天明一把抓住了王大喜，用力往露台上扔。这个时候，防空警报响了起来，巨大的声音像浪一样在城市的上空滚来滚去。王大喜像一只米袋一样，跌落在露台上。他显然是吓了一跳，竖起耳朵听着这种突然爆发出来的声音。刘天明躺倒在露台上，他有些累，他在早上就看到拉防空警报的通知，他差点忘了下午三点钟会拉响防空警报。

刘天明带着王大喜下楼。海飞看到警察、医护人员还有电视台记者一拥而上，那个女主持人还在用并不很标准的普通话叫着，别挤别挤。海飞看到王大喜一张发黄的脸，看到刘天明一张苍白的脸，还看到刘天明大盖帽下一双刀子一样的眼睛。女记者向刘天明笑了一下，然后开始提问。刘天明的绑在肩上的对讲机突然响了，海飞听到了里面有一个女声在对刘天明说，3号车请往天宁路口的交通银行门口，那里发生抢劫。女记者还在缠着刘天明，刘天明推开了女记者，刘天明的态度看上去不像人民警察的态度，他有些不太耐烦的样子。刘天明带着豆豆离开了，海飞看到女记者一脸的懊恼，他的心底就欢叫了一下。

　　海飞不知道自己怎么会去了"玲珑"的，也不知道怎么就撞上了一桩跳楼事件。其实海飞不知道的事情还有很多，比如在商羊老板的办公室里，老板正和商羊一起喝茶，他们在谈论着一个叫作日本的岛国，老板正在兴致很高地说着那儿的风土人情。商羊听得很认真，她的姿态优雅，两条长腿叠在一起。她上身穿着淡蓝的羊毛套衫，下身穿着一条长裤。她的腿形很好，所以她穿着长裤显出了美妙的身材。她端着一只精巧的陶质咖啡杯，并且用小银勺轻轻调和着。她听老板说起岛国的时候两眼放出光芒，那是因为她对那个国家无比向往。老板的声音很轻柔，他一直都想把自己并不太好听的声音搞成充满磁性的男中音或低音，比如赵忠祥之类的声音。后来他轻轻握住了商羊的手，商羊的手就颤抖起来，马上有几滴咖啡落到了商羊的羊毛衫上。老板说去日本吧，你去日本读书。商羊点了点头，她点头的时候把头稍稍歪过来，眯起一双笑眼。她当然知道这样的神态最具诱惑力。老板把商羊搂进了怀中,他用唇贴了贴商羊的脸,他把唇送向商羊的唇,商羊在闪避着,但是这样的闪避明显缺少力度,显得苍白无力。老板终于将手伸向了商羊的皮带,商羊开始挣扎,她不愿老板一步到位就能占有她。但是老板用了很大的劲,商羊不知道该怎么办的时候,一个巨大的声音响了起来。老板愣住了,商羊也愣住了,他们都没有看到报纸上的通知,也没有像刘天明一样在单位看到了通知,他们后来听出是这座城市拉响了防空警报,警报的声音沉闷得像一阵阵的雷一样,能让人想起年代久远了的那些拍得异常做作的战争片。老板的手垂了下来,他坐回椅子上用一只手托着脑门,很沮丧的样子。商羊整了整衣服,她低头喝咖啡,喝咖啡的时候她已经感觉不出咖啡的滋味,她只是在看那个叫阿强的老板的表情。

这天一个叫潘顺的人喝了很多酒,他还在天宁路的交通银行取了钱,他是准备把工资发给王大喜的。他不知道王大喜上了高楼露台的事,也不知道一个叫刘天明的警察救下了王大喜。他所在的位置和王大喜所在的位置很有一段距离,一个在城东一个在城西。但是刘天明在城东救下王大喜后,却推开了那个缠着他问长问短的电视台女主持,他迅速地赶往了城西,因为指挥中心命令他赶往城西。他开着车,他看到了一些慌乱的人,看到一个人在追着另一个人,潘顺终于追上了那个年轻人,年轻人一反手,又一手从背后环住潘顺的脖子,一手把匕首架在了他的脖子上。刘天明从车上下来,刘天明说你放下刀子,你放下刀子,我保证你会没事的,你不会有大事的。但是年轻人的眼睛红了,年轻人说你别过来,我没有退路了你别过来,我杀了他，他居然敢追我我杀了他。潘顺突然号了一声，因为年轻人很紧张的缘故，所以潘顺的脖子被刀锋碰伤了，滚下了几颗血珠。刘天明掏出了腰间的枪，刘天明说，你放下刀子快点放下刀子。潘顺又号了一声，显然刀锋又向他的皮肉进了一步。"啪"的一声，很清脆的声音响过，一把匕首落地的声音脆生生的，潘顺感到年轻人突然像一团棉花一样扑在了他的身上，潘顺推开年轻人，像脱掉一件厚重的大衣一样。潘顺看到年轻人的脑门上，有一个发黑的精巧的小洞。而他的脸上，布满了许多红得发亮的小疙瘩。潘顺突然感到从未有过的害怕，他又号了一声，他看到一个警察的手枪下垂着，一步一步地向他走来。几辆警车呼啸着赶来了，下来许多持枪的警察。他还看到刚才开枪的那个警察，转过身一个立正，向另一个穿便服的人说着什么。潘顺被几个警察带上了车，潘顺上车前急切地想向谁诉说今天发生的事，他想打电话给八枝，这个昨晚被他哄上床的女人让他很疲惫也很快乐。但是他想起来八枝是没有手机的，他在电话号码簿上急切地翻找着什么，他找到了一个叫海飞的人的电话，13858523996，于是他打了过去，他记得他曾经和海飞喝过酒，并且带海飞去过"玲珑推拿苑"。他说是海飞吗我是潘顺我被抢了。海飞只听到这样一句话，因为潘顺的手机很快被一个叫豆豆的警察一把夺了下来，豆豆说，不许打电话。

　　商羊仍然坐在老板的办公室里，他们一言不发，完全没有了再讲一讲那个岛国风情的兴致。商羊看了一眼老板，那巨大的防空警报的声音让老板很不开心。商羊提包里的手机响了，她掏出来看了那个熟悉的号码一眼，没接。电话拼命响着，像炒豆的声音，有些刺耳。她终于接了电话，她说你有完没完，你不要再来烦我了。过了一会儿,她的身子忽然开始颤抖,她的眼泪也流了下来。她告诉老板,她说她的前任男友,那个当警察的刘天明打来电话,他开枪打死了她的弟弟商牛,因为商牛在街上持刀抢劫,因为商牛在一次次的赌博中输了钱,这次是商牛输得最惨的一次。老板愣了一下,随即他站起身来并递给商羊纸巾。老板说别哭了,人家是对的,人家是警察,警察在那个时候不开枪,他就是一个不合格的警察。商羊没听他说完,她拎起包冲出了老板的办公室。办公大厅里许多人都看到一个叫商羊的面容姣好的女人,从老板的办公室哭哭啼啼冲了出来,于是,她们突然无声而且诡秘地笑了,她们开始窃窃私语。

傍晚来临。海飞按原计划去了小阳春酒楼,那是一个安静的酒楼。海飞想要叫一个人来一起喝酒的,但是他始终没能叫到。电话响了,海飞接起了电话,是那个文友打来的。女人的声音很温婉,这个女声说是海飞吗你在哪里。海飞说我在喝酒。女声说你今天听到防空警报了吗,把我吓了一跳,那么巨大的响声。海飞突然有了一种说话的欲望,他很想说话。女声说你在哪里喝酒呀,我过来陪你喝酒好了,我今天特别想要说话。海飞想其实我也是想找人说话呀,这个城市怎么让我过得如此孤独。海飞想告诉女声他写了一个短篇小说,想告诉女声今天有个民工想要跳楼,在防空警报拉响的时候,被一个壮实而且英勇的好警察救下了。还想告诉她许多事情。女声说,你说呀,你在哪儿,你马上过来。海飞想了想,想了想,话筒里灌满了风声,那个女人一定在这座城市那条著名的江边打着电话,江边一直都是这座城市最理想的恋爱的地方。嘿嘿,海飞笑了一下,最后他什么也没说,就挂断了电话,把美好的风声关在了电话里。

寻找花雕

聊天室里的花雕

花枝招展问北方的河,你知道花雕吗?

北方的河说,花雕是什么?一种飞禽?

花枝招展说,错了,是一种江南的酒。

北方的河说,我知道有一种酒叫伏特加,产地是前苏联,那是一种烈酒,超级市场里能买到。我们北方人常喝这种酒。

静默。花枝招展喝了一口水,每晚八点她都在这个叫作"今生有约"的聊天室里等候北方的河。北方的河是一名高校的体育教师,花枝招展常想象着他穿着运动服跑步的情形。他们已经聊了很久了,彼此都能聊得来。花枝招展在这座城市的公用事业局工作,一个小小的公务员,大学毕业前前后后谈过几场恋爱,最后嫁了老公,同样是一个公务员。他们不用为生计做很大的奔波,小日子过得波澜不惊。老公像影视作品里的典型男人那样,早上起来刮胡子喝牛奶吃蛋糕或面包,拿一份晨报浏览一番。有时候老公看花枝招展上网,像一个影子一样飘到花枝招展的身后,然后又悄悄地退回去,看电视,或者给朋友打电话,当然有时候也会出去应酬。

北方的河说,你为什么对花雕感兴趣?

花枝招展说,花雕是政府外交的国礼,你怎么可以不知道。花雕是南方的一种酒,像南方的女人,柔软坚韧。

北方的河有了很久的沉默。

北方的河说,我想来看你。

在以前的每一次聊天中,北方的河其实说了许多次想来看花枝招展的话,但是花枝招展都没有同意。从北方的河所在的城市,到花枝招展所在的城市,要乘坐两个小时的飞机,现代交通工具能让北方的河迅速出现在花枝招展面前,但是花枝招展感到惶恐和害怕。一个陌生的男人,怎么可以突然和自己面对面地坐在一起。

北方的河又说,我想来看你,我想马上出现在你的面前。

花枝招展送给北方的河一个笑脸,然后问,为什么老是想见我。

北方的河说,我想认识江南的花雕。

这时候一场江南的雨悄悄落了下来,打在铝合金窗玻璃上。风吹送着一些雨滴进入花枝招展的书房,让花枝招展有了些微的寒冷。

花枝招展说,我有些冷,下雨了。

北方的河说,那让我赶来为你加衣。

这样的说法无疑就有了暧昧的味道。花枝招展的老公出差了,这是一个容易出轨的时机。老公明天下午就回来,北方的河不可能在那么短时间里来去匆匆。

寻找花雕 | 049

花枝招展说，好啊，你来，你能在一小时内赶到你就来。

北方的河说，好的，我们在哪儿见面。我已经到了这座城市。

花枝招展沉默了很久，然后才说：真的吗？

北方的河说，真的，如假包换，我住在新元酒店，昨天我就到了，来办点儿事。我就等着你这一句话，我料到你会说这一句话。

花枝招展转移了话题说，花雕其实就是古代的女儿酒，在绍兴，若一户人家生了女儿，便把上好的黄酒装入陶罐埋入地下，待女儿出嫁时挖出来，然后请民间艺人在陶罐上刷上大红大绿的颜色，和大大的"喜"字。你的小孩是男孩是女孩？若是女孩你也要准备这样一坛酒。

北方的河说，我还没有孩子，但我喜欢女孩。若将来真的得了一个女孩，我一定会埋上一坛女儿酒。

北方的河又说，你不要转移话题，你在哪儿见我。

花枝招展叹了一口气说，好吧，那就在花样年华。

北方的河说：你们南方人取网名也好取店名也好，怎么都是软绵绵的。

花枝招展说，你说对了，江南的风也是软的，江南的女人更是软的，而江南的花雕，是一种软的酒。

市井的花雕

在花样年华酒吧里，花枝招展见到了那个叫北方的河的人。没有想象中的伟岸，倒有一种南方人的味道，脸色白净，身材瘦长。花枝招展没有一见如故的感觉,也没有十分生疏的感觉,在聊天室里他们都谈了彼此的许多事情。但是花枝招展始终不能把他和一个体育教师联系起来,看上去他更像一个公司职员。

花枝招展穿着一袭裙装,那是一个叫"江南布衣"的品牌。棉布包裹的女人,一定就是温软的女人。北方的河坐在花枝招展的对面,他的眼睛有些小,那样眯着,露出诡异的笑容。他理了一个平头,如果说要找到体育教师的特征的话,平头是最能体现这一职业的特征。北方的河穿着西装,看上去是一个严谨的男人。他一直这样笑着,目光始终不离花枝招展。花枝招展有些不太自然起来,一个十七八岁的服务生走过来,弯腰,很小声地问要什么。花枝招展说,有没有花雕,就是商店里就能买到的那种花雕。服务生的嘴角牵了牵,没有,酒吧里不会有这样的酒。花枝招展显得有些失望,其实她预先就知道,酒吧里肯定不会有这样的酒,但是她仍然忍不住问了出来。北方的河也笑了,北方的河说你们这儿肯定没有伏特加吧。服务生再次把嘴角牵了牵,但他保持沉默,他一定在想这两个人为什么想要的都会是酒吧里没有的酒。

最后他们各要了一杯芝华士12年,那是一种酒质饱满丰润的水,让人想到遥远的盛产芝华士的苏格兰。在进入他们的口中之前,芝华士通过长途运输来到这儿,再之前,就是在橡木桶中度过它孤寂而漫长的12年。酒吧里放着一首好听的歌,花枝招展记不得演唱者的名字了,只记得那个男人嗓音沙哑,那首歌的名字叫《加利福尼亚酒店》。花枝招展抿着酒,她说你为什么想要见我,我很特别吗。北方的河说,你不特别,但是你为什么一定就要特别呢。花枝招展点了一支烟,那是一种叫

寻找花雕 | 051

作"繁花"的女士烟,细长型的白色的烟,线条流畅像一个寂寞的女人。花枝招展的腿交叠着,头发稍稍有些蓬乱,脸色也不是很好,但是在暗淡的灯光下却有着一种与众不同的妩媚。花枝招展顷刻间就被烟雾包围了,她坐在雾中,柔顺优美的线条呈现在北方的河面前,像是暗夜盛开的花朵。北方的河咳嗽了一下,这是一种显得特别生硬的咳嗽,咳嗽声中他一定在寻找着话题。

北方的河说,你为什么突然说起花雕,你从前一直都没有说起过花雕。花枝招展说,我不知道为什么,我只知道我今天很想喝花雕酒,很想把自己喝醉了。北方的河说,我也想喝花雕,我也想知道你说的花雕是怎么样的。花枝招展说,你知不知道晚清的任伯年父子,他们是绍兴籍的大画家,在酒坛子上画武松打虎,那才是有名的花雕。北方的河说,我知道任伯年,但是不知道他在酒坛上画画。

花枝招展抽完了一支烟,她将烟蒂在玻璃烟缸里揿灭了,然后她不说话,她只望着窗外,窗外是一场江南的绵密的雨。雨不大,很适合浪漫的情人在雨中行走,但是一会儿工夫,这雨又能把你从里到外都打湿,也许这也是一种温软的力量。花枝招展看着薄雾般的雨落在霓虹灯上,霓虹告诉每一个人,这儿不是乡村,这儿是城市,这儿是城市里的酒吧。花枝招展又点起了一支烟,一根细长的,像手指那么长的火柴举起了一朵暗淡的火花,把花枝招展的脸映得一明一暗的。花枝招展就举着那根火柴,等它快要燃尽的时候,她点着了烟,然后挥手把火挥灭了。很优雅的一个女人。

北方的河说,你是不是老抽烟。

花枝招展说是的，我还没有孩子，老公说在我不戒掉烟之前，我们绝不要孩子，我正好懒得要孩子呢。

北方的河说抽烟说明你是一个寂寞的女人，你寂寞吗。

花枝招展想了想说，是的，我很寂寞，所以我在网上认识了你。寂寞的女人大都是抽烟的，但是我只抽一个牌子的烟。我只抽"繁花"。女人的一生，就像繁花，有含苞，有绽放，有凋零。

北方的河说，你不要说得那么悲凉好不好，让我觉得人生太虚幻，好像看不到前程似的。

花枝招展说，人生当然虚幻，你觉得人生不像是一场梦？

北方的河说，你老公是怎么样一个人，他爱你吗？

花枝招展想了想，她在努力地想着那一个被称作老公的人，她带着老公第一次到家里时，父母亲很满意。老公是一个女友介绍的，女友说，你谈了好几个都没谈成，这次我给你介绍一个优秀男士。老公在各方面都是不错的，温文尔雅而且宽容，从来不限制花枝招展一点点自由，连献殷勤也是不露声色的。但是老公也像一个影子一样，一忽儿飘到她的身边，一忽儿又飘远了。他只和花枝招展过日子，没有其他。

花枝招展说，我老公是一个影子，他是一个优秀的影子，他爱我。

北方的河显然没有听懂她的话，但是他很聪明，他没有再进一步地问。他说我们不说你老公了，也不说其他的，我们说你的花雕，你给我说说花雕行吗。

花枝招展于是就说了花雕。

花枝招展说，你知不知道绍兴有条鹅行街，鹅行街里有一

寻找花雕 | 053

个叫黄阿源的人，当然那是上个世纪四十年代的事了。花枝招展的眼前，突然就浮现了那时候的一条江南老街，和一个戴着毡帽的民间艺人。黄阿源站在庙堂里，抬眼看着油泥堆塑彩绘的菩萨。他的个子不高，双手反背，在久久凝望那些表情一成不变的菩萨后，走出了庙堂，然后走到鹅行街，走进一堆光影里。他的手里突然多了一只坛，又多了一只坛。他用沥粉装饰，贴金勾勒，做了四坛"精忠岳传图"的花雕。接着，他开始脱下毡帽在这条鹅行街上奔跑，路上纷纷以奇怪的目光看着他。他的心里涌起了一浪浪的甜蜜，因为花雕，居然可以做得如此精致如此巧夺天工。

北方的河终于明白，所谓花雕，不是以酒命名，是以酒的包装命名。酒坛子里装着的，是江南的女儿红，一种普通的米酒而已。北方的河说你知不知道伏特加，那是一种让人沸腾的酒，它会给人力量，给人青草的气息，你能看得到大地上升腾着的热气。花枝招展吐出一口烟，她把烟直直地喷向北方的河。烟雾冲向了他的脸，然后四散着蔓延开来，让北方的河只呈现一个模糊的轮廓。烟雾升腾中，花枝招展的手机响了，蓝色的屏幕在闪烁，亦真亦幻的感觉。一双白皙柔嫩的手伸过去，纤长的手指轻轻握住手机。

我在喝酒呢。

在花样年华酒吧。

我和一个男人。

怎么你不信？

不信拉倒。

你几时回。

好的，路上小心。

晚安。

这是北方的河听到的全部内容，显然这些句子里省略了电话那头一个男人简短的话语，但是仍然能让人准确地猜出对话的全部内容。那是花枝招展出差在外的老公打来的，花枝招展在这几句极简单的话中穿插了软软的浅浅的笑，平添了几分温情，让北方的河心里酸酸的。北方的河说，看上去你们挺恩爱，让人无缝可插。

花枝招展说，你是不是希望我们不恩爱。

花枝招展说，我说过他很爱我，他像一个飘来飘去的影子，用他的方式爱我。许多时候，我对日常生活的一些细节健忘或者感到模糊。

花枝招展说，我想离开了，我想去大街上走走，你陪我走走吧。

北方的河站起身来，他看到了一场雾雨还在窗外飘忽不定，酒杯里还有一些芝华士的残液，像一个不再年轻的经历过许多次情爱的女人。他们离开了。

街上的行人已经很少，他们没有伞，花枝招展觉得寒冷，所以她挽住了北方的河的胳膊，像一对情侣。花枝招展说，我想喝花雕，你陪我去找花雕好不好？花枝招展说话时嘴唇微噘，有了一种撒娇的味道。北方的河说，好的，我陪你去找。大街上的商店已经打烊了，很安静，一条长长的街就在两个人的视野里头，布带一样抛向远方。一个男人正在拉下卷帘门，那是一家小店的门。花枝招展挽着北方的河走过去，说，有花雕吗？男人愣了一下，但是随即他就摇了摇头，并且咕哝了一句。

街边法国梧桐宽大的树叶在微雨中沙沙地响着，北方的河摸了一下头发，头发湿了，像喷上一层雾似的。在梧桐树下，他清晰地听到花枝招展说，吻我。声音很遥远，仿佛来自天边，或者来自他曾经历过的年轻岁月里的某个时期。吻我。花枝招展又说了一遍，她的眼睛闭上了，头微仰着，长长的睫毛上挂着雾球，喷出的鼻息，温暖而湿润。它们打在了北方的河的脸上，痒痒的。北方的河的心开始颤动，很轻微的颤动，他的嘴唇也开始颤动，一边颤动一边轻轻压了下去，盖在了花枝招展的唇上。他的舌尖钻出来，温文地开启花枝招展的唇，像一把钥匙。然后他的舌尖触到了细密的牙齿，他努力地顶开花枝招展的牙齿，舌尖终于触到了另一个舌尖，像两朵花的相遇。那是一种温软的湿润的相遇，北方的河闻到了芝华士的味道，还有柠檬的味道。舌尖滑滑的，一忽儿滑上，一忽儿滑下，让北方的河沉醉其中。花枝招展的身体也贴了上来，像一条直立起来的鱼，温婉地贴在北方的河身上，没有一丝空隙。那是一具女人的身体，带着体温，像妖娆的花朵突然在他身边开放。北方的河耳朵里没有了树叶沙沙的声音，他的心很静，什么也听不到了。他只吮着花枝招展的舌尖。

很久以后，北方的河感到舌头有些酸，花枝招展轻轻推开了他，舌尖也同时退出来。北方的河看到花枝招展抿了一下舌头。花枝招展说，你的初吻是在什么时候？

这是一个奇怪的问题，是一个一般人不太会问的问题。北方的河笑了笑，没有回答，但他仍然想到了他在校园里的一棵树下吻一个山东女孩的情景，那时候他没有征求女孩的同意，他认为亲吻是不能去征求女人同意的。女孩挣扎，女孩在挣扎的过程中用手捶打着他,先是用力的,然后力气一点点小下去,然后,女孩把一双手环在了他的脖子上,并且羞涩而热烈地回吻着他。很显然,花枝招展的问题勾起了他的回忆。花枝招展说,我的初吻,到现在已经十年,那个男孩子是大学同学,也是同乡,现在他在深圳开着公司,并且还没结婚,连女朋友都没有。

他们继续往前走。北方的河掀起了西装的下摆,让花枝招展钻进他的怀里。这个时候北方的河有了蠢蠢欲动的念头,那个念头跳出来,张开嘴咬他,咬得他遍体鳞伤。他们相拥着前行,把步子迈得歪歪扭扭的。一个警察站在不远的地方,他穿着雨衣,但是帽子上的警徽还是发出了微弱的光。警察看着他们,笑了笑,警察当他们是一对爱情中的男女。然后,他们看到不远的地方,亮着灯光,那是一家狗肉店。

店主是一个看上去瘦弱的人,他蓄着小胡子,一双绿豆一样的眼睛毫无生机地转动了一下。花枝招展停下步子,她从北方的河怀里钻了出来,她说,有花雕吗?你这儿有没有花雕?店主愣了一下,他想了想,转过身子从高高的货架上拿下一瓶积满灰尘的酒。他努起嘴,吹了一下,灰尘就雾一般升腾起来。是这个吗。老板问,是不是这个花雕。

那是一瓶包装简单的花雕,白色的陶,有花有草有一个嬉戏的小童。花枝招展笑了,她伸出手捧住花雕,像捧住了一件宝贝似的,或者是一件心仪已久的首饰。她腾出一只手,把北方的河拉进不大的店里。店主仍然面无表情,一个女人像从地底里冒出来似的,突然出现在他们面前。女人笑了一下,露出门板一样的牙齿,微微发黄,闪着一种瓷质的光泽。女人说吃

寻找花雕

不吃狗肉,女人的手里举着一把亮闪闪的菜刀,好像随时要进行一场搏杀似的。花枝招展说,要狗腿,你给我们切一条狗腿。女人的手里突然多了一条狗腿,她在案板上切狗腿,一条腿很快被分解了,形状还算优美,薄,而且有一种线条。

花枝招展和北方的河面对面地隔着一张小方桌坐着,很像一部王家卫的片子里的镜头。他们一言不发地看着不远的角落里,一条剥去了皮的狗。灯光落在狗的身上,它的身子是雪白的,映着一丝丝淡淡的血水,还闪动着一种带有湿润的光泽。在不久以前,它还是有生命的,也许它就是死在瘦弱的店老板锋利的刀下。北方的河面对油腻的桌子,好像找到了某种北方的感觉,他舔了一下嘴唇,突然有了一种喝酒的欲望。一瓶花雕打开了,弥漫着酒香,那是一种来自植物的核心的香味。花枝招展笑了一下,举起酒瓶,为北方的河倒了满满一碗。北方的河俯下身,嘴唇触到了酒。丝丝缕缕的甜味和略略的涩味沾在了他的舌尖上,他咂了咂嘴,咽下一口。酒顺着他的喉咙下滑,软软的像一条光滑的绸缎从手背上滑下时的感觉。然后进入胸腔,在那儿汇成一股温暖的泉,温暖着他的胃。他甚至想着,他的胃部会不会因此而长出青草,青草上洒满露珠和阳光。而他的脑海里,浮现的却是平原上的大片水稻,种出的稻米蒸熟了,加上白药,然后成为软绵绵的酒。他的脑海里,还浮现一个叫黄阿源的戴毡帽的男人,反背双手走在鹅行街上。少顷,黄阿源开始狂奔,腋下夹着两个花雕酒坛。

花枝招展也抿了一口,她抬眼时送给北方的河一个笑脸,她看到北方的河唇边留着酒的痕迹。花枝招展说,这座城市里,最有名的是狗肉,现在已经过了吃狗肉的季节,你如果在冬天来,你如果在飘雪的日子里来,温上一碗老酒,切上一碟狗肉,用椒盐醮着,那时候你面对窗外飘雪,不想成为诗人都不行啊。北方的河又俯下身子喝了一口酒,他说花雕的味道怎么这样甜,像果汁一样。你不知道北方的伏特加,它只在我生活的城市里流行,那是一种烈酒,喝到嘴里,你的整个胃都在燃烧。

他们吃着狗肉,喝着酒,全然没有去理会外面越飘越密的雨丝,也不去理会那个瘦弱的老板和刀功特别好的笑容诡异的板牙女人。一瓶酒喝掉了,花枝招展说,再来一瓶。又一瓶花雕打开了,打开以前店老板照例再次吹去酒瓶上面的灰尘。板牙女人递上了酒,她走路的时候寂静无声,酒放在桌子上时也是寂静无声的。花枝招展只看到她那双油腻的手,那双手不知接触了多少狗肉。酒瓶里的酒倒下去了,有轻微的咚咚声,像温泉。北方的河的脸是青色的,那完全是因为灯光的缘故,当然也有可能,是酒量极好的人的一种常见的脸色。他看着花枝招展倒酒时的手,那么白皙柔软充满诱惑。他想到这个女人刚才还钻在他的怀里,让他那样拥着她。他的心底开始涌起了欲望,他看到花枝招展喝得很少,只是一小口一小口地抿着,但是脸上仍然有了盛开的桃红。花枝招展斜眼看他的时候,把一小块狗肉夹到嘴里,用细密的白牙叼住了,细细咬起来。他终于说,去我房间坐坐好吗?

花枝招展沉思了一下,随即又抛过去一个笑眼。花枝招展说,喝酒,我们的酒还没喝完呢,再说吧。于是就喝酒了,这种甜甜的酒对一个善饮的北方人来说,不在话下。北方的河很想在短时间内把第二瓶酒喝完,他自斟自饮起来。他又想念他的伏特加了,心底他更喜欢伏特加,那是一种让人爽的酒。他还想起了一部电影的情节，一个男人一直在寻找一种叫伏特加的酒，一个女人像一个精灵一样出没在他的生命里，女人是周迅演的，妖娆而迷乱，找不到根的感觉。摇晃着的用手提方法拍的镜头，在他的脑海里越来越清晰。他倒上酒，喝掉，又倒上酒，喝掉。然后他摇晃了一下花雕酒的酒瓶。他的手指刚好按在酒瓶上那个童子的脸上，所以他只能看到童子的脖子以下，脖子以下是童子露出胖乎乎的胳膊和腿的模样。酒瓶传来轻微的水声，很细微的，像一枚武林高手抛出的针在空气中游走。他没有把酒瓶里的酒倒入杯中，他把酒瓶的口对准自己的嘴，一仰脖，就全下去了。他只感到有一条小河，从他的喉咙游过，游到他的胸膛，在那儿汇成一个潭。

花枝招展看着北方的河，那显然是一种属于北方的喝酒方法。花枝招展看着北方的河仰脖子的模样，像核桃一样的喉结滚动了一下，又连续滚动了几下，然后北方的河撸了一下嘴巴，放下酒瓶。酒瓶上的童子笑容变得更加安静，瓶子是空的，但是它仍然应该叫作花雕。而酒没有了，进入一个北方人的胃部。北方的河站起身来，走吧，他的目光闪烁不定，有些焦虑，像是包着一些内容一样。走吧。北方的河再一次这样说。花枝招展抬起眼，她有着轻微的黑眼圈，这与她迟睡有关。她看了北方的河很久，有些惶恐地说，去哪儿？

到我房间坐坐吧，到我的房间去，好不好。声音很低，但是充满着渴望。他们一起走出了狗肉店，在走出狗肉店以前，北方的河摸索着抽出一张百元币放在桌上。百元币是新的，轻巧而坚硬，像一页锋利的刀片。他拉着花枝招展的手径直向外走去，这个意思就是，不用找钱了。板牙女人把钱拿起来，通过油腻腻的手传给瘦弱的老板。花枝招展挽着北方的河的手，她一回头，看到老板的绿豆小眼睛转动了一下，小胡子也颤动了一下，他正举着那张薄似刀片的纸币。显然纸币已经切中了老板的某一根神经，她甚至听到老板心里突然发出的叽叽嘎嘎的笑声。她还看到那张小方桌上，一包叫作"繁花"的女士烟寂寞地躺在那儿，繁花盛开在一片暗红色的光泽里。那张昏黄灯光下的方桌，让她想起了一部电影。电影的名字叫作《半生缘》，是张爱玲的小说改编的。吴倩莲的神情显得幽怨，她也坐在一张方桌旁，暗淡的灯光投在身上。她对身边的一个男人说，我们已经回不去了。那时候数十载光阴唰唰而过，让看片的花枝招展心疼了。她没想再去拿回那包烟，她记得烟盒里还有两支烟。

　　北方的河拥着她，一起走在向新元酒店去的路上。一辆出租车停了下来，北方的河拉着花枝招展要上车，花枝招展说，再走走吧，不远就到了还不如再走走。北方的河没有再坚持，他一仰头，雾般的微雨就均匀地浇了他一脸。他低下头，用唇轻触了花枝招展的面颊，并且无声地笑了起来。花枝招展没有表情，起先她在北方的河的怀里，现在，完全是她在扶着北方的河了。冷风一阵一阵地吹着，北方的河的脚步开始晃起来，摇摇摆摆。花枝招展想到了老公，老公在另一座城市里，明天下午，老公就要乘坐航班回来了。老公的包里，一定会有送给她的一件小礼物。她不知道自己还想要什么，她只是始终感觉对她很好的老公，像一个美丽的影子一样，一直在她的生命里飘着。

　　北方的河低估的是江南的酒的后劲，花雕的酒劲开始涌动，

寻找花雕 | 061

像一个喷泉一样。北方的河说，花雕好像有些后劲。花枝招展说，不是有些后劲，是很有后劲。我告诉你，大凡柔软的东西，一般来讲都是比较厉害的，比如江南的酒，和江南的女人。北方的河舌头有些大了，他说你等一下，你等一下，他推开花枝招展，把自己的身子伏在一棵树上，像是寻找依靠的样子。然后，刚刚吃下去的食物，说确切一点是狗肉，全部都倒了出来。花枝招展走到他身后，在他背后轻轻敲着，但是他却一把搂住花枝招展，身子软下去软下去。花枝招展感到自己身上有座山，她奋力推开山。一辆出租车停了下来，走下一个络腮胡子的年轻人。他帮花枝招展把北方的河抬上了车，他在车里说，你为什么要跟外地的男人一起喝酒，你知不知道这样做很危险。花枝招展坐在后边整理头发，扑鼻的酒气从北方的河身上蔓延开来，让花枝招展始终有一种呕吐的欲望，但是她强忍着没有吐出来。花枝招展对司机说，你怎么知道我是本地人他是外地人。司机说，我每天都要载着许多外地人和本地人在这座城市里跑，我一眼就能看出来，一般司机还不愿帮你呢，谁愿意自己的车上都是酒气。花枝招展的心里突然有了些感激，如果没人帮她，她不知道怎么办。司机又说，我还看出来你们刚认识，所以我劝你以后晚上出门要小心，碰到坏人怎么办。花枝招展的脸红了一下，她没有再说什么，她整理着自己散乱的头发。

　　车到了新元酒店，门僮跑上来帮忙。花枝招展谢过了司机，又从北方的河身上摸出了钥匙牌。她和门僮一起把花枝招展送回了房间，开亮灯。门僮问她还有什么事需要帮助，花枝招展说不需要了，她给北方的河盖上了薄被。门僮悄悄退了下去。花枝招展在卫生间里整理自己，她洗了一把脸，然后掏出一支口红，为自己精心地补妆。她分明地看到了眼角细碎的鱼尾纹，和轻微的眼袋。她的头发蓬松而卷曲，而在十年以前那是一头乌亮的披肩长发。她抿了一下嘴，口红让她增添了一丝精神，所以她又抿了一下嘴，并且仔细地端详着自己。卫生间里的日光灯发出惨淡的光，很久以后，她才从卫生间里出来。她看到一个男人在呼呼大睡，他被江南的花雕醉倒，他一不小心触到了柔软，随即被柔软的力量击倒了。

花枝招展轻轻地带上门，她没有乘电梯，是从楼梯下楼的。高跟鞋的声音有节奏地敲响了整幢楼，她走出大门，门僮为她开门，目光在她身上停留了许久。然后，她走在了大街上，这是一座江南的城市，是她的城市，她在这座城市里感到寂寞，就像身旁站着的一棵棵法国梧桐一样寂寞。一抬头，她看到了渐渐变白的天色，呈现出鱼肚的颜色，白中带着些微的灰黄。她走在马路中央，一个人也没有，她用双手抱自己的膀子取暖，一双雅致的高跟鞋托起一个优雅的女人，在寂寞的长长的街上走过。

文件柜里的花雕

花枝招展直接去了办公室。和她预料的一样，今天不是一个好天气，雨停了，但是天阴着。她走进属于公用事业局的楼，走进自己的办公室，坐在自己的办公桌前迷迷糊糊地想要睡着。少顷，张阿姨开门进来了，张阿姨说这么早啊。张阿姨整理了一下办公室，她把目光再次投向花枝招展的时候，说，你的脸色很差，你一定没睡好。

花枝招展笑了一下，她站起身来，整理一些昨天刚刚复印完的还没装订的资料。张阿姨皱了一下眉头说，你身上好像有股酒味，你没事吧。花枝招展又笑了一下，说没事。走廊里的声音响起来了，人越来越多，新的一天开始了。新的一天，花枝招展显得异常疲惫。她打了一个哈欠，睡意像一群虫子一样，吱吱叫着围攻她。她终于趴在办公桌上，完完全全地睡了过去。

　　醒来的时候，已经将近中午。张阿姨走出办公室，她一定是去文印室忙了，她在整理一些资料。张阿姨不愿打扰她的好梦，张阿姨一直像母亲一样照顾她，她的身上，盖着张阿姨的一件薄毛衣。花枝招展站起身，揉了揉眼睛。她开始整理文件，她打开文件柜拿出一些资料。她的手突然触到了一样东西，她拿起来，把那样东西晃荡了一下，里面传来液体的声音。那是一小坛花雕，像一个小篮球一样，已经尘封了十年了，所以酒液也挥发了不少。她把花雕酒贴在胸前，她已经不记得这坛子花雕了，现在这坛花雕又跳了出来，把她的记忆再次打开。她看到十年前她长发披肩，一个男人赶来这座城市，他们一起逛街，并且在房间里亲热，在公园里接吻。男人在店里买下花雕，送给了她。男人后来去了深圳，现在经营着一家公司。男人至今未娶。男人，是她大学里的初恋。

　　张阿姨开门进来，花枝招展忙将那坛酒重新放进了文件柜，但是她努力了很久，也不能将自己从记忆里拉回来。也许此刻，老公已经乘上了班机，不久就会回到自己的家中。她站在窗前一动不动，她想把自己从记忆的泥沼里拉出来，她花费了很多的心力，但是脑子里仍然跳着另一个男人本来已经渐渐淡去的音容。这是一件多么奇怪的事情，十年以后，这份记忆竟会突然困扰她，或者说手持长矛袭击她。

  手机响了，是北方的河。花枝招展把手机贴到耳边，北方的河的声音响了起来：我要走了，谢谢你昨晚让我品尝了花雕，现在我想念着家乡的伏特加，它们整齐地躺在许多超市的酒柜里。花枝招展努力地想着北方的河的样子，但是她想不起来了。花枝招展想，是不是我的脑子出了一点问题。

  北方的河继续说：你昨晚问我我的初吻是在什么时候，我告诉你，在大学校园的某棵树下，我吻了一个山东女孩。她现在是一个好妻子，和好妈妈，但是她的丈夫不是我。

  北方的河还在说着一些什么，花枝招展的耳朵却听不清他在说些什么了，但是她仍然手持电话站在窗前。她的眼眶里涌出了泪水，越来越多，一会儿她的整张脸上都淌满了泪水……

遍地姻缘

1

秋天的风从很远的地方奔了过来，它们经过丹桂房的一棵泡桐树的时候，看到了泡桐树下躺在躺椅上正抽着烟的老凤仙。这是一棵老去的泡桐，它臃肿且没有力感的身体，像一个业已中风的老人站在院子里。老凤仙就在阵阵咳嗽中抽着一杆烟，那烟杆已经被她拿捏得油光锃亮了。这时候，一片巨大如手掌的叶片，飘落下来落在老凤仙核桃壳一样的脸皮上。老凤仙没有伸手去拿掉那枚叶片，而是躲在叶片下面咯咯咯笑个不停。她花白的头发，像一团银线一样，在仿佛受了潮的阳光底下，一闪一闪，很像大海的波光。

银子就是在她的笑声中出现在院门口的。她咣当地撞开了院门，然后把身体倚在门框上，大口大口地喘气。老凤仙在瞬间就止住了笑声，她一把拿掉了盖在脸上的那枚黄色泡桐叶，坐直身子盯着仍在不停地喘气的银子。老凤仙总觉得银子喘气的样子，很像电影里的镜头，她倚在门边，大概是要告诉乡亲们一个消息,鬼子来了。老凤仙张了张嘴,很想说什么,但是她没有说出来,最后银子看到的只是老凤仙空洞的嘴而已。那是一张掉了很多牙齿的嘴,银子总觉得那是一个无比滑稽而且可怕的黑洞。

银子慢慢平静了下来。她用一只手抓住了一条垂在胸前的长辫和老凤仙说话,看上去,她是怕那一条辫子会突然飞走。银子说,老曲有一个老婆,叫李芬芳。

老凤仙猛吸了一口烟,她往烟杆里填烟叶的时候,烟雾很快就把她罩了起来。她的喉咙翻滚着,滚出一口浓痰,落在了很远的地方。老曲有一个老婆怎么啦,李芬芳又怎么啦?老凤仙的声音穿透了烟雾,落在银子的面前。

李芬芳要开一个婚介所,这是镇上第一个婚介所。银子说。

婚介所是个什么东西?

婚介所就是婚姻介绍所。

那开婚介所又怎么啦?我儿,你别怕,说白了他们还不跟咱们一样,就是媒婆。

银子走进了屋里,走到了灶台前。她开始切土豆,她把土豆丝切得很匀称,像工艺品。但是她没有停止说话。她的声音从屋里传了出来,落在院子里。这时候老凤仙重又躺倒在躺椅上,她听到银子说,可是这个李芬芳要给咱们丹桂房的老豇豆做媒,我给老豇豆做了十六年的媒都没有做成,要是被她做成了,我的脸往哪儿搁,你还让我以后做不做媒了?李芬芳这样做,就是在挖我的墙脚。挖我的墙脚,就等于是挖你老凤仙的墙脚。你知不知道,你知不知道,你知不知道?

银子一边狠狠地说着知不知道,一边把土豆丝切得飞快。

遍地姻缘 | 067

她的声音里透着无限的愤怒，仿佛要把李芬芳这个挖了她墙脚的人像土豆一样给剁碎了。听到刀落砧板越来越快的声音，老凤仙狠狠地闭了一下眼睛，她说不好了，绝对不好了。三，二，一。果然在老凤仙数到一的时候，她听到了银子的一声尖叫。

那是一声尖厉的叫声，像玻璃落地一般，清脆短促。银子丢掉了菜刀，她用一只手抓住了自己另一只手的手指，送进嘴里吮吸着。她的手指头被刀子划破了，些微的鲜血滴落下来，血滴盖在那些土豆的尸体身上。院里的老凤仙叹了一口气，她慢慢地坐直了身子，慢慢地从躺椅上站了起来，慢慢地走进了屋里。

老凤仙盯着银子看。银子仍然把手指头塞在嘴里，发出咝咝的声音，像一条蛇在春天行进时发出的兴奋叫声。老凤仙说，拿出来。银子忙把手指头拿了出来。老凤仙探手在灶梁上的小香炉内摸了一把，摸出一把香灰来，一把握住了银子的手指头。不用怕的，马上就好了，这香灰除了癌，什么都能治。老凤仙的嘴巴又张开了，她在笑，她笑起来的时候，脸上所有皱纹像波涛一样涌了起来。银子说，老凤仙，你说我该怎么办？老凤仙说，你还算不算是我女儿。银子说，算，不算白不算。老凤仙猛地拍了一下砧板说，好，你去把王月亮介绍给老豇豆。

那王月亮会不会肯的？银子说。

你不去试一下，你怎么知道不肯的。老凤仙又猛吸了一口烟，她的一双老眼突然睁大了，又突然收拢来，发出很强的光线，把银子吓了一跳。

老凤仙说银子，你不能输给什么婚介所。输给婚介所，你就给我爬出这个院子，滚蛋。

068 遍地姻缘

2

　　丹桂房被秋天整个地笼罩了,一阵秋雨把那些夏天的暑气给浇灭踏碎埋葬,然后秋风吹来,让一些野草枯黄,让一些树叶在天空装模作样地舞蹈一番,然后跌落下来,落在散发出腥味的泥土上。银子手里拿着一个玉米,她啃着玉米,她啃玉米的时候老是想,这些玉米怎么一粒粒长得像牙齿一样。然后银子出现在牛栏,那是被秋雾深深锁住了的牛栏。以前这儿养着许多牛,后来这些牛在分田到户的时候,给村民们瓜分了。剩下的牛栏很寂寞地立在村子的一角。幸好王月亮来了。王月亮来的时候,是一个春天。那天银子要去大竹院,给瞎眼的骆梅芳做媒。那时候地气在阳光下升腾,银子就感觉到自己的身体要被春风拆开了。她不由得感叹起来,这是一个多么适合做媒的好天气啊。当她走过牛栏的时候,闻到了牛粪的气息。牛粪的气息夹杂着青草味,在牛们被一些村民牵走以后,这些牛粪味仍然在牛栏久久回荡。银子看到了王月亮,那时候银子还不知道她就叫王月亮。那时候银子只看到王月亮牵着一个脏孩子的手,他们就站在牛栏门口。一些村民围住了他们,用很不标准的普通话和王月亮做交流。银子只听清王月亮的一句安徽口音的普通话,她说我们没饭吃了才到这儿来的,我们能在牛栏里住下来吗?

　　银子的目光像一把刀子一样,在春日的阳光底下一闪一闪。她分明看到王月亮鸟窝一样乱的头发下面,其实有着标致的五官。银子在王月亮身边闪身而过,这个美丽的春日,她不能浪费时间，她必须马不停蹄地为大竹院一个瞎眼的女人说媒。镇上的吉祥瞎子愿意娶她，第一句话银子都已经想好了，那就是：吉祥瞎子有很多钱的。你虽然不一定喜欢钱，但你一定喜欢听他为别人算命，那么多人排起长蛇一样的队来听他算命，你说他算不算一个领导？你一边听算命，一边数钱，一边吃瓜子，一边还可以晒晒太阳，那是比我们亮眼人还要幸福的一件事。你说，你嫁不嫁？

现在，银子在寻找着王月亮。牛栏已经被改造过了，牛粪的气息也已经飘散在岁月的深处，但是现在又有了另一种气息。银子看到了粉尘在阳光下舞蹈，那些旧报纸旧纸箱旧牙膏壳旧电线丝等等，都集中在一起，像一个集中营一样。它们散发出的是一种旧气味，这种气味很容易就让银子打了几个响亮的喷嚏。银子在喷嚏声中寻找着王月亮，终于在一堆旧报纸后面，她发现了一个硕大的朝天的屁股。王月亮正低着头整理着地上的一捆报纸。银子很轻地叫了一下，说，月亮，月亮你的好事就要来临了。

王月亮没有理她，但是她还是回头看了银子一眼。王月亮没理她是因为王月亮打死也不相信，会有一种莫名其妙的好事降临到她的头上。银子觉得王月亮对自己太冷淡了，银子就感到很没劲，但是她还是学着王月亮，把屁股对准了天，埋下头整理着地上的旧报纸。银子认识的字并不多，不过她还是能把报纸上的文字读下来。这比老凤仙要好多了，老凤仙一个字也不认识。在生产队的那会儿，每到要分谷子签名字，老凤仙就在签名栏上画一只凤凰。但是队长说那根本不像凤凰，那最多像一只鸡。为此老凤仙苦练了一个月画凤凰，她还专门让一个小学生去认，说这像鸡吗？小学生说不像，一点也不像。老凤仙就很高兴。小学生后来告诉她，说图画上那玩意像村长家养的鸽子。

这是一个平淡而温暖的下午，银子一直在边整理报纸边看报上的新闻。银子不停地和王月亮说着话，她说你看这个人为了抢一块钱而去杀人了，真不值，要抢的话，怎么着也该去抢一万块。银子说你看这肉价又上涨了，城里人都不愿吃肉的时候，我们乡下人却吃不起肉了。银子说月亮月亮你看，这儿说有一个歌星，唱一首月亮代表我的心，月亮怎么可以代表心？那不是在说你代表他的心吗？要是月亮代表心，那什么代表我的胃？难道要用太阳代表吗？银子说你看你看城里的月饼一过中秋就被猪场拉去喂猪了，听说中秋节以前这东西喂人，中秋节以后喂猪。银子还想再说什么的时候，王月亮站了起来。王月亮大概是有些累了，她拍了拍大腿说，银子你找我有什么事吧？

银子从一堆旧报纸里把目光艰难地收回，她站起身来的时候眼睛黑了一下，一会儿她终于看清了眼前的人影，那是王月亮似笑非笑地盯着她看。秋风从门口窜过，像一个顽皮的孩子一样。银子看到了牛栏门口走过去李芬芳，李芬芳身后还跟着长得像海豹一般，头和脚一样粗的八匹马。八匹马的口袋里装满了爆米花，她一边走一边不停地吃着爆米花。八匹马之所以被人叫成八匹马，是因为她喜欢喝酒，还喜欢和人划拳。别人划拳第一句是哥俩好哪，但是她不一样，她第一句总是：八匹马呀。

银子望着李芬芳和八匹马的远去，她知道李芬芳肯定是带

遍地姻缘 | **071**

着八匹马去老豇豆家的。王月亮十岁的傻瓜儿子蛋蛋回来了。蛋蛋走到王月亮的身边，在王月亮的奶子上摸了一把。然后斜着一只大一只小的眼睛问王月亮，月亮，她她她怎么在我们家家家？

王月亮笑了，她看着心爱的蛋蛋流着鼻涕的脸，慈祥地摸了一下蛋蛋的头，说她是来视察我们的破烂的。我们捡破烂最多了，我们简直是整个枫桥镇的破烂王，我们简直是整个诸暨的破烂王。喂，银子，你视察完了吗？

银子从很远的地方扯回了目光。她害怕李芬芳真的说动了八匹马嫁给老豇豆。当秋风再一次打着旋吹乱了银子的头发时，银子脸上堆起了秋阳一般的笑意。银子清了清嗓子说，月亮，我想给你做媒。

王月亮微笑着看着银子，她早就猜到媒婆上门肯定就是这事儿了。王月亮说，蛋蛋，银子要把妈妈嫁给老豇豆，你说行吗？蛋蛋盯着银子看，看了很久以后才说，老豇豆有个屁钱。我们不嫁的。

王月亮笑了，说，银子，我们家蛋蛋说了，老豇豆有个屁钱，我们不嫁的。

银子在这个时候突然感觉到，蛋蛋根本不是一个傻瓜。

3

没有屁钱的老豇豆弯曲着身子躺在一张破败的床上。那是老豇豆的爷爷在土改时分来的老床。老豇豆一般情况下不动，他要是动一下，那床就叽叽嘎嘎地响起来。现在他就仰卧着，把一条腿架在另一条腿上,然后侧过脸来看着站在床前的李芬芳和八匹马。他在抽烟,隔着很薄的烟雾,他看到了从半开着的门涌进来秋天的光线和空气。那略显暗淡的光线,让老豇豆看到的李芬芳和八匹马都脸容模糊。但是他还是看清了八匹马的轮廓。

八匹马上下一统的身体一半藏在黑暗里,一半露在光线中。她的手肉嘟嘟的,不停地往挂在胸前的那只布袋里伸。布袋里装着山楂片、多米糕、罗汉豆、一个橘子、一个苹果,以及很多的山薯片。八匹马正在嚼罗汉豆,她把罗汉豆嚼得咯嘣咯嘣地响着。李芬芳的声音从暗处飘了过来,她很亲切地说,豇豆,豇豆你觉得怎么样?

老豇豆眯起了眼睛,他望着八匹马,八匹马就像一只一动不动的面包。老豇豆伸出脏兮兮的手,在八匹马屁股上抓了一把,大笑起来。老豇豆说,他妈的全是肉,他妈的全都是肉。八匹马没说什么,只是笑着往嘴里填东西。李芬芳的声音又从暗处漫了过来,李芬芳说,豇豆,豇豆你一定要给我听好了。

胖有什么不好呢。第一,胖的人皮肤好,不太容易有皱纹,你看看八匹马的脸,简直就像刚蒸好的面包一样光洁。第二,胖的人不怕冷,冬天的时候可以少穿一件衣服,这也是节约。第三,胖的人就像沙发一样,你睡在上面,那是一张免费的沙发。最最重要的是,胖的人放在家里安全,你说哪一个男人会盯上你那么胖的老婆?

八匹马这时候已经不吃罗汉豆了,她在剥一个橘子吃。她一边吃橘子一边笑眯眯地听着李芬芳说胖的各种好处。当她说到最后一条时,八匹马不笑了,她突然很生气地说,那个叫李

遍地姻缘 | 073

才才的家伙，有一天狠狠地摸了一下我的屁股。

李芬芳一下子就愣了。老豇豆嘎嘎嘎地大笑起来，他笑的时候，香烟灰就飘落在他裸露的瘦骨嶙峋的胸部。老豇豆说李芬芳你不用说了，这么胖的人我不要，这么胖的人我怎么养得起。李芬芳就很生气，李芬芳说老豇豆你还想要什么样的？八匹马更加生气，她把最后一小瓣橘子塞进了嘴里，然后一脚踢在床上，差一点把床踢散了架。八匹马说你这个懒汉你以为我不道，你一天到晚睡在床上，你的自留田里都长满了比你还高比你还胖的荒草，你自己长得像一条老丝瓜，穷得屁钱都没有，你还嫌老娘胖呀。告诉你也不要紧，镇上农机厂那个长得最像金城武的小伙子正在追我呢。

八匹马一把拉起了新开张的枫桥镇芬芳婚介所所长李芬芳的手，她们迈着红色娘子军的步伐，大踏步地走出了老豇豆的屋子。老豇豆一下子被这八匹马骂晕了，他看到八匹马走出门去时，猛地关了一下门。门撞在门框上，发出巨大的声音，让老豇豆吓了一跳。屋子里一下子暗了下来，老豇豆的烟蒂掉在了裸露的胸部，一粒火星烫伤了他，让他痛得像一条被抛上了岸的鱼一样，不停地蹦跶着。后来老豇豆看到了胸口的皮肉起了一个包。他对刚才发生的事还是没有完全回过神来，两个女人出现了，叽叽嘎嘎说了一通话后，又突然消失了。一下子安静下来，让老豇豆觉得不太舒服。他总觉得有事要发生，他盯着那扇破旧的门看，觉得那门可能会倒下来。那门果然就倒下来了，是被八匹马重重地一摔，摔坏了门轴。门倒下来的时候，光线一下子射进了屋子里，在一声响亮的声音以后，老豇豆只看到扬起的灰尘，像电影里战场的场面一样。

老豇豆在灰尘里，在战场的场面里，发了整整一个下午的呆。他有些后悔没有答应娶那个长得既像沙发又像面包的八匹马。

4

银子回到家的时候，看到老凤仙没有躺在院里的躺椅上，破天荒地坐在了银子的梳妆台前。老凤仙花白的头发梳得齐崭崭的，头发丛中居然插着一朵茉莉花。老凤仙扭转头，看到了站在房门口的银子。银子又在啃玉米棒子，银子不知道为什么那么喜欢啃玉米棒。银子看到老凤仙张嘴笑了，再次露出嘴巴里那个缺了很多牙齿的黑洞。

银子一边仔细地吃着玉米，一边说老凤仙我告诉你，王月亮不答应，王月亮说老豇豆有个屁钱。最主要的是我要告诉你，她的儿子蛋蛋，不是个傻蛋，是个只会算进不会算出的精明蛋。老凤仙站起身来，她扭动了老去的腰肢，突然听到了咯咯的骨头声。老凤仙吓了一跳，她想起年轻的时候她去给人做媒，哪怕是几十里地，她都是走着去的。手里拿一把扇子，一扭一扭地行进在阡陌小道上。那时候黄花开遍了，河埠头有零星的船，男人们在地里耕作，万物都在破空生长。看到的人都会说，你们看，那个走起路来像风一样快的女人，就是丹桂房的媒婆凤仙。但是现在不行了，现在凤仙轻轻扭了一下，骨头就发出了咯咯的声音。凤仙叹了一口气，又叹了一口气，她叹两口气是为了说明，她已经不是一个合格的媒婆了。

银子笑了，银子很认真地吃完了最后一粒玉米，把玉米棒

遍地姻缘 | 075

子扔在了院子里。银子说老凤仙,你有没有听到我刚才和你说的话,王月亮不答应。老凤仙说那她想嫁什么样的?难道她想嫁公社书记。公社改为乡镇已经很多年了,但是老凤仙仍然把乡镇叫成公社,她总是觉得公社书记和乾隆皇帝的官是差不多大的。

老凤仙走到了院子里,她狠狠地踢了一脚泡桐。在秋天丝丝缕缕的风中,泡桐很轻地惨叫了一声。然后老凤仙躺在了那张躺椅上。老凤仙说,过来。银子的身子就离开了门框,像从门框上剥离下来似的。她的身影,像画一样飘到了老凤仙的面前。老凤仙说,给我点上烟。银子从老凤仙手里接过一次性打火机,替老凤仙的烟杆点上了烟。老凤仙恶狠狠地把烟吸了进去,又美滋滋地吐了出来。然后她用烟杆在银子的头上敲了一记。老凤仙说,你先去帮王月亮捡三天垃圾,说不定,她一感动就答应了。

银子就要去捡垃圾了。银子戴上了草帽,肩上挎一只蛇皮袋,手里还拿着一根小棍子。银子在老凤仙浑浊不堪的视线里走出了院门,她刚走出院门,老凤仙剧烈的咳嗽就响了起来。银子没有去理会老凤仙的咳嗽,银子穿过了村子来到牛栏。她看到王月亮仍然屁股朝天地在整理旧报纸,王月亮一扭头看到了银子。王月亮说你拿着棍子想干什么?

银子笑了,说我要帮你捡破烂。王月亮说,你为什么要帮我捡破烂,我付不起工钱的。

银子说,我不要你付工钱,只要你答应我帮你捡破烂就行。如果你答应了,我可以每天中午给你吃两个包子。王月亮一下子呆了,她怎么都没有想到过会有这样的好事。她抬起头望了望天,乌云在翻滚着,根本没有掉馅饼的迹象。这时候从一堆旧报纸的后面传来了一个声音,中午给四个包子,我两个,我妈两个。那是蛋蛋发出来的声音,蛋蛋正躺在报纸堆里睡大觉,现在他站了起来,揉揉眼睛,揉下了纷纷扬扬的眼屎。银子望着蛋蛋,银子又说了一句曾经说过的话,蛋蛋你根本不是傻瓜。

蛋蛋笑了,流下了一长一短两根鼻涕。蛋蛋说,你才傻瓜呢。

乌云在翻滚,一场阵雨就要来临了。王月亮说,还去不去。银子说,去的,怎么可以不去呢。于是他们一起向枫桥镇上走去。蛋蛋也去了,因为他想吃中午的两个包子。三个人在土埂上行进,中途的时候还搭了昌平吊眼佬的拖拉机。然后,阵雨就跟在拖拉机后头追,天边是一片白亮,雨滴最后还是追上了拖拉机,它张开嘴,只一口就把拖拉机给吞掉了。银子兴奋地大叫起来,银子说,噢,噢噢。王月亮也大叫,蛋蛋也大叫,噢,噢噢。他们的身子很快就湿了,这时候银子看到了王月亮湿衣服下面的大胸脯。银子伸出手去摸了一把,说,啧,啧啧,够结实的。浪费了是多么可惜的一件事呀。

雨很快就停了。枫桥镇上本来很脏的街道被冲得像一根刚炸好的油条一样,锃亮。三个人一起捡垃圾,他们有说有笑,他们觉得这个日子一定是一个充满了幸福的日子。银子身上的衣服湿答答的,这令她有些难受,但是她还是坚持了下来。中午的时候她去民生饭店买了六个包子,一人两个,他们吃得津津有味。蛋蛋吃完了,把手指头舔了又舔,看上去像是要把手指头也吃掉似的。他们还捡到了一个"火树银花",那是一个十六发的烟花弹,只不过丢在垃圾桶里已经受潮了。银子一把

遍地姻缘 | 077

捧住了烟花弹，就像是她已经把一场烟花捧住了似的。

黄昏的时候，他们要回丹桂房村了。他们经过了惠民药店和美光照相馆，还经过了阿木佬箍桶店，还经过了学勉中学，还经过了芬芳婚姻介绍所。经过介绍所的时候，银子站住了，她看到了店里面一张简单得只有一块板四根棒的桌子边上，坐着介绍所所长李芬芳。李芬芳看了看银子，银子也看看李芬芳，他们都没有说话。银子想，我肯定在这儿站了五分钟了，站满了五分钟，我一定要离开的。果然蛋蛋拉了银子一把，蛋蛋举了举手腕说，银子，都过去五分钟了，我们走吧。

蛋蛋的手腕上，用捡来的原珠笔画了一只手表。

银子带着王月亮和蛋蛋走了。走过老曲小吃店的时候，老曲看到了银子。老曲把头探了出来，他的八字胡已经很久没有刮了，所以这个八字看上去有些雄壮。老曲笑了，说，银子，要不要吃糖醋排骨，我刚炸好的排骨，很脆的。银子摇了摇头，银子在几年前不小心上了老曲的贼船，说好了老曲要和老婆李芬芳离婚的，但是老曲一直都没有。银子一气之下，和老曲断了来往。老曲是个厨师，别的厨师身上会有一股油烟味，老曲身上却只有糖醋排骨的味道。蛋蛋抽了抽鼻子，突然说，银子不要吃排骨，但是蛋蛋要吃的，王月亮也要吃的。

老曲给王月亮和蛋蛋上了一盆红光光油亮亮的糖醋排骨，王月亮和蛋蛋吃得很欢。银子和老曲就坐在桌边看他们吃。老曲说，银子，李芬芳开了一家婚介所。

银子说知道，等于就是媒婆。

老曲说，她是所长，她不许别人叫她媒婆。

银子说，不叫她媒婆，她还是媒婆。

老曲说，你还在恨着我吧。我也很无奈的。

银子说，你想得美，如果恨你了就是在想着你。我根本不恨你，我连你的名字都差点忘了，你就老姜吧。

老曲马上纠正了，说，叫老曲。

银子说，老曲你的糖醋排骨烧得不错，当年我就是吃了你的糖排以后，上了你的贼船的。

老曲看了看王月亮和蛋蛋，压低声音说，那不叫贼船。过了一会儿又轻轻地补上一句，最多也只能叫破船。

王月亮和蛋蛋吃完了糖醋排骨。蛋蛋还用舌头把盘子舔了一遍。蛋蛋说，他娘的，老子今天吃了那么多猪骨头，妈，你说皇帝一天最多也只能吃到这么多肉骨头吧。银子在蛋蛋头上拍了一记说，你胡说，皇帝那么富，怎么可能只吃这点肉骨头。我想，除了这些以外，他肯定还要吃一个油煎的荷包蛋，早餐的时候，几乎餐餐都能吃上蛋炒饭的。

现在，银子领着王月亮和蛋蛋离去。他们行进在枫桥镇到丹桂房的那段小路上。黄昏就要远去，黑夜正在逼近这三个人。路上他们没有碰上拖拉机，所以他们必须步行。一会儿，夜像一只黑色的口袋一样，把三个人都装了进去。三个人就在袋子里走路。银子的肚子叽里呱啦地叫了起来，她有些饿了，她后悔刚才没有尝尝老曲做的糖醋排骨。王月亮和蛋蛋在不停地说话，王月亮说，蛋蛋你以后晚上睡觉，不许再叼着妈的奶头睡了。

蛋蛋说，可是不叼的话，我要睡不着的。

王月亮说，你长大了。你长大了不该叼妈的奶头。

蛋蛋说，那你的奶头空着也是空着，让我叼着不是很好吗。

遍地姻缘 | 079

银子说,你们别吵了,你们看,我们到家了。

这时候,果然有许多暗淡的灯火,闪动着跳进他们的视野里。当银子疲惫的身体撞开院门,再撞开屋门的时候,看到十五瓦的白炽灯光下,一颗花白的头。那是老凤仙一边抽烟一边咧着黑洞洞的嘴朝她笑着。老凤仙旁边的桌子上,躺着一碗酸辣土豆丝,一碗喷香的米饭。老凤仙说,过来,坐下,吃饭。

银子吃饭的时候,看到老凤仙把烟一口一口喷出来,一会儿,烟雾就把那个不大的灯泡给裹住了。银子的目光从屋子里跳出来,跃上了天空。她看到了丹桂房的灯正一盏一盏地熄灭,许多人都正在睡去。牛栏里,蛋蛋用捡来的手电筒照着王月亮,他们已经躺下了,蛋蛋一把掀开王月亮的衣裳,一口叼住了王月亮的奶头。王月亮大概是怕痛了,嘴里发出了嗞嗞的声音。

银子一共帮王月亮捡了三天的垃圾。一共买了十八个包子。在第三天的夜里,银子帮助王月亮整理着旧报纸。在这三天里,银子说了老豇豆不少的好话,她已经把老豇豆说成一个非常英俊与伟大的男人了,基本上有些像上海滩里的周润发。蛋蛋已经在整理报纸的时候,头一歪倒在报纸上睡着了。银子在整理完报纸后,也要回家去。所以银子必须问一下王月亮,银子说王月亮,你觉得老豇豆这个人究竟怎么样?

这时候王月亮刚好摸到一只捡来的烂苹果。王月亮拿起苹果在衣服上擦了擦,咔嚓一口咬了下去。王月亮说,那我还是试试吧。我总要成个家的。银子突然感到幸福而疲倦,三天捡垃圾就为了等王月亮这句话。这时候王月亮尖叫了起来,因为她看到那个苹果的齿痕上,还有半条肉嘟嘟的虫子在扭动挣扎着。

银子说，我们说什么也要庆祝一下的，我们把这个烟花弹烘干了，然后放了它。银子升起了一堆火，把那个受潮了的叫作火树银花的烟花弹抱来，拿在火边上烘烤着。接着银子盘腿在王月亮身边坐下来，主要是畅想一下王月亮嫁给老豇豆以后的幸福生活。一会儿，烟花弹却突然升空了，巨大的声音打断了王月亮对未来生活的构想。烟花腾空而起，徐徐降落。银子一下子就呆了，她怎么都没有看到过天上有那么好看的火焰。

蛋蛋从睡梦中醒了过来，他痴痴地睁眼看着烟花，说，妈妈，以后天天可以放烟花弹的话，我就不咬你的奶子了。

5

这是一个普通的清晨，秋雾从天上罩下来，把银子家的院子罩得迷迷蒙蒙。在那棵老去的泡桐树下，王月亮端坐着，银子亲自为王月亮梳头。银子在王月亮的头发上吐了一口唾沫，然后她用老凤仙的那把断了很多齿的牛角梳为王月亮梳头。她不仅为王月亮扎上了红色的头绳，而且还夹上了一个发夹。王月亮走进银子的卧房，她打开了衣柜，取出最新的那一件衣裳穿上了。银子的心就痛了一下，但是她还是很勉强地笑着。她一定要做成这个媒，不然她怎么输得起这个面子呢。她上了老曲贼船那件事，已经让她输给李芬芳一次。如果她再在给老豇豆做媒这件事上输一次，那就等于是输了一辈子了。

银子带着王月亮走出院门，门又悄然合上了。在她们走出了很远的时候，院门突然打开，老凤仙嘴里衔着烟杆，身上披着一件褐色的夹袄。她的一只手叉在腰上，猛地对着天空吐出了一口烟。看上去她的样子有些威风凛凛,在她吐出了十口烟的时候,太阳升起,驱散了秋雾,大地开始向上升腾水汽。一条水牛哞哞叫唤着,像一个二流子一样晃荡着从老凤仙的面前经过。老凤仙看到牛挂在胯间像铃铛一样晃荡着的阳具,不由得大吼了一声,流氓。说完,老凤仙就进了院子,猛地关上了院门。

　　银子和王月亮走进老豇豆家门的时候,看到一块破旧的门板躺在冰凉的地上。老豇豆依然躺在床上,他仍然把一条腿叠在另一条腿上,在看到银子和王月亮的时候,他马上就坐了起来,坐在床沿上。他光着的两条瘦腿,从床沿上垂下来,不停地晃荡着,很像是坐在河埠头的青石板上戏水的样子。银子就仿佛听到了遥远的声音,那么轻柔地漫过她的长头发,以及她的耳朵。她想起以前和老曲,就坐在河边草地上的一堆月光里。那时候老曲用颤抖的声音说,我要离婚,我一定要离婚,我不离婚我就不是老曲。后来银子才明白,男人说得越好听,就越是想把女人尽快地扳倒在地上。

　　老豇豆望望银子,又望望王月亮,慢悠悠地点着了一支烟。他的笑声传了过来,像是受潮了一样,到半路的时候这笑声突然就消失了。王月亮大笑起来,王月亮从来没有听到过这样的笑声,这让老豇豆很不舒服。老豇豆白了王月亮一眼,说,你这种笑声里有牛粪的气息,你肯定是在牛栏里住惯了。这时候银子说话了,银子说,老豇工,我把王月亮介绍给你,你要不要?王月亮长得不错,人健康,比你年轻,你千万不要错过了。老豇豆又斜了王月亮一眼,说但是她有一个拖油瓶,我得养着她的拖油瓶。王月亮的笑容一下子收了回去,她最恨别人说她的蛋蛋是个拖油瓶。王月亮说老豇豆你这东西给我听好了，你这个瘦不啦几的老丝瓜，你自己那么一个懒汉，成天躺在床上就不怕长褥疮。你这扇破门倒在地上，你竟然不知道把门给装起来。你有什么，一穷二白，外加一个屁股，而且这屁股还不是白的，是黑的。

　　老豇豆生气了，他猛地改变了双腿晃荡的姿势，跳下床来。老豇豆吼起来，唾沫星子就胡乱地飞着。老豇豆说，我是懒汉但是我有五个哥哥一个妹妹，他们都很有钱，他们不会不管我。我虽然是个懒汉，但是我很吃香的，你们知不知道枫桥镇上第一家婚姻介绍所，就要为我做介绍了。他们要把八匹马介绍给我，你们知不知道。

　　银子从来没有想到过老豇豆会暴怒，在她的印象中老豇豆是个不会发怒的人。老豇豆以前缠过银子一阵，但是银子和老曲好上了，老豇豆只有在旁边看看的份。银子总觉得，老豇豆像是被晒了一天的蚯蚓，是不太会动的一条虫子。但是现在老豇豆在暴跳如雷。银子说不要急不要急，银子一把按住了老豇豆的肩，老豇豆就一下子又坐在了床沿上。他的两条麻秆一样的瘦腿又开始晃荡起来，随着他的晃荡，那张老旧的床吱吱嘎嘎响起来了。看上去老豇豆已经不生气了，他的手伸出来，迅速地在银子的屁股上摸了一把，吱吱吱地笑了起来。银子没有生气，反而给老豇豆一个笑脸。银子说，老豇豆，如果你娶了王月亮做老婆，那丹桂房的男人们一定都眼红得嗷嗷直叫呢。老豇豆又站起身来，把嘴放在银子的耳边轻声说，银子，我宁愿不要丹桂房的男人们嗷嗷直叫，我只要你嫁给我就行了。你把王月亮还给她的拖油瓶去吧。银子猛地踢了老豇豆一脚，她

遍地姻缘 | 083

闻到了一股隔夜的气息,从老豇豆的嘴里喷出来,让银子差点就吐了。老豇豆又坐回到床沿上去了,他把自己的身体放平,说,现在我很吃香的,这件事等我考虑一下好吗?

银子带着王月亮离开了老豇豆的家。她们踩过了那块倒在地上的门板,然后走进了屋外一片白亮中。她们一路走着,走到牛栏边的时候,银子回头看了看王月亮身上穿着的衣裳。王月亮说,银子,让我再穿几天行不行,我洗干净了再给你送回来。银子想了想,苦笑了一下说,不行,也得行啊。现在想要把你的衣服扒下来,可能比扒你身上的皮还难。

6

银子和老凤仙坐在小方桌的旁边,她们在数着钱。她们的面前各有一把零票,她们把钱数得津津有味。小方桌的顶上,一盏十五瓦的白炽灯发出微弱的光。老凤仙的钞票明显要比银子的多,老凤仙咯咯地笑了起来,她漏风的牙齿发出了苍老的声音,银子,你的钞票比不过我的,你再怎么挣也比不过我。

这时候敲门的声音响了起来。两个人都收起了钞票,银子去开门,银子看到老曲站在门口的一堆稀薄的月光底下。老曲的身子被月光一涂,就有些蓝了。银子把蓝老曲让进了屋里,淡淡地说,半夜三更,你来干什么?蓝老曲举了举手中的一只塑料袋,袋里装着一只塑料碗,碗里装着热乎乎的三鲜面。老曲说,银子,我给你烧了一碗三鲜面。你尝尝我的三鲜面。

三鲜面的香味就开始在这间屋子里荡漾开来。银子刚要吃的时候,才发现老凤仙瞪着一双老眼望着她。老凤仙擦了一下下巴上的水说，银子，我把你养大，很辛苦的。你为什么不分一点给我吃吃。银子想了想，站起身来，找了个碗，把三鲜面一分为二，她和老凤仙一人一半吃了起来。老凤仙接过碗的时候，咧开嘴笑了。老凤仙说，算你有良心。她们把吃面的声音搞得有些夸张，呼啦呼啦。银子吃完面，把碗一推说老曲，你到底有什么事情，你给老娘痛痛快快说出来吧。

老曲开始说了。老曲说银子，你能不能把老豇豆让出来，这是李芬芳的开门生意，她如果做不成了，对婚介所而言不太吉利的。银子冷笑了一声，说好哇好哇老曲你好哇，你这件狼心狗肺的东西，你到现在还在帮那个女人说话呀。银子的话里夹杂着嗖嗖的冷风，吹得老曲直打寒战。银子猛地拍了一下桌子，把一只脚踩在凳子上说，老曲，你有没有忘记你的老婆李芬芳带着她的姐妹们把我团团围住，那时候我就像一个孤胆英雄一样左冲右突，但是怎么也突围不了。她们把我的头发扯下来，衣服扯破了，还抓破了我的脸。那时候你就像一只木鸡一样只会在旁边看着她们欺侮我。要不是我娘站出来，我不被李芬芳掐死才怪。娘，你记不记得当初是怎么回事儿？

老凤仙笑了，咯咯咯地笑着说，就是老曲给我吃一百碗三鲜面，我还是忘不掉。不过银子，你怎么还小孩子脾气，都已经过去了嘛。银子说，可是我忘不掉，那时候如果不是你拿着一把剪子护住我，要不是你拿着一把剪子乱捅，银子早就不是银子了，估计就变成山上的黄土了。老曲，你怎么还敢为李芬芳来说这事。要我让出来，没门。老曲你怎么就那么怕你的老婆，我看你都不是个男人，你简直是一个银样镴枪头。

老曲的脸青一阵白一阵的，他不停地搓着手，似乎是想要把手给搓下来。老曲后来叹了口气,他走了,走出门的时候,老凤仙把老曲送到了院门口。银子仍然在屋子里骂人,她骂老曲混账软蛋没用的东西。老凤仙对老曲说,你不要介意。然后在老曲的后背猛拍了一记说,把腰挺直了,像个男人。这时候,黑夜袭击了老曲,很快,黑色的黑夜就挟持着老曲走进了黑暗的深处。

7

老曲找到老豇豆的时候,老豇豆破天荒地起床了。他坐在院门口的门槛上抽烟。因为经常睡在床上的缘故,所以他的头发愤怒地支棱着。老曲说,豇豆,豇豆兄弟,好久不见了。老豇豆翻了一下眼睛,说,什么事。

这个无所事事的下午。老曲一直陪着老豇豆坐在门槛上。老曲不断地给老豇豆递着烟,他们看着秋天的一条狗,追逐着秋天的另一条狗。秋天真是一个令人振奋的季节,许多人上山砍树下河摸鱼,在地里收割大片的庄稼。每一个丹桂房人,都把日子过得忙碌而欢快。老豇豆的秋天过得很普通和平淡,但是他却感到这个季节里,桃花开了。有两个女人,八匹马和王月亮,都愿意做他老豇豆的老婆。现在,老曲的话在转了很多个弯以后终于说,老豇豆,如果你愿意让李芬芳给你做媒,愿意娶八匹马的话,在你讨老婆摆喜宴的时候,我免费给你当大厨。

老豇豆没有表态,他说还是要考虑考虑。老豇豆不想轻易地下结论,这让老曲很懊恼。最后老曲还是走了,老曲走的时候，院门口已经落了一地的烟屁股。然后，老豇豆看到银子远远地走过来，她一定是去牛栏看王月亮了。老豇豆说，银子，你能不能进来一下？

进来干什么？银子说。进来又没有三鲜面吃，我进来干什么？

老豇豆说，我是想和你商量一下我讨老婆的事。

银子进去了。银子进了院子的时候，老豇豆把院门给合上了。银子看到老豇豆屋子的门仍然倒在地上，像一具僵尸。银子就皱了一下眉说，老豇豆，你真不会那么懒吧，这可是房门呀。老豇豆说，我又没让门睡地上的，是八匹马这个胖女人发雌威，把这门弄到地上去的。银子不再说什么了，只说，我问你，你还要不要王月亮了。

秋天的风掠过了老豇豆院子里那棵瘦得可怜的檫树，一只瘦巴巴的鸡在院子里艰难地跳跃着，并且毫不犹豫地叼起了地上的一条瘦弱的虫子。银子紧紧地闭了一下眼，又睁开了，她突然觉得这个院子是一座死气沉沉的院子。老豇豆在银子的身边，不停地抽动着鼻子。其实他并没有闻到银子身上散发出来的清香，因为银子没有香气可以散发。但是老豇豆仍然从背后一把抱住了银子。老豇豆红着一双眼睛喘着粗气说，银子银子，我要和你困觉。你要是和我困一觉的话，我就娶王月亮当老婆。老豇豆说完一把把银子压倒在墙角的一堆稻草里。

那是属于秋天的干燥而温软的稻草，散发着植物的清香。银子挣扎起来，老豇豆的一张臭嘴开始在她的脸上拱。银子一用劲，老豇豆就甩了出去，斜斜地像一只破旧了的麻袋一样，被扔在了墙角。银子站起身来，走到了老豇豆的身边，又低下

遍地姻缘 | 087

身，轻轻地拍了拍老豇豆黄黑的脸，轻声说，老豇豆，你也不撒泡尿照照。你想要占老娘的便宜，那可没门。

老豇豆索性躺在地上不起来了，因为他懒得站起身来。他躺在地上对着屋顶说，那老曲怎么可以占你的便宜。银子说，老曲身上有糖醋排骨的气味，你有吗？银子拍了拍手掌，她走出了屋子，走到院子里的时候，她听到了老豇豆尖细的声音从屋子里传了出来。老豇豆说，银子你别后悔，告诉你也不要紧，我不娶王月亮当老婆了。我要娶八匹马当老婆。银子没有理他，她慢慢地走到了院门边，狠狠地摔了一下院门。院门惨叫一声，也轰然倒了下来。院门倒下的时候，黑夜，也开始真正来临了。丹桂房的灯火，次第亮了起来。

8

银子回到家的时候，老凤仙趴在桌上睡着了，她打着声音很响亮的呼噜。银子有些难过，她终于没有敌得过李芬芳和她的芬芳婚介所。银子在桌边呆呆地坐了下来，她看到了桌子上仍然放着一碗酸辣土豆丝，她就吃起了土豆丝。她吃土豆丝的动作越来越快，一会儿，她嘴里就塞不下了，腮帮鼓在那儿。老凤仙醒了过来，她看到了鼓着腮帮的银子。老凤仙伸出手去，轻轻地把银子头发上的几根草屑给拿了下来，然后说你怎么了？银子的眼泪就流了下来，眼泪在腮帮上姿态优美地拐了一个弯，掉落在地上。

老凤仙盯着银子看了很久，她叹了一口气，突然大声说，点烟。银子忙帮老凤仙点上了烟。老凤仙吐出一口烟说，把我的本本给拿来。银子把老凤仙的本本给拿来了。老凤仙又说，快给我倒一盆热水来，我要烫一烫脚。银子把一盆热水端到了老凤仙的面前，老凤仙把脚伸进热水里，一边吸烟一边翻动着她的小本本。小本本上画着一把斧头。老凤仙把手指头按在那把斧头上，对银子说。就是他了。

斧头就是镇上百丈弄的张木匠。第二天清晨，老凤仙很早就起来了，她把花白的头发梳齐整了，换上了一套干净的衣衫。然后她轻轻打开院门。秋天的雾散得迟，老凤仙跌扑进一堆雾中，很快就不见了。当银子起床的时候，只看到院门仍然紧闭着，但是老凤仙却不见了。银子就搬了一张椅子，坐在院子中间等着老凤仙回来。当太阳的第一缕光线射进院子的时候，一片泡桐树的叶片刚好飘落下来，落在了银子的头顶上。像老凤仙一样，银子没有去拿掉这张叶片。她看到院门开了，老凤仙的头上冒着热气，手里握着那根烟杆。大概是她走路急了的缘故，她的脸上竟然撑起了一片红晕。老凤仙对银子大笑起来，老凤仙说，银子，你把王月亮嫁给张木匠吧，你今天就领着王月亮去看看张木匠。

银子什么话也没有说，她仍然呆呆地坐在椅子上。秋天的风吹起了她秋天的头发，她大概是在发呆，在发了很长时间的呆以后，银子无声地笑了。然后，她仰起头对老凤仙说，老凤仙，我服了你。

银子找到了王月亮。王月亮这次没有整理废报纸，而是坐在一把椅子上，给蛋蛋掏耳屎。蛋蛋蹲在王月亮脚边，他温顺地把脸靠在王月亮的大腿上。银子一直看着他们，银子突然就想起了自己小的时候，老凤仙也是这样替自己掏耳朵。一长排

遍地姻缘 | **089**

的牛栏,辽远、陈旧,但是却让银子感到无比温暖,那些多年以前的牛哞,仿佛又响了起来。王月亮头也不抬地说,你又要来给我做媒了?

银子说,是的,我要把镇上百丈弄的张木匠介绍给你。

王月亮说,你不怕我不答应吗?

银子说,你一定会答应的,只要我一直做下去,做到死,至少会有一个媒被我做成了。我要看着你嫁出去。就算我这辈子做不成,那下辈子我还给你做媒。

王月亮叹了口气,轻轻地拍了一下蛋蛋。蛋蛋站了起来,说,张木匠有没有钱的?

银子说,张木匠钱不多,手头只有一万多。但是他有一门手艺,只要他有力气,他就可以一直吃这碗手艺饭。而且他还带了两个徒弟,他说计划再带三个徒弟,这些徒弟在没有满师的三年内,都得免费给他干活。再另外,他还有三间大瓦房,一部嘉陵牌半新旧的摩托车。

王月亮说,他条件那么好,怎么会要我这个捡破烂的,而且我还带着蛋蛋。

银子说,张木匠说了,你可以把蛋蛋带过去。他之所以会娶你,我告诉你也不要紧,是因为他也有一个十六岁的女儿。

王月亮笑了起来说,他有女儿倒好。他没有女儿,我反而不敢嫁了。我们相差太多了,现在,就让我去照顾他的女儿吧。我一定天天都替他女儿做早餐,梳头发。

银子说,那你跟我走吧,你们总要照一下面的。

王月亮站起身来,跟着银子走了。蛋蛋一直望着王月亮的背影,等到王月亮和银子走出很远的时候,蛋蛋突然喊,王月亮，能不能让他给我们买一辆自行车。

　　第三天，王月亮就带着蛋蛋嫁给了张木匠。张木匠的婚礼很简单，不用置嫁妆，不用装修新房，只要办喜酒叫熟人一起吃一顿就行了。那天老凤仙没有去，她让银子去了。银子是媒人，所以张木匠和王月亮要向她敬酒。他们还按照风俗送给她一双鞋子和一个红包。鞋子是感谢她跑来跑去张罗他们的婚事，红包算是谢她的辛苦钱。银子把红包揣在了怀里，她喝了一点酒，脸上就红红的一片。王月亮拿着新皮鞋，在亲友们的围观下，走到了银子面前。

　　王月亮说，大媒先生，我把鞋子给你穿上。

　　银子就把脚抬了起来。

　　王月亮抱着银子的脚，把一双新鞋给银子穿上了。

　　王月亮说，大媒先生，你下地走走，看合不合脚？

　　银子就站起身来，在地上转起了圈，连声说，合脚的，合脚的。

　　这时候，锣鼓队的声音就响了起来，两支唢呐朝天吹着，在鼓乐声中，银子又坐回到了太师椅上。她举起酒壶，往杯里倒满了一杯酒，说，喝。

9

　　银子回到家的时候，已经很晚了。老凤仙给她留着门，但是她自己却已经打起了呼噜。银子摸索着走到床边，她喝得有点多了，有了头重脚轻的味道。当她躺下去的时候，突然想起王月亮还欠她一件衣裳，看来这件衣裳王月亮是不可能还给她了。这时候她看到了窗外的一轮明月，很冷地照在她的床头。银子开始扳手指头，她扳了很久的手指头以后，终于正确地算出她已经四十六岁了。也许，接下来的人生没有第二个四十六岁了。这样想着，她就有些难过。在难过中，银子沉沉地睡了过去。

第二天，在秋天的院子里，老凤仙和银子坐在了一起，她们的手里都拿着一个小本子。她们开始在绵软的日头底下数数，她们都数到了九十九。也就是说，她们都已经做了九十九个媒了。后来老凤仙合上了本子，老凤仙突然盯着银子说，八匹马要嫁人了，她要嫁给老豇豆。

银子说，嫁人就嫁人吧，总要嫁人的。

老凤仙的目光有些阴阴的，她说那李芬芳的仇你就不报了吗？

银子说，那也能叫仇呀？

老凤仙说，那不叫仇叫什么？

银子想了想说，好像不叫仇也叫不成其他的，看来只能叫仇了。

老凤仙说，那你报不报仇？

银子说，怎么报？

老凤仙说，听说老豇豆这个懒汉，自己穷得叮当响，但是他的五个兄弟都很有钱。

银子说，有钱怎么了？

老凤仙说，听说八匹马通过李芬芳的手，只收了老豇豆三千块钱。

银子说，我明白了。那我就去报了这个仇吧。

银子站了起来,她走到门边的时候,突然被老凤仙叫住了。老凤仙说,你别去了,还是我去吧。

老凤仙又出门了,她因为出了几次门,反而显得神采奕奕了。老凤仙回来的时候,告诉银子说,银子你等着,李芬芳可以和你斗,但是她怎么能和老凤仙斗呢。谁让银子是老凤仙的女儿呢。老凤仙的话音刚刚散去,鞭炮的声音就响了起来。在鞭炮的红色碎屑中,荡漾着充满硫黄的喜气。八匹马穿着大红的衣裳,她肥胖的脸上涂了厚厚的油脂。就在她和她的嫁妆走到丹桂房村外土埂上的时候,突然叫住了媒人李芬芳。

八匹马说,李芬芳,我不想走了。老豇豆才出了三千块钱给我家。

李芬芳一下子就急了,说那你要多少。李芬芳想说你本来就只值三千,但是她没有说出来。

八匹马说,我八千总值的。

李芬芳说,那让他以后再给你家里五千。

八匹马说,没有以后的,要给就现在给好了。

李芬芳说,祖宗,你是不是要害我。你让我哪儿去要这么多钱。

八匹马不再说话了,她站在了原地,掏出一只布袋,肥胖的手一下子伸进去,掏出了一只红鸡蛋。她站在土埂上剥着红鸡蛋,她一连吃了五个红鸡蛋。这时候,老豇豆的大哥骑着一辆摩托车过来了,大哥说,怎么回事。

八匹马说,大哥,我要加五千块钱。

大哥冷笑了一声,对李芬芳说,李芬芳,这大媒是你做的,要三千块钱也是你说的。现在八匹马来个临时涨价,我们六兄

遍地姻缘

弟可绝对不答应。

八匹马说，那我也不答应，我要回去了。

八匹马转身要走的时候，被李芬芳一把拦住了。李芬芳说，八匹马，你是我的祖宗，我前世的时候，一定欠了你一万块钱，不，一万八千块左右的钱，才会让我这辈子吃你的苦头。

李芬芳又去求大哥，说大哥，能不能再加点儿钱。三千块确实少了一些。

大哥说，没有了，一分也没有了。我现在回丹桂房去，要是再过半个小时，嫁妆还不到的话，那么我们六兄弟就找你李芬芳算账，我们不仅要拿回三千块，而且要去大学里找到你女儿，让你女儿给我们的兄弟当老婆。你想想清楚。

大哥说完，很英勇地跨上了摩托车。摩托车喷出一股黑烟，像一只一蹿一蹿的兔子一样，很快消失在秋天的尽头。很多村里人都围了拢来，他们好奇地看着白白胖胖的八匹马吃着白白胖胖的鸡蛋。老曲骑着一辆自行车来了，老曲找到了李芬芳说，怎么了，怎么回事。有人要造反吗？李芬芳说，是八匹马要造反，八匹马临时要加五千块钱。我们家里还有钱吗老曲？老曲坚定地摇了摇头说，没有了，一分也没有了。女儿读书用去那么多钱，你又租房子开出一个什么婚介所，钱全用完了。

黑夜就要来临了。嫁妆队伍因为新娘子八匹马不愿前进，而停在了土埂上。一会儿，土埂的尽头上滚起了烟尘，五辆摩托车一字儿排开向这边开了过来，摩托车的背后是涌过来的丹桂房人。他们就像潮水一样，他们可以毫不费力地把整个嫁妆队伍给吞没。

老曲狠狠闭了一下眼睛说，芬芳，芬芳我们完了。李芬芳这时候要比老曲冷静，说怕什么，有什么好怕的，天又不会塌下来。天要是塌下来了，有个子高的人顶着。老曲突然跪了下来，对着围观的丹桂房人说，谁有钱，谁有钱谁借我们五千块，到时候我们还你们六千。我们开着一家饮食店，不不，饮食公司。我们还开着一个婚介公司。我们的女儿是大学生，她大学一毕业就是国家干部。所以我们的前景无量，谁要是借我们钱了，谁以后一定会得到很大的好处。谁给我们钱，谁能行行好借给我们钱。

谁都没有把钱借给这位前景无限好的大厨。但是他们不肯散去，他们要看热闹，这是一场免费观看的热闹。银子和老凤仙也混在人堆里，她们是来看李芬芳的好看的。李芬芳的脸上滚下了豆大的汗珠，她突然看到八匹马的娘家人，也气势汹汹地赶来了，他们开来了几辆拖拉机，拖拉机上下来好些人，手里都拿着柴刀锄头。摩托车上的五兄弟也下来了，其中老大的摩托车后面坐着老豇豆。身后跟着的男人们，手里都拿着一根小铁棍。他们的样子，很像是一场古代的战争片。

八匹马的娘家人不要到五千块钱不肯走，老豇豆的兄弟们不愿意再多出一块钱。老豇豆走到了八匹马的面前，转了一个圈说，你怎么涨价了，你值那么多钱吗？八匹马突然发怒了，把刚剥出的一只熟鸡蛋扔进嘴里，双手叉腰大吼一声，他妈的老豇豆，你那个三千块钱是美元啊，就可以娶一个如花似玉的老婆。

所有围观的人都笑了起来，他们看到老豇豆被吓了一跳，像一只突然受惊的麻雀一样，跃到了大哥的身后。大哥的手挥了一下，身后的那些人都举起了铁棍。老凤仙在人群里抽着一

遍地姻缘 | **095**

杆烟，她的目光很散淡地落在了八匹马的身上。八匹马仍然在吃着东西，她已经不吃鸡蛋了，她正在吃一只粽子。其中一片黏糊糊的粽叶粘在了她的红色外套上，在风中唰啦啦地响着。她吃得很认真，最后把手指头也吮干净了。混在人堆里的银子就很担心，她担心八匹马一不小心把手指头给吮下去了。

八匹马的娘家人在一步步向前，老豇豆的五位兄弟和大批的丹桂房男人也在一步步向前。围观的人群后退了，但是他们并没有退远，他们很勇敢地一定要把这场难得看到的热闹看完。老曲完全吓晕了，他知道李芬芳的这个婚介所给他惹来了很大的麻烦。李芬芳仍然站着不动，她突然涨红着脸大吼起来，啊，啊啊，啊啊啊。她张着大大的嘴巴，很是愤怒的样子。老曲默然地看了一眼自己的老婆，他跪着膝行起来，他膝行的速度很快。丹桂房人只看到一个男人上半身在泥地上快速移动着，却看不到下半身。老曲向人群磕了一个头，又磕了一个头。老曲说，我给你跪下了，能不能借我们五千块钱。以后你们到我的饮食店里来吃三鲜面的话，我一定只收对折价。你们要相信我，我烧起三鲜面来还是很好吃的。

在银子的耳朵里，她听到老凤仙抽烟的啪嗒声越来越响。老凤仙像是吞云吐雾的样子，她闭着眼睛，好像在想着一件许久都没有能想得起来的事情。银子抬起头，看到了头顶上的云走得飞快，一些简单的麻雀在空中划出一个简单的弧度飞翔，这个时候，它们正在归巢的过程中。人群越来越退后了，只有银子和老凤仙没有退。两队人马越走越近，老豇豆却不见了，他偷偷溜了，溜到很远的树丛里，远远地望着这边。夜幕就要降临，夜幕降临以前，一场械斗就要开始。只要老豇豆的大哥挥一下手,就会有许多的鲜血洒出来,把这个寻常的傍晚染红。

现在老曲只跪在老凤仙和银子的面前。老凤仙突然睁开了眼睛,她尖厉的声音响了起来,让那个女人过来跪。大家都被吓了一跳,连老豇豆的大哥也没有想到老凤仙会这样吼一声。李芬芳愣了一会儿,指指自己的鼻子说,是叫我吗?老凤仙说,就是叫你,你过来。你跪下,我就借你五千块钱。

李芬芳不肯跪,却被跪着的老曲拉了一把,她终于低着头跪下了。老凤仙说,不要跪我,你要跪的是银子。老凤仙退后了一步。整个丹桂房村的人都看到了,镇上的芬芳婚姻介绍所老板李芬芳,跪在了丹桂房的媒婆银子的面前。老凤仙笑了,老凤仙说,你记住了,你斗不过银子。老凤仙又说,银子,你给他们五千块钱,让他们写个借条。

一场即将展开的械斗,在黑夜正式来临以前停止了。老曲站了起来,揉了揉麻木的腿。他去拉李芬芳的时候,却发现怎么也拉不起来。老曲看到,李芬芳仍然跪在地上,眼泪一刻也不停地流着。八匹马在鼓乐声中重又上路了,她经过李芬芳身边的时候,看都没有看她一眼。

黑暗之中,李芬芳听到了丹桂房传来的爆竹声,李芬芳知道那是新娘子八匹马已经到了老豇豆的家了。本来,她做媒人的,该是最风光的时候。八匹马就要给她穿上新鞋了。但是她却跪在这条长长弯弯的土埂上。陪着她一起跪着的人,是老曲。四周没有一个人了,很安静,老曲轻轻地拉了她一把,她就倒在了老曲的怀里,不断地捶打着老曲哭着说,老曲,你怎么去碰了那样一个女人呀老曲。

10

老凤仙在院子里无精打采地晒着太阳。这是一个初冬的清晨,地上积了薄薄的冰。老凤仙身上裹得很严实,只露出一张黑洞洞的嘴,叼着一支烟杆。她啪嗒啪嗒地抽着烟,不时地抬头看看掉光了叶片的泡桐。现在泡桐只剩下臃肿的身子,连一片树叶都没有了。但是老凤仙却仍然希望着泡桐能偶尔地掉下一片树叶来,哪怕这片树叶小得可怜。

银子推开了院门。银子走到老凤仙的面前站定了,银子说老凤仙,李芬芳要搞派对了。

老凤仙眯着眼睛问:派对是个什么东西呀?

银子说,派对不是东西,就是把许多年轻人叫来聚在一起,让他们相互挑对象。

老凤仙哈哈大笑起来,笑得有些上气不接下气。老凤仙说,那不就是菜市场里买菜吗,拍拍这丝瓜,又摸摸那南瓜的。

银子说,是的。但是镇上有很多年轻人都报名了,据说,李芬芳还要成立单身俱乐部。

老凤仙的笑声慢慢收了起来。老凤仙抬起头说,银子,怕不怕?

银子无力地摇了摇头,意思是不怕,但是老凤仙仍然看出来银子有些怕。

老凤仙说,怕是不用怕的,关键是我们要想办法应付。你也不能像一只斩了头的鸡一样蔫着呀。没事儿的,李芬芳说过的,天塌下来有个子高的顶着。告诉你,车到山前必有路,船到桥门总会直。

　　银子不知道一件事终于发生了。这件事发生的时候，整个丹桂房村的村民都在睡觉。村里最著名的懒汉老豇豆一觉醒来的时候，发现身边长得既像沙发又像面包的，娶回来才一个月的老婆八匹马不见了。老豇豆躺在床上抽烟，他抽了一天的烟，吃完了放在床上的一包饼干，仍然没有发现八匹马的踪影。这时候老豇豆只好下了床，他在方桌上发现了一封信。信上的字写得歪歪扭扭，老豇豆连书上的字都不认识，怎么还会认识歪歪扭扭的字。老豇豆把信塞进口袋里，当他走到院子里的时候才发现，原来一场冬雨已经在这个黄昏时分降临了。这是一场绵长的冬雨，因为睡觉的缘故，老豇豆不知道它已经下了一天一夜。这一场长雨，把地上的泥土给酥化了。那只瘦骨嶙峋的鸡，站在屋檐下面，用无助的目光望了老豇豆一眼。本来它想说它一整天都没有吃过东西了，但是它最后还是忍住了没有说。它对同样瘦骨嶙峋的主人已经失去了信心。它听到主人在无力地叫着，八匹马，八匹马，你件东西，你怎么还不回来？

　　在整个被江南冬雨笼罩着的村庄，灯火次第亮了起来，村民开始围坐在灯光之下吃晚饭了。老豇豆的肚皮咕咕咕地叫了几下，很像是冬眠以后准备出洞的青蛙的叫声。老豇豆走过院子里那棵瘦弱的檫树身边的时候，听到檫树在这个宁静的冬夜叹了一口气。老豇豆把手藏在自己的袖筒里，像突然老去的一只大虾一样，无力地走出了院门，朝老大家走去。

　　下着冬雨的夜晚，村路上空无一人。这是一条被淘空的路，老豇豆始终觉得这无疑等于是走在一条抛向远方的巨大的裤带上。远处温暖柔和的灯光，像一只招摇着的女人的手，把老豇豆一点点地牵引了过去。老豇豆找到了大哥家的门,他敲了敲门,大哥的女儿来开门了。大哥的女儿看了他一眼,没有说话。大哥的女儿在枫桥镇柏树服装厂当团委书记,她勤奋好学,并且正在进行一场秘密而甜蜜的恋爱。她一点也不喜欢这个好吃懒做要靠兄弟姐妹们接济的叔叔。她总是对她爸说,爸,叔怎么一天到晚躺在床上,好像他和床是长在一起似的。

大哥正捧起一碗老酒要喝,送到嘴边的时候他放下了。他望着湿漉漉软塌塌,像一片黄叶一般的弟弟,也叹了一口气。大嫂默默地盛来了一碗饭,老豇豆坐了下来,老豇豆很勇敢地把碗里的饭吃完了,然后他把空碗往嫂子的眼前一放。大嫂又给他盛了一碗,很快他又吃完了,他打了一个响亮的饱嗝,然后对大哥说,大哥,八匹马不见了。

在这个被雨淋湿的夜晚,大哥让当团委书记的女儿读完了八匹马的信。八匹马在信里的意思说,我去沈阳了,那里有一个叫刘拐的人,用爱情召唤着我。听说沈阳有许多好吃的,沈阳的冬天不冷,有暖气……大哥在好久以后,猛地在桌上拍了一掌说,这个媒是李芬芳做的,人不见了,李芬芳要负责,我们找李芬芳要人。

老豇豆又回去睡觉了。老豇豆觉得吃饱了饭有些困了,他就想回去睡觉。他的五个哥哥的五辆摩托已经一字排开了,五条雪亮的车灯抛出去很远,仿佛水龙头喷出的巨大水柱,想要把黑夜给冲垮似的。大哥一声令下,五辆摩托就向枫桥镇上冲去。他们一点也不知道,李芬芳包下了镇上唯一的舞厅友谊楼,正在友谊楼里搞派对呢。

友谊楼里的灯光很亮。李芬芳说,大家不要吵了,大家知道什么叫派对吗？派对就是分派对象的意思，把大家叫到一起来，就是要大家搞对象。老曲，你让人把音乐给放起来。

音乐响起来了，音乐让这个南方小镇的雨夜显得无比温暖而且恬静。青年男女都很兴奋，他们红着眼用目光在人堆里搜寻着自己想要的目标。门口突然出现了五个人，五个人穿着雨衣，他们的脸长得差不多，让人会误以为这是五件复制品。音乐一下子就停了，大哥走到了李芬芳的面前。大哥说，李芬芳，你把八匹马给我交出来。

李芬芳说，我没有八匹马，八匹马不是已嫁给你们家老豇豆了吗？

大哥学着电影里的样子，挥了一下手，五弟就把那封信递给了李芬芳。

李芬芳看完了信，说你们想要怎么样，你们想要我变一个八匹马出来吗？

大哥说，你变不出八匹马的。但是你一定要把三千块钱还给我们。另外，你还要帮老豇豆再找一个老婆。不然的话，我们一定让你和老曲瘫痪在床。

李芬芳说，你们先走开，我们正在分派对象，你不要影响我们分派对象，有事等明天你到婚介所来找我。

大哥笑了起来，大哥突然掀翻了一张桌子，所有等待着分派对象的男女都跑了，这很像是电影里的镜头，乱糟糟的一片。五兄弟和老曲、李芬芳扭打在一起，老曲和李芬芳怎么会是他们的对手。就在老曲和李芬芳躺在地上，屋子里一片狼藉的时候，门口出现了镇派出所的蔡所长，他带着联防队员王小奔和陈小跑。蔡所长说，你们想干什么，你们简直是无法无天了。

遍地姻缘 | 101

你们是不是都想瘫痪在床？

大哥因为有五兄弟撑着腰，所以口气很硬。大哥说，你不要管，这是我们的事，你不要以为你穿着黄皮就了不起。

蔡所长很气愤，他看了看王小奔和陈小跑，王小奔和陈小跑都是在部队侦察连里待过的，很久没有练了，所以他们觉得身子在发芽。现在，他们有了一个免费练习的机会。王小奔和陈小跑都开心得大笑起来，一把就扭住了大哥，咔嚓一声，铐住了大哥。

这个安静的雨夜。枫桥镇唯一的一条长街上，路灯很惨淡。五兄弟和老曲、李芬芳像一串蚂蚱一样，向镇派出所走去。王小奔在前头引路，陈小跑在后面殿后。蔡所长是开着一辆很破旧的吉普车来的，他因为怕自己被冬雨淋湿，所以就上了车发动车子。但是他发了很久都没有能发动车子，他从车上跳了下来，狠狠地踢了一脚汽车轮胎。蔡所长说，他妈的，你也不是个好东西。

友谊楼的门口终于安静下来了。门口整齐地停着五辆摩托车，像五个在冬夜里发呆的傻瓜。傻瓜旁边停着一辆蔡所长开来的四个轮子的大傻瓜。路灯光和雨，轻柔地将它们覆盖了，像是要盖住一个绵长的季节一样。这时候，路灯的灯泡，闪了几下，灯丝断了。一切都陷入了黑暗之中。

第二天清晨，雨仍然没有停。老凤仙和银子坐在屋檐下发呆。后来老凤仙说，我儿，你多大了。

银子扳着手指头开始计算，算了一会儿说，我四十六了。

老凤仙说，银子，如果你再嫁不出去，你就要像我一样，一辈子都嫁不出去了。

银子有些伤感了,她想哭但是最后没有哭出来。银子放低声音说,那我就不嫁了吧。只要我能把别人嫁出去就行了。

老凤仙就叹气,她叹了很久的气,然后她说,银子,我看这是命。村里的人都在说,昨天晚上老豇豆的五个哥哥和老曲、李芬芳被抓进去了,那个叫什么派对的玩意儿也黄了。这下好了,你可以安心地做你的媒婆去了。

银子说,好,那我继续做我的媒婆吧。我做了九十九个媒,收到了九十九双鞋。等我做不动媒了,我一定要到枫桥镇的老街上去开一家鞋店。店名我想好了,叫银子鞋庄。

老凤仙咯咯地大笑起来,笑着笑着突然不笑了,她一把捂住了嘴巴。当她核桃皮一样的手慢慢摊开的时候,手心里躺着一粒牙齿。老凤仙说,又掉一粒了。我还有八颗牙齿,等八颗全掉光了,我就死掉了。银子,你一定要把我葬得风光一点。

银子说,你是老不死,你不会死的,你放心吧。到时候我陪着你一起死。

老凤仙显然有些生气了,说,闲话少说了,你把我的本子去拿来。

银子进屋拿来了本子,交给老凤仙。老凤仙翻开本子,上面画着一个只有一条腿的人,旁边还画着一支枪。老凤仙说,这是咱们村的退伍军人陈云庭,他的一条腿留在了部队里,另一条腿带着上半身回来了。他是可以拿补助的,虽然不多,但是也算是一份工资吧。老凤仙又翻了几页,上面画着一个只有一只手的女人,她用一只手牵着一个小男孩。老凤仙说,这是大竹院的昌桂花,她小的时候用手去摸电线,结果被电老虎咬了一口。现在她是一个寡妇,她以为长大了嫁一个电工就可以

遍地姻缘 | 103

把她保护起来，没想到她的电工老公也是被电给电死的。

老凤仙哈哈大笑起来说，吕桂花现在最怕电，她把家里的电线都拆了，她晚上用蜡烛当电灯用。银子，银子你给我听好了，你马上给我出发。你去给他们做媒，你要知道我们都已经做了九十九个媒，如果你把这一对做成了，你就超过我一个媒了。

银子望了望院子里的雨，那棵院里的泡桐早就精湿了，它在雨中低低地呻吟了一下，伸了一个懒腰。就在它的呻吟声中，银子突然卷起了裤腿，撑起一把黑色的雨伞，快捷地走进了雨中。黑色雨伞移出了院子，院门瞬间合上了。然后，黑色雨伞在雨中飞快地移动着，像一朵低空飞行的乌云。

11

吕桂花用一只手打了儿子牛皮一个耳光，牛皮响亮的哭声就响了起来。

吕桂花说，你再哭，你再哭我就拿电电死你。

牛皮仍然哭着，牛皮说别人都有白球鞋，我为什么就没有白球鞋。

吕桂花愤怒了，看上去她有些披头散发。吕桂花说，别人都有爹呢，你哪儿有爹了。我用一只手养活你就不错了。

牛皮不再说话，他拉过一把椅子，坐下来对着院子里的雨哭。雨慢慢停了，天空中升起一个不太有力气的太阳。牛皮突然看到了院子里站着一个人，她举着一把黑色的雨伞，正对着他笑。这个女人把雨伞收了起来，路上，她的全身还是被斜雨给打湿了。她的湿衣服正滴滴答答地往下滴着水。

牛皮不哭了，牛皮愣愣地看着女人。女人咧开嘴笑，女人说，你是吕桂花吧。

吕桂花说，我是，我叫吕桂花，他叫牛皮，我们家的男人死了，我们家现在还有一头猪和八只鸡。你找我什么事。

女人又笑了，女人说我叫银子，我是丹桂房来的。我没有问你家里有几头猪。

吕桂花也笑了，吕桂花说，我知道你，你很有名气的，你是很有名的媒婆。

银子说，我来给你做媒，我想把你介绍给我们村的云庭。我老实告诉你也不要紧，他只有一条腿，但是他是从部队回来的，他每个月可以拿一点生活费。

吕桂花说，少一条腿没关系，我自己也少了一只胳膊呢。不过我是要开条件的，我要带我的儿子牛皮走。

银子说，我想可以的。

牛皮插了一句话，我想要一双回力牌的白球鞋。

银子又说，我想可以的。

吕桂花说，我想最起码有两间大瓦房，住着舒心些。还有，大瓦房里不准有电线。

银子没有说可以的，银子想，这事可有些麻烦了。银子后来说，草房行不行，他有两个半间的草房，因为草房有些塌了，所以说是两个半间。其实草房好，冬暖夏凉的，而且还空气新鲜。

吕桂花说，那不行。我知道丹桂房人几乎家家户户都住瓦房，他凭什么不让我和牛皮住瓦房。

遍地姻缘 | 105

这天银子在吕桂花家吃了中饭,而且还给牛皮讲了三个笑话。牛皮突然爱上了这个很能说话的银子。牛皮叫她姨娘,牛皮说,姨娘,等我长大了也要请你给我做媒。银子就摸了摸牛皮的头说,到那时候姨娘可能就做不动媒了。你以为做媒很容易呀。

这天银子又找了云庭,云庭正在屋子里练倒立,他用两只手走路。因为断了一条腿的缘故,他的两只手就特别强壮,像牛蹄子似的。云庭在草房里用两只手走来走去,他突然看到了一个倒着的人,那个人就是银子。银子说,你为什么要用手走路?

云庭大笑起来说,我没事儿闲得慌,就练练倒立走路。

银子说,我坐下来好不好。我坐下来主要是想和你谈谈吕桂花的事儿。

云庭说,你坐吧,你客气什么,你想躺着的话,躺着也行。

银子说,我想把大竹院的吕桂花介绍给你,你要不要?

云庭说,要的。

银子说,她要带一个儿子过来,她的儿子叫牛皮,今年十一岁了。

云庭皱了一下眉头说,要是女儿的话更好些,不过既然是儿子了,又没有办法改的,儿子就儿子吧。

银子说,牛皮要一双回力牌的白球鞋。

云庭说,我给他两双。

银子说,吕桂花想要两间大瓦房,而且屋子里不能带电线的。

倒立行走着的云庭身子突然一歪倒在了地上。银子说,你怎么啦，你刚才不是走得好好的吗？

地上的云庭挣扎着爬起来说，我被吕桂花的话吓坏了，我没有那么多钱。

银子说那我问你，你有多少钱。

云庭说，我只有造一间大瓦房的钱。她要两间大瓦房，我就缺一间大瓦房的钱。

银子有些灰溜溜地回到了家里。老凤仙在吃着一小篮枣子。看上去老凤仙的气色不错。老凤仙说怎么样？银子奇怪地看着老凤仙。老凤仙只剩八颗牙齿了，她竟然在吃着那么硬的枣子。

银子说，吕桂花要两间大瓦房，云庭只有一间大瓦房的钱。

老凤仙说，那你去找镇政府，他们不会不管的。云庭都为国家丢了一条腿了，他们怎么好不管的呢。

银子就去了镇政府，镇政府管民政的民政员说，要请示副镇长。后来副镇长答应由镇里造半间房。

银子回到家的时候，天已经黑了。她觉得有些累，当走进院门的时候，看到一个身材高挑的女孩子，正在和老凤仙聊天。

老凤仙在屋檐下面大笑，老凤仙说，银子，你看看这是谁。这是著名的厨师老曲的女儿，她是从杭州的大学堂回来的。她刚才在教我说外国话，我现在已经会说外国话了。

银子看看老曲的女儿，她的脸上有着老曲的影子，却是青春勃发的样子。老曲的女儿也看看银子，她知道老曲和银子的那档子往事。她笑了一下，说，阿姨，我叫曲蛐。

银子点了点头，她心底有些喜欢上这个美丽的女孩。老凤仙的声音又响了起来，银子银子，你知道外国话里对不起是怎么说的吗，叫少来。你知道外国话里谢谢你是怎么说的吗，叫

遍地姻缘 | 107

三克油。你说这是不是太好玩了。

  银子没觉得好玩,她没有理会老凤仙。老凤仙仍然一个人在叽里呱啦地叫着少来和三克油。银子只是淡淡地问曲蛐有什么事。曲蛐说,阿姨,我爸和我妈被抓进去了,你说你能不能帮个忙?

  银子摇了摇头,银子说我又没有门路的。我帮不上忙的。听银子这么说,曲蛐就有些失望。曲蛐后来走了,她是骑着一辆小巧的飞花牌自行车来的。她上车的时候像是突然想起了什么似的,从怀里掏出一把梳子,递给了银子。曲蛐说阿姨,这是我从杭州买来的,是牛角的。送给你吧。

  曲蛐走了。银子的心就痛了一下,她突然想,要是自己也有这么一个女儿,该有多好。银子一直愣愣地望着曲蛐远去的方向,老凤仙的声音从后面掩了过来,老凤仙说,银子,你去找云庭,你让云庭陪你去找派出所的陈小跑和王小奔,他们是战友。银子说,你怎么知道的?老凤仙拍了拍手中拿着的小本子说,我什么都知道。

  第二天中午,当曲蛐打开门的时候,看到了老曲和李芬芳。曲蛐说,你们回来了?老曲就回头看了一下。这时候曲蛐才看到不远处站着银子。银子的身边,还站着一个断了一条腿的男人。老曲说,银子说你去找她了,是银子把我们救出来的。李芬芳什么话也没有说,李芬芳只是低了低头。曲蛐笑了,曲蛐说妈,都过去的事儿了,放开点吧。

  李芬芳说,妈放得开的,妈听说银子要为云庭造瓦房,就让你爸去帮忙。还有百丈弄的张木匠,他是银子做的媒,他也说会去帮忙造房子。

曲蛐再一次抬起头的时候，银子和云庭已经不见了。曲蛐就说，妈，你别开婚介所了，你还没学会怎么做媒，你开什么婚介所。你帮着爸把个饮食店开好就行了。

这天晚上，在银子家十五瓦的白炽灯下，银子和老凤仙又在数那一大把的零钞了。银子和老凤仙都数得很仔细，所以她们很长时间都没有说话。银子看到老凤仙不时地用手指头沾一下口水数钱，就皱了一下眉头。银子想，老凤仙看来真是老了，她已经八十二岁了。八十二岁的人还能不老吗？老凤仙抬起了头，把一堆钞票慢慢地推到了银子面前。银子说干什么？老凤仙诡秘地盯着银子看了好久以后，才说我数不清了，我既然数不清了就不数了。你算算看，这些钱够不够造云庭的半间大瓦房。银子说，够了，足够了。老凤仙说，够了就好。你记得让他给你写个借条。要让他记住，有借有还，再借不难。借了不还，再借万难。

第二天天蒙蒙亮的时候，老凤仙出现在云庭的草屋前。老曲和张木匠都已经来了，银子曾经做过媒的一些男人也来了，他们像是一支小型的部队一样，集合在云庭的草屋前。云庭很兴奋，拄着拐杖一摇一摇地晃来晃去，向男人们散发着香烟。他脸上突然爆出来的几年不见的青春痘，闪闪发光。老凤仙抽着一根烟杆，她挥了一下手，许多人都奋不顾身地扑向了草屋。在很短的时间内，草屋成了一堆泥和一堆草。拖拉机密集的声音响了起来，一车车的黄砖源源不断地运向了丹桂房。这是一支庞大的建设大军，他们的大媒先生，都是银子。

云庭的两间瓦房，只花了二十天时间就建成了。云庭望着突然竖起来的两间新房子，不停地用手抚摸着墙壁。云庭说，

遍地姻缘 | 109

他妈的,真奇怪呀,怎么这么奇怪呀,怎么就多出了两间瓦房来了。银子站在他的身边,静静地看着。云庭突然转过身来,对银子说,银子,我没有东西送给你,我就送给你一个倒立吧。你就当是在看免费的杂技好了。

于是银子大约看了五分钟的免费的杂技。银子按照看杂技的规矩,叫了一声好,并且鼓了三下掌。尽管云庭还在不折不挠地倒立行走,银子却已经走了。银子走进了冬天最深的深处,她觉得有些苍凉,不知道为什么,她就是觉得有些苍凉。冬天已经进行到最后了,在最后的冬天里,银子很想哭一场。她在心底暗暗发誓,年里不做媒了,要做媒的话,要等到明年春天。明年春天等树灌满了浆的时候,她的身体里也一定藏了很多的力气。她要在春风杨柳的土埂上,飞快地走出只属于媒人的美好步子。

12

银子推开门的时候,突然发现院里已经积了厚厚的雪,到处都是白晃晃的一片。银子觉得很扎眼,她眯起了眼睛,不时地用嘴往两只红红的手上呵着热气。银子大叫了一声,银子说,老凤仙,下雪了。老凤仙没有理她。银子就进了屋,走到老凤仙的身边,轻声说,老凤仙,下雪了呢,下了一场百年不遇的大雪。

老凤仙睁开了迷蒙的眼。很多老人都不太睡得好觉,老凤仙却是一个很会睡觉的老人。老凤仙说,你怎么知道是百年一遇呢?你又没活到一百岁。

那就十年一遇吧。银子说。老凤仙你快点起床，今天云庭要讨老婆了，今天云庭不仅请了我这个当大媒的，还请了你这个老媒婆。

老凤仙咯咯咯地大笑起来，从床上坐直了身子。对，我们吃肉去，让云庭把肉炖烂一些，我牙不好。

老凤仙穿上了一件赤色的棉袄，想了想，又脱下了。老凤仙说，你把我那件箱子底锦缎的棉袄给找出来，今天是大喜的日子，我要穿得喜气一些。

银子就帮老凤仙找出了那件锦缎的棉袄。老凤仙穿上了棉袄，就坐在镜子前梳妆打扮，她再一次把白花花的头发梳得齐齐整整。老凤仙说，银子，你妈年纪轻的时候，那可是很标致的，白净脸蛋杨柳腰。

银子说，可惜妈从来没有嫁出去过。真对不住这白净脸蛋杨柳腰了。

老凤仙很生气，说，那是妈不想嫁，你以为妈真嫁不出去。要不是那个没良心的一走就从这个世界上走丢了，我老凤仙早就四世同堂了。

老凤仙经常说起那个没良心的。但是银子一直都不知道那个没良心的是谁，当年发生过什么样的事。就像一坛封起来的老酒一样，藏在地底再也没有人去打开。没有人能打得开。

银子不再说什么，她接过了老凤仙的梳子梳头，她很认真地帮老凤仙梳着头。梳着梳着，老凤仙却一把拉住了银子的手，轻轻地说，银子，你一定要找个好人家，别苦了自己。

听到这话银子的鼻子里就一阵阵发着酸，老曲那条贼船是不能再上了，但是她始终不能忘掉老曲，和老曲身上糖醋排骨

遍地姻缘 | 111

的气味。

黑夜来临了,白雪掩盖下的丹桂房突然亮起了无数的红灯笼。因为吕桂花怕电,所以云庭只好借来了很多的红灯笼。如果你是一只在雪夜飞过的大雁,你一定会看到白茫茫之中的一丛红光,那么艳地直逼你飞累了的目光。划拳和吵闹,以及鼓乐的声音,远远地传了过来,你甚至能在声音之外闻到菜香。那是大厨老曲的功劳,现在,让目光沉降,我们看到的是一个老女人,坐在大屋的最上首,她不停地喝酒吃肉,咯咯咯的笑声异常响亮。她就是著名的老媒婆老凤仙。

银子就坐在老凤仙的身边,她不太说话,只是不时地笑笑。她看到了幸福的云庭和吕桂花,这对加起来只有三只手和三条腿的新人,正在挨个给亲朋好友们敬酒分糖点喜烟。她又看到了穿着回力牌白球鞋的牛皮,他不时地把目光投向自己刚换上的白球鞋,美滋滋地笑笑。然后她又看了看老凤仙,老凤仙居然伸出鸡爪一样的老手,和几个强壮的男人划着拳。输了她喝一盏酒,赢了她就开心得像小女孩一样拍着手尖叫起来。

这是一个被欢乐充斥了的夜晚。老凤仙的脸色一片酡红,她喝得兴起了,停止了划拳,竟然用漏风的声音唱了一曲《梁祝》。她唱,书房门前一枝梅,树上鸟儿对打对;喜鹊满树喳喳叫,向你梁兄报喜来……大家都鼓起了掌,老凤仙索性站了起来,她那锦缎的棉袄在红灯笼的光芒下,异常鲜艳。

老凤仙唱,弟兄二人出门来,门前喜鹊成双对。从来喜鹊报喜讯,恭喜贤弟一路平安把家归。接着她又唱,梁兄你花轿早来抬。

银子望着老凤仙的样子,突然就流下了眼泪。她非常希望老凤仙一直都能这样开心。银子走出屋去，屋外仍然在飘着雪，只不过雪已经小了，零星得像头皮屑一般。银子去了一趟茅房，她想，这是她做成的第一百个媒，她也要喝一点酒，她要高兴一些，她要和老凤仙一样兴奋。当她回到大屋的时候，却发现老凤仙不在了。

老凤仙呢，老凤仙去哪儿了？银子问着身边的人。身边的人摇了摇头，说，不知道。又说，会不会去茅房了。

银子就坐了下来喝酒，她也和人划拳了，她也和人拼酒了，但是她不会唱越剧，她最多只能用尖细的声音划划拳。看上去她已经有些醉了，在她的蒙眬醉眼里，看到云庭拿着一双新皮鞋，一摇一拐地和吕桂花一起向她走来。鼓乐的声音又响起来了，银子知道，这是新人要给她送红包穿新鞋了。

这时候，银子好像愣住了一样，大家都奇怪地看着她。银子想了一会儿，突然像一只被人追捕的野兔一样蹿了出去。在这个南方村庄的冬夜雪地上，一只矫健的兔子在快速奔跑着。奔到半路上的时候，她听到了积着雪的柴草堆旁边，一个婴儿的哭声。银子停了下来，银子抱起了那个包在"蜡烛包"里的婴儿。那是一个被遗弃的女婴，上面还留着一张纸条。女婴的名字叫小银，仿佛就是为银子送来的。银子抱起了女婴，向着自己家的院子狂奔。她的身后，跟着一串人，大厨老曲、新人云庭、吕桂花，还有穿着白球鞋的牛皮，以及村子里很多的人。他们手里都提着灯笼，远远地看过去，像是一团团火在奔跑。

银子撞开了院门，她看到了院子中间，放着一把太师椅。院里的灯光开亮了，老凤仙就在太师椅上端坐着，些微的灯光，洒在她积了薄雪的身体上。她的左手握着一壶酒，右手握着一

遍地姻缘 | 113

只鸡腿。她的嘴里塞满了鸡肉,脸上露出了笑容。

银子一步一步地走向了老凤仙。身后的人拥了进来,他们把院子围得水泄不通。银子把手里的女婴交给了身边站着的吕桂花,然后慢慢跪了下来。银子跪在老凤仙的面前,轻声说,凤仙,凤仙,老凤仙,你不是还有八颗牙齿吗,你不是说要等八颗牙齿全掉光了才死吗?老凤仙没有理她,仍然面露笑容,很快,她身上的积雪越来越厚了。银子又说,老凤仙老凤仙,你还记不记得,四十六年前,你就在一堆柴草边捡到了我。你说那时候,你就知道你既然有了孩子,恐怕就不会有男人了。

银子环视了一下四周,她没有哭,她一点也哭不出来,她大喝一声,老曲,你给我打一盆热水过来。

老曲飞快地打了一盆热水递给银子,银子放下了水盆,脱掉老凤仙的鞋子,给老凤仙洗脚。银子说,老凤仙,这水热的,你舒服了吧,你得意了吧,你在心里咯咯咯地笑了吧。银子洗完了脚的时候,老曲已经在旁边准备好了干净毛巾,那是云庭送给他当厨师的谢礼。老曲轻声说,让我给她擦行不行,你让我给她擦行不行。银子点了点头,她突然想到,老凤仙没有儿子,也没有女婿。如果一定要算的话,那老曲可以算她半个女婿,因为银子曾经上过老曲的贼船。老曲认真地替老凤仙擦干了脚。银子的手一伸,云庭忙把手中紧紧握着的,本来是要给银子穿上的皮鞋递了过去。这时候,银子看到老凤仙的小本子从她的袋里掉了出来。

银子翻开了小本子,看到了本子上老凤仙的九十九个媒。银子说,谁有笔,谁借我笔。

有人给她递上了笔。银子很认真地添上了一笔,然后说,妈，云庭和吕桂花的媒，算是你做的。你圆满了。你做了一百个媒了，你还是比我先做到第一百个媒。

接着银子接过云庭手中的鞋。

银子说，大媒先生，我把鞋子给你穿上。

银子抱着老凤仙的脚，把一双新鞋给老凤仙穿上了。

王月亮说，大媒先生，你下地走走，看合不合脚？

老凤仙没有能站起来，她直直的目光，一直望着院外。院外的远处，就是南山。南山被雪掩埋了，南山的树草和动物，全部生活在雪的下面。银子轻声说，妈，这鞋不错，是牛皮的。银子本来一直都不想哭的，但是这时候吕桂花怀里的女婴突然大哭起来。于是银子的眼泪也滚滚而下，银子抹了一把眼泪，她仍然坚强地说，妈，我没有哭，主要是孩子哭了。孩子的名字，叫小银。

雪开始慢慢大了起来。雪越来越大了，像一朵朵鹅毛。老凤仙的眉毛、鼻子、嘴巴上都落满了雪，银子知道，用不了多久，雪就能把老凤仙整个掩埋。这时候，人们把灯笼都高高地举了起来，在红色的光晕里，大雪压境，它们从四面八方呼啸而来，来势汹涌，转瞬之间，就盖住了丹桂房村整个的冬天。

床前明月光

1

艾雅说,我们去南山路好不好?艾雅的声音软绵绵地跌落下来。罗东看了她一眼,手里拿起一件中长的外套。是深秋了,走出这家叫作西门的酒廊,一定会有些冷的。罗东笑了一下,他的笑容就藏在一小簇光影里,显得有些诡异。艾雅没再说什么,她意味深长地看了罗东一眼。罗东看到艾雅走出了酒廊的木门,她已经不年轻了,但是她的背影和声音仍然年轻,她的脸也仍然年轻。好像岁月和她无关的,她已经四十一岁。罗东跟着走出酒廊,他把那件外套抱在怀里,像抱着一个婴儿一样。走出酒廊,就有一阵风涌过来一下子抱住了他。他看到艾雅的白色本田已经掉好了车头,尾气一阵阵地散发出来,散发在秋天里。

汽车在这座城市的南山路缓慢地行走。其实这是一个有月亮的夜晚,但是只能看到许多细碎的月光。南山路两边的树已经在路边生活了几十年,它们遮天蔽日,很嚣张的样子。车子里放着《月光曲》，这让罗东想到了小学四年级上半学期学过的课文，说贝多芬在一个月夜，为皮鞋匠的盲妹妹弹了一曲。"她仿佛看到了，看到了她从来没有看到的景象，在月光照耀下的波涛汹涌的大海……"罗东想，明明还在上四年级的，时间怎么就一下子像兔子一样跳过去了。罗东没有说话，一直都没有。他的目光有些疲惫地抛向窗外，窗外是零星的月色和静得可怕的夜晚。已经是凌晨一点多了，已经是第二天的开始。艾雅把车停了下来，他们都不说话，他们不知道该说些什么，所以都不说话。

　　月光曲没有停下来，所以罗东的脑海里老是能看到海面上成片的银色波光，能听到海浪一次次拍岸的那种潮声。这样的潮声容易使人安静和入睡。艾雅是一个他并不熟悉的女人，知道艾雅的年龄后，他不知道该叫她阿姨还是姐。他才二十五岁，而他知道，艾雅的女儿已经十八岁了。罗东是西门酒廊的键盘手，一般情况下他不抬头去看客人们。但是那天他刚一抬头的时候，看到几个女人同时出现了，她们不声不响地落座，并且轻轻交谈。艾雅就坐在她们中间，艾雅只是微笑着，手里捧着百利甜酒。越过许多音乐的声音和许多人的头顶，罗东看到了艾雅。而艾雅是在去卫生间的时候，看到正弹奏键盘的罗东的。艾雅停了下来，她起先只是想放慢步子的，但最后她停了下来。她看着罗东，她看到了一个眼睛有些深陷，头发卷曲的年轻男人。他有着一张棱角分明的脸和笔挺的鼻子以及人中。她的细软的杂乱无章的目光，就像一张有着大小不一的网眼的渔网一样，挥起来抛过去，落在罗东的身上。

　　艾雅后来又来了几次，有时候和朋友一起来，有时候一个人来。一个人来的时候,她坐在角落里,听歌。有一个女孩子是这儿的驻唱,她也姓罗,叫罗西。罗西唱的全是慢歌,把手插在裤袋里,没有任何肢体语言,却唱出了情意缠绵的旧歌。艾雅喜欢她的干净,还喜欢她唱的那些旧歌。艾雅已经不年轻了,尽管从容貌上一点也看不出她的实际年龄,但是她毕竟不年轻了。她需要旧歌来下酒。有时候她看着键盘手罗东那聚精会神的样子,会陷入沉思里,会有一些旧日的景象跳出来。她久久注视着罗东,罗东有时候也会注视着她。他知道这个女人叫艾雅,这个女人和朋友们一起来这儿喝酒,这个女人和她的朋友们曾经约他和罗西一起吃过夜宵。有一次这个女人还送给他一件套头羊绒衫,他手中握着羊绒衫,握到了一种来自动物皮毛传达的暖意。他推辞了一下,但是没有坚辞。因为他觉得面对别人的礼物,坚辞其实是很不礼貌的,这样会让人家扫兴。

罗东有些想要睡觉,他靠在椅子上眼睛微闭着。他已经习惯了酒吧里的生活,白天对于他来说,就是黑夜。他像一只猫一样生活着,他是一只音乐猫。艾雅把车停了下来,她望着车子前面的一长溜树和一大片月光,她想车子包裹着她和罗东,而月光又包裹着车子。她看到罗东似睡非睡的样子,那样的睡姿像她的女儿,那是属于年轻人的一种酣畅的睡姿。《月光曲》仍然在循环播放着,CD机的蓝色小灯光在轻轻跳跃。音乐让艾雅感到更加安静,她不知道来南山路干什么,她只知道现在她和罗东像两只小虫,栖息在一堆安静里。

很久以后,罗东动了一下身子。他没有完全睡着,睁开眼睛的时候,看到了艾雅的眼睛。艾雅的眼睛和他的眼睛很近,她差不多就将脸贴在他的脸上,她的烫过的长发拂在了他的脸上，让他觉得有一些小虫子爬满了他的脸，痒痒的。他笑了一下，他想不出其他表情来面对这个女人，所以他笑了一下。近距离他能感受到艾雅传过来的体温，那是一种特殊的体温，更会让人昏睡的体温。让人慵懒，让人骨头散架，让人希望像一条进入冬眠期的蛇一样，渴望一个温暖的洞穴。

艾雅轻声说，我大你十六岁，你觉得我是一个老女人了吗。艾雅的眼角有些微的皱纹，但是罗东一点也不觉得她是一个老女人。罗东摇了摇头。艾雅说话的时候，口气里飘出一种好闻的味道。这味道有些甜，就从她的嘴角漾出来。他喜欢这种潮湿的气味，他想艾雅像一个水一样的女人，足以将每一个男人融化。艾雅伸出手来，抚摸着罗东的脸。后来她用双手捧起了罗东的脸，罗东能感到两颊有些微的寒冷，那是因为艾雅的手是凉的。这是一双线条很好的手，白皙颀长而且不失肉感。然后艾雅的身子靠在了他的身上，她伸出舌头，轻轻在罗东的唇角触了一下，罗东感到了唇角那种突如其来的湿润。然后罗东看到了艾雅那双眼睛里透出来的迷乱目光。那目光像在一场夜雾中看到的朦胧灯光，让人产生一种想探究一下灯光下面究竟是什么的欲望。艾雅的舌轻轻启开了罗东的唇，然后她用舌尖勾起了罗东的舌尖。舌尖在相互触动，像两条在水里纠缠的鱼一样。罗东轻轻抱着艾雅的背，艾雅有了些微的颤动。这是一个轻盈的女人，罗东喜欢承受这个女人身体的重量。艾雅的手碰到了汽车喇叭，这个静夜，喇叭的声音像一只刚下山的野兽的号叫。喇叭声像是汽车突然伸出的两只手，它抓住布匹一样柔软的月光，一下子将月光撕得粉碎。

艾雅开亮了车内的灯，她整理了一下乱了的衣裳和头发，并且用双手拍了拍发红的双颊。罗东仍然赖在座椅上,他的脑子突然空了。他有许多女朋友,女朋友在他的生命里像一件又一件的衣裳。他和女朋友喝酒、吵架、做爱,也和一些少妇打情骂俏。他是一个优秀的键盘手,音乐始终充斥在他的生命中。但是他看不到前方,对未来丧失信心。现在,这个叫艾雅的女人出现在他的生命中,他不知道艾雅算不算他的女朋友,他想,这个有家的而且比他大了整整十六岁的漂亮女人,可以算成是女朋友吗。

汽车掉了一个头,向前滑出去。《月光曲》又响起来了,这让罗东又想起了一百多年前的那个外国人,他为一个盲女弹奏乐曲,是一件多么美丽的事。罗东看到了月光下的海,那是一种神秘和安静得有些可怕的景象。艾雅在开车,她的手按在方向盘上,时不时地转眼看看罗东。罗东又看到了一种令人迷乱的目光,罗东想,艾雅的目光像陷阱一样,艾雅是一个温文的猎人。

艾雅把罗东送到了罗东租住的那间旧房子楼下。罗东下车前突然想问一个问题,我们这样算什么,情人?朋友?介于情人和朋友之间?或者什么也不是,只是心血来潮,一起用舌头做了短暂的情感交流?这是一个复杂的问题,罗东想不好该怎么样来表述这个问题。车门打开了,罗东的长腿从车中迈下来。下车以前,罗东贴了贴艾雅的脸。罗东的问题始终没有问出口,汽车又开走了,像一个白色的精灵,明明还在眼前的,却一下子跳出老远。罗东抬头望了一下这座八十年代初建的陈旧的楼,他看到了无处不在的月亮,像用诡异的目光看着他。月亮就挂在楼角,看上去很安静的样子。罗东突然想到了罗西,罗西是他的合作伙伴,一个身材修长而不失性感的现代女孩。和他一样,她也和许多男人打情骂俏,但是据她自己说,她是正宗的处女。罗东没有兴趣去知道她是不是处女,再说是不是处女,罗东无法也无权鉴定。罗东只是想,这个挂得高高的月亮,多么像罗西浑圆的屁股。

2

楼大文来找罗东的时候,罗东正和罗西在西门酒廊的角落里喝咖啡。表演要到九点半开始,在九点半以前的时间里,是属于他们自己的。罗西在给罗东看手相,她的小手捏着罗东的左手,看了很久后,她好像大惊小怪地说,罗东你完了,你的感情线上都是枝枝丫丫的,你这辈子艳遇不少。罗东收回了自己的手,他自己把手举到眼前,专注地看了很久。他想到这只手曾经牵过许多女人的手,留着许多女人的指纹和手温。后来他很认真地对罗西说,罗西,我对感情是很专一的,你不能笑话我。罗西冷笑了一下,谁知道?她说谁知道呢。罗东没有再辩解,而是低头抿了一口咖啡。轻柔的爵士音乐漫了过来,像水一样四面包抄。罗东一抬头,看到音乐们轻笑着,把他和罗西都淹没了。

音乐像一场洪水的来临,罗东拼命挣扎着才可以从水里抬起头,看一看四周的景象。一个叫楼大文的男人出现在他的面前,楼大文说,你一定是罗东,我能坐下来吗。罗东愣了一下,他从潮湿的音乐声中上了岸。他说你是谁?楼大文说我是楼大文,一家即将破产的电子设备厂的总工程师。罗东看了一下他的脑袋，果然长得有些像总工程师，额头闪着智慧的光芒。罗东笑了一下，楼大文已经在他身边坐了下来。

罗西说我会看手相，你能让我为你看看手相吗。楼大文把手伸了过去，伸到罗西的面前。罗东厌倦了罗西的手相游戏，他看着罗西看手相的样子，仿佛是想要把楼大文的一只手吃下去似的。罗西看了很久，说，你是一个感情很专一的人，如果你爱上了一个女人，一定会像爱上你的电子专业一样，爱一辈子的。楼大文自嘲地笑了笑，从罗西的手中抽回了手。罗西盯着楼大文的眼睛，这是一个四十多岁的男人，这个男人不年轻但衣着干净，让人一眼看出是个知识分子。罗西并不喜欢知识分子，她的父亲就是知识分子，她一点也不喜欢父亲。罗西说，你的老婆一定很幸福。

楼大文没有去理睬罗西。楼大文给了罗东一支烟，他们在一起抽烟。这让罗西很反感，罗西厌恶地瞧了他们一眼，但是他们谁也没有理会她。罗西开始埋头看自己的手相。这时候他听到了楼大文的声音。楼大文说，你认识一个叫艾雅的女人吧，他是我的夫人，用另一种叫法，是我的老婆。她嫁给我的时候，带着一个女儿。我们结婚后就没有再要孩子，就像这位看手相的小姐说的，我像爱我的电子专业一样爱着她。但是她认识了你以后，就变样了。我不能理解的是她已经四十一岁了，你却只有二十五岁，爱情的力量可以冲破年龄的界限，但是，为什么到了现在她才会萌生爱情。罗东盯着楼大文的眼睛看了很久，罗东说，你怎么知道我叫罗东，你怎么知道艾雅喜欢我。楼大文也盯着罗东的眼睛，说，我一眼就能认出你一定就是罗东，她喜欢你是因为她自己亲口告诉我的，她什么都不能放在心里。

罗西看了看罗东，又看了看楼大文，她停止了看手相，她说罗东，罗东你完了，你看看人家都找上门来了。罗东很淡地笑了一下。罗东说，你想要我怎么做。楼大文说，我要你离开她。罗东说，可以的，我能做到。但是如果她不愿意离开我，就不是我的错了。还有我要告诉你的是，我和她没做过什么事。

楼大文不再说话，他在抽烟。那些烟雾开始升腾，那些烟雾痛苦地扭曲成各种图案，向上飘着，像是水底招摇着的水草一样。楼大文向着那群烟雾挥了一下手，烟雾就呻吟一声被硬生生地扯断了。罗西踮着脚离开了楼大文和罗东，她不想听到罗东的破事，更不想看到罗东在破事中遭遇的麻烦。其实她用不着踮着脚行走的，她这样做只是说明她是悄悄离开的，但是她这样走路的样子，有些像是会一不小心踩破满地都是的脆生生的音乐。楼大文说，你爱她吗？罗东想了想，罗东想到那个叫艾雅的温柔似水的女人，散发着一种魅力，但是他们认识并不久。罗东想不清楚这叫不叫爱情，只是也喜欢着艾雅来找他。艾雅是一家大企业的高管，有着与众不同的女人味道。楼大文又问，你爱她吗？罗东说，是不是一定要回答？楼大文说，我想知道你心里是怎么想的。罗东想，我爱她吗，我爱她吗，我到底爱不爱她，是喜欢还是爱？罗东后来说，我爱她。罗东说完这句话后，觉得脸上有轻微的发热，一定是脸红了。幸好光线暗淡，没人能察觉到这一点。我从小没有母亲的，罗东想了想又补充了一句。

楼大文笑了，楼大文说，你真的够坦诚。你知道她现在在干什么吗，她现在在阳台上看月亮，像一个傻子一样。还对着月亮轻声唱歌，让人感到恐怖。她的女儿看到妈妈这样子，就哭。我很爱这个女儿，尽管不是亲生的，但是我像爱她一样爱着女儿。你说说看，我做错了什么。罗东说，你什么也没有做错，但是，有时候什么都不会做错的人，反而更加让人不能接受。楼大文说，如果她老是这样傻傻地对着月亮，我想，有一天她会疯掉。

后来他们两个都没有说话，两个都在想着一个阳台上穿着宽大棉袍的女人，披着一肩的长发，披着一肩的月光，披着一肩的秋天的寒冷，傻傻地对着月亮唱歌和说话。那是一幅很美的图画，美里面夹杂着一种恐怖。直到楼大文离去，罗东也没有和他说话。楼大文站起身来离去，像一个影子一样飘了出去，离开之前他看了看罗东，说，孩子，谢谢你。罗东这时候微闭着眼，他没有睁开眼睛，但是他的眼睫毛动了一下。他没有睡着，几分钟以后他又坐到了键盘前。罗西穿着黑色的紧身毛衣和一条休闲长裤，随意地把头发绾成一个结，用一块毛巾扎起来。她的袖子卷了起来，能看到她白皙的手臂。

罗东说，唱什么，今天唱什么？罗西说，月亮代表我的心。音乐响起来，一首慢歌响起来。罗西的嘴贴着话筒，双手插在裤腰里，双眼微闭着。一个白头发美国老头在用手轻拍着爵士鼓，那是一个流浪到这儿的外国老头，他已经喝了很多啤酒了，所以他的样子看上去有些兴奋，身子轻微地摇晃着。罗东没有抬头，罗东不想抬头，罗东知道有许多人进来了，他们是常客，像一群生活在这个圈栏里的被酒廊老板养着的鸭子一样。音乐停下来，罗东注视着键盘，他在想一个站在阳台上看月亮的女人。罗西的声音轻飘飘地传过来，罗西说，罗东，我想唱梅艳芳的《床前明月光》，你为我弹《床前明月光》。罗东说，为什么要唱这首歌。罗西说我不知道,我就是想唱这首歌,你弹吧。罗东就弹了,有了一小段过门但是却没有男声和音,罗东就自己低声对着键盘旁的话筒唱起了和音。罗东感到自己的和音一定唱得有些惨不忍听。然后音乐的节奏有些快了,一个放粗了嗓门的女音响起来:是你吧,高高挂苍穹千年啦,看尽了人世离与散,多少功名似尘埃。是我傻,总是在寂寞夜里望,你时圆时缺时迷惘,仿佛告诉我生命本无常。来吟一首老诗,来喝一杯老酒,明月啊,别望我痴,别笑我狂。床前明月光,疑是地上霜,举头望明月,低头思故乡。来吟一首老诗,喝一杯老酒,明月啊,让我拥抱,带我翱翔。

罗西唱得很投入,那个美国老头也把鼓敲得很投入,仿佛他去了一趟大唐看月亮一样。罗东仍然没有抬头,他的专注的表情常会令女人迷恋。罗东想,今天是罗西唱得最好的一个夜晚,那种寂寞,那种对人生的感叹,全被这个女孩子唱出来了。老板站在吧台的后面,用阴沉沉的目光盯着他们。老板阴沉沉地笑,他在抽一支雪茄,他是一个从法国回来的人,一回来就开了一家西门酒廊。他的太太不再回来了,他的太太嫁给了一个法国人。老板什么也不说,也没有给几声掌声。他只是用手指头按了按自己的眼睛,好像是想到了什么似的。

罗东抬起头来的时候,看到了艾雅。艾雅已经坐在角落里,仍然喝着百利甜酒,那是一种喝不醉的酒。罗东走到艾雅身边坐下来,他的两条长腿叉开着,两只手放在中间,相互交叉。罗东看到了艾雅睫毛上的泪珠,罗东皱了一下眉头递过去一张纸巾。纸巾被一只属于女人的手接走了,纸巾接触到了一种咸湿的水分。罗东说,他来找过我,他问我爱不爱你,他让我离开你，他说你在阳台上看月亮，令人恐怖。他是一个好男人，但是好男人碰到了令他头痛的问题。罗东一口气说完了许多"他"字。艾雅没说什么，艾雅说，等你下班了，我们一起出去走走。艾雅的口气有些命令的味道，这令罗东有些反感。罗东想那么你有什么资格命令我，罗东想，那么你又算是我的什么人。但是罗东忍住了，没有说什么。他看了一下旁边不远的地方，罗西坐在那儿向他扮了一下鬼脸，然后罗西抓住了一个男客人的手，要给那个人看手相。罗东收回目光的时候笑了一下，他看到手机的蓝色屏幕亮了起来，有女孩子约他吃夜宵。他想答应的，他想不跟艾雅走的，但是他回复的时候仍然发出去几个字：对不起，我有事不能来。一会儿，他又走到键盘前站下来，罗西又开始唱了，唱一首英文歌曲，怀旧的歌。罗东想，我一定也是一个容易怀旧的人，但是我还没有到怀旧的年龄。所以我老是怀旧的话，一定不是一件好的事情。

  从西门酒廊出来已经凌晨一点多了。艾雅没有开来她的白色本田，艾雅和罗东一起步行去了一个叫月雅桥的地方。两个人的影子在月光下显得有些孤独，皮鞋敲响地面的声音也有些孤独。艾雅看到了在风中摇晃着的树影，风没有让她觉得寒冷，但是树影摇动的样子却让她觉得有些冷了。她伸出一只手，那只手像会说话似的，对另一只罗东的手说，牵着我。罗东的手牵住了艾雅的手，罗东和艾雅一言不发地并肩向前走着。走了一个多小时，他们过了九堡，然后到了一个叫下沙的地方。这儿是一个经济开发区，但是静静的午夜里看不出它有一丝丝繁华的迹象。站在很远的地方，罗东听到了水声，这再一次让他想起了贝多芬的《月光曲》，那波光粼粼染着月色的海面。水声越来越近了，然后罗东看到了一条细长的河，像一根带子一样扔向黑夜的尽头。一座二十来米长的路桥，桥边有栏杆。这只是一座小桥而已，一座小桥。

艾雅说，这就是月雅河和月雅桥，很雅的一个名字。艾雅和罗东把身子靠在了桥栏上，风轻轻地吹过，秋寒一阵一阵地抵达他们身体的最深处。后来艾雅投进了罗东的怀里，艾雅说冷了，你抱抱我。罗东就抱住了她。抱了很长的时间，艾雅稍稍挣脱出来，用手轻轻拍拍罗东的脸，然后用唇轻触了一下罗东的唇。一触而已，像是一只蜻蜓在水面上一点，荡起一丝涟漪。艾雅在罗东怀里的时候，一直闭着眼。罗东的胸部能感受到艾雅的心跳，现在，他真正开始喜欢这个柔弱得像水一样的女子。他看不出这座桥雅在哪里，只看到有一个月亮就在月雅河里浮着。后来他们手牵着手离开，像两个深夜的鬼魅。艾雅的手有些凉，所以罗东一直紧紧捏着她的手。

他们在一个十字路口的红绿灯下分手，悄无声息，像两片离开枝头飘向不同方向的树叶。

3

艾雅说我要离婚了，我一定要离婚，你答应我和我离婚好吗。楼大文在抽着烟，楼大文的样子有些憔悴，这段时间他失眠严重，是一个心爱的女人先让心离开了他的心，然后，想要让身子离开他的身子，再然后，在大街上碰到的时候，他们就是两个毫不相干的人。楼大文的嘴唇颤抖起来，有些像是影视剧里悲伤的样子。楼大文问，你是不是要嫁给他，我告诉你，就算你爱他，但是你们年龄相差那么多，不会幸福的。艾雅说，你错了，年龄并不是问题，有一个叫杜拉斯的女人，就专门找小她很多岁的男人。你第二个错是，我并不想嫁给他，我只是爱着他，所以不愿意仍然和你生活在一起，这样会让我的心有负疚，我的心会累的。

楼大文点了一根烟，艾雅也向他要了一根烟。他们在抽完一根烟之前都没有说话，都在低头沉思着。艾雅站在阳台上，这时候已经有了半个月亮，白色的冷冷的月亮。楼大文终于点了点头，他没有说什么，只是眼泪就一下子下来了。楼大文的眼泪证明了一个男人的爱情，他是爱着艾雅的。但是，现在这是他唯一选择。而且楼大文在点头前考虑了很久，如果他的头点下去了，那么，再也不会有回头路。就算艾雅想回头，他也不会让她回头了。艾雅也哭了，她站在阳台上，看到楼大文点了点头，不知怎么的，她的眼泪也一下子挂了下来。楼大文陪了她十七年，如果用十七年时间养一条十七年的老狗，这条老狗也会死心塌地忠心耿耿的。艾雅对着月亮流泪，她想，她要搬出去，她要一个人生活，她不想嫁给罗东。她知道罗东不会娶她，罗东有许多女朋友，但是她只要罗东能陪她短短的几年就够了。

楠楠走了出来，楠楠走到阳台上。楠楠是她和前夫生的女儿，一岁的时候跟着她嫁给了楼大文。楼大文一直对楠楠很好，让楠楠从心底感激这个毫无血缘的男人给了她父爱。现在，她一步步走向艾雅，她冷冷地笑了一声，接着又笑了一声，她笑了无数声。楠楠突然吼起来，像一只愤怒的母狮子，她的两条小辫在剧烈地抖动。黑夜的衣裳，被她尖厉的吼声撕开。你为什么要这样，爸爸对你哪儿不好，你说出来。你要离开的话，我和爸爸过，我不和你这个没良心的过。你只知道寻找男人，你只知道寻找年轻男人来满足自己的情欲，你简直不是人。从现在开始，你不再是我的妈。我不要你这样的妈。我没有你这样的妈。楠楠激动了，她的脸涨得通红。艾雅的眼泪止也止不住地往下掉，艾雅转过身来。艾雅听到了一声清脆的声音，然后看到楠楠愣了一下，捂住了自己的脸，哭着跑回自己的房间。艾雅看着自己的手，她想怎么了，难道是我打了楠楠吗。艾雅的手有了些微的麻木，艾雅想，刚才清脆的一记耳光，一定是她的手制造出来的。楼大文在房间里哄着楠楠，艾雅在阳台上听不到全部，但是她听到了楼大文在说，楠楠，爸和你一起过，爸给你幸福，你别怪你的妈了，你不能用那样的口气和妈说话的。

艾雅止住了眼泪，她用手背擦泪。擦泪的时候她才知道自己的眼眶是肿胀的，那里面包含了许多的泪水。

4

艾雅又一次来到了西门酒廊。她挑了一个角落的位置坐下来，她一直喜欢角落，因为角落会给她一种安全感。罗东和罗西坐在一起，他们的节目还没有开始。罗东看了艾雅一眼，罗西也看了艾雅一眼，然后，她对着罗东笑着说了些什么，罗东也笑了一下。他们两个都在发短信，他们都有很多朋友，所以他们就需要发很多短信。罗东看到艾雅穿了一件淡蓝色的毛衣和一条砂洗过的牛仔裤，给人很干净的感觉。

罗西在这天晚上又唱了《床前明月光》，她最近好像是喜欢上了这首歌。她告诉罗东，你知不知道，梅艳芳得了子宫癌，她的生日是10月10号，但是10月8号她开生日会的时候，从世界各地有四百名歌迷赶到香港为她过生日呢。罗东说，我不知道，也不想知道。罗东凌晨一点多离开西门酒廊的时候，看到门口停着的一辆白色的本田。艾雅坐在车里，目光望着前方。罗东想了想，还是上了车。

艾雅对他笑了一下，轻声说，今天我们还去南山路。罗东对去哪儿，本是无所谓的，月雅桥也好，南山路也好，反正去的是安静的地方，反正肯定会有一堆月光堆在那儿。艾雅的车无声地向前滑行，艾雅轻轻唱起了刚才罗西唱的歌：是我傻，总是在寂寞夜里望，你时圆时缺时迷惘，仿佛告诉我生命本无常……艾雅的声音是圆润的，这是罗东第一次听她唱歌。罗东轻轻拍起了手，是因为这样的乐感让他不由自主地打起了拍子。只是他的目光，一直望着窗外的月色。月色真是一件奇怪的东西，它爬上路面和树丛，爬上房子和河流的身体，就不能将它剥落下来。是一件冷的衣裳。他看到过凡·高的《月升夜景》，据说经过考证是1889年7月13日21时08分画的。他不知道专家们是怎么样精确考证到分的，他想难道就不会是09分画的吗。不过他对几时画的没有兴趣，他只是看到了一轮金黄的月从山际爬了上来，交汇的两条山脊，山梁上小屋、断墙以及一丛丛的麦秸垛。他看到了那个金黄的月亮，看到的那一刻让他的心紧缩了一下，他感受到了隐在画布后面的恐怖。月圆的夜晚，在中国古代是狐鬼出没的时候。而实际上，许多恐怖的事情都发生在月圆之夜。

艾雅的车子停了下来，停在空地上的一棵树下。这儿有一些零星的小屋，看样子还有几户人家在居住着。很显然，这个地方已经纳入了拆迁规划。艾雅牵着他的手，她轻快地走动，轻快地哼着调子，对罗东顽皮地笑笑，让罗东觉得艾雅的超乎寻常的兴奋。艾雅在一间平房门口停住，艾雅打开房门，艾雅开亮一盏灯。罗东看到了一间陈旧的房子里陈旧的摆设，但是却窗明几净。罗东还看到墙上和顶棚上糊着的发黄的报纸，他开始看报纸，报纸上报道着一九八五年的消息。罗东说，怎么带我来这里？艾雅说，这儿不好吗，这儿没什么不好呀。

艾雅和罗东坐在一张桌子的两边，他们很久没有说话，偶尔他们会抬起目光看一看对方。艾雅的头发有些微的卷曲，在脑袋上蓬松着。艾雅突然无端地笑了起来，她的手指沿着桌板爬行，那是顾长好看而且灵动的手指。手指头爬过来，爬上罗东的手指，然后手指钩住了罗东的手指。罗东握着艾雅的手指，像握着一种让他兴奋但又让他沉重的东西。艾雅的手指轻轻用了一下力，在他的手心里抓了抓，又抓了抓。艾雅站起了身，她走过来，坐在罗东的身上，轻轻用唇触了触罗东的嘴角。她小巧而温软的舌尖伸了出来，抵进罗东的嘴巴，然后像刚才手指头钩住手指头一样，她用舌头钩起罗东的舌头。她的手指头放开了，用手捧住罗东的头。她的呼吸有些急，暖暖的鼻息就喷在了罗东的脸上。

罗东的舌头被吮着吸着，那种柔滑让他闭上了眼睛。他的手伸出来，开始抚摸艾雅的身体。他把手伸进了艾雅的怀里，在此之前他曾经把手伸进许多女孩子的怀里，听到女孩子因此而发出的吃吃的声音，或者是女孩子故作姿态地打开他的手。

他对这一套太熟悉了,他的手指触摸到了艾雅的乳头,那是一个四十一岁女人的乳头。然后他用手轻轻托起艾雅的乳,然后他把手滑了下去,并且把艾雅的整个身体往上托了托。艾雅打了一个激灵,她的舌头还在罗东的嘴里打着转,但是她打了一个激灵。这个时候她才知道自己早就在不知不觉间潮湿,像是海浪经过礁石时留下的潮湿。她扭动了一下身子,又扭动了一下身子,脸开始烫起来。她牵了一下罗东的手,罗东的目光飘起来,又落下去,他看到了一张安静的竹榻。

  这是一个寒冷的秋夜,竹榻更能传达一种寒冷。艾雅顺手关掉了灯,在很长的一段时间里,他们在窗口洒进来的淡淡月光下剥去对方的衣衫。然后,罗东进入了艾雅,他轻轻地进入艾雅的时候,让艾雅倒吸了一口凉气,然后她抱紧了罗东的头。他们进行得异常缓慢,仿佛要经历一场长途的跋涉,所以只能慢慢行走才能走得更快。罗东在行走的时候,老是想着海浪的声音,海浪的声音越来越响,充满了他的耳朵。然后,他发现自己也变成了一片海浪里的羽毛,飘起来,又落下去。

  很久以后,他们才觉得寒冷。月光把他们的身子涂上一片银色,他们发现彼此的身体是略略有些瘦弱的,瘦弱得让自己的身体都感到有些疼痛。在披衣之前,他们拥在了一起。他们感受到了对方皮肤的质感,并且相互抚摸着对方的头发。艾雅的手插进罗东的头发里,她轻轻笑了一下说,我这样算不算勾引你。罗东没有说话,他只是抱紧了艾雅,他突然想起了和他走得近的和走得远的女朋友们,他想,她们现在在干什么,和另外的男人做爱,还是在静夜里酣睡。他想,这样子和艾雅算是什么,朋友,情人或其他?

后来他们穿衣下床，坐在方桌的两边仍然一言不发。艾雅开了灯，她的脸色是潮红的，而且始终低着头微笑着。罗东说，我们走吧，我们别老是待这儿呀。艾雅就站起了身，她仍然牵着罗东的手走出小屋。这时候罗东看到了一个男人的照片，很年轻地站在镜框里，向他笑了一下。他就愣住了。他从屋里退出来，看艾雅关灯，落锁，然后他们就跌进了寂静里面。罗东看到了这间小房子的木窗上缠满了生长着的藤蔓。走到更远的地方，罗东看到这间小房子，被全部罩在了一片月色里。艾雅仍然很兴奋，唱着床前明月光疑是地上霜。艾雅打开车门，把罗东按了进去，说小朋友小脚并拢给我坐好。

白色本田又向前滑行。罗东的脑子里突然空了，好像被远处伸来的一双无形的手掏空了一样。艾雅在车里又放起了贝多芬的《月光曲》，这让罗东想起了小学四年级课本里的那一片银色的海面。艾雅突然打破了沉默，她说你知道贝多芬这首曲子是献给谁的吗？罗东说，是献给一个皮鞋匠的盲人妹妹的。艾雅说，错了，是献给他的爱人朱丽叶的。他写这首歌是因为，朱丽叶后来爱上了罗伯尔伯爵并和他结了婚。你听听，第一乐章是冥想的柔情和有时充满阴暗预感的精神状态。你听听，是不是从远处好像突然之间升起了静穆的声音，有忧郁和无限的愁思，有纷至沓来的回忆。罗东听了好久，他想这样也可以理解，那样也可以理解，这安静之中的音乐想要表达的，其实是因听者而异的。他不去管艾雅说些什么，也不去管贝多芬的失恋，他只是想，今晚，算不算一场恋爱。他在自己租住的那幢楼房下下车，下车的时候，艾雅看了他很久说，罗东，你放心好了，你还是有许多小妹妹的，我不会来烦你，我不会做一个令人厌的女人。罗东抱着自己的膀子，他想说很多话，他觉得艾雅这样说，反倒让自己过意不去了。罗东想了很久，也没有想出什么好的话来。他孤零零地站着，只是嘴巴动了一下，没有话从嘴里蹦出来。艾雅又笑了一下，说，谢谢你。不管怎么样，我都谢谢你。今晚你让我很好。

艾雅的车子开走了。罗东还站在原地，他想上楼，风那么大，有些冷，他想上楼了。但是他突然发现，自己像一枚钉子一样钉在了地上，他挪不开脚步。他一抬头看到了月亮和他身边的大片月色，就想，一定是月光像糨糊一样把我糊住了。艾雅的车子在月色中远去，很快就不见了。只是，罗东忽然感受到了艾雅留下的体味和体温，在他的身体里，发芽了。

5

接连一个月没有再见到艾雅，这让罗东的生活相对平静。他仍然上午睡觉，下午瞎逛，晚上来到西门酒廊。酒廊的生意越来越不错了，这让那个脸色阴沉从法国回来的老板心情很好。他甚至学会了和罗东罗西开开玩笑，并且送给罗西一串劣质的珍珠项链，送给罗东一盒不知道哪儿出产的雪茄。

罗东想，也许艾雅已经不会再出现了，她只想玩一场刺激的游戏而已。现在，游戏结束，一切都过去了。有时候他也会有想要联系艾雅的念头跳出来，但是这时候他才知道，其实他是没有艾雅的手机号的。日子一天天过去，终于楼大文和楠楠出现了。他和罗东打了一下招呼，罗东点了点头向他走去。他在楼大文和楠楠身边坐了下来，看到楠楠的时候，他就想到了，这一定就是艾雅的女儿。楼大文笑了一下说，我那家生产电子产品的厂子今天正式倒闭。罗东也笑了一下，没有说什么，他想一个总工程师在其他地方也是有饭吃的，他想楼大文来这儿不可能仅仅是为了告诉他厂子倒闭了。果然楼大文说，有些人喜欢生活在回忆里，怎么也走不出来的。一个月前的晚上，艾雅在开车回家途中出了事，医生抢救后命保住了，但是颅骨被拆了下来，她已经失去记忆了。接下来的日子，我会一边找工作做，一边陪着她。还有我的女儿楠楠，也会陪着她。她说即便嫁人了，也要和爸妈生活在一起。她是我的好女儿。楼大文说这话的时候，把手放在了楠楠的肩上。在手触到肩上的那一刻，罗东看到了一种十几年培养出来的亲情。楼大文说，也许你不知道这件事，所以想告诉你一下。毕竟，你是她喜欢的一个男孩子。艾雅和她前夫的感情很好，她经常说，她只在电视里看到过那样的感情，但是她的前夫在楠楠一岁的时候就死了。艾雅常怀念那段时光，我对她再好，她也念念不忘那段感情。人都是自私的，我也对这件事很不舒服。但是，现在她失去了记忆，却让我更加痛心了……楼大文说了许多话，但是罗东没有听进去后面的话。罗东想，是不是我也会失忆了，我的脑子里怎么也是一片空白。罗东后来听到了远处飘来的一个声音，他在惘然中抬起头来四处张望着。他看到罗西向他打了一个手势，罗西皱了皱眉说，到时间了，你今儿怎么啦，你不对劲啊。

罗东勉强地笑了一下，说没什么，没什么没什么，开始吧。他走到了键盘前，开始弹奏。一曲《床前明月光》响了起来，罗西惊讶地看了他一眼，但还是跟着音乐唱了。敲爵士鼓的美国老头也在摇头晃脑，他不知道床前明月光的，他只知道一个怨女的声音在歌唱。罗西的唇紧贴着话筒，她的歌声很悠远，让人看到了遥远的月亮。一个男声加了进来：是你吧，高高挂穿苍千年啦，看尽了人世离与散，多少功名似尘埃。是我傻，总是在寂寞夜里望，你时圆时缺时迷惘，仿佛告诉我生命本无常……罗西愣了一下，她知道罗东加进来了。罗东抬起他的目光时，看到楼大文和楠楠已经离去，他只看到两个空着的座位，和两只空空如也的杯子。他又低下头去，认真地弹奏着。床前明月光，疑是地上霜，举头望明月，低头思故乡。他的眼睫毛突然有些湿了。

　　罗东一言不发地弹奏，休息时一言不发地喝酒，他喝的是那种叫杰克·丹尼的威士忌，这是一种烈酒。他还抽起了酒廊老板送给他的雪茄。有女孩子打电话找他，他不知道那是他的哪一个女朋友，他只是对着话筒骂对方，然后挂电话。罗西看着他，她有些忧心忡忡，她看到楼大文和楠楠来过以后，罗东就变得不是罗东了，变成了一个无赖和酒鬼。罗东在凌晨一点多的时候，歪歪扭扭地向外走去，他的手里居然还拎着一瓶喜力啤酒。罗西跟在他的身后，罗西说，罗东你是不是疯了。罗东回过头来笑了，轻声说，你说对了，我疯了。我为什么不疯，为什么要不疯啊。

　　罗西跟着罗东走了很长一段路，他们走进了南山路。月色很好，月色一直都很好。罗东在一间小屋的门槛上坐了下来，他拎起酒瓶喝了一口，说，罗西，你知道月雅河和月雅桥在哪儿吗，你知道这间房子是谁的吗，你知道这间房子里有一张竹榻吗，你知道这间房子里墙上糊着的报纸是几几年的吗。罗西说，你醉了，你今晚醉得不成样子，我真后悔没有拿照相机给你拍下来。罗东说，我没醉，我真的没醉。罗东说话的样子有些真诚，罗东说，罗西，我突然爱上了艾雅，那是比我们要上一代的爱情，她和我演绎了一遍，她让我哭了。这间小屋就是她的，我和她在这里做爱，我们做了一次爱。

　　罗西皱了皱眉，她惊讶地听着一个男人絮絮叨叨地说着这些，她看到屋子附近是树林和一些小屋，她看到窗台上爬满了细长的藤，她看到了月色一览无遗地笼罩着小屋。然后，她看到一个男人开始拿一块石头砸门锁，砸锁的声音在夜里传出去很远。门吱呀开了，罗东开亮了灯，然后他打了一个酒嗝，跌倒在地上。罗西看到了墙上的一张照片，这张照片让她合不拢嘴，卷曲的头发和深陷的眼睛，以及笔挺的人中和鼻子，透着一股英俊之气。罗西一下子就呆了，她呆呆地站立了很久，看着照片中的男子对着她笑。

　　后来罗西坐在了门槛上，坐在月色里。罗东睡着了，她没有去扶他一下，她只是觉得眼睛里有什么东西想要拼命往外跑，果然，她坐在门槛上耸动双肩哭了起来。很久以后，她停止哭泣，唱起了一首歌：来吟一首老诗，喝一杯老酒，明月啊，别望我痴，别笑我狂。床前明月光，疑是地上霜，举头望明月，低头思故乡……

马修的夜晚

马修无比热爱着黑夜。

马修住在一幢老式四层公寓楼的顶楼,这样的公寓楼在这座城市的这个地段已经很少了,少得快要看不见了。每天早上马修从梦中醒来,推开窗子看到的就是四周的高层建筑。这些建筑像孙悟空的金箍棒一样直插云霄,马修总是仰视着这些快要将他埋掉的建筑,把它们恶毒地想象成不知疲倦插向天空的性器。

马修的房子有一个小阁楼,这个小阁楼里无比干净纤尘不染,那是因为马修的妻子李文就住在阁楼里。早上马修拎着皮包去上班的时候,总会俯下身来在李文的耳边说,文,我去上班了,你等着我回来。中午的时候,马修从单位回来,会先走上阁楼和李文打招呼,李文,我回来了。下午李文会小睡一会儿,然后照例和李文打个招呼再去上班。而当夜晚来临,马修就一直陪着李文。在小阁楼里,马修装了一套家庭影院,马修泡一杯茶,每晚都会看两到三张碟。然后马修伸伸懒腰,对李文说,文,我去睡了。

所以说马修无比热爱的其实是黑夜,只有黑夜来临的时候,他才可以和李文在小阁楼上一起待许多时间。李文是个富家人的女儿，而马修只是某个公司的小小职员。除了马修的性格比较适合李文以外，李文觉得马修温文尔雅，人聪明有灵气，还有就是，马修的外形很好，总是能吸引一些女人的目光。但是李文家里反对，他们反对的唯一理由是，马修没有过硬的背景，门不当户不对。李文最终还是嫁给了马修，没有任何一种力量可以阻止李文嫁给马修。作为李家的女婿，马修并没有和李文一家有过过多的交往。因为婚后不久，李文在一场车祸中成了植物人。李文娘家在最初的日子里，天天出没在医院，但是在李文出院后，他们没有来马修家里看过李文，他们大约认为，这对于李文也好，对于自己也好，都不再有多大的意义。而马修的感受，他们没有去想。

　　马修本来就是一个话不多的男人，马修当初被李文感动，并且一直以为自己一定会是一个好男人的。马修经常要给李文补充营养，他学会了替李文输液。许多个日子里，他俯下身子，抱着李文的头，抚摸着李文的头发，而李文，只会把呆滞的目光投向阁楼顶上的一只巨大吊扇和一小片明瓦。明瓦漏下的光线在小阁楼里游移，吊扇在缓慢地转动，像极了一部电影里的镜头。马修有时候会替李文护理头发，他打来水，替李文洗头，洗发水的味道就在阁楼里弥漫。马修的手湿漉漉的，他用梳子梳理着李文的头发，然后用电吹风将头发吹干，马修始终觉得这些都是漫长、烦琐但是却有意义的一件事。他还会常和李文说说话，他以为李文其实是听得到他说的话的，只不过李文无法表达自己想要说的话而已。他的脑海里，经常浮起汽车的刹车声，所以在他上班的途中，最反感的是那些像鱼一样的汽车，

马修的夜晚

这些大鱼小鱼都挤在小小的河沟里，磕磕碰碰，令人生厌。

马修的小阁楼是一个小小的人间天堂，除了音乐以外，小阁楼里有许多李文喜欢的洋娃娃。许多时候，马修盘腿坐在阁楼的木地板上，那是一种叫作"满庭芳"的地板，坚硬中透着一种软度。马修就在音乐声中回忆往事，李文喜欢听的是英格兰风笛，所以阁楼里就有了一些风笛的CD，当然还有数也数不清的影碟。马修许多时候都想，他不可以生活在回忆里，他必须生活在阳光下面，和同事朋友们一起开始一种健康的生活。但是马修已经没有朋友，他的朋友们突然发觉马修变得不合群了，所做的事所说的话都变得不可理喻，加上马修长时间呆在阁楼里，使得马修的脸异常苍白。

马修经常推开阁楼里的窗，看四周的一幢幢高楼。他看到许多人在擦洗高楼，他们的身上连着一根保险绳，从高空挂下来，然后他们就像是一只鸟儿一样，停留在空中。马修想这种在空中的生活一定很有趣，这个时候他开始厌倦自己的工作了，每天都面对那么多的报表，把自己搞得头昏脑涨，一不小心有了差错还要遭老板骂。马修想，我不去工作了，这样的念头越来越强烈。那天马修对李文说，文，我不想再去工作了，我要换一种工作。

马修果然就没有再去上班，马修把手机关了，放了自己一个星期的假。第七天他开机的时候，他的主管打电话过来了。马修听主管在电话里唠唠叨叨，马修就轻声笑了起来，马修说见你妈的大头鬼，小心我杀了你。说完马修挂了电话，马修感到一种快感从脚底板往上升，这时候马修才知道，他已经自由了。马修对李文说，李文，我自由了，我要多陪着你。

但是马修必须找到另一种谋生手段。马修到大街上去转，他突然发现自己其实不适应干任何工作，自己最适合的目前来说就是护理李文。李文躺倒已经三个月了，马修已经习惯了这样的生活。马修那天站在一幢高楼下，看着几个清洗高楼的人，正在快乐地工作。那些蓝色的玻璃，在阳光映照下发出灼人的光芒。马修后来跑上了高楼的楼顶，他往下看，看到街道像一条裤带一样，软塌塌地扔在那儿，而那些行人和车辆，无疑就是一粒粒蠕动着的小小虫子。一个女孩在楼顶上吃冰淇淋，女孩的皮肤有些黑，她看了马修一眼说，你来干什么。马修说，我想找一份工作，你看我是不是适合做清洁工。女孩仔细端详了他一会儿，女孩说你的脸色太苍白，你不会是有什么病吧，你不适合做清洁工。马修看到几根粗大的绳子从顶楼上挂下去，马修想，要是在这些绳子上用一把锋利的刀子砍上几刀，那么那些清洁工人是不是会像鸟一样飞起来。马修把这个想法说给女孩听，女孩睁大了惊恐的眼睛说，你想干什么，你神经病哪你。马修说，我没有神经病，我想干你们的工作。

后来马修知道这些清洁工人都是沾亲带故来自同一个地方的，女孩的父母也是清洁工。马修后来见到了他们，他们在一起吃盒饭，他们都好奇地问马修为什么要参加这样的工作，而且从马修的穿着打扮来看，他应该是一个白领而不是一个成天在半空中吊着的清洁工。一个理着平头的小伙子仔细地看着马修很久，他也是不久前才加入他们的队伍的，但是他的体格魁梧而且强壮，看上去他比马修强得多了。小伙子说，你是不是看上了这位漂亮的女孩。女孩子的脸忽然红了，她说宁远你说什么，你不要乱说。说完女孩子看了看马修。

马修这时候知道,小伙子叫宁远,马修还知道,女孩子叫白桦。马修问你为什么取了这样一个名字,这是一种树的名字。白桦说我为什么不能取这样的名字呢。马修说,没有为什么,你能取这样的名字。白桦笑起来,白桦的笑声很响亮,她微黑的皮肤闪动着一种光泽,马修懂得了什么叫作健康的颜色,这就是健康的颜色。白桦不是一个苗条的女孩子,但是却浑身散发出青春的气息和女人的味道。马修突然想,和白桦这样的人做爱一定会酣畅淋漓,马修这样想着,脸就红了一下。

马修没有成为清洁工,但是马修经常来看看这些清洁工,经常站在高楼上,看着远方。他能看到自己住着的那幢公寓楼,陈旧得像一位九十多岁的苏联老女人,在绵软的阳光下取暖。马修还能看到自己家的小阁楼,在那个阁楼里,躺着无比安静的李文。马修已经不相信李文有一天会站起身来的奇迹,甚至李文会眨眨眼皮或流下一两滴眼泪的奇迹都不再相信。白桦问马修,你是干什么的。马修说,我没有工作,我是一个无业游民。白桦说,那你为什么不找工作。马修说你们又不让我干清洁工,我正在找工作。白桦说不是我们不让你干,是你不适合干这工作。白桦晃动着一双腿,她的鞋子已经甩脱了,牛仔裤稍有些脏。她看着马修,眼睛里漾起一层薄薄的水雾,她看着马修,身体晃动的姿势充满着诱惑。

每个夜晚来临的时候,马修仍然和李文一起看影碟。马修说,李文,今天我们看周星驰的片子好不好,周星驰的片子很搞笑的。或者说,李文,今天我们看的是大片,叫作《珍珠港》,里面的飞机多得就像苍蝇一样。然后,马修开着机器,一边喝茶一边看影碟。马修的日子其实是孤独的,曾经有那么一个晚报女记者知道了马修和李文的事,死缠着马修一定要写一篇报道。马修坚定地没有答应,马修说你是不是要把它写成催人泪下的故事。女记者说,是啊,一定能打动许多读者的。马修说,那我告诉你,我不需要打动读者,有许多时候我们自己都没能被打动,我们自己都麻木不仁了,拿什么去打动读者。女记者久久不肯离去,她不厌其烦地劝说马修接受采访,甚至向马修动用了撒娇的语气而且还抛了无数个媚眼。终于马修叹了口气说你为什么要这样呢,我对你说,你胸脯平平姿色也平平我根本就不会有反应。这时候女记者轻轻骂了一句,我操。说完女记者在马修的微笑中,快步离开了马修的视线。

现在马修看的是一个警匪片,片中出现了警察的镜头,他们提着警棍,很威风的样子。其实警察这个职业一直是马修小时候的理想,他甚至动过报考警校的念头,但是由于种种原因,他与警察这个职业失之交臂。马修想当警察的愿望越来越强烈,他站起身来,走到窗边,冷风一阵一阵地吹着,李文睡在床上,睁着眼,很安静的样子。马修想,我要当警察了,我要当警察了。我一定要当警察。

第二天马修的身影就出现在一个小卖部的门口,这是一个专卖警用品的小卖部,连警衔警棍手铐都能买到。马修的手轻轻放在玻璃柜台上,他害怕那么薄的玻璃会不小心被自己弄破,那不仅要赔玻璃而且会让自己的手开花。他自己都想不清楚为什么会冒出那么多奇怪的念头,马修对老板说,你这儿有没有手枪。老板正在给马修拿一副警衔,老板的身子突然颤抖起来,他看了马修很久说,你是想抢银行吗。马修轻轻笑了,马修说老板你不要怕,你看我像抢银行的人吗。

那天晚上马修和李文看了一阵子碟片，十二点钟的时候，马修说李文，我找了一个新的工作，我要去执勤了。马修穿上了警服，戴上帽子，然后他还在腰上挂上了警棍和手铐。马修在镜子前照了照，发现镜子里面是一个浓眉大眼相当有正义感的警察。马修在大街上走着，马修大步流星地走着，马修看到街上已经很冷清了，一辆摩托车驶过来的时候，马修挥了一下手，一个小伙子在他面前停了下来。

马修说你为什么没戴头盔，你说，为什么不戴。马修的话很轻，但是说话的口气却很重。小伙子说，我忘了戴头盔，我下次一定戴上。马修说，把行驶证和驾驶证拿出来。马修在灯光下仔细地验看着行驶证，显然这证件已经过期很长时间了。马修说，对不起，你得把车留下，你三天以后来城区中队领摩托车，当然你还得带上罚款。记住三天以后。小伙子还想要说什么，马修说，别说了，你找不出任何理由，三天以后，你找一个叫陈小跑的警察就行。马修没再理他，一挥手，又拦下了一辆车。马修走过去，很标准地敬礼，马修查验了那位司机的一些证件。马修看上去很忙碌，拦了一辆辆车，小伙子终于离开了，小伙子离开的时候，马修笑了一下。他骑上了摩托车，在大街上漫无目的地巡逻起来。

马修后来到了一个很僻静的地方，马修将摩托车停下来，然后他开始步行。这是一个城郊接合部，这里居住着大量的民工，这里的棚子房低矮得让人窒息，而且还能闻到一股股难闻的气味，这种气味里夹杂着尿骚味，这是民工们日积月累随地解决的结果。马修看到了零星几盏亮着的灯，马修走到一间棚子房面前，推开了简陋的门。他看到三个人赤着膊正在微弱的灯光下打牌,桌子上放着一小堆零钱,他们看到马修的时候愣了一下。马修笑了,马修走过去说站起来,你们给我站起来。三个人还愣在那儿,马修看上去有些生气了,他大吼了一声说给我靠墙站好。他说这话的时候,掏出了警棍。三个人很听话,作为异乡人他们不太敢在当地人面前撒野,更不敢在当地的警察前放肆。马修把放在桌上的赌资收了起来,然后马修走到他们身后,电警棍啪啪冒着火星,这让三个人开始有了轻微的颤抖,他们一定害怕马修手中的警棍会不小心碰到他们赤着的上身。

马修走的时候,三个人仍不敢回头看一看。马修走到门边说,我还会来的,我过几天还会来,下次让我再看到你们赌博,我会把你们带到所里去,让你们在所里免费吃饭。马修的声音很轻,但是显然三个人都听见了,他们没有说话。他们只听到没多久,一辆摩托车被发动的声音响了起来。凌晨天亮以前,马修回到了家里,他把摩托车停进车库,然后上楼。马修上楼后先走到阁楼上,马修对李文说,文,我回来了,我换了工作,我现在是一名警察。以后,我会经常需要上夜班的。马修后来洗了一个澡,然后他睡了一觉。

马修醒来的时候已经是下午了,马修在厨房里草草弄了一点吃的,然后马修去找白桦。白桦依然在楼顶吃冰淇淋,马修说白桦你为什么这么喜欢吃冰淇淋。白桦说,我喜欢吃冰淇淋有什么错吗。马修想了想,说没错。后来白桦坐在了马修的身边,拿一双大眼睛看着他,白桦将身子靠过来,马修感到了白桦的体温。白桦在马修耳边说了一句让马修感到惊讶的话,白桦说,马修,你的眼睛告诉我,其实你很想和我做爱。马修的脸红了,他不敢看白桦。白桦又说,喂,我们做爱好不好,我们在楼顶上做爱好不好。马修的心动了一下,马修看到白桦的目光意乱情迷,马修说怎么可以在光天化日之下。白桦拧了一下马修的脸,白桦说怕什么,这么高的楼顶上,有谁能看得到,除非外星人。白桦说这话的时候,开始动手解马修的衣扣。

其实马修很久没有做爱了,趴在白桦身上的时候,马修开始计算自己上次和李文做爱到现在有多久,马修想,最起码也得有半年了。马修在楼顶上像是一个道具,完全任凭白桦摆布,当然马修还是对白桦感到异常满意,马修想白桦简直是一个做爱的天才。白桦的动作有些粗野,她轻轻的叫声让马修激动万分,她抱着马修的脖子说马修拿出你的力气来呀,你为什么不拿出你的力气来。马修突然觉得好笑,马修说白桦你说错了,这个时候怎么会不拿出力气来呢。

后来白桦和马修都穿上了衣服,马修往下看,看到了那几个像鸟儿一样的清洁工,他们的工作是辛苦而快乐的,他们的快乐里面总有那么一种汗水的味道。白桦的脸上还漾着潮红,白桦说马修你想的时候,仍然可以来找我。马修突然想,白桦为什么会有如此老练呢。马修说白桦,你跟宁远有没有过。白桦说,不许问这样的问题,你不觉得这是一个很傻的问题吗。马修想了想说,这倒也是。那天马修和白桦并排仰天躺下来,躺在楼顶上。马修要白桦讲讲过去,白桦就说,跟着爸妈一起来到这座城市,有一个男朋友在部队当兵呢,退伍后也会跟他们一起干清洁工。马修说,那样的话你就可以和你男朋友在楼顶上做爱了。白桦笑出了声说,不可以,和自己的老公是不可以在外面做爱的,只有和别人才可以在外面做爱。

那天马修拖着一身疲惫回家，他洗了一个澡，感到无比舒服。马修想，看来人是离不开做爱的，如果离开了，人就会变得没精打采。马修以前常看到同事小张，那个长得丰满妖娆的女人一进董事长办公室的门半天没出来，马修就想这个女人一定被董事长放到那张比床还大的老板桌上搞了。马修认为自己的想法是恶毒的，马修想没有理由不使自己往恶毒方面去想。

晚上照样是看碟，马修家里的碟越来越多了，简直可以开一个碟片店。马修那天晚上看的是爱情片，那是一种伟大的爱情。马修看的是《勇敢的心》，看到动情处，马修像一个孩子一样呜呜地哭了起来。他以为李文也是那么勇敢，冲破重重阻力嫁给了他。而现在他像珍藏一件宝贝一样珍藏着李文，完全是因为李文从前对他那么好。其实如果他愿意，李文随时都可以自然死亡。

马修还是在半夜时分穿上警服骑着摩托车去城郊接合部巡逻，他甚至在某个晚上救过一个骑车跌伤的女人，他把女人送到医院以后就消失了，以至于第二天晚报上登了那位女人找寻恩人的一则消息。马修想，这些其实都是警察应该做的。马修当然还去冲击赌场，他的动作越来越麻利，尽管他的嗓门很轻，那是因为他不喜欢大声说话的缘故。但是他的警棍挥舞起来的时候，已经虎虎生风让人害怕了。那些赌资，将是马修的生活费，和李文用来输营养液的费用。马修喜欢上了黑夜，在黑夜他总是能寻找到许多想要寻找的东西，比如在小阁楼里看看影碟听听风听听雨，那是很暖人心的一件事。比如他骑着摩托车在风中疾驰，挥舞警棍冲击民工居住地。比如那身干净的警服，总能让他对警察这一职业越来越热爱。马修觉得黑夜比白天更

马修的夜晚 | 147

干净，白天人们衣冠楚楚，就连自己的眼神有时候也要隐藏起来。晚上不一样了，冲完凉的男人女人裸着身子在屋子里走来走去，每一扇窗子后面都有那么多人在做爱。夜总会里妖娆的声音在响起，缠着那么多去消费的人，把肉体奉献，把钱挣回来，这是一种最直接最赤裸的交易。夜晚看到的是那种真实得一塌糊涂的生活，白天是虚假的，从某种角度来说，夜晚比白天更干净。马修无比热爱夜晚。

马修骑摩托车的姿势越来越好了，技术也越来越好。马修每天午夜出没在民工聚集的城郊接合部，那儿生活着干粗活的民工、妓女、吸毒的人还有就是捡破烂的，以及乞丐。这里的生活最精彩了，可以毫无顾忌地大笑，甚至可以在那些隔音性能相当差的房子里毫无顾忌地做爱，把那种痛苦而快乐的声音传播到四面八方并和另一对做爱的人的声音重合在一起。马修听到这样的声音总会露出会心的微笑，他在心里向这些白天辛苦工作晚上也辛苦工作的人致敬。他们的叫声让他想到了白桦的叫声，女人的叫声无论身份贵贱都是如此类同。

马修眼中的城郊接合部都是晚上看到的景象，他很想在白天也去看看那里是什么模样。马修选择了一个很好的天气，没有太阳，有一丝风。马修这个下午没去找白桦，马修白天不敢穿警服，他穿的是便服，但他仍然是骑着那辆摩托车去的。马修在城郊接合部停下车子，然后步行进去。这儿到处都有许多垃圾，这儿有一条狭长的泥路。泥路两边要么是篱笆，篱笆里面种着各色蔬菜，要么就是低矮的临时棚，里面居住着混杂的民工。篱笆上的一些零星小花已经开了，篱笆和临时棚旁边的另一道风景是这儿有许多女人，她们的脸上擦着厚重的脂粉，对路人特别是男人使用的是那种千篇一律的眼神。马修觉得这些女人的眼神都是装出来的，怎么可以无缘无故地对男人脉脉含情呢。马修将要离开这块特殊的居民区的时候，他看到了一个叫星星的女人。当然那时候马修还不知道她叫星星，也不知道为什么她会叫星星。马修看到星星有一双很长的腿，她的一条腿站立着，另一条腿半屈，蹬着身边的篱笆。她的手指也很细长，夹着一根香烟。她就是看着马修抽烟，一句话也没说，只吐出一个又一个的烟圈。马修认为吐烟圈的女人是寂寞的，这个女人也一定很寂寞，而且这个女人看上去年轻漂亮。马修向她走过去说你是谁，女人说我是星星。女人又说你是谁，马修想了想说，我是陈小跑。

　　后来星星一直在前面走，一边走一边吸着烟，她走路的姿势溢出的仍然是那种女人味。星星领马修进了一间小屋，小屋里很干净，但是有一种淡淡的霉味。星星的所有动作都是程式化的，趴在星星身上的时候，马修想，星星很像是一个人。后来他吓了一跳，因为星星像的那个人的名字，叫作李文。马修说，你为什么叫星星，星星说我小时候家里很穷，生我的时候，我爹一抬头看到了破屋顶漏下来的星光，就给我取名星星。星星又说你为什么叫陈小跑呢，是不是你小时候非常喜欢跑步。马修说不是，我取陈小跑是因为想叫陈小跑所以就叫了陈小跑。星星若有所悟地"噢"了一声。马修又问，你为什么要出来做。星星说，因为想出来做所以就出来做了。但是她想了想又说，我和老公结婚才一个月的时候，他就得了尿毒症。我家里穷，他冲破重重阻力才娶了我，所以我必须卖自己给他治病。你知不知道，贞节是很重要的，但是我觉得生命比贞节更重要，更何况说我是在救人的命。马修那时候眼泪差点夺眶而下,他想我不能哭不能哭,结果终于没有哭出声来,但是马修的眼睛却已经红了。

星星笑了。星星说你是不是觉得我在说的是一个歪理。马修说不是,你卖得对,如果我是你我想我也会去卖的。可惜我不值钱,我卖给你你要不要。星星笑了起来,说,再来一次好不好。马修的积极性就被调动了起来,他觉得自己就像是一名优秀的长跑运动员一样,不知道疲倦。终于他听到了星星的叫唤声,星星抱着他的头一声一声叫着陈小跑。这时候马修想,不应该用假名字骗了星星。马修离开星星的时候说,星星,我下次还找你好不好。星星说好。马修给了星星两百块钱,星星裸着身子坐起来,看也没看就将钱塞到枕头底下。然后,星星点了一支烟,马修一回头,隔着烟雾看到了模模糊糊的星星。

马修后来常选择一些没有太阳的下午去见星星,他看到星星站在篱笆墙边的姿势,就很不舒服。因为马修老是想,自己不去找星星的时候,总是有那么一些男人会去找星星。然后马修眼前就浮起星星赤身裸体和那些男人在床上的情景。那天下午马修对星星显得有些粗野,马修说叫你卖叫你卖,马修说叫你长那么漂亮。星星说不可以长得漂亮吗。后来渐渐平静下来后,马修哭了,马修说了自己的事,马修说起了李文,马修说我现在生活得像一条狗一样,我怎么可以对不起李文,但是我又怎么离得开女人呢。星星一直抚摸着马修,星星说忘掉好不好,忘掉李文,如果你不忘掉李文,你的一生都不可能再幸福了。马修奇怪地看着星星说,你像一个哲人似的。星星说,什么是哲人。马修没再说什么,马修走的时候说,星星,我好像有点离不开你,你说奇不奇怪。星星笑了,说,你的想法说明你还没长大,离不开我,那你就是傻瓜。星星的笑声中,她的睫毛却湿了。

马修有时候也去见见白桦,和白桦在屋顶露台上做爱。马修对白桦说,我觉得我像是牲畜一样。白桦说,你不是,我才是呢。马修有时候也和白桦的父母聊聊,宁远总是拿深沉的眼光看着他,宁远说,你这个马修一天到晚来找白桦,让她嫁给你算了,你要不要。马修不知道该怎么样回答,白桦已经说话了,谁要嫁给他,谁肯嫁给他,嫁给他还不如嫁给你,宁远你愿不愿娶我。宁远说,我怕娶你,一天到晚吃冰淇淋不算,说话也像母老虎。我又不是武松,会敢娶你这样一个母老虎。

马修的日子其实要比在公司里上班精彩得多,马修仍然常和李文说说话,马修有时候居然会和李文探讨爱情。爱情到底是怎样一个东西呢,看不到,摸不着,吃不饱、饿不着。那天晚上,马修看了一部叫作《心火》的影碟。瑞士籍的家庭教师伊莉莎白为父还债,成为英国贵族查理的借种工具。事隔七年,伊莉莎白思女心切,千方百计找上门,当上亲生女儿的家庭教师。查理再见伊莉莎白,爱火压不住,他痛下决心,在寒冷的冬夜,熄掉炉火,打开窗,让早已是植物人的妻子冻死。然后,查理一手牵伊莉莎白一手牵着他们的女儿,走上了幸福之路。那天晚上马修看得痴了,他不是惊艳于苏菲·玛索的天生丽质,而是被影片的情节打动。影片的情节和马修的现状有些类同,所不同的是没有一个女人可以来牵引马修。马修抚摸着李文的头发,马修说李文,你知道爱情是个什么东西吗,爱情有些像是一块午餐肉,你一直都想吃但很快又会吃饱。马修说李文,我好像堕落了，好像变成一条狗，你会不会怪我。如果你还像以前那样健康，你肯定会生气肯定会不理我的。马修又捧起了李文的一只手，轻轻拿在手里吻着，李文，你为什么当初那么坚决地嫁给我，你为什么刚嫁给我就会变成这个样子呢。

马修后来找到星星的时候，总是显得很忧郁。他记不清自己有几次跟在星星的后面走到那间小屋了。星星打开门，星星又关上门，星星替他解衬衣的纽扣，星星蹲下身去替他解开皮带，一切都像是在履行公事。马修变得麻木不仁，许多时候马修在星星的身上看着这间简陋的小屋，有光线从破洞中射进来，一些细小的光线还落在了床上，落在两个人的裸体上，像一朵小花一样。马修抱着星星，流了无数次泪。星星替马修擦干眼泪说你还小吗，不要再流泪了，你要学会坚强。但是马修知道，自己的一生，不可能再有所谓的坚强。马修说，我的心里苦。星星冷笑了一声，她推开了马修坐直身子，并且点起了一支烟。马修看到了星星结实的乳房，像两只小巧的南瓜一样，构成好看的弧度。星星吐了一口烟在马修的脸上，又吐了第二口，第三口。星星说，陈小跑，再过几天我要回去了，我要带钱给他去看病，我这样做已经很对得起他了。

然后是两个人的沉默，但是马修还是能听到时间流走时的那种声音。

星星最后说的话是，陈小跑，你这个小男人给我记住，永远快乐地活下去，叫作坚强。我们都要选择的，就是坚强。马修看着星星说，星星，我不相信你会是在这里接客的，你告诉我，你什么学历。星星没有再说话，星星那天不再说任何一句话。

又一个夜晚来临的时候,马修没有看碟,而是放了苏格兰风笛的音乐。马修在小阁楼里点亮了许多的小蜡烛,那么温馨的烛光里,马修和李文说了许多话。马修说李文我们认识到现在已经六个年头了,六个年头就是两千个日日夜夜,人的一生,会有多少两千个日日夜夜呢。李文没有说话。马修说李文我知道你不会说话了,甚至不会思考,但是我一直不想让你离开我,一直想这样守着你。现在我想开始另一种生活,生命对于你的意义,我想也不是很大了。李文,我送你走吧,如果你听到我的话了,就像《心火》里面查理的妻子那样,流一滴眼泪吧。马修取了一块湿毛巾,轻轻放在李文的嘴和鼻上,然后,马修打开了窗子,他看到了无边无际的黑夜穿着黑色的衣裳在夜空里舞蹈着,许多黑夜还涌了进来,在小阁楼里静静地看着李文。马修之所以打开窗,是想为李文打开一条去天堂之路。他转过身来,走到李文身边俯下身去,轻轻握住李文的手。这时候,他看到了李文两滴晶莹的泪。马修终于小声哭了起来,马修伏在李文的身上,马修想,如果这个世界上真的有爱情的话,那么这一生的爱情就这样过去了。这天午夜,马修没有穿上警服去执勤。

马修在第二天午睡醒来的时候,穿上了警服,并且戴上了一副墨镜。他以为不会有人认得出他来。他想去找白桦,告诉他自己是一名警察,白桦一定会大吃一惊,原来常和她在屋顶露台上做爱的那个人是个警察。他还要去找星星,星星也会大吃一惊,这个三番五次来照顾她生意的人居然是个警察。

马修就走在大街上,中午的阳光并不热烈,马修戴着墨镜的眼中望出去,这座高楼林立的城市是灰暗的。许多辆车从马修身边经过,他很讨厌地看了看这些车,这些车排出的尾气就像一把刀子,一刀一刀割着城市居民们的健康。马修知道这儿高楼林立,白桦一定在这儿的某一幢楼的楼顶吃冰淇淋,一定穿着脏兮兮的牛仔裤,甚至有可能和一个叫宁远的小伙子在露台上做爱。做爱真是一种奇怪的运动,有人喜欢足球,喜欢拳击,喜欢跳水,但是喜欢得最多的还是做爱。马修在没有看到白桦之前,看到了宁远。宁远还是穿着清洁工的衣服,所不同的他不是吊在高楼上,手里也没有提着塑料筒拿着刷帚。宁远在追一个人,这个人好像是在那座高高的商住楼里跑出来的,这个人撞翻了许多人,这个人不要命地奔跑着。马修撞了上去,马修想也没想就用自己的身体撞了上去,马修说我是警察你给我站住。那个人被撞倒了,又爬起来想继续跑。马修说不能跑,马修掏出了一副锃亮的手铐。马修的手铐铐上那个人的手腕的同时,马修听到了一种沉闷的声音"啪"地响了一下,马修张大了嘴但是没有听见自己的声音。但是马修还是感到自己刚才一定是发出了很大的声音的。马修眼里的镜头都是无声的镜头,宁远冲了上来,死命按住了那个人的手,但是那个人手中的枪又一次响了,子弹射中的是马修的胸膛。

　　马修倒了下去,他听到了凌乱的脚步。宁远一直守在他的身边,宁远用手机拨通了120,然后宁远摘去了马修的墨镜。这个时候白桦从楼顶赶了下来,她曾经看到宁远在一扇玻璃窗前擦了很长时间的玻璃,后来突然掏出了手机说了一些什么,再然后宁远放下了绳索,拼命地追赶一个刚从大楼里出去的人。白桦再次看到宁远的时候,宁远已经将那个人和自己铐在了一起,并且缴下了那个人的枪。从周围人的议论中白桦终于知道宁远抓的是一个毒贩。白桦看到了躺在地上穿着笔挺警服的马修,这时候,白桦手中的冰淇淋跌落在地上。她什么也没去想,她只是听到宁远蹲在马修的身边不停地说,喂,坚持住,你睁开眼,喂,你是哪一个局的。然后,白桦看到一辆救护车驶了过来,很快马修被抬上了车子。再然后,白桦看到许多警车开进了她的视野,她看到宁远向着一个人敬礼,她看到那个人拍了拍宁远的肩,她听到宁远说,有一位兄弟负伤了。然后,她看到持冲锋枪穿迷彩服的特警把那个毒贩提上了车。

马修很累,马修看到了那个穿着脏兮兮牛仔裤的白桦。那是一个可爱的女孩,马修很乐意和她做爱。马修还看到了星星,星星正在和一个胖子打情骂俏,马修知道星星是想从胖子那儿得到一些钱。马修还看到许多扇窗户里边,那么多人脱光衣服在酣畅地做爱,他还看到有一个小老头正在偷窥一对年轻人做爱。马修笑了一下,多么可爱的小老头。马修还看到了一幢办公楼里,一个男人在硕大的办公桌上剥开一个女下属的衣服,并且将手伸进了裙子的下摆,然后,这个男人像一头猪一样爬上了办公桌。马修知道过不了一会儿,这个男人会穿上西服和人彬彬有礼地握手、进餐或签合同什么的。马修想,这样的白天,不如黑夜来得干净。马修有些怀念干净的黑夜,有星星在闪烁,有夜虫呢喃的声音。这时候马修听到了苏格兰风笛的声音,马修看到李文穿着裙子,像他们恋爱时那样美丽。李文向他招了招手。

马修看到医院里面,医生对一位领导模样的人摇了摇头,然后,护士从他的衣服里发现了一张叫作《心火》的碟。马修看到一个叫星星的女人在翻看报纸新闻时,突然放声大哭起来,

马修的夜晚 | 155

并且骂走了刚刚进门的客人。马修想,黑夜是多么干净,而最真实而可爱的人们,是宁远,是白桦,是星星。一条两边夹着篱笆的泥路上,走着一个叫星星的女人,她的手里拎着皮箱,皮箱里有一些她给患尿毒症的丈夫治病的钱。马修知道,一个个黑夜终将来临,亲爱的星星,她会开始另一种生活。

闪光的胡琴

多多看到李天宝家墙上挂着的胡琴时，是一个中午。他看到了这个村庄上空越聚越多的炊烟，从一些房子顶上的烟囱里飘出来，像一条条手臂一样歪歪扭扭地伸向了天空。多多悄无声息地跨进门槛，他走路的样子飘忽不定有些像猫，有时候让人感到他像是一个影子一样，或者像一片风中跌落下来的叶片。多多经常看见李天宝坐在自己家的门口拉琴，多多有一次和天平他们在互扔泥块的时候，突然听到了李天宝拉琴的声音。那个时候是秋天，已经稍稍有了一些凉意。多多穿着一件破旧的毛线衣，袖口上挂着一团丝丝缕缕的旧毛线，像一只小巧的鸟巢。多多手里捏着一块硕大的泥巴，他摆出一个投掷的姿势，他的目标锁定了天平，这时候李天宝突然拉响了胡琴。多多愣了一下，他站在绵软的日头底下一动不动，像一只鸟突然被一粒铅弹击中了似的。天平扔过来的泥巴在多多的头上开了花，这让多多感到疼痛。又一块泥巴在多多脸上开了花，多多彻底地变成了一个泥人。后来天平站到了多多身旁，他伸出一双沾满泥的手拍了拍多多的脸。天平说多多，多多你是不是神经了。多多笑了一下，很凄惨的样子。多多说我听到李天宝这个瞎子又在拉琴了。天平很扫兴地离开了多多，天平走上了回家的路，天平后来告诉村子里的所有孩子们，多多简直就像是个神经病。

　　现在多多把身体贴在了李天宝家的黄泥墙壁上，他的两手张开紧紧地贴住墙壁，像一只壁虎一样。他能闻到黄泥那潮湿的气味，异常亲切地钻进他的鼻孔。多多把他的目光抬起来，丝丝缕缕地抛到墙壁的上方，多多看到胡琴像一只巨大的蜻蜓停在斑驳的土墙上，然后多多仿佛听到了遥远的声音叮叮咚咚地传来，像是从土墙的最深层发出来的。李天宝坐在门槛上，他睁着一双白而无光的瞎眼狡黠地笑着。李天宝说，多多你在我屋里干什么？多多说，我在看你的胡琴。多多又说，你能让我摸一下胡琴吗？李天宝"嗤"的一声笑了，李天宝说，叫爹，你叫爹，你叫一声爹就让你摸一下胡琴。多多咬了咬苍白的嘴唇，没有叫。多多想起了来喜，十三岁的孤儿多多一直都把叔叔来喜叫作爹，是光棍来喜把他拉扯大的。多多想起他亲爹那天上午垂下了软绵绵的头，一口涎水就那样亮晶晶地挂在嘴边。爹生了很长时间的病，他几乎每天都睡在靠土墙边的床上，他把身子蜷缩起来，向里侧睡着。多多能闻到屋子里飘来飘去的恶臭，爹的脸色已经很苍白了，是那种病恹恹的苍白，多多不喜欢这样的颜色。爹走的时候一句话也没说，多多端着一碗稀饭来到爹的床边时，看到爹已经坐正了身子，并且摆出了那种努力想要竖起头来的姿势。多多在床边看了爹很久，后来多多去隔壁找来了来喜。多多说来喜，来喜我的爹不会说话了。来喜跌跌撞撞地奔向多多家里，他奔跑的过程中撞到了一张凳子，但是他没有扶起凳子。是多多把凳子扶起来的，多多扶起凳子的时候就想，一定要发生什么大事了。很久以后，多多仍然能够真切地回想起来喜的那一声嘶哑的号叫，还能回想起炮仗巨大的声音和炮仗的火药气味，以及炮仗在炸开以后纸屑在半空中飞舞的模样。来喜那天和多多一起上山给兄弟送葬回来，就对多多说，多多别怕，叔叔把你养到十八岁。来喜说这话是在土埂上，装沙子的拖拉机在土埂上疯跑，许多人都看到多多"咕咚"一声跪下去，朝着来喜磕一个头，叫，爹。然后多多抬起了头，他看了看不远的山上那一座黄泥做的新坟，和几个凄凉落寞但却鲜艳得有些像是老妖婆的花圈。

　　多多跨出了李天宝家的门槛，多多走出很远了。他回过头去看到孤独的瞎眼李天宝依然坐在门槛上，阳光把李天宝劈成半明半暗的两半。但是李天宝的脸上却挂着一成不变的微笑，好像捡到了一笔数目可观的钱一样。

　　这个寒冷的冬天多多老是跑到李天宝家门口去，看他翻着白眼为一些人算命。李天宝养着很长的指甲，指甲里藏着许多泥垢。其实他的手指也是很修长的，多多没有见过村子里还有其他人会有这么长的手指。李天宝翘着手指头给人算命，他把别人的命颠来倒去地算着，一下子是十六岁，又一下子是六十岁。多多很羡慕李天宝，别人的命现在都操纵在李天宝这个瞎子的手里了。多多很奇怪李天宝居然能够准确地摸出一毛、二毛和五毛的纸币，那些都是李天宝算命的工钱。李天宝的手指就在那些脏兮兮皱巴巴的纸币上来回抚摸着，像在抚摸一个面容姣好的女人一样。李天宝的脸上挂着满足的微笑，他的脸有些白也有些胖，像镇上那些工人阶级的脸。许多时候李天宝还会在阳光底下拉琴，他会拉一段停一段。他一定不知道多多汲着鼻涕，一直保持着同样的姿势看着他拉琴。那些依墙而立晒

闪光的胡琴 | 159

太阳的人在谈论着寡妇春花的事。他们忽然听到了悠扬的琴声响起来,他们的谈兴就更浓了。他们说,春花这个婊子精,不知养了多少汉。他们说这话时,不约而同地在眼前浮起春花丰满的身影,不约而同地咽了咽口水,而且嘴角一牵露出了一种过了把嘴瘾的笑。多多看到他们的喉结在滚动的样子,春花在他们的嘴里成了一条随时可以播报的新闻。多多的眼前浮起了春花的影子,春花养着两个孩子,但是她的老公死了。村子里有人把春花介绍给来喜,那天多多看到来喜和媒婆在院子里说话,来喜露出了很腼腆的样子,他不停地搓着双手,似乎用这样的动作来表明天气很寒冷。来喜说,春花这个人长得这么漂亮,怕是守不住。媒婆喷出了一口烟,她用她的小眼睛盯了一眼来喜,然后她站了起来。她走过了多多的身边时,突然伸出了像干柴一样的手,摸了一下多多的脸说,你的养父是头笨猪。后来果然听到村子里的人在说,春花根本就看不上来喜,春花只要动一下她的眼波,窗下就能集合起这个村庄里所有的成年男人。

　　多多一直盯着李天宝看。多多看到一条条白光刺溜刺溜地溜走,多多的眼光就落在那道白光上,多多看到那道白光在面前盘旋,然后越旋越高向天上去了。多多知道那道白光其实是李天宝弄出的声音。李天宝这个瞎子除了能算命外,居然能弄出这么好听的声音。多多盯着胡琴看,胡琴斜斜地架在李天宝的腿上。多多突然有了一种抚摸的冲动,因为那胡琴身上黑黑的亮光吸引他伸出手去,他迅速地在琴身上摸了一把。琴身很凉,是那种木头才会有的温暖的凉。李天宝大喝,干什么,多多你这个扫帚星想干什么?谁让你摸了我的琴。多多吓了一跳,他蜷缩在泥墙旁边的一角。他看到李天宝愤怒的表情,他想,李天宝是个瞎子,他怎么知道是我?

后来多多看到李天宝站起身,他在泥墙边站了很久,站成了一截木头的样子。李天宝面对的是一堵老旧的泥墙,潮湿的泥土散发着一种气息。李天宝一伸手,把胡琴准确地挂在那破败的土墙上。胡琴又成了一只巨大的蜻蜓,很安静地伏在了墙壁上。多多想,李天宝没有瞎,他一定没有瞎。

多多把李天宝没有瞎这件事告诉了天平。多多看到天平在穿路廊白白的日光底下玩几只滑轮,天平早就说想让他爹给他做一辆滑轮车了。多多说天平,我告诉你一个秘密你不要说给别人听,李天宝他不是一个瞎子。天平没有理他,天平专注地玩着他的滑轮,那些滑轮在天平的手中转动起来,发出一阵难听的声音。那是几只陈旧的铁滑轮,是天平从镇上的农机厂偷来的。但是滑轮显然是已经没油了,所以那种叽叽嘎嘎的声音很难听地响着。多多又说,天平我们都搞错了,李天宝他不是一个瞎子。天平终于站起了身子,他从地上收起了滑轮,他冷笑了一声说你跟我来。

多多跟着天平一起走。他们站在离李天宝很远的地方,李天宝仍然坐在门口,脸上挂着微笑。天平掏出了一把弹弓,他在弹弓的皮上装上了一枚小石子,然后天平一拉弹弓,一颗小石子飞向了李天宝的脑门。李天宝像被什么烫了一下似的,发疯似的跳起来,像一只已经挨了一刀的鸡。李天宝大喊,谁,谁,是谁烫了我一下,给我滚出来。天平哈哈大笑,笑声很刺耳。天平说多多你这个神经病你看他瞎没瞎?

多多站在原地一动不动,他安静地看着李天宝在他的屋子

闪光的胡琴 | 161

门口跳跃的样子，但是他却听不到李天宝骂娘的声音，就像是在看无声电影里的一些镜头一样。他看到村子的上空又开始堆积起一些烟，他的肚子在这个时候咕噜了一下，已经是临近中午的时候了。这个时候人影一闪，李天宝的弟弟李二宝忽然蹿了出来，天平和多多拔腿就跑。多多搞不懂自己为什么会奔跑，他把步子迈得很大，他只是想天平突然奔跑了，那么天平一定有他奔跑的理由，于是他也跟着奔跑。没跑多久他的喉咙就开始干燥，额头有许多汗流了下来糊住了他的眼睛，然后汗水一路下滑，钻进了他的脖子里。李二宝终于在晒谷场追上了天平和多多。李二宝一手抓住天平的衣领，一手抓住多多的衣领，像抓小鸡一样提在手中。村子里的人聚拢过来，他们都看到多多手中握着一把弹弓，弹弓是天平突然之间塞给他的，多多手足无措地抓着弹弓时，突然觉得双脚离开了地面。他努力地仰起脸，这样就使得他的脸涨得通红，他终于看到了李二宝一张狰狞的脸。出于本能多多冲李二宝讨好地一笑，笑容还没来得及收起来，一股疼痛从屁股骨蹿上来，舔着他的周身。他和天平被摔在了地上。

　　然后，许多人看到多多像一只皮球一样被李二宝踢来踢去。李二宝最近跟化城寺的一个和尚练腿功，多多感到全身骨头散了开来，他知道有一种来自四面八方的力量把他推来推去，然后周身开始发麻，整个人晕晕乎乎的。他想李二宝的腿功居然已经炉火纯青了。多多的手里依然捏着弹弓，他被李二宝抛上抛下时，听到人群中有人说，这个多多看上去忠厚，原来也会欺侮天宝瞎子。多多想大喊一声那弹弓不是我的，于是他努力地喊了一声，但是人们听到的只是一声号叫。人群中有人轻笑了一下，多多就有想哭的冲动。

后来多多一个人躺在凉凉的地面上，许多双穿着鞋子但没穿袜子的脚离开了他。这时候，一旁的天平悄悄抽去了多多手中的弹弓。多多的手压在自己的肚皮底下，天平费了很大的劲才把多多的手抽出来，然后再抽走多多手中的弹弓。天平说多多你把弹弓还给我，你是不是看上我的弹弓了，但是这弹弓是我的，我不愿意在我没玩够的时候就送给你。天平拍了拍屁股上的灰尘，在离去之前他朝多多笑了一下。多多木然地看着天平慢慢远去，接着，夜幕开始降临，四周都很静。在夜幕降临之前，多多一直看着身边爬来爬去的蚂蚁。多多觉得自己就像是一只蚂蚁。

多多躺了一个礼拜才从床上下来。叔叔来喜把多多背回去的，并且喂了他一个礼拜的粥。那天的阳光很好，尽管气温仍然很冷，但是多多还是起来了。他走到院子里，阳光随即涌过来将他紧紧地包裹住。多多感到了一丝从未有过的暖和，他在村子里缓缓地行走，像一只孤独的蚂蚁。他看到了春花倚在她家的院门上梳着头发，春花说多多你进来。多多就跨进了春花家的院门，多多看到春花的手里突然有了一只温热的山薯，春花说，吃了它。多多捧着那只山薯有些不知所措，但他还是伸手剥去了山薯的皮。这个时候春花的两个孩子从屋子里出来了，他们很安静地看着多多。春花的头发梳完了，她把头发织成长长的辫子。春花说，你叫我一声妈，多多你想不想叫我一声妈。多多先是很轻地叫了一声妈，后来多多又大声地叫了一声妈，多多没有想到自己的嗓门会有这么大，把春花也吓了一跳。但是春花还是笑了，春花拍了拍多多的脸，春花说以后别去惹那

闪光的胡琴

个李二宝了。

多多不想去惹李天宝和李二宝，他甚至不愿从李天宝家的泥屋前走过。但是鬼使神差的，多多还是来到了李天宝家门前。李天宝身边围着一圈人，他正摇头晃脑地给大家拉琴。多多站得很远，但是他听到了丝丝缕缕的琴音。有人看到了多多，问多多你干什么？多多说，我晒太阳，我在晒太阳呢！那人就说，多多你过来，这儿既可以晒太阳，又可以听天宝拉琴，你还是过来吧！多多想了很久，李天宝的琴声像一只遥远的手一样，温柔地拽住了他的衣角，最后多多一步一步走向了李天宝。

多多的视线一直都没有离开李天宝，当然他也看到了高声谈笑的人们，听到了他们放肆的笑声在飘荡着猪粪气息的村庄上空回荡。然而他的眼里只有那把闪光的胡琴，拉动琴弦的是一双保养得很好的手。李天宝的手指白皙而修长，完全不是务农人的手。多多看到那只手上下翻飞，时而激越时而舒缓的音乐就像一条来自远方的河奔涌而下。阳光多么暖和，河面上闪着粼粼的波光。多多眼里蓄满了泪花，一不小心多多就被河淹没了。李天宝的琴声停下来的时候，对着多多挤出了一个笑容。李天宝突然伸出了手抚摸了一下多多，李天宝说你这东西怎么可以用弹弓打我的脑门呢。多多想说那个小石子不是我打的，但是多多后来没有说出这句话。李天宝摸到了多多溢出眼眶的眼泪，他显得有些手足无措的样子，使劲地在衣服上擦干沾在他手上的眼泪。

几天后的一个清晨，多多又来到了李天宝家门口。这时候村子的上空还积着薄雾，李天宝的屋门口很安静，太阳还没有出来之前，这儿还是比较安静的。多多看到大门洞开着，屋里没有人，只有胡琴依旧像巨大的蜻蜓栖在土墙上。多多走到胡琴的下面，仰起头望着陈旧但却散发出暗红色光芒的胡琴。多多终于伸出手去，他的呼吸开始急促起来，他取下胡琴，捧在手里久久抚摩着，然后他又把脸贴在了琴身上。忽然他像想到了什么，抱着胡琴躬着腰开始奔跑，他瘦弱的身躯在村庄小路上疾奔，一跳一跳的样子像一只兔子。路上没有人影，一个人也没有，这让多多很庆幸。他跑进自家的屋子，把胡琴往床上一扔，然后在胡琴上抛了一床被子。接着他就坐在床沿上喘息，他一摸脑门，脑门上全是汗。但是他的脸上却挂着得意的笑容，他把手伸进被窝里，人就跪在了床前。他抚摸着胡琴的琴身，甚至用手指头拨弄了一下琴弦。胡琴发出了喑哑的声音，不像李天宝拉出来的那种音乐那样美妙，但是多多的耳朵里却听到了和李天宝拉得一模一样的音乐。

　　李二宝沙哑的骂声终于在村庄里此起彼伏地响起来。村子里有许多人都知道李二宝的哥哥李天宝赖以谋生的那把胡琴被人偷了。李二宝在村子里走来走去，他骂偷走胡琴的人会被天雷劈死，会断了手骨瞎了眼睛。多多很害怕，他怕李二宝有一天突然闯进他的屋子，掀开他的被子。多多站在很远的一棵树背后向李天宝的门口张望，他把自己的身子紧紧贴在树干上，像一粒细小的虫子，这粒虫子能听到自己微弱的心跳。李天宝坐在一张椅子上，身子缩成一团，两只手因为少了一把胡琴而不停地相互绞着，很孤独很悲哀的样子。李天宝完全没有了往日的神气，精神也很萎靡，他甚至不愿再给本村和外村来的人算命。他的身边站着弟弟李二宝，李二宝双手叉腰，不时地骂出一两串不堪入耳的话。骂声隐隐传过来，使多多心惊肉跳。

闪光的胡琴　|　165

他娘的，给老子逮住了我抽他的筋剥他的皮。多多的背脊心就升起一股凉意。多多开始有些后悔，他想找一个黑漆漆的夜晚，偷偷把胡琴送回到李天宝家，就挂在李天宝家的门上。

每一个夜晚来临，多多钻进被窝里就紧紧地抱住胡琴不放。不一会儿，胡琴就渐渐被多多的体温烘暖了。冷月洒进窗户，多多的脸上有了明明灭灭的光线和很淡的两条泪痕。无数次梦里，多多像神仙一样骑在这把胡琴身上飘来飘去。多多没有把胡琴送还到李天宝家的门前，多多每一次在午夜醒来想要出门把胡琴送回去的时候，胡琴在月光下发出的微弱的光拉住了他的脚步。叔叔来喜有一次半夜起来小解时终于看到了多多脸上的笑容，这让他想起了早亡的哥嫂，所以他的鼻子一酸一酸的。只是来喜一直都没有发现多多的胡琴像熟睡的婴儿一样躺在多多的怀中。

一个暖融融的下午，多多抱着胡琴闪进了一间被遗弃的草屋。那间草屋的顶上已经破旧得不成样子了，许多光线像一张网一样交织着射下来。他小心翼翼地关上门，坐在草屋的中间，坐在了从屋顶射下的凌乱的光线中。然后他模仿李天宝的样子，把胡琴架在腿上，颤抖着手拉出了第一个音符。那是一个惨不忍听的音符，很像一声低沉的牛哞，但这却让多多兴奋不已。他又拉了第二下，第三下，音符们像忙碌的兔子在破屋子里跳来跳去。多多越拉越快，不成调的音符快将草屋挤破了。这时，门被踢开了，多多被巨大的声响吓了一跳，他只看到大门洞开，门口是白晃晃的光线，光线中是一个人影。多多看不清是谁，但他知道，一定是李二宝，一定是李二宝。果然，多多又一次被李二宝凌空提了起来，这次多多手中握着的不是一把弹弓，而是一把闪光的胡琴。

多多被吊在村子中央的一棵树上。他的衣裳被剥去，肋巴骨一根一根突出来很像搓衣板的样子。一些鸟在他的头顶肆无忌惮地唱歌，而树下是叉着腰的李二宝和村子里的一些人。多多一点也不害怕了，他的目光越过人们的头顶，散淡地落在不远处李天宝的身上。李天宝依然坐在家门口，但是和往日不同，他的脸上露出了笑容，他的手中，捧着那把失而复得的胡琴。他开始拉琴，一遍一遍地拉琴，他把头摇得像拨浪鼓一样，他把那双瞎眼紧紧地闭着，一曲终了又是一曲，再是一曲，突然李天宝发出了一声吼叫，这一声像老虎下山一样的吼叫让大家吓了一跳。他们看到李天宝笑了，李天宝把脸贴在了胡琴的琴身上。多多突然记起，自己也曾无数次把脸贴在琴身上，原来琴不一定是用来拉的，还可以用来抚摸，可以用来把脸贴在上面，可以用来闻那种独有的清香。

李二宝手里有了一根藤条，多多看到那根三尺长的藤条，像一条蛇一样毫无生机地垂在地上。后来李二宝让这条蛇竖起了身子，让这条蛇像突然学会了飞翔一样，迎向了多多。多多没有喊叫，他不觉得痛，只觉得有些辣，像是有许多的小虫张开嘴巴，用细密的针扎他，或者咬开他的皮肉，钻进去在里面做窠。多多本来想喊叫的，他能看到大树下的那么多人，他们仰着头，好奇地向多多张望着。他还看到了幸灾乐祸的天平，天平的腰间仍然插着那把弹弓，天平朝着多多做鬼脸。多多没有喊叫，因为天平就在大树下面看热闹，所以多多用牙咬住了嘴唇。多多看到了春花的两个孩子，那是两个安静的男孩，他们从不和村子里的孩子们争吵，他们安静得就像不会说话一样。

他们看着多多，后来他们离开了人群，向着自己家的院子里飞奔。没多久多多看到一个人影向这边移来，那是被他叫作的叔叔来喜。来喜戴着一顶毡帽，大约是受了凉的缘故，他居然流着两汪清水鼻涕。来喜拨开人群，来喜看着李二宝用藤条抽打着多多。后来来喜跪在李二宝面前说，二宝饶了他，他还小。李二宝斜睨了多多一眼说不行。来喜说我可以给你二十斤谷子，你饶了他。李二宝说不行。来喜说，五十斤，五十斤怎么样。李二宝还是说不行。

　　多多笑了一下，他的嘴角沁出了血丝，他看到了李天宝，李天宝是寡妇春花搀扶着走来的，看得出李天宝因为被春花搀着而感到很开心。李天宝怀中抱着那把胡琴，他是瞎子，但他仍然向吊在树上的多多看了一眼。因为他听说李二宝把多多吊起来了，吊在那棵树上。李天宝说二宝，二宝，这棵树上以前被日本鬼子吊过地下党员李二奶，你怎么可以吊孩子呢。再说胡琴不是又回到我手中了么。二宝你把多多放下来吧，春花都给我说了一箩筐的好话了，就算我们不给来喜面子，也得给春花面子，如果再不放下多多的话，我们在村里人面前也抬不起头。二宝你放了他。

　　吊多多的那根绳子被解开了，他重重地摔在泥地上。他感到头快要胀破了，面前扬起一蓬灰。这时候，悠扬的琴声响起来，多多努力仰起头，他看到李天宝坐在青石板上，很专注地拉琴。他白皙而颀长的手指上下翻飞，音乐就像蝴蝶在飞翔，像蜻蜓嗡嗡唱歌。多多一直努力仰着头，他的眼泪在那一刻唰地下来了。春花走过来，她蹲下身子替多多擦眼泪，但是多多的眼泪没有被擦干，反而越来越多了。春花就捧起了多多的头，她把多多的头放在胸前,多多突然感到了一种从未有过的温暖。他紧紧抓住春花的衣服,生怕春花会突然在面前消失一样。春花笑起来说多多,多多你放开手,你放开我的衣服。多多松开了手,然后他看到春花牵着她的两个孩子的手离开了那棵大树。那个时候多多就想,如果自己是春花的孩子,那该是多么好的一件事情。

由于被绳子捆绑的缘故,多多的手像鸡爪一样一直向里翻着,而且拿不动东西。来喜领着多多去卫生所找刘知青看病,刘知青说,骨没断,筋脉伤了,怕是没法治了。听了刘知青的话来喜很失望,他脱掉毡帽不住地挠头皮。多多很凄惨地笑笑,他落下了一些内伤,所以看上去脸色很差。多多轻轻扯了扯来喜的衣角,轻轻说,爹咱走吧。

来喜和多多就一前一后地走出了刘知青的卫生所,那股浓重的来苏味被他们抛在身后。他们走在村子中那条笔直的大路上,多多说,爹,好像下雪了。来喜一抬头,冬天的第一场雪就纷纷扬扬地落下来。来喜说,多多,叔叔对不住你爹,叔叔没有照顾好你,你就不要再叫叔叔爹了。多多笑了笑,多多说,你还是我爹,这个世界上对我最亲的人就是我爹,你想想村子里还会有人对我那么好吗。

雪下了一天一夜。积雪很厚了,第二天清晨的时候,多多推开门看到了白茫茫的村庄。他看到一条狗在村子里的雪地中奔跑,很快那条狗就看不到轮廓了,只看到一个小小的黑点。多多站在门口看村子里的雪,屋檐上有一蓬蓬的雪掉下来,松松垮垮地落在地上。多多的眼睛有些痛了,他揉了揉自己的眼眶,这个时候村里请来的戏班子踏着积雪进村了,咯吱咯吱的

闪光的胡琴 | 169

声音落满了多多的耳朵。戏班子里有许多女人，都很年轻的样子。她们一路都在笑着，而且还会抓起一个雪团灌进别人的衣领里。

多多也去看，不是看戏，是看那个四十多岁的络腮胡子拉琴。络腮胡是戏班的班主，那天他正在后台拉琴，忽然看到身边站了一个神情忧郁的少年，盯着他的手看。多多看着络腮胡拉琴，也看看戏台下黑压压的人群。络腮胡说你是谁？多多说我是多多，我是来看你拉琴的。多多看络腮胡拉了三天琴，质朴的音乐糅和在鼓声锣声中，多多看得很专注，络腮胡一直都以为再这样下去多多会变成一枚钉在后台的钉子。终于有一天，络腮胡说你跟我来，你跟我来后台。多多就去了后台，他看到许多人在描眉，许多人在穿戏装，但是谁也没理会多多。络腮胡走到一个角落里，他打开了一只箱子，他从箱子里取出了一把积满灰尘的破旧胡琴，说拿去吧。多多接过胡琴时，一双手突然颤抖起来，他的嘴唇也开始在这个时候哆嗦。络腮胡看到多多变形了的手，就问怎么回事。多多就说，这么回事。络腮胡说，这样吧，你要是愿意学拉琴你就跟戏班子走。多多捧着胡琴站在原地，眼泪在眼眶里打转。络腮胡说，不许哭男人不许哭。多多就说，好的我不哭。你们走的时候，一定要带走我。我叫多多，你们一定要带走多多。

多多抱着那把陈旧的胡琴从后台蹿到了台下，他高兴地大喊了一声，但是他的喊叫像是一条狗在冬天的一声呜咽一样。他在众目睽睽之下抱着胡琴在雪地中奔跑。人群给他让出一条路，多多越跑越快，蓬乱的头发向上扬着。许多风灌进了他的脖子，钻进了他的皮肤，再钻进他的骨髓，让他感到了凉凉的快感。突然多多被人拽住了胳膊,李二宝一脸坏笑地盯着他说,你偷了戏班的胡琴?嘿嘿你偷了我哥的胡琴现在又偷戏班的胡琴,你是不是想吃洋铗子了,你这个杀头坯一定是想吃洋铗子。许多人将他围住,多多说放开我。李二宝没放,多多突然尖着嗓门大喊,李二宝你这个狗杂种把爪子拿开。李二宝被多多尖厉的声音吓了一跳,本能地松开手。多多又开始奔跑,他跑离人群跑向了土埂。土埂上奔跑着装沙子的拖拉机,那些路上的积雪被车轮压得一片污黑。来喜就在土埂上挑沙子卖,来喜刚挑满一拖拉机的沙子,这时候他看到一个黑点缓慢地向他移动着,黑点越来越大,他看到了多多,接着他又看到多多的胸前分明抱着一把胡琴。他还看到一辆装毛竹梢的拖拉机忽然停了下来,听到多多一声尖叫。然后,他还看到不远处的戏场上有不少人往土埂上跑。接着,他的耳朵就一直嗡嗡响着。

　　后来他走过去,推开人群。他看到侄子多多紧紧抱着那把破旧的胡琴,脸上都是血水。他弯下腰,抱起多多。多多轻得像一根草,多多的命也像一根草。来喜说,请让一条路,人群中就闪出一条路。来喜说,让一条路吧,请让一条路吧。在去医院的路上,来喜都在说着同样一句话,请让一条路。但是路的四周是没有人的,很寂静,来喜的话只有多多和他自己听到。多多说,爹,我怎么啦。来喜说,多多,我不配做你爹。

　　毛竹梢戳伤了多多的眼睛。多多是来喜背着离开医院的。多多出院的时候,雪已经融得差不多了,太阳照在大地上,雪融化时滴滴答答的声音就传进了多多的耳朵。多多说爹我这辈子看不到东西了,一定看不到东西了。来喜的鼻子就一酸一酸的。来喜说,别怕,有爹呢!只要爹还活着,爹就是你的眼睛。

闪光的胡琴 | 171

然后冬天就过去了，春天就来临了。李天宝的家门口一大一小坐着两个瞎子。李天宝脸上荡漾着笑容，他说开始吧，多多就开始拉琴。李天宝用竹竿在多多头上敲了一记，说错了错了，重拉。多多又开始重拉，多多的琴在李天宝的调教下越拉越好。人多的时候，李天宝就和多多合拉一支曲子。李天宝问多多，胡琴是什么样子的？多多听到人群中讲黄色笑话的人们又在议论春花这个婊子精了，他们说春花这个人越来越浪，她居然和队长火根在麦地里干那事了，你们知不知道，那片麦地长势就是比别的地方好！多多不喜欢人们议论春花，但是多多什么也没说，只是冷冷地笑了一下。李天宝又问多多胡琴是什么样子的。多多想到李天宝一辈子都没看到过胡琴是什么样子，就笑了一笑。多多说胡琴像一只巨大的蜻蜓，而且闪闪发亮。李天宝又问，那蜻蜓又是什么样子的呢？多多想了想，多多想了很久才叹口气说，蜻蜓是一种妖精。李天宝若有所悟地噢了一声，然后说多多，咱们一起合拉一曲吧！多多调了调弦，说，好的。

飞翔的瓦片

　　冬牛在草丛里捉一只蚂蚱，他已经盯了那只蚂蚱很久了，他看到蚂蚱跳起来跳进一丛阳光中。张小妮在坯房里做砖块，张小妮是冬牛的妈妈，当然在老公的教导下，张小妮已经是一个制砖的能手了。张小妮穿着一件蓝色的碎花衣裳，这件衣裳她做姑娘的时候就有了，现在她把它当成了工作服。她的身边是一堆灰黄色的烂泥，这堆泥已经被机器搅拌处理过了，成圆柱形傻愣愣地站立在那儿。她望了一下草棚的外边，她的儿子冬牛正躺在阳光下的草地上，她笑了一下，儿子十三岁了，早就超过了上学的年龄。到年底的时候，她就要和老公张大龙一起带着儿子回江西宜新老家去了。明年，他们可能会在宜新办一个小型的窑厂，他们不想经常出门了，因为儿子十三岁了，再不上学这辈子就别上学了。

　　冬牛躺在草地上是因为他已经抓到了那只蚂蚱，这是一种灰颜色的蚂蚱。他躺在草地上，把蚂蚱的两条腿张开来仔细地端详着。阳光一蓬一蓬地从云朵里漏下来，他眯起了眼睛，很清晰地看清了蚂蚱身上的所有零件。后来他听到了一种破旧的声音，这种破声音让他听了很不舒服，他昂起头看到郭国骑着一辆大阳摩托车来了。郭国是这个小窑厂的窑主，郭国把摩托车停了下来，就停在草棚的门口。郭国走进了草棚，郭国常来他的窑厂看看。冬牛仍然躺在草地上，他又躺了很久，后来他感到身下的草丛冒上来一丝丝的寒意，所以他站起了身，使劲地在阳光下拍打着屁股上的草屑。那些细碎的草屑纷纷扬扬地落了下来，然后，他开始向草棚走去。

张大龙去了镇上买一些生活用品，张大龙是骑着自行车去的，那是一辆偷来的自行车。张大龙不仅是一个优秀的烧窑工，而且还是一个技术过硬的偷自行车能手。张小妮又做了一板的砖，她用衣袖擦了擦脸上的汗，在擦汗的过程中她看到郭国进来了。郭国什么也没说，只是笑了笑，张小妮也笑了笑。郭国后来在泥地上坐了下来，仍然什么也没说。张小妮突然感到草棚里很安静，因为她听到了郭国的呼吸声，这样的安静总是让人害怕，让人感觉到总会发生一些什么似的。郭国的呼吸声越来越急促了，他看着张小妮的背影，在做砖过程中，张小妮恰到好处地把美妙的身段展露了出来，他看着她的细腰，和丰硕的臀。张小妮听到郭国越来越粗重的呼吸，张小妮拢了一下头发，她想走出草棚去，她想把冬牛喊回来。但是她刚要跨出草棚的时候，郭国突然就扑了上来，郭国一句话也没说，他把手伸向了张小妮的裤带。张小妮没有喊叫，张小妮的手劲也是很大的，她差不多扳断了郭国的一根手指头。郭国有些恼怒了，他像拔起一棵树一样拦腰抱起了张小妮，后来他们跌倒在那堆灰黑的泥上。张小妮说，张大龙要来了，张大龙看到了不一刀劈了你才怪。郭国说，让他劈吧，要了你让他劈了也值了。后来张小妮不动了，张小妮想动也动不了了。她觉得屁股底下那

174　遍地姻缘

堆黏劲良好的泥土有些凉，她就躺在那一堆凉中。冬牛已经走到了草棚的门口，冬牛一声不响地站在门口看着张小妮。郭国没有看到冬牛，郭国仍然有些忘乎所以的样子。张小妮冲冬牛笑了一下，冬牛突然看到张小妮的脸有些变形了，很痛苦的样子。

冬牛后来走出了草棚，他又坐回到草地上，他手里还抓着那只蚂蚱。他再一次把蚂蚱的腿分开来，然后手指头一用力，蚂蚱的身体就分离开了，分离后的蚂蚱就不是蚂蚱。除了侥幸逃避外，它根本不是冬牛的对手。就像张小妮不是郭国的对手一样。冬牛后来看到张大龙骑着那辆嘎嘎作响的自行车回来了，他买回来许多东西，这些东西里面一定会有冬牛喜欢吃的面包。张大龙站在很远的地方，他对着冬牛喊，他说冬牛你给我死回来，我买了面包回来了。冬牛站起了身，他再一次拍了拍屁股上的草屑。他走进草棚的时候，草棚里空无一人，他看到那堆泥，那堆泥上有一个浑圆的屁股的印痕。他走过去，他对着那堆灰黄的泥看了很久，后来他对着那个屁股印痕狠狠地一脚踩了下去，他突然听到了泥土发出痛苦的声音吱吱呀呀地响着。他的膝盖以下，全都陷入了泥中，他的小腿肚感受到了泥土从四面八方延伸过来的压迫，在这样的压迫中他觉得温暖。当他把脚从那堆泥中拔出来时，才发现他穿着的一双草绿色球鞋，已经被灰黄的烂泥覆盖了。

张大龙看到冬牛的裤腿管上都是泥巴，他在冬牛头上拍了一记。但是他什么也没说，张小妮也没说，他们坐在临时住的那个棚子里吃东西，喝水，他们的样子好像是在吃一顿午餐一样。张大龙递给冬牛一个面包，冬牛把两只手在衣服上擦了擦，然后接了过来。冬牛看着张大龙，张大龙有一张很老的脸，他的脸上堆满了蚯蚓一样的皱纹，好像他的脸上从来没有皮肤只有皱纹一样。冬牛又看了看张小妮，张小妮有一缕头发低垂着，她的皮肤泛着健康的淡红色。张小妮以前不会做砖做瓦，是张大龙把她教会的，后来张大龙就带着张小妮和冬牛出门了。冬牛出生的时候是一个冬天，那时候大雪把宜新县的大部分地区都封住了。因为那年是牛年，冬牛就成了冬牛。冬牛从三岁开始生活在不同省份的大大小小的窑厂里，在他的记忆里，最多的是灰黄的泥土和一支笔直的烟囱。

  冬牛已经和这个村子里的孩子们混得很熟了，冬牛讲的这个村子的方言比村里人还要好，但是冬牛不太喜欢说话。村子里的孩子都有些排斥冬牛，完全是因为冬牛不是这个村庄里的人。村子外边有一条很清浅的溪，冬牛老是赤着脚在那儿翻石蟹。石头下面，总会有许多伏着做梦的石蟹，冬牛把手伸下去，一拎就拎起一只，他把它们灌进透明的瓶子里。郭天天领着一群孩子在打水漂的时候，冬牛就站在一边看。郭天天是窑厂主郭国的儿子，郭天天打的水漂是这群孩子里最好的，水漂打得又远又多。他们用薄薄的破碎了的瓦片打水漂，那些都是窑厂里坏了的瓦片。冬牛走过去，冬牛把那只盛着石蟹的瓶子放下来，抓起了一块瓦片。他摆出了一个姿势，一甩手瓦片飞了出去，但是只是在水中"嘀"地响了一声，就沉入水底了。郭天天爆发出一阵大笑，所有的孩子都笑了起来。郭天天说，你也能打水漂吗，你以为每个人都可以打水漂的吗。冬牛没说什么，他又俯下了身，他抓起瓦片仍然摆出了一个姿势，瓦片飞离他的手掌的时候，他听到了瓦片唱歌的声音。瓦片嗖嗖响着，像一只低飞的鸟一样,一次一次又一次地掠过水面。孩子们突然鸦雀无声。郭天天走过来,又递了一块瓦片给冬牛。冬牛弯下腰,再一次摆出一个姿势。在没有甩出那块瓦片之前,他就已经听到了歌唱,他看到手中的瓦片自动离开了他的手心,它一路奔跑一路唱着歌,溅起了一路的水花。冬牛又抓起一块瓦片,再抓起一块瓦片,他一刻不停地抓起瓦片又甩出去,他觉得自己停不下来了,他能听到自己厉害的心跳。那些破碎的瓦片异常急切地四下奔走,孩子们都看到对岸的那棵柳树下,柳叶已经垂到了水面上,而那柳叶的旁边,有水花一个一个地跳了起来,像是有一群不安分的鱼在集体学习飞翔一样。冬牛再一次伸手的时候,才发现一堆瓦片都已经被他一个人打了水漂。孩子们都没说话,他们惊奇地盯着他看,他们发现原来郭天天打的水漂和冬牛打的水漂一比那就不能叫作水漂了。郭天天的脸色有些变了,他抬头看了一下天,然后他冷笑了一下。郭天天说你们一家是不是不想在我家的窑厂里做工了,你把我的瓦片全部打了水漂了,我说过你可以动我的瓦片吗。冬牛弯下腰去,他看到他的玻璃瓶里好像盛满了阳光,像一朵朵小花一样在瓶子里一晃一晃的。他是想把玻璃瓶拿起来的,他想要回家了。玻璃瓶还没拿起来之前,冬牛看到一双穿着回力牌运动鞋的脚伸了过来,在瓶子上踢了一脚,瓶子飞离了地面,在不远处的一堆卵石上发出了清脆的声音。然后郭天天扑了上来,把冬牛扑倒在地上。冬牛挣扎起来,他想起了郭天天的爸爸郭国也是用这样一个姿势压在张小妮身上的,这个姿势让他感到厌恶和愤慨。但是他费了好大的劲也没能推开骑在他身上的郭天天。郭天天说你以后还敢碰我的瓦片吗,我没让你碰我的瓦片你就

飞翔的瓦片 | 177

不可以动我的瓦片。冬牛的头抵在卵石上,他感到了疼痛。郭天天让那群孩子剥冬牛的裤子,冬牛使劲提着自己的裤子,但是他终于没能提住,裤子被撕裂了。后来郭天天带着孩子们离开,他们排着队从他的身上踩过去。冬牛就一动不动地躺在溪边的卵石堆里,他的耳朵里灌满了溪水走动的声音。他又看到了一些玻璃的碎片,还看到一只手指甲盖大小的石蟹在向他的鼻子走来并且越走越近。然后石蟹停住了,它对着那两个小小的黑洞看了很久,最终它没有爬进去。冬牛笑了,那是一只从破碎的玻璃瓶里跑出来的石蟹,它一定是在寻找着自己的家。

  冬牛是黄昏的时候才回到窑厂的,张小妮仍然在做着砖块,张大龙也在做着砖块,他们看到冬牛提着裤子,就停下了手中的活。张大龙说你把手松开,你这个小杂种把手松开。张大龙脸上蚯蚓般的皱纹扭成了一团麻,在他大嗓门的吼叫声中,冬牛松开了手,裤子落到了地上。张大龙说你怎么可以把裤子弄破,你这个败家子怎么可以把裤子弄破。张大龙把手中一块刚做成的砖抛了过去,不偏不倚地落在冬牛的膝盖上。冬牛的腿一软就跪了下去,幸好那块砖还不能叫作真正意义上的砖,只能叫作一块砖头形状的泥巴。冬牛就光着屁股跪在那儿,张大龙和张小妮没有再理他,他们专心地做着砖块。冬牛后来想要睡着了,他越来越支持不住,身子一歪,就在泥地上呼呼大睡起来。

  冬牛在晒谷场上再一次碰到郭天天的时候,郭天天正和一群人在跳房子,郭天天浑身都是汗水。冬牛随身带着的一只塑料袋里装满了破碎的瓦片。郭天天突然听到了一个很轻的声音,那个声音说郭天天,郭天天你为什么要打碎我的玻璃瓶,你为什么要撕坏我的裤子,你为什么要让那么多人从我身上踩过。郭天天愣了一下,他看到了远处的冬牛,孤零零地站在那儿,像一个突然冒出来的鬼一样。郭天天这时候感到很不舒服,他抬头看了看天,天是阴沉沉的。他明明很高兴地跳着房子,而且他已经赢了许多次,应该是很高兴的,但是因为冬牛的突然出现,他好像一点也高兴不起来。后来他果然看到冬牛在不远的地方摆了一下姿势,他想糟了糟了,他不知道为什么有这样的想法,冬牛的姿势一呈现在他的面前他就感到有些不妙。果然他看到了一只灰色的鸟从低空向他飞来,嗖嗖嗖地响着破空的风声。然后他马上用手掌按住了额头。许多孩子停止了跳房子,他们奇怪地看着脸色惨白的郭天天,不知道他为什么把手搭在了脑门上。很久以后,他们才看到有许多红色的黏糊糊的液体从郭天天的指缝间冒出来,然后一双手就变成红色的了,他的眼睛也很快被那种红色糊住,这让他一点也睁不开眼睛来。而且还有许多像面条一样的红色的黏稠物落在了他的回力牌运动鞋上。孩子们惊叫了起来,但是郭天天根本感觉不到痛,在那一阵阵的惊叫声中,他觉得自己应该做一点什么相应的动作才对。后来他倒了下去,他还没有想清楚是怎么回事之前,他的腿突然一下子软了,像踩在一堆棉花上一样,他终于跌倒在地上刚刚画好的房子里。

那个黄昏张大龙和张小妮站在窑厂草棚面前的空地上,郭国就站在他们的对面,他骑来的大阳牌摩托车停在不远的地方。郭国手中握着一块瓦片,这是一块普通的瓦片,但是这块瓦片从冬牛的手里飞了出来,袭击了郭天天。郭天天的头上缝了好几针,郭国说郭天天缝了好几针,医药费你们必须全部负责,还有就是我要扣你们的工资作为赔偿。郭国很深地剜了张大龙一眼,又剜了张小妮一眼,然后郭国把那块瓦片扔在了张大龙和张小妮的跟前。郭国离开草棚以后,张大龙搓着手问张小妮冬牛呢,冬牛呢。张小妮说你是不是要打死他,他是你自己的种,你要打死他我不会拦你的。冬牛出现在不远的地方,张大龙说冬牛,冬牛你过来。冬牛没有过去,他站在原地说干什么,你要干什么。张大龙说我要打死你,我一定要打死你。张大龙边说边追了过去。冬牛开始奔跑,冬牛知道被张大龙逮住的下场会是什么。冬牛跑到了那座窑的跟前,那是一座很小的窑,他像一只猴子一样爬上了烟囱,那个时候刚好出过一窑的瓦片。冬牛爬烟囱的时候,仍然能感觉到这烟囱是温热的。在之前的许多天里,冬牛无数次看到这个烟囱冒出的黑色或灰色的烟。像一条漂在水中的水草一样,飘忽不定地伸向天空,然后和天连接起来。冬牛老是幻想,如果那缕烟不会断,那么顺着烟爬上去就会爬到天上了。

张大龙没有爬上烟囱,事实上他也不敢爬烟囱,他在烟囱下面跺着脚骂了很久。冬牛没有理他,他在高高的烟囱上紧紧抱住烟囱,像是抓住了一种温暖似的。烟囱上的风很大,吹起了他脏兮兮的已经很长的头发。他看到了镇上火柴盒一样的房子,镇上有汽车在奔驰,有饭店里飘出的香味,有穿得很少的女人从不很宽的街上走过。他把目光收了一收,就看到了眼皮底下的村庄。那座最高的楼房是郭国家的,装着蓝色的玻璃,玻璃里面走来走去的一定就是他最讨厌的郭国和郭天天。不论是远的镇和近的村,都不是属于冬牛的小镇和村庄。冬牛的家在宜新县,冬牛很想回到宜新去,宜新到处是山到处是鸟的鸣叫到处都是竹林,冬牛不喜欢别人的村庄。

冬牛爬下烟囱的时候已经是一团漆黑了,在爬下烟囱之前他还抬头仰望了满天的星星。他就陷在一种寒冷的黑暗中,后来他不愿再在烟囱上待下去了,他想我又不是一只鸟我怎么可以这么长时间待在烟囱上。冬牛向他的家中走去,他推开那头破败的门时,屋里没有人,他感到很累,于是他爬上了床,倒头便睡。

冬牛第二天清晨醒来的时候,发现张大龙和张小妮又去了不远处的草棚,他们在那儿一言不发地做着砖块。冬牛坐在床上发了一阵呆,他怎么也想不通这一次张大龙为什么没有把他从床上拎下来狠狠地揍他一顿。后来张小妮告诉他,昨天晚上他们提了两瓶酒去才让郭国的气消了一大半,但是医药费和赔偿费是一定要付的,除此之外他们还讲了一箩筐的好话。冬牛没说什么,冬牛走出了草棚,他去捡那些破碎的被张大龙倒掉的瓦片。他的口袋里到处都是瓦片。

冬牛常去打水漂,冬牛还在窑厂不远的草地上用瓦片打破瓶子。那儿立着一棵孤独的树,冬牛就在村子的角角落落里捡来许多瓶子挂在树枝上。冬牛站在很远的地方向那些瓶子抛瓦片,冬牛后来一块瓦片就能解决一个瓶子,那些清脆的声音总是让冬牛充满了快感。他的小小胸腔里,那颗心就像一面鼓一样,有些不大正常地快速擂响着。冬牛在打破了所有的瓶子后会在草地上坐下来,他抚摸着瓦片。这些瓦片如果没有破裂那么它们都会走到别人家的屋顶上去,但是现在它们和冬牛的手亲密地接触着。它们本来是泥土,现在不是了,现在是坚硬的石头,有时候它们是一把长着眼睛的锋利刀子,或是长着翅膀

飞翔的瓦片 | 181

的鸟。冬牛捧着瓦片就像捧着一只鸟一样。

　　冬牛后来听到了一声尖厉的声音，他看到张大龙和郭国在打架，这是他看到的张大龙最勇敢的一次。张大龙这天是要去镇上的，冬牛在张大龙骑上那辆偷来的自行车前，把自行车的气门芯偷偷松动了一下。冬牛看到张大龙歪歪扭扭地在泥路上骑着车子，冬牛就笑了一下。后来冬牛躺在草地上，他不停地咬着一茎草，他想这时候郭国的大阳牌摩托车那种破锣似的声音应该响起来了，郭国的破摩托车声果然响了起来。他想郭国现在停好了车子走进了草棚，他想现在张大龙骑到了村口，但是自行车已经彻底没气了。他想现在张大龙牵着自行车往窑厂走，他要回到草棚里拿气筒打气。他想现在张大龙停好自行车了，走进了草棚。他想现在张大龙一定看到了两个扭在一起的人和一堆被压扁了的泥。他想张大龙一定愣住了，愣了半分钟后，张大龙一定会扑上去的。果然，冬牛听到了尖厉的声音响了起来，躺在草地上的冬牛就笑了起来。

　　冬牛后来站起了身，他看到两个男人在草棚门口扭打在一起，张小妮在旁边拉扯着，她怎么也没能拉开两个男人。特别是张大龙，他简直和愤怒的雄狮一模一样。后来张小妮不劝了，她拿了一张凳子在草棚门前坐了下来，她还变戏法似的掏出了一把梳子，她开始梳头发了。冬牛一步步地向草棚门口走去，他走到草棚门口的时候，两个男人已经仰躺在地上，他们的脸上都是血污，他们已经累得不能说话了。冬牛踢了踢这个男人，又踢了踢那个男人。冬牛对张小妮说，他们打不动才会停下来，打得动的话他们是停不下来的。

　　郭国是在晚上离开的，后来他觉得有力气爬起来了，他才爬了起来。他骑上了那辆摩托车，摩托车歪歪扭扭地在泥地上跳跃着前进，突然撞在了一个草垛上。车灯暗了，郭国骂了一声娘，他又重新发动了摩托车，驶进了一堆漆黑的夜里。冬牛睁着一双眼睛看着郭国离开，冬牛后来转过身来对张小妮说，张小妮我们还是回宜新吧，我已经十三岁了还没有上学，我要回宜新上学去。张小妮没说话，床上躺着光荣负伤的张大龙。张大龙轻声说儿子你过来，冬牛就走了过去。张大龙伸出手挥向冬牛。冬牛以为张大龙又要打他，他没打算躲的，但是张大龙并没有打他，而是伸手摸着冬牛的脸。张大龙突然笑了起来，他躺在床上笑了很久，他说儿子气门芯一定是你拧松的，我能猜得出来。冬牛也笑了一下，冬牛什么话也没有说。张大龙仍然摸着儿子的脸，摸着摸着他的手却突然湿了，他粗糙的手停顿了一下，又轻轻地抚摸了冬牛的头说，儿子，爸打架勇不勇。冬牛说，勇。这个时候张小妮白了这对父子一眼，她对这两个男人不明不白的对话很反感。

冬牛仍然选择一些无所事事的日子去小溪边掷瓦片打水漂，或者是在那棵孤独的树上挂满瓶子打靶子。这个村庄在传着一些消息，比如路灯突然接二连三地坏掉了，还比如一些人家的窗玻璃会突然之间碎裂。冬牛的衣兜里装满了碎瓦片，他觉得自己和瓦片已经连在了一起，甚至在他睡觉的被窝里，都随时可以发现从他身上掉下来的瓦片。

冬牛在穿路廊碰到了郭国。郭国看到冬牛时愣了一下，因为冬牛在郭国突然走近的时候很夸张地冲他笑了一笑。郭国踢了冬牛一脚，就踢在冬牛的膝盖上。冬牛听到皮肉里面骨头的尖叫，叽叽嘎嘎的，像是有一把小小的针齐刷刷地扎到他的骨头里去。但是冬牛还是笑了一下,这样的笑容有些让郭国害怕,郭国不知道自己为什么要踢冬牛一脚,是因为他想要张大龙的女人和张大龙打了一架,还是因为冬牛用瓦片击中了他儿子郭天天的脑门,他不知道。他只知道冬牛对他笑了一下,所以他就又提起脚来对着冬牛另一条腿的膝盖踢了一脚。冬牛再一次听到了皮肉下面骨头发出的尖叫,叽叽嘎嘎。这一脚踢得有些重,冬牛不由自主地跪了下去,跪倒在郭国的面前。有许多人围拢来看,他们不是来看热闹的,因为他们表情严肃一言不发。冬牛望着自己的腿入神,他不相信自己怎么就给郭国跪下了。冬牛把目光从自己的膝盖往上移,他看到了自己的大腿,看到了自己破旧的衣裳,看到了衣服上面孤零零的仅有的一粒扣子。然后他把头仰了起来,他看到了许多围观的村子里的人。村里人都知道这个人是窑厂打工的江西人张大龙夫妇的儿子。冬牛又把目光投在了郭国的脸上,他又笑了一下。郭国抽了一口凉气,他感到了一种从未有过的害怕,他被一种无形的力量压迫着,压得他喘不过气来。他像快要疯掉一样,体内的力量都要向外喷发。他终于大吼一声飞起一脚,人们都看到冬牛像一只皮球一样,瘦弱的身子飞起来又落下去。后来冬牛紧紧抱住了郭国的腿,就像是长到了郭国腿上的一个巨大肿瘤一样。郭国拼命地抬腿踢踏着,想要把冬牛甩出去。冬牛却紧紧地抱着郭国的大腿,郭国的脸上都是汗水,汗水流进了他的眼睛,所以他有些睁不开眼。最后郭国终于倒在地上,他是累倒在地上的。冬牛松开了手,他爬过去爬到郭国的身边,对着郭国又笑了一下。人们看到他的笑容里充满了血腥的味道,他的头已经肿起来了,像一个钵头,他的身上淌着血。他支撑着站起身来,但是他终于没能站住,两个膝盖又怪叫了一下,然后他又跌倒在地上。他只能爬行了,人们给他让出一条路,他就一步步地爬向窑厂。他爬了很长时间,他想他本来破旧的衣服一定更加破旧了。他爬着爬着爬进了黑夜,他就在黑暗中爬行。爬过小溪附近的泥路时,他听到了水的声音。这个时候他又有了打水漂的欲望,但是他没有力气了,他只有爬行回家的一点点力气。后来他看到了窑厂的灯光,灯光伸出柔软的手臂,一边抚摸着他一边一点点地把他往窑厂里拽。他的手推开了草棚子的门,然后他的身体一半留在门外一半进了门内,他听到了张小妮的一声尖叫,然后他就什么都不知道了。

冬牛在床上躺了很多天,很多天后冬牛一下床就摔了一跤。他以为自己应该可以走了,但是一下床他的两只膝盖就叽叽嘎嘎地怪叫起来。张大龙哭了,张大龙经常要打冬牛,但是张大龙却抱着冬牛哭了。张大龙把冬牛背在背上,冬牛感到了温暖。从五岁开始,张大龙就从没背过冬牛。张大龙背着冬牛去了镇医院,医院里到处都是人,到处飘荡着来苏水的味道。这是一种好闻的味道,在医院的过道里冬牛贪婪地闻着这样的味道。医生让冬牛拍了片,下午的时候张大龙取了片子,一边在医生长长的手指头指点下看着片子,一边却不住地抹起了眼泪。冬牛知道自己的腿一定是不行了,他没有抹眼泪,他只是望着窗子外边在欢叫着的一群鸟。

张大龙又背着冬牛去了派出所,那个瘦得弱不禁风的所长亲自接待了张大龙。所长一直都在喝茶,等张大龙血泪控诉完了以后他仍然在唏嘘着喝茶。张大龙说你看这不是无法无天了吗?所长很勉强地笑了一下,什么话也没有说。最后所长挥了一下手，说我们要好好调查一下，没有调查就没有发言权嘛。所长后来又挥了挥手，这一次挥手的意思是张大龙可以走了。张大龙忽然想起这个所长曾经来找郭国买过砖，郭国没有收他的钱，而是把几拖拉机的砖块和瓦片都白白送给了他。想到这儿的时候，张大龙站起身来背着自己的儿子走出了派出所。所长没有站起身来，他埋下头，把一颗瘦小的头埋进那只大号茶缸里，又很夸张地喝了一口茶。

　　冬牛不能走路了，张大龙背着冬牛去了郭国家。张大龙说郭国你如果不赔我们钱的话，我可能会杀了你。郭国说杀人要偿命的，你不会占到便宜。冬牛不能走怪我吗，冬牛不会走是他自己的腿坏了，不是我让他把腿坏掉的。张大龙说，你小心你自己的儿子，如果我儿子变成瘸子，那么你的儿子一定也会变成一个瘸子。张大龙后来背着冬牛回去了，他把冬牛放倒在床上。冬牛笑了一下，冬牛说张大龙你不要担心，张小妮你也不要担心，我一定会好起来的，有一天我一定会走路的。

　　冬牛在一个漆黑的夜晚里醒来，他看到了不远的床上打着呼噜的张大龙和张小妮。冬牛坐直了身子，然后他就这样在黑暗中久久地坐着，他用一双手支撑起自己的身体，他让自己很轻巧地滚落到床下，然后他在屋子里爬来爬去。后来他推开了这间棚子的门，一推开门他就看到了门口一大片白银一样的月光，温柔地洒在地上。冬牛爬出了门，冬牛爬向了黑夜和黑夜中的月色，冬牛向前爬行着，他爬到了不远的一堆柴火旁边。这儿堆满了柴，这些柴都是郭国收购来的，这些柴是烧制砖瓦用的，这些柴的作用是可以在燃烧的过程中让那些砖瓦变得干燥和坚固。他在那堆柴的旁边躺了一会儿，然后他又笑了一下，他继续往回爬，他往回爬的时候，那堆柴响起了毕剥的声音。冬牛一回头，看到了几粒跳动着的火焰，一闪一闪地刺着他的眼睛。

张大龙醒过来的时候，看到了正努力爬上床去的冬牛。张大龙是被一泡尿逼醒的，他起床尿尿的时候看到了神情诡异的冬牛。然后他听到了毕剥的声音，他推开门，看到了柴场的火光，看到了纷至沓来的脚步声。他就想完了，这下完了。冬牛又笑了一下，冬牛的笑容让他感到害怕。一个还没有成年的人，不可以有那样让人害怕的笑容的。张大龙的尿意突然没有了，他在屋子里来回绕着圈，像被掐去了头的蚂蚁一样。后来他推醒了张小妮，他很平静地告诉张小妮，着火了，窑厂的柴场着火了，放火的一定就是你的儿子。

张小妮懵懂地望着冬牛发呆，她已经坐到了床沿上，一双光脚就那么挂在那儿晃荡着。冬牛说你们收拾行李，你们快点收拾行李吧，我们要走那条通往宜新的路了，我想回家乡去上学。人家十三岁马上就要去读初中了，我连一年级都还没上呢。张大龙和张小妮果然开始收拾行李，收拾完行李，张大龙推开门，看到许多村里人都拿着脸盆泼水救火。突然响起了一阵锣声，把张大龙吓了一跳，在锣的声音中，聚拢来的人越来越多。郭国也来了，他反背着双手一言不发地看着这场大火，其实他们谁也没有想到这是一场人为的大火。熊熊的火光把窑厂附近照得很亮，把郭国的脸也映得红红的。许多人在泼水，但是火好像越烧越旺了。郭国说，张大龙这个家伙呢，张大龙住在窑厂里怎么一点也没发觉柴场起火了，他死到哪儿去了。没人回答他，也没人去留心他的声音。后来人们突然听到了一声惨叫，

飞翔的瓦片 | 187

郭国就倒了下去。许多人围拢来,许多人问郭国怎么了。郭国一言不发,他看着那些跳跃的火光时,突然看到了遥远的地方伸过来一只很长的手,那只手伸向他的脸,很轻易地摘走了他的眼球。郭国感到有一些黏糊糊的液体从脸上往下掉着,他用手一摸,摸到一个潮湿的空洞,这样的潮湿让他害怕,并且让他突然意识到了什么。他终于被一种恐惧包围住了,他大吼一声就顺势倒下。郭国被人送往医院,据说郭国的眼珠里突然跳进了一粒火星,把郭国的眼珠子给爆了出来。郭国的一只眼睛就瞎了。

张大龙和张小妮摸着黑偷偷离开了人声鼎沸的窑厂。张小妮的身上背着行李,张大龙的身上背着冬牛。他们在黑暗中沿着那条小溪边的路走出了村庄。冬牛想到了在这儿打水漂的日子,他喜欢打水漂但是他并不留恋这个村庄。天蒙蒙亮的时候,他们来到了火车站。他们要乘上回江西的火车了。车站在县城不远的地方一座很大的山的山脚下,冬牛坐在一只旅行包上,他们在简陋的月台候车。

冬牛看到很远的地方驶过来一辆火车,光亮的车灯把月台照得很亮。冬牛看到月台上空有许多鸟儿在飞翔,他笑了一下,他把手伸向了口袋,他的手里突然多了一把破碎的瓦片。他就玩着那些瓦片。张小妮突然伸出手去,她拍掉了冬牛手中的瓦片,她说你以后不要让我看到瓦片,你的瓦片让我们的生活突然变得那样不安宁,你的瓦片让郭国丢了一只眼睛,但是你知不知道你也丢了一双腿,我和张大龙丢了大半年的工资。冬牛没说话,他俯着身子捡起了一块块瓦片。他说,张大龙,我要你背我到十八岁,十八岁以后,你们可以把我留在家里再去其他地方做砖瓦。张大龙没有说什么,他把两只手插在裤袋里,其实他一直都想要说些什么的,但是最后他还是什么也没说。

　　火车越来越近了,冬牛笑了起来,他手中的瓦片突然飞了出去,笔直地向天上飞去。瓦片越来越小,夹带着风声,嗖嗖嗖冲上天超过了飞鸟的高度。它歌唱的声音,传进了冬牛的耳膜。冬牛激动得颤抖了一下,再过一会儿,他投出另一块瓦片后,又颤抖了一下。火车终于完全地停了下来,列车员放下踏板,列车员让旅客下车,列车员让旅客上车。冬牛手里的最后一块瓦片飞了出去,嗖嗖嗖地飞向空中,飞向云层,越飞越高,像是要冲破一些什么阻挡它前行的东西似的。冬牛又拍了拍手掌,很温柔地对张大龙说,来,张大龙你来背我上车。张大龙俯下身去背起冬牛的时候,看到冬牛的眼睛,在这个清晨,被一场突如其来的雾水打湿。

胡杨的秋天

镇外有一片杨树林,杨树林旁边就是一条省际铁路。胡杨背着气枪出现在杨树林的时候,正好有一辆列车发出钢铁的声音隆隆地驶过。一些麻雀从树林里飞出来,像一粒粒黑色的石子被掷上天空一样,成为一群小小的黑点。胡杨把身子靠在一棵杨树上,那是一棵挺拔的杨树。胡杨的个子不太高,稍有些胖,他看着这棵树的时候,心里就有了一些羡慕。他羡慕这棵杨树的好身材。

胡杨喜欢往树林里跑,胡杨喜欢着那些生活在温暖潮湿地带的杨树。其实这是一片黑杨,它们喜欢阳光和水分,喜欢松软的土壤,胡杨就想,黑杨和人有很多的相通之处。这片土地温软潮湿,很平坦,旁边有一条小小的水渠沿着杨树林流过。很远的地方,才可以见得到山。这儿阳光充裕,胡杨喜欢从树叶落下的细碎的阳光,像松针一样。胡杨也喜欢踩在松软的土地上,柔软是一种力量,柔软能吸住胡杨的脚步。胡杨还喜欢这儿升腾的地气,充满着生命的味道。胡杨的喜欢显得有些固执,他总是一个人肩背气枪翻过那条铁路的路基,来到杨树林中。顷刻之间,他就被杨树林中麻雀的鸣叫包围,被升腾的地气和一种柔软包围。树林包围了胡杨和胡杨的身体，包围了胡杨肩上背着的一杆八成新的气枪，包围了胡杨二十二岁的年龄。

　　胡杨的气枪瞄准了一只麻雀，麻雀的头昂了起来，并且不停地转动，身子呈现在一堆光线里。胡杨瞄准麻雀，就等于是瞄准了光线。胡杨的手指头扣了一下扳机，枪发出了很轻的声音，一只麻雀就掉了下来，像一片树叶一样掉下来。胡杨的脸上露出了微笑，他在心里表扬了一下自己的枪法。然后他缓慢地走过去，走到麻雀的尸体旁。麻雀的胸口有一粒细小的血，那是铅弹钻进去的地方。麻雀落在一堆黄色的枯叶上，那是一堆潮湿的枯叶。胡杨的脚尖碰到了麻雀，然后他的脚一勾，一只死去的麻雀重又飞了起来，落入胡杨的手中。胡杨把它放入背着的军用挎包中，这时候，胡杨看到了一个女人。女人二十岁左右，在城里，她可以被叫作女孩。胡杨知道，其实城里三十多岁的女人有时候也会称呼自己为女孩或女生。但是胡杨不是城里人，胡杨只是小镇居民，他的父亲在机械厂里当翻砂工，那是一种粗重的活。他的母亲在镇办手套厂里工作，每天的工作是拿着一根细小的针钩手套的头。十个手指头，就一天到晚和另十个手指头打交道。胡杨在小镇上生活了二十二年，按照他自己的区分原则，他把这个二十岁左右的女孩叫成了女人。女人一言不发，拿一双明亮的眼睛看着他。胡杨能看到女人眼睛的最深处，那儿是一潭清澈的水。

　　女人的身材很好，女人的脸蛋很好，女人的皮肤很好，这"三好"是胡杨在极短的时间内总结出来的。胡杨把气枪举了起来，因为他看到又有一只麻雀落在了枝头。很快胡杨就瞄准了麻雀，以及包住麻雀的一团白白的亮光。他想要扣动扳机的，

胡杨的秋天 | 191

但是女人发出了呻吟的声音。胡杨把头转过去，他看到了女人的微笑，女人的微笑和别人是不一样的，给人特别宁静的感觉。女人的两只手搭在小腹前，女人的手抬了起来，轻轻地摆了摆。胡杨把气枪放了下来，胡杨的汽枪看上去有些垂头丧气了。女人又笑了，露出一排细碎的白牙。

女人和胡杨站在杨树林里，他们就那样站着，久久都没有离去。在很短的时间里，胡杨就喜欢上了女人，喜欢上了女人垂着的黑色长发，喜欢女人穿着的松松垮垮的棉布衣裳，喜欢女人的那双明亮而清澈的眼睛。所以胡杨不愿离去，他把枪从肩上取下来，枪托就竖在了自己的鞋子上。那是一双回力牌跑鞋，不贵，但是穿着舒服。后来女人又笑了起来，笑着的时候，肩膀也动起来。胡杨也笑了，胡杨觉得自己出于礼貌也应该笑一下的。所以他笑了。

那个下午胡杨和女人坐在了杨树林旁的沟渠边，他们一言不发地看着沟里的水，一刻不停地流着。当然他们也看到了一些飘落到沟里的叶片，涌向了远方；看到一些有着小小的身体的鱼，游向了远方。胡杨后来终于知道女人不会说话，胡杨在心里就不叫她女人了。胡杨叫她哑姑。胡杨是不懂哑语的，但是胡杨从哑姑的手势里，还是能听懂一些哑姑想要表达的意思。哑姑最想表达的是，你别打麻雀。然后胡杨又把哑姑的话生发了开来，他想如果哑姑能说话，就一定是这样说的：你为什么要打麻雀，麻雀又没有得罪你，它们在天空中自由飞翔，它们也有家小，它们也在寻求着温暖与幸福，你为什么要打它。

胡杨并不觉得打麻雀是一种罪恶，他想如果自己变成了麻雀而麻雀变成了人，那么，这只变成人的麻雀也会把枪口对准他的。但是胡杨还是决心不再打麻雀了,因为胡杨愿意,胡杨愿意听哑姑的话。胡杨本来是和哑姑坐在一起的,现在他站起了身,在口袋里掏着什么。他终于掏出了一盒铅弹,那盒一百粒装的铅弹是在新华书店里买来的。胡杨搞不懂的是,铅弹怎么会放在新华书店里卖。铅弹可以杀麻雀,为什么它却被当成了一种体育用品。

胡杨把那盒铅弹丢在了地上,确切地说是丢在一堆潮湿的枯黄的叶片上。胡杨听到铅弹落地时的声音,然后看到铅弹非常安静地躺在树叶上睡着了。如果再说精确一点,那么是躺在秋天的深处睡着了。胡杨一抬头,可以看到的是秋天的天空,有时候还能看到一行大雁飞过头顶。秋天的叶片,秋天的杨树,秋天的一条意境很好的沟渠,秋天的空气和水。还有,胡杨现在面对的是一个秋天深处的不会说话的美女。哑姑笑了起来,她边笑边拢了一下自己的头发。她的这个简单动作,在胡杨的心里变得复杂起来。

胡杨说,我不打鸟了。

胡杨说,我再也不打鸟了,鸟会吃虫,还会维持生态平衡。

胡杨说完这句话,觉得有些滑稽。尽管鸟会吃虫,还会维持生态平衡,但是从嘴上说出来,终究显得有些滑稽。胡杨说,你相信我吧,我真的不打鸟了。

哑姑再次无声地笑了。哑姑的笑像沟渠里的清水,很平缓,而且干净。哑姑好像听懂了胡杨说的话,她点了点头。胡杨问,你叫什么名字,哑姑好像又一次听懂了,她捡起了一根树枝,拨开一些地上的树叶,在松软的土地上歪歪扭扭地写了几个字:郭怜潮。胡杨想,这是一个奇怪的名字,他原先以为哑姑可能

胡杨的秋天 | 193

会叫什么什么妮的，但是她居然叫怜潮。一个中性的名字。

现在，胡杨不再在心里叫她哑姑了，叫她怜潮。胡杨说，我叫胡杨，胡杨的胡，胡杨的杨。胡杨又说，其实胡杨也是杨树的一种，只不过胡杨生活在沙漠里，胡杨很会吃苦。怜潮就认真地听着胡杨说着话，神态很投入的样子。胡杨想，怜潮的神态用成语来形容，可以叫作侧耳倾听。但是胡杨知道，怜潮一定没有听懂他现在说的话，因为怜潮的脸上有了些微的迷惘。

一个下午很快就过去了。胡杨离开杨树林和怜潮的时候，有些依依不舍。胡杨问，你住哪儿的。怜潮就指了指不远处的一座村庄。胡杨把目光投向远处，他看到了夕阳下飘着炊烟的村庄。炊烟把村庄罩住了，所以村庄才变得很美。炊烟下的村庄就像是怜潮，因为她的目光清澈，因为她长得漂亮，还因为她不会说话。这是胡杨喜欢怜潮的简单理由。又一列火车开过去，是一辆货车，黑色的长长的车皮，在不远处扭了一下身子，像一条巨大的乌梢蛇。胡杨喜欢火车一次次地从他们身边经过。后来他们离开了杨树林，他们一起沿着铁路走，他们一句话也没说，都不时地抬头看着越来越往西沉的太阳。后来他们就走到了一座村庄的附近，炊烟已经散去了，黑夜穿着黑色衣衫在不远处对着他们虎视眈眈，像要一口吞了他们似的。怜潮停了下来，把脸对着胡杨的脸。怜潮又笑了笑，又拢了拢一头长发。胡杨知道，怜潮的意思是在这儿分别了。胡杨点了一下头，在分别以前，胡杨的手勇敢但却颤抖地伸了过去。手在怜潮身边一公分的地方停住，手指头犹豫了很久，手指头终于咬了咬牙，钩住了怜潮的手指头。后来他们的手指头勾在一起，怜潮的手指头有些凉，是那种温柔的凉，那种胡杨喜欢的凉。这种凉和小丹的热是不一样的，小丹的手，总是滚烫的，像她的年龄以及热情一样。

胡杨背着气枪往回走的时候，黑夜就完完全全地降临了。胡杨看到了一列火车开过来时，车头亮着的雪亮的车灯。胡杨不小心被灯光射中了，胡杨就痛了一下。这个时候，他开始想念一个叫小丹的人。确切地说，不是想念，是想，是开始想一个叫小丹的女人。小丹只有二十岁，其实也应叫女孩子的。女人只是胡杨的习惯叫法而已。

小丹是胡杨的女朋友。小丹在服装厂工作，有一天厂里的老职工胡阿姨来到她的马达旁边说，小丹你有没有男朋友。小丹羞涩地笑了一下，羞涩是因为这是习惯程序。小丹说，我还小。胡阿姨就眯起眼睛笑了，有许多皱纹堆在她的眼角旁。胡阿姨说小丹，不小了，你可以谈朋友了。现在我问你的是，你到底有没有男朋友。小丹又羞涩地说，暂时还没有。胡阿姨说你别暂时不暂时的，我有一个侄子，他没有工作，但是家境马马虎虎能过得去，他也马上会支工的。他叫胡杨，比你大两岁，如果你愿意见见的话，我就帮你们安排一下。小丹说，难为情的。胡阿姨说有什么难为情的，谁都要谈恋爱，谁都要结婚的。小丹又羞涩地说，难为情的。胡阿姨有些烦了，就说，你别老难为情了，你不想见的话，我就不为你们张罗了。胡阿姨离开了，一步二步、三步四步，五步六步七八步，胡阿姨走到第九步的时候，小丹叫住了她。小丹急促地说了两个字，愿意。

胡阿姨没有回头，但是她背对着小丹笑了，当然小丹是看不到胡阿姨的笑容的。小丹就这样认识了胡杨，刚见面那天，胡阿姨把侄子拉到一边说，胡杨，人家可是个好姑娘，人家很

胡杨的秋天 | 195

怕羞的，人家还没谈过恋爱呢。胡杨说，姑你别老是人家人家的。胡阿姨就白了侄子一眼，胡阿姨说，记住，你不要乱来，人家很怕羞的。胡杨就说，记住了，人家怕羞。胡杨对小丹不满意也不反感，说不出是什么感觉，可能会是一个好老婆或者好妈妈吧。胡杨背着气枪打麻雀的兴趣比和小丹见面的兴趣更强些。但是，胡杨二十二岁了，在这座南方小镇，二十二岁谈恋爱虽然不迟，但也不是很早了。

  胡杨就和人家谈上了。胡杨说，人家，你叫什么名字。人家就说，我叫小丹。大小的小，丹青的丹。你呢？胡杨说，我姑一定告诉过你了，不过我再说一遍也没关系的，我叫胡杨，胡杨的胡，胡杨的杨。小丹的工作有些忙，老是加班加点地制作一些质量并不过关的外贸服装，说是出口西非的。胡杨就想，难道西非人比我们穿得更差劲。胡杨是年轻人，和小丹在一起时，当然会涌起一些激情的。那天爸妈都上班去了，对，那天说确切点是一个夏天，夏天胡杨和小丹就都穿得很少。胡杨脑门上涌上血，就把小丹抱住了，就把小丹身上的武装都卸下来了，就把小丹按到床上了。小丹的力气很大，她拼命挣扎着，说不可以的。胡杨死活都不能得手，他的牙齿不小心被小丹的手掌撞了一下，还撞破了嘴唇。胡杨有些气馁，说没想到马达工的力气会有那么大。胡杨鸣金收兵了，小丹就有些失望，就后悔自己拒绝时就像是反抗强奸似的。最后还是小丹撒了娇，重新调动起胡杨的积极性，这次让胡杨顺利地得手了。胡杨在小丹身体里没多久，就匆忙地出来了，他有些把持不住。这时候胡杨才发现，他想要见到的东西，没有在小丹白白的屁股下面白白的床单上发现。

小丹穿裙子的时候说，是初中时候，有一次上体育课不小心。胡杨说，是不是练跳马。小丹穿了一半的裙子，她停止动作，愣愣地看了胡杨一眼说，你怎么知道。胡杨说，一般都会这么说的。小丹有些生气，她拉着裙子说，你是不是认为我有问题。胡杨说，没有，我只是帮你说了一句话而已。胡杨看着小丹白白的屁股，欲望像一只四处窜的老鼠一样，又跳了出来。胡杨一把把小丹的裙子又拉了下去，说，那不如再上一次体育课吧。小丹躺倒在床上，小丹的裙子就挂在脚踝边上，小丹这一次觉得胡杨和前一次不一样了，这一次胡杨很勇敢，令小丹很满意。后来小丹抚摸着胡杨说，胡杨，你体育成绩不错。

　　现在胡杨背着气枪穿过了汽车站，再穿过十字街口和粮油商店，然后胡杨就走到了家门口。家透着一些淡淡的灯光，家的名词解释其实就是淡淡的灯光。胡杨推开门走进那堆灯光里，灯光里夹杂着爸和妈的目光，聚在一起就有了一种温暖。胡杨把气枪靠在墙上，胡杨从军用挎包里掏出那只死去的麻雀在手里把玩着。麻雀的身子早就变冷变硬了，现在，它的亲人一定正在寻找着它。胡杨这样想着。爸正在翻看着一张过时的报纸，妈正在往饭桌上端着菜。妈的手艺很好，所以那些菜飘荡着香味。油焖笋、炒茄子、小排炖萝卜，这些菜散发出的香味让胡杨有了食欲。但是在他坐下来吃饭以前，确切地说，是把麻雀从窗口扔出去以前，胡杨说了一句话。胡杨的话令爸停止了看报，令妈的眼睛瞪圆了。胡杨说，我要和小丹分手。爸妈在愣了好久以后，才说，不可以。胡杨说怎么不可以，法律有没有规定谈恋爱不可以分手。妈就叹了一口气，妈走到胡杨的身边，妈说人家是个好姑娘，再说你们都那样了，妈很细心的，早就看出蛛丝马迹了。你把人家给蹬了，我们会被别人背后说闲话的。胡杨说，反正我要和她分手。爸的嗓门就大了起来，爸拿出了他在机械厂里翻砂的所有力气，爸说，你试试，你和她分开我就像你打麻雀一样，一枪毙了你。这时候，胡杨把手里的麻雀扔出了窗子。麻雀又飞了起来，但是它已经死了，它的翅膀不会扇动，它很快跌落在窗外的地上。

　　胡杨最终没有和小丹分手，他怕爸真的把他给毙了。胡杨仍然一如既往地往那片杨树林跑，他仍然背着气枪，但是气枪里是没有铅弹的。胡杨有时候会在杨树林里发呆，看阳光从高高的树叶间漏下来，看那么挺拔的一棵棵杨树。秋天，秋天的杨树林里弥漫着树叶腐败的好闻的气息。胡杨就在杨树林的这种气息里游荡，看不远处一辆火车开过去，又一辆火车开过去，再一辆火车开过去。车头冒着白气，气喘吁吁的样子。胡杨不知道自己来杨树林干什么，他想了很久，答案只有一个，他是来等怜潮出现的。

　　怜潮终于出现了。胡杨那天下午又看到了怜潮，只不过怜潮身边站着一个穿邮政制服的乡邮员。那是一个小个子的男人，但是他总是把自行车骑得飞快。自行车钢丝闪动的光芒，像刀锋一样，把阳光劈成一缕一缕的。胡杨认识这个男人，胡杨家的报纸也是他送的。胡杨看到一辆自行车停在乡邮员的身边，怜潮站在乡邮员的旁边，他们出现在杨树林里，理由只有一个，他们是来谈恋爱的。胡杨的脸色有些尴尬，他对着乡邮员笑了一下，又对着怜潮笑了一下。胡杨看到他们两个人也笑了，是一致对外的友善的笑。这就把胡杨排除在他们之外，胡杨和他们是没有一点关系的。这让胡杨心里有些难过。

胡杨想不出来可以说些什么话，所以他只好对乡邮员说，我是来打鸟的，我到杨树林来打鸟，不过现在我想穿过林子，去那边看看有没有鸟可以打。他朝乡邮员笑了一下，乡邮员也笑着朝他点了点头。乡邮员的笑容里，有着感激的成分。胡杨就一直往前走，走的时候他想，乡邮员和怜潮面对面站在一起，怜潮又不会说话，他们的恋爱怎么谈？胡杨边想走边，胡杨想如果是我和怜潮谈恋爱，又该怎么谈。胡杨想，我和怜潮可以用眼睛说话的。胡杨穿过了树林，一下子开阔起来了，胡杨看到了一片玉米地。那是一片秋玉米，秋玉米亭亭玉立的样子，玉米秆上挂着许多玉米棒子。胡杨在玉米地里站了很久，看一阵又一阵的秋风从他的身边跑过，跑到玉米林里面去。玉米宽大的叶片被风吹起了一阵又一阵的声音。胡杨没有看到麻雀，胡杨本来就没想要打麻雀，他的铅弹已经在上次当着怜潮的面丢在了杨树林里。胡杨只是用一杆气枪装装样子而已，现在，他开始骂娘。胡杨骂他妈的，胡杨说他妈的他妈的他妈的，胡杨说了好几句他妈的，最后一句他说的是，乡邮员你穿着邮政制服有什么了不起，他妈的。

　　胡杨被自己的最后一句骂声惊呆了，他愣了一下，他想我怎么无缘无故地骂起了乡邮员。但是最后他还是笑了，他很清楚骂乡邮员是因为乡邮员和怜潮在谈恋爱。胡杨不再骂人了，但是他总是想在玉米林旁边做一点什么。最后他拉开了拉链，他对着玉米的根部撒了一泡长尿，他看到一道水柱从他的拉链处落下来，落在玉米的根部，画了一个优美的弧，落在那儿形成一堆泡沫。白色的泡沫渐渐瘪了下去，洇进了干燥的地里。

　　胡杨后来又背着气枪走进了杨树林。他看到了怜潮，怜潮

胡杨的秋天

穿着白色的薄毛衣，穿着一条藏青的长裤。怜潮的腿是很长的，有着很好的线条。而那个乡邮员不见了，和他的自行车一起消失。怜潮笑了一下，胡杨也笑了一下。胡杨想，我得试试和怜潮是不是可以用眼睛说话，如果可以，那么我是真的喜欢上怜潮了。

胡杨的眼睛果然就说话了。胡杨的眼睛说，怜潮，那个人是谁。

怜潮的眼睛说，那个人是我的男朋友，是别人介绍我们认识的。

胡杨的眼睛说，你为什么喜欢上他？

怜潮的眼睛说，不喜欢他，那让我喜欢谁？

胡杨说，他不配你，他那么矮小。他保护不了你。

怜潮的眼睛说，那你就能保护我了？你以为背着气枪就能保护我？

胡杨的脸红了一下，胡杨的眼睛说，反正他不配。

两个人的眼睛暂时休息了一下，都没再说话，都抬眼望了望天空。他们只能望到零星的天空，大部分天空被树叶遮住了。后来，怜潮的眼睛叹了一口气，有着一种潮湿的味道。

怜潮的眼睛说，胡杨，你为什么还要背着枪打麻雀，你不怕毁了人家一户幸福的家？

胡杨的眼睛说，没有，我没有打麻雀，我背着气枪只是装装样子而已。

怜潮的眼睛说，你为什么不去干活，你是不是没有工作？

胡杨的眼睛说，我没有工作，现在工作很难找。

怜潮的眼睛说，你有女朋友吗，你女朋友漂亮吗？

胡杨的眼睛说，有的，她叫小丹，是服装厂里的马达工。她的人很好，不漂亮也不难看。总的来说，没你漂亮。

怜潮的脸就红了一下。怜潮的眼睛说，我不想嫁人，我想一个人过。我爸妈说，你要嫁人，你要嫁个可以照顾你的人。他们最后觉得阿林是可以照顾我的人，所以他们把我给了阿林。

胡杨就想，阿林一定就是那个乡邮员。胡杨就想，乡邮员怎么就遇到了这样的好事。胡杨就想，一个人不会说话有什么关系，说太多话的人，有什么好。胡杨还想，如果他是怜潮的男朋友，他一定会照顾好怜潮。胡杨走到怜潮的身边，他看着怜潮的眼睛，他在怜潮的瞳仁里，看到了一左一右两个背着一杆气枪的自己。胡杨在秋天里背着一杆没有铅弹的气枪，真的是一件滑稽的事情。于是胡杨把枪放了下来，胡杨先把枪托支在地上，然后他的手松开了。他看到气枪倒了下来，像一棵被砍倒的树一样倒了下去，倒在地上潮湿而枯黄的叶片上。胡杨的手指头动了动，手指头跳起来，落在怜潮的手指头上。手指头钩住了怜潮的手指头，手指头引领着怜潮的手指头，开始穿越杨树林。当然，也穿过了整个秋天和秋天的阳光。手指头停下来的时候，怜潮发现她和胡杨已经站到了一片玉米地旁。

这是一片葱茏的玉米地，丰收在望的玉米地。风吹着它们宽大的叶片，发出的巨大声响，就像是玉米们的一首大合唱一样。怜潮熟悉这片玉米林，怜潮就住在附近的村子里，当然会熟悉这片玉米林。怜潮和胡杨在玉米林边站了很久，他们不知道该干些什么，他们只是手指头牵着手指头。后来胡杨的另一只手伸了过来，他开始抚摸怜潮的头发。那是一头乌亮的头发，他的手指头就顺着头发落下来，落在怜潮的肩头。隔着白色的薄毛衣，胡杨能感受到怜潮肩头的瘦弱，因为他摸到了怜潮的肩骨。胡杨想，多么惹人爱怜的一个人，这个女人如果是我的，我一定会好好对她。胡杨这样想着的时候，就把手落在了怜潮的腰上。

　　胡杨后来轻轻地抱了抱怜潮，他的手从怜潮的腰际滑到屁股上。他的鼻子里，钻进的是怜潮头发的气息，和好闻的怜潮呼吸的味道。胡杨把脸贴在了怜潮的脸上，那种柔软和嫩滑一下子让他沉醉了。胡杨的手在怜潮的屁股和腰际摸索着，他摸到了怜潮的皮带扣。他的手指头轻轻一扳，皮带扣就扳开了，像一粒从枪膛里跳出来的弹壳一样。怜潮开始挣扎，嘴里发出咿咿唔唔的声音。在挣扎声中，胡杨的手上加了把劲，怜潮的藏青色长裤，连同里面的白色内裤，终于全部退到了脚跟边。这个时候，胡杨看到了一双长长的腿，闪动着一种淡淡的玉色的光。他还看到了三角地带的一片草地，那是一片令他神往的草地。他突然觉得一点也没有欲望了，他只是喜欢着怜潮的身体而已。后来他跪了下去，紧紧抱着怜潮的腿，把脸贴在了怜潮温暖的小腹上。

　　风一阵一阵吹着。怜潮轻轻抚摸着胡杨的头发，怜潮的手指头插在了胡杨的发丛里。胡杨开始颤抖起来，他抬起头，他的嘴唇也颤抖着。胡杨的眼睛说，怜潮，我爱你，你信吗。

　　怜潮的眼睛说，我信的，我能感觉到。

　　胡杨的眼睛说，可以让我陪着你吗，可以让我陪着你到老吗。

　　怜潮的眼睛说，不可以的，我们都是凡人，我们都要过凡人的生活，所以，你不可以陪我到老的。

胡杨的眼睛说，怜潮，我舍不得离开你。

怜潮的眼睛说，别傻了，我马上就要嫁人的，我是乡邮员的妻子。

后来胡杨松开了抱着怜潮两条长腿的手，他像一只被铅弹击中的鸟一样，倒了下去。他睁着眼睛平躺在玉米林旁的空地上，他可以看到许多玉米的叶子，玉米棒上的穗，能看到淡淡的无力的阳光，在头顶旋转着，能看到怜潮惊恐的神色。她费力地拉上自己的裤子，扣好了皮带扣，然后也蹲下身来，拍拍胡杨的脸，用眼睛说，胡杨你怎么了。

胡杨的眼睛说，没什么，我只是突然觉得好像身子空了，就像一只鸟失去了翅膀一样。两个人都不再说话，胡杨躺了很久以后，他爬了起来。他的身上都是泥的痕迹，怜潮替他拍打着这些痕迹。黄昏渐渐降临了，黄昏笼罩整片玉米林和杨树林以前，胡杨用手指头勾着怜潮的手指头，走出了两片林子，走到了杨树林旁一条笔直的平坦的林荫小道上。

怜潮的眼睛说，胡杨，你的气枪呢，你的气枪丢在树林子里，你不要了吗。

胡杨的眼睛说，不要了，我不想再打鸟了，我想找点事情做。

怜潮的眼睛说，我们以后恐怕不会再在杨树林里见面了，但是我会记着你。

胡杨的眼睛说，我也会记着你，因为这一生我不可能忘了你。

怜潮的眼睛说，那么胡杨，我们再见了。

胡杨的眼睛说，再见怜潮。

怜潮转过头走了，她的步履有些快，像是赶路的样子。这时候一辆火车从他们身边开过了，火车开得很缓慢，胡杨能看到车窗里的人在干什么，比如一个老太婆就在打哈欠，她张大嘴巴时露出了一个巨大的黑洞。比如一个胖男人，正在吃一碗方便面。比如说一个狐媚的女人，正专心地发着短信。胡杨把眼睛闭上了，等他再次睁开眼睛时，怜潮和一辆火车，都已经在他的视野里消失了。

胡杨的生活仍然是平静的，略略不同的是他开始让朋友帮忙，找工作。胡杨说我想自立了，我想赚钱。胡杨的这句话让爸妈很认同。但是当听说胡杨已经想好了，要去兰州和原来就在那儿炒瓜子的朋友一起经营瓜子时，他们都摇了头。兰州是个遥远的地方，兰州很容易让人想起一种手工拉出来的面条。但是胡杨说，我想去，你们不支持我赚钱吗，我赚钱是结婚用的。胡杨又问小丹，说小丹你支持我吗，我想离开这儿赚钱，我赚钱是为了结婚时候用的。

小丹不愿意，但是最后还是点头了。小丹想，反正一年后总是要回来的。小丹说你明年春天走吧，现在是秋天呢。胡杨说你错了。春天没多少生意，好生意是在秋天的，因为人们都会买了瓜子好过年。

胡杨就要离开这座小镇了。镇上许多熟悉的人都知道，机械厂里优秀的翻砂工胡师傅的儿子，就要去兰州捞世界了。胡杨离开小镇以前，去了那片杨树林。小丹也要去，小丹说我和你一起走走吧。小丹的眼睛里有一层薄雾，小丹有了小鸟依人的味道，小丹对胡杨越来越温柔和恋恋不舍了。小丹挽着胡杨的手，在杨树林旁边的那条笔直而平坦的林荫小道上走着。这时候胡杨看到前面来了一队迎亲的队伍，乡邮员穿着笔挺的新西装，笑容盛开得像喇叭花似的。迎亲的队伍很长，彩电、冰箱、洗衣机以及什么什么的，还有什么什么的，都贴上了大红的喜字。一个漂亮的新娘子，被一左一右两个伴娘护卫着，低垂着头向这边走来。她做了一个发型，很自然的一个发型，跟以前的一头披肩长发差不多。她们从胡杨和小丹身边走过去了。胡杨轻声对小丹说，这个新郎叫阿林，是乡邮员，我们家的报纸就是他送的。那个新娘叫怜潮，她很漂亮但是不会说话，她是杨树林附近的那个村庄里的人。小丹说，你怎么知道，你认识他们。胡杨说，我猜的。小丹就在胡杨手臂上扭了一把。

　　胡杨不再说话。迎亲队伍走过去了，接下来就是一片安静。胡杨抬起了头，看到了杨树林的天空，就是秋天的天空。看到一条火车路的远方，就是秋天的远方。一辆火车开了过来，胡杨伸在裤袋里的手触到了一封已经写好的信。信是写给小丹的，胡杨想在上车的时候，再递给小丹，他怕小丹会受不了，他不愿看小丹哭的样子。回去的路上，小丹仍然紧紧挽着胡杨的手臂，好像生怕胡杨会逃走似的。胡杨看到一粒小石子，卧在路的中央。他就伸出脚踢了一下，把一粒小石子踢得很远，把他自己的秋天，也踢得很远。

王小灶 1986

现在是 1986 年。

王小灶喜欢吮手指头。1986 年王小灶长到十三岁了，还在吮手指头。他吮着手指头站在家门口，看到天德背着一杆猎枪向这边走来。阳光很刺眼，猎枪的枪杆上也泛着刺眼的光，这让王小灶不由自主地眯起了眼睛。天德说他的猎枪是德国造的，他不让别人摸他的猎枪，只有大头例外。因为王小灶有一天看到大头背着天德的猎枪在村子里趾高气扬地转了一天。天德的枪法很准，常能打到一些野货。镇上的人说天德的枪法准是因为他的眼睛大，王小灶不这样认为，王小灶一直认为枪法准和眼睛大不大是无关的。王小灶说，天德，你干什么去，你是不是又要上山了。天德没理他，连看都没看他一眼。但天德确实是要去山上。这时候，大头领着一班人向这边走来。大头是王小灶的同班同学，大头的爹在部队里当团长，王小灶亲眼看到大头的爹开着吉普车带着警卫员来学校里看大头。那时候刚好是课间休息，王小灶和大头他们站在教室旁边的墙脚跟晒太阳，然后，一辆车歪歪扭扭地挤进了他们的视野。从车上跳下来几个人，其中一个没戴帽子的就是大头的爹。大头的爹和班主任丁伟玲在办公室里交谈了很久，丁伟玲还在为大头爹泡茶时不小心将茶水洒得满桌都是，最后，他们还亲切地握了握手。然后，大头爹又坐上吉普车走了。从这以后，大头的身边就有了一群人。他们把大头也当团长了。大头看了王小灶一眼，然后对天德说，天德，你去哪里。天德的脸上马上就有了笑容，天德说，去山上，你们去不去。大头说，我们跟你一起去。这时候王小灶把手指头从嘴里拔了出来，王小灶说，我也要去。王小灶又说，我也要去山上。大头忽然笑了，大头身边的人也跟着一起笑。大头对他们说，王小灶也想跟我们一起去，你们说他是不是神经了，这么胆小的人也想跟我们一起去，要是山上碰上野猪怎么办。大头的意思好像是碰上野猪他们就不怕似的。后来大头又说，王小灶，你要是真的想跟我们一起去，那你就从我的胯下钻过去。大头说完就张开了双腿。王小灶将脸涨红了，王小灶说，大头你不要以为你爹是团长我就怕你。你爹是团长不等于你就是团长，你只是我的同学。大头说，我又没说我是团长，我也没让大家跟着我，这是人家自愿的，你这种胆小鬼，永远也没人跟你玩。大头顿了顿又说，你这么大个人还吮手指头，你说你是不是有毛病。

　　王小灶看着大头他们跟着天德走了，王小灶就很落寞。后来王小灶又不知不觉把手指头放进了嘴里，他离开家门口，来到操场，看到吴曼莉和几个女同学在跳房子。吴曼莉的两条小辫在跳动时一耸一耸的，其实王小灶经常可以看到这两条乌亮的小辫，因为吴曼莉坐在他的前排，而且，吴曼莉是他们的班长。丁伟玲让吴曼莉记那些不守纪律的同学的名字，王小灶的名字就往往排在最显眼的位置。这让王小灶很气愤，最大的草包应该是大头才对，可是吴曼莉不记大头的名字。王小灶于是就怀疑大头和吴曼莉一定是想要谈恋爱了。王小灶想，吴曼莉一定是看上了大头的爹在当团长这一点。吴曼莉长得很漂亮，因为她长得像她的妈。吴曼莉的妈是镇医院妇产科的医生，据说是很风流的一个人。王小灶就经常看到吴曼莉的妈穿着时髦的衣裳从镇医院里出来。王小灶想，吴曼莉的妈，看上去最多只有二十多岁。

王小灶在旁边看吴曼莉和几个女同学跳房子，看了一会儿，王小灶说，吴曼莉，我想和你们一起跳房子。吴曼莉忽然停止了跳，大笑起来。吴曼莉没有回答他的话，而是对着其他几个女同学说，你们听见没有，王小灶这个男人婆想跟我们跳房子。几个女同学也放肆地大笑起来，这让王小灶很没面子。王小灶说，吴曼莉，不想让我跳你就说好了，你不能叫我男人婆的。吴曼莉停住了笑，吴曼莉说，那叫你什么，叫你胆小鬼，我看叫你瘪三算了。王小灶更加气愤了，他的胸脯剧烈起伏着，他很想拔出他的拳头抡吴曼莉几拳的，但是他怕吴曼莉告诉大头，那样的话，他王小灶就有的受了。王小灶后来走开了，王小灶想，再不走开，也轮不到他跳的，于是王小灶就走开了。王小灶离开之前，叹了一口气。王小灶叹气的意思是说，真没意思啊。

王小灶后来就一直坐在自己的家门口，他看到从东边过来许多人，又从西边过去很多人，他们谁也没有看王小灶一眼。王小灶太孤独了，王小灶孤独的原因是因为他胆子小，上次校运会跑步，发令枪一响，人家跑出去了，他却在砰的一声中吓跌在地上。其实王小灶跑步是很快的，就因为跌了一跌，而拉了班级团体总分的名次，这让班主任丁伟玲很不高兴，老是在班会课上提这件事，使王小灶很没有面子，所以，王小灶在心里非常厌恶丁伟玲。丁伟玲长得矮胖，王小灶就在心里喊丁伟玲柴油桶。王小灶孤独的另一个原因是王小灶的个子很小巧，可以说，王小灶不敢与班上的任何一个男同学玩掰手腕的游戏，他只能远远地看着大头他们在下课时围拢一个圈掰手腕，呜哇呜哇乱叫。王小灶孤独的再一个原因，是王小灶的妈老去菜场捡人家不要的菜叶。上次吴曼莉就公开讽刺过王小灶，吴曼莉说王小灶长得像菜叶，那是因为王小灶是用菜叶养大的。那时候王小灶差一点点就要向吴曼莉扑上去了，但是他看到大头也在一边笑得前仰后合，他心中的那团火焰很快熄灭了。为此，王小灶劝娘不要再去捡菜叶了，娘白了他一眼，娘说，不捡菜叶，难道能捡到钞票。

王小灶后来离开了家门，他关上门，仔细地看了看家里的一切，看了看墙上许多黑白照片。黑白照片里王小灶的所有亲人都朝着他笑。王小灶去了山上，王小灶想，山是国家的，大头他们能去，我就不能去吗？王小灶忘了他去山上的时候已经黄昏了，王小灶爬上那座叫钟瑛的山时，他看到山那边挂着半个火红的球。

王小灶想要回来了，回家的时候，他居然会找不到路。这座山他们的班主任丁伟玲带着他们来过，他自己也偷偷来过一次，现在居然会找不到路了。王小灶很奇怪自己找不到路心里却一点也不急。天终于完全黑了下来，王小灶转悠了半天，仍然没有找到路。王小灶后来找了些细软的柴草，堆在一个低洼的地方，那旁边还有一块大石头挡风，王小灶躺在里面就很舒服。和往常一样，王小灶又做梦了，王小灶梦见自己和吴曼莉很要好了，他们在一起跳房子，还梦见他和大头干了一仗，最后，大头被他压在了身下。王小灶做了这样的梦，所以，王小灶的脸上才会浮起笑容。第二天的太阳就照在了他的笑容上。王小灶睁开眼，他满足地伸伸腰，这时候，他看到了他身边竟然静静躺着一只乌龟。那是一只身上长满青苔的山龟，他一动不动地盯着这只乌龟看，小乌龟也睁着光溜溜的眼睛盯着他看，并且，朝他点了点头。王小灶终于笑了，王小灶下山的时候，手里捧着那只乌龟，王小灶嘴里还哼起了一首叫《万里长城永不倒》的歌，昏睡百年，国人渐已醒……王小灶大着嗓门兴奋地唱着。王小灶不孤独了，王小灶想要过另一种生活。

　　王小灶朝自己家走去，他远远地看到娘在家门口撅着肥大的屁股生煤炉，大概是烟太呛人的缘故，她剧烈地咳嗽起来。王小灶还看到娘的身边是一篮子的青菜叶，王小灶就想，今天中饭就一定是青菜炒饭了。王小灶不再去关心中饭吃什么，他进屋取了书包，又出来，向学校走去。王小灶记得今天是星期一，而且他肯定是迟到了。但是王小灶一点都不急。王小灶的娘连抬起头看他一眼都没有，更没有问一声昨天晚上死到哪儿去了。王小灶想不问也好，王小灶来到学校，学校正好是下课时间，王小灶走进教室，他看到大头他们又围成一圈在猜拳，吴曼莉她们在丢小沙包，谁也没有注意到王小灶的到来，这让王小灶感到很悲哀。王小灶把书包丢进了课桌，然后，他把那只绿色的小乌龟放在课桌上。小乌龟又向王小灶点了点头，两只小眼睛里闪烁着善良的光芒。王小灶爱怜地把小龟拢在了自己的手中。王小灶一抬头，大头正站在他旁边不怀好意地笑着，大头身边还站着许多人。王小灶说,大头,我昨天在山上过了一夜,逮回来一只小乌龟。王小灶的意思是说大头你别威风,我敢在山上过一夜,你敢吗?大头说,你骗人。大头又对身边的人说,他骗人,他也敢在山上过一夜,我看他的小乌龟一定是从天德那儿偷来的。王小灶也对着大头和大头身后的人说,大头,你不许说我不敢上山过夜,也不许说我的小乌龟是从天德那儿偷来的,难道钟瑛山是天德他们家的吗。王小灶的话让所有人笑起来,因为大家都觉得这是不可思议的一件事,王小灶就是吃了虎胆他也不敢用这样的口气和大头说话。果然大头用手指头指着王小灶的鼻子说,王小灶,你有种的话你给我再说一遍刚才的话。王小灶没有再说一遍刚才的话,王小灶说,大头我告诉你,我这个人好话从来不说第二遍的。说完王小灶用手抓住了大头那只放在王小灶鼻子上的手指头,并且奋力向后扳去。大头哇哇地叫起来,大头的叫声吸引了许多人,吴曼莉也停止了丢沙包,她看到大头那张已经变成蟹青色的脸,也看到了王小灶那张兴奋过度而通红的脸。吴曼莉宁愿相信太阳会突然掉下来,也不愿相信眼前发生的事。最后,王小灶放开了大头的手,他把手指头放在大头的鼻子上说,大头,你给我听好,你要是再敢把手指头伸到我鼻子上,我就扳断你的手指头。大头缩着脖子,他用憎恨的目光看着王小灶,他说王小灶你有种,你有种,我们走着瞧。大头拼命地揉着手指头,他掉转头对身后的人说,你们这群狗东西,你们发什么呆,你们真是太没用了,你们连王小灶都不如。

后来上课铃就响了,敬爱的丁伟玲老师走进了教室,吴曼莉说,起立。大家就起立了,大家还说,老师好,当然王小灶也说了。接着丁伟玲说，同学们好。再接着吴曼莉又说，坐下。大家就坐下了。丁伟玲说，同学们，打开书本，翻到第18页。唰唰唰的声音就响了起来。王小灶也翻开了书，王小灶也翻到了18页。但是王小灶听不进丁伟玲的一句话，一直以来，王小灶的成绩总是和大头不相上下，要么是大头倒数第一，要么就是王小灶倒数第一。王小灶觉得上课真是太无聊了，他就把手伸进课桌玩那只小乌龟，玩了一会儿乌龟，他觉得没趣。这时候，他看到了前排的吴曼莉那两条乌亮的小辫。一个念头跳进了他的脑海，他被自己突然冒出来的念头吓了一跳。终于，他还是颤抖着从课桌里取出了小刀，那是一把削铅笔的锋利的小刀。他把小刀伸向了吴曼莉的辫子，小刀接触头发的声音是无声的，但是王小灶还是听到了那种像锯树一样的声音。王小灶兴奋极了，这时候，吴曼莉突然回过头来，她看到了王小灶手中的小刀。吴曼莉说，你是不是不想做人了，王小灶，就算你敢上山过夜，你也不该用刀削我的头发吧。吴曼莉接着又冷笑了一声，说，有你受的。王小灶这一天就一直在想吴曼莉的有你受的是什么意思，是不是告诉丁伟玲。王小灶一直没看到吴曼莉有什么实际行动，也没看到吴曼莉请大头帮忙收拾自己。到放学的时候，王小灶就基本放心了。

　　王小灶回到家，王小灶看到了爹和爹的扁担。这是王小灶家用来挑水的扁担，安了自来水后，已经有两年没用了。王小灶还看到了爹那张冷冰冰的脸，王小灶的爹的脸一向都是冷冰冰的。王小灶说，爹，你拿着扁担干什么。王小灶的话刚说完，爹的扁担就铺天盖地下来了。爹说，人家头发有剃头师傅会剪，让你去操什么心。王小灶像一只被斩了一刀的鸡一样痛苦地号叫并且奔跑着，王小灶的爹就在后面追。镇上的所有人都看到了，他们停下脚步，他们看着王小灶的爹追打王小灶。王小灶跑得再快也跑不过他爹，终于他被爹追上了，扁担就再一次向王小灶扫去。王小灶听到爹说，我叫你跑，我看你能跑到哪儿去，然后他感到腿上很麻地来了一下，再然后他就跌倒了。爹说，你给我起来。王小灶站了起来，还没站稳，又跌倒了。王小灶爹的脸色忽然就变了，他扔掉扁担，背起王小灶就往医院跑。王小灶的脸上都是泪水，泪水滴到了背着他的爹的脖子里，因为他看到爹老是在缩着脖子。王小灶知道是自己的腿不行了，但是在爹的背上，他重温了童年的旧梦。王小灶记得爹最后一次背他是六岁的时候，他们一起去大会场看戏。至今王小灶仍然记得那场戏的名字叫作《双狮图》。王小灶透过迷蒙泪眼，看到了躲在墙角暗笑的大头。王小灶就吼起来，大头，你再给我笑，有你好看的。大头果然不笑了，大头忽然有些怕这个以前总是很温顺的家伙了。

医生说，没什么事，骨头伤了，神经也伤了，但是骨头没有断，需要休息。于是王小灶每天上学都必须由爹背着他去，放学了又背回来。王小灶看到吴曼莉时，就露出了仇恨的目光。王小灶说，吴曼莉，我要报仇的，我先给你提个醒，我连大头都不怕，我难道会怕你。吴曼莉笑了一下，又笑了一下。吴曼莉的笑完完全全是送给王小灶的。吴曼莉低声下气地笑，是因为大头靠不住了，而王小灶又对她构成了威胁。此后的几天里，吴曼莉老是把头转到后边来，朝着王小灶笑，而且，她居然把作业也给王小灶抄了。吴曼莉是班长，成绩当然是好的，作业基本上是对的，所以，抄她的作业是一种荣幸，这种荣幸以前是大头的,现在不是了,现在是王小灶的。这让大头很气愤,王小灶听到了大头咬牙切齿的声音,但是王小灶装作没听见。王小灶想,这下,要你尝尝孤独的滋味了。因为有许多人,他们喜欢和王小灶玩了,因为王小灶根本就不怕大头,那么有王小灶在,他们也就不怕了。再说,他们以前受了大头不少的气,现在,现在哼哼大头你爹是军长也不管用了。军长怎么了,军长又不会给我们好处。更令大头气愤的是,有好些人居然还抢着要背王小灶了,没几天,王小灶的爹不用再接送王小灶上学了,他老是看见有人背着王小灶回来,而且身边跟着许多人。

有一天大头在厕所边截住了吴曼莉。大头说,吴曼莉,你是不是想和王小灶谈恋爱。吴曼莉很惊讶地瞪了他一眼说,你说什么呀,我会跟他谈恋爱?大头说,那你为什么跟他那么好,他连路也不会走了,你还对他那么好。吴曼莉说,那是我的事,不用你管。大头看着吴曼莉的背影和一耸一耸的羊角辫一起远去,大头就又把牙齿磨了一回。

王小灶的腿终于好了,但是走路的样子还是一拐一拐的。王小灶记得那天的阳光很好,他和一群人在操场边玩那只绿毛小乌龟。吴曼莉在不远处跳牛皮筋。吴曼莉跳牛皮筋的样子王小灶很喜欢。不知道为什么,就是很喜欢。王小灶想,要是长大了能讨吴曼莉做老婆那该多好。王小灶这样想着的时候,大头一步一步地向这边走来。大头穿了一套新军装,那是他爹给他的。尽管大头的个子很高,但那套军装还是显得太肥大。大头就这样把脖子以下的部位藏在一套军装里,一摇一摆地过来。王小灶看着那两只大裤腿,他在想那里面要是养兔子的话,一定可以养六只兔子,每只裤腿三只,这是一道最简单不过的算术题。王小灶还看到大头手心里握着一把东西,王小灶的视力很好,几乎所有成绩不好的人视力都好。王小灶视力好,所以才看到了大头的拳头比以前大出了许多,那里面一定握着东西。王小灶想,大头来了,大头来了一定不会有好事情的。果然,大头走过来,他摊开了手掌大声喊,谁要子弹壳。大头的手心里躺着几颗锃亮的子弹壳,所有的视线便从那只小乌龟身上移开,降落在那几只子弹壳上。而且,有好些手还不由自主地伸了过去。王小灶其实也很喜欢子弹壳的,但是他的嘴里反复说着,有什么稀奇,子弹壳有什么稀奇。尽管王小灶这样说着,但是所有人还是围住了大头。大头得意又轻蔑地朝王小灶笑了笑。王小灶看到大头的手掌又合拢了,大头说,想要子弹壳的,跟我来。所有人都走了。就连走得最迟的瓜子也说,王小灶,我跟大头走了,大头有子弹壳,你没有。王小灶看到本来围着他的人全都走了,陪着他的只有一只绿毛小龟。王小灶将小龟抓在手里,他突然有了一种强烈的失败感,他开始仔细回想每一个细节,他的突然变得不可得罪,使他像变了人似的有了地位,但是,有些东西是不可改变的,比如大头可以利用爹的子弹壳拉拢这么多人,他不可以,因为他爹只是煤饼厂的工人,他不可能送给大家煤饼,而且大家对煤饼也不感兴趣。而他的娘连工作也没有,他娘只会到菜场去捡那些没人要的菜叶。王小灶站在操场边,王小灶很心疼,心疼是因为王小灶苦苦得来的东西,敌不过几个子弹壳。

有一天王小灶看到瓜子在玩一枚弹壳,王小灶就知道那一定是大头给他的。王小灶说,瓜子,子弹壳就让你叛变了,你是个软骨头。瓜子笑了,瓜子把子弹壳挂在脖子上,原来他在弹壳上钻了一个洞。瓜子说，软骨头有什么关系，软骨头又不犯法。王小灶就很生气。他想怎么办，人都跟着大头走了，怎么办。后来他说，瓜子，你别走开，你在这里等我，我请你们去小乐园吃冷饮。你去叫几个人来吧，我请你们吃冷饮。王小灶说完就向家里奔去，他要去拿钱。确切地说是拿爹的钱。那些钱藏在一个墙洞里，别人不知道，王小灶知道。王小灶亲眼看到过爹在半夜里起来一张一张数钞票。王小灶拿了钱，他只拿了一部分钱，他想喝冷饮一定够了，他就拿了大约几个人喝冷饮的钱。王小灶拿钱的时候心就要从喉咙里跳出来，王小灶想，我这是在做贼。王小灶又想，我不是偷别人的，我是偷自己家的，我不能算是贼。王小灶的脑子里挤满了不少东西，但王小灶拿了钱还是飞快地跑了起来。王小灶果然看到瓜子和几个人乖乖地等在那儿，他们的胸前都挂着一枚子弹壳。王小灶在心里骂，都是叛徒，都是软骨头。但是王小灶不敢骂出声来，王小灶知道现在还轮不到他骂。

　　王小灶领着一班人走进了小乐园，王小灶走在最前面，他的样子就很神气。镇上有许多人都看到了，摆水果摊的云标说，这不是阿大的儿子吗，看他以前软不啦叽的，今天怎么会这样威风。王小灶愤怒了，他的愤怒用他的目光表达出来。王小灶走过去，王小灶说，你再说一遍，你再说一遍我让他们把你的水果摊掀了。王小灶说这话的时候，身后的几个人就紧紧跟着他，这让云标感到害怕，他突然觉得忠厚老实的阿大养的不是一个忠厚的儿子，他终于没有再吱声，等王小灶他们走远了，他才狠狠地哐了一声。

　　王小灶他们在小乐园喝了冷饮，他们喝得肚子都快胀破了，他们都说，王小灶，你什么时候有钱了再让我们来小乐园吃吧。王小灶笑了一下，王小灶说，想喝冷饮，你们要跟着我才对。

王小灶重新去上学的时候，发现大家对大头都有些若即若离了，王小灶才知道钞票比大头爹厉害，钞票比什么都厉害。大头对瓜子说，瓜子，你们又跟王小灶了，那是个男人婆，软蛋，你们也跟他。瓜子小声对大头说，他请我们上小乐园了，你要是每人给我们发一套军装的话，我们当然听你的。大头的头马上就垂了下去，大头知道自己只能发发子弹壳，发军装是他爹的事，他怎么会发得起军装呢。

王小灶这几天就很神气，除了每次考试仍然停留在倒数一倒数二以外，他的作业每次都是良，因为他是抄了吴曼莉的。王小灶这天很神气地回到家，他看到爹坐在油腻腻的桌子边，模样很怪地朝着他笑。他知道爹从来不对他笑的，所以他对爹的笑很害怕。果然，爹很轻地问他，王小灶，你有没有拿爹的钱？王小灶说，没有。爹又问，你想想看，是不是有一次拿错了钱，把爹的钱拿出去，一不小心就用了。王小灶这次想了很久，他终于说，爹，我记起来了，上次拿错了钱。我长大了以后再还你好了。爹冷笑了一声，爹说果然是你这个杂种。王小灶的爹再也不用扁担敲他了，用扁担的话一不小心还得去医院，还得由他付医药费。这次他把王小灶绑了起来，绑在一条长凳上。然后，他扒去了王小灶的裤子。王小灶瘦骨嶙峋的屁股就露了出来。王小灶的爹解下了皮带，接着，杀猪一样的号叫就从王小灶家传了出来。

王小灶再去上学的时候，走路又是一拐一拐的。大家以为王小灶的脚又被他爹敲伤了。王小灶说，不是，是屁股，这次敲的是屁股。瓜子常来背王小灶上学和放学，瓜子说，王小灶，就是不再请我去小乐园喝冷饮，我也要背你。这让王小灶很感动。王小灶说，他们呢，他们怎么不和你一起了。瓜子说，他们和大头一起去看了一场电影，是大头请的客，吴曼莉也去了。王小灶说，他娘个大头，他比我厉害。

王小灶开头几天很平静，下课了就一个人玩那只小乌龟。偶尔瓜子找他说说话，他们两个人看上去都很孤独。瓜子因为大头没让他去看电影，心里也很气愤，而且大头说他是两面派，他就更气愤了，所以他偏要和王小灶在一起。有一天王小灶的伤好得差不多了，王小灶就问吴曼莉，王小灶说，吴曼莉，你和大头去看电影了吗。吴曼莉说，看了。王小灶冷笑了一声说，你是不是看上他了。吴曼莉说，我怎么会看上他，他的成绩和你差不多我怎么会看上他。再说，就是看上他也是我自己的事。吴曼莉的话让王小灶很伤心。王小灶趴在桌子上忽然开始流泪。吴曼莉看到王小灶的书本也打湿了，这让吴曼莉感到害怕。吴曼莉想，王小灶这个人怎么了。

王小灶找到瓜子，王小灶说，瓜子，我想和你商量一件事。接着王小灶就把嘴凑在了瓜子的耳边。瓜子的脸一下子就变青了。瓜子说，王小灶，这样做不好。王小灶冷笑一声，王小灶说，你是个胆小鬼，人家叫我男人婆，我都比你胆子大。瓜子说，那让我想想，你让我想一想。

第二天王小灶见到瓜子时，看到瓜子的眼红红的，一定是一个晚上没有睡好。瓜子朝王小灶点了点头，王小灶就笑了。课间休息的时候，王小灶和瓜子看到大头和一群人在一起，王小灶和瓜子就走了过去。王小灶气势汹汹的，许多人看到了王小灶脸上的杀气。王小灶朝大家看了一眼，又看了一眼。大头说，王小灶你想干什么。王小灶冷笑了一声，王小灶突然向大头扑去，瓜子也蹿上去扳大头的脚。大家都跑远了，跑到校门口又扭转头看。他们看到三个人一会儿上，一会儿下，尘土飞扬的样子，有一种万马奔腾的味道。王小灶和瓜子显然不是大头的对手，因为王小灶和瓜子的身体其实都是很单薄的。很快他们看到王小灶的嘴角都是血，而瓜子的眼睑显然是肿起来了。他们奋力地拼搏着，三个人身上都是泥。大头终于将两颗豆芽一样的头夹在了自己的臂弯里。大头将两个人都压在身下，大头说，你们以为两个人就可以算计我了吗，老子的爹是团长，老子以后就一定不会是团长以下。你们算什么，我一直让着你们，你们还敢在我头上动土。

有很长一段时间里，王小灶和瓜子都被他压在身下，不能动弹。大家又慢慢围拢来了，他们能更真切地看到面前的大战。谁也没看清王小灶是怎样翻身压在大头的身上的，反正王小灶忽然大吼一声，从大头身子底下一骨碌钻了出来压在了大头身上。王小灶的吼声让人害怕，他红了眼睛的样子更让人害怕。他的手里忽然有了一把明晃晃的西瓜刀，这把刀曾经帮助王小灶家剖过许多西瓜。现在王小灶将它架在了大头的脖子上。王小灶歇斯底里地喊，大头你再动一动，我就斩了你。大头果然不动了，他两只眼睛的目光全部落在刀子上，由于距离太近的缘故，他的眼睛变成斗鸡眼。瓜子也从大头身下钻了出来，他擦了擦嘴角的血，抬起脚狠命向大头的肚子踩去，大头的一声惨叫也随之爆发出来。这时候大家才看清原来瓜子穿着一双劳动皮鞋，那是他父亲上班时穿的皮鞋，所以大家一致以为王小灶带刀子和瓜子穿劳动皮鞋是有预谋的。瓜子没有解恨,瓜子说,大头你刚才把我弄痛了。说完瓜子又提起脚向大头踢去。

丁伟玲终于出现了,丁伟玲的出现是因为吴曼莉报告了丁伟玲。丁伟玲挤进人群,一把拎住了王小灶的耳朵,王小灶才站起身来。丁伟玲说王小灶我看你一定是疯了,你以前不是这样的。王小灶没说话,他把刀子插在了腰间,并且拍了拍手掌。他的意思是拍掉灰尘。

丁伟玲在班会课上批评了王小灶和瓜子,丁伟玲说要是被校长知道,王小灶和瓜子就会被开除。丁伟玲让王小灶写了检查,又让瓜子写了检查。还让全班同学写了自己对这件事的看法。大家都以为,这件事很快就会过去的,而且学期也即将结束了,再说有些人跟着大头,有些人又跟着王小灶了,扯平了,大约会平安无事的。

但是有一天教室的玻璃窗突然碎得一塌糊涂,课桌底下都是碎屑,而且上课的时候大家都不约而同地缩着脖子,那是因为这间教室连一块完整的玻璃也没有了。校长很快知道了这件事,校长说,要查,一查到底。校长的口气有些像派出所所长的口气。镇上派出所的海所长就老是这样说,查,一查到底。每个学生都按规定写了纸条,纸条上是每个学生知道的嫌疑人。没想到结果嫌疑人很多,那是因为平时有意见现在是报复的机会。所以许多人都上了黑名册。调查毫无进展,玻璃却重新装了起来。然后一切都平静了,尽管校长还在不停地说,查,一查到底,学期都快结束了,再过半个月就要期末考,查个屁。但是王小灶的心里很难受,这个人没有查出来所以他很难受。终于有一天,他走进了办公室,站在丁伟玲的旁边。丁伟玲在批改作业，头也没抬地说，什么事？王小灶说，玻璃是我捅坏的，是我用我们家以前挑水的扁担捅坏的。丁伟玲的目光透过厚厚的镜片落在王小灶身上，丁伟玲摘下眼镜用软布擦了擦。丁伟玲想怎么可能，怎么可能有人主动承认是他捅的玻璃。丁伟玲用手背碰了碰王小灶的额头。丁伟玲叹了一口气。丁伟玲不想把这件事报告校长，报告校长王小灶就不可能留在学校了。可是王小灶突然大声说，丁伟玲你这个柴油桶，玻璃是我捅坏的，你为什么要不相信呢。许多老师的目光就射向了丁伟玲和王小灶，他们静静地看着他们俩。丁伟玲只好领着王小灶去了校长办公室。校长叹了一口气，又叹了一口气，后来校长和丁伟玲就谈了很久，王小灶一句也没听进去。

丁伟玲先去了王小灶家。王小灶看到丁伟玲和爹隔着一张桌子谈话，他们的话很少，这是因为王小灶爹不太会说话的缘故。他们的样子看上去像谈判一件不怎么谈得拢的事情。王小灶的目光很散淡，脑子里一片空白，他因为去了一趟山上，就发生了许多意想不到的事。王小灶后来看到丁伟玲左脚迈出了门槛，右脚也迈出了门槛，然后，丁伟玲就一摇一摆地消失在王小灶的视线中。

王小灶想，接下来，就是爹把自己绑在长凳上，然后剥去裤子，用皮带抽。王小灶对那次暴打记忆犹新，那是因为他觉得这有些像电影里国民党对地下党员用的老虎凳。没想到爹没有打他，因为他觉得脸上麻了一下，他一抬头，才发现父亲落下了眼泪，滴在了他的脸上。爹说，小灶，你不能读书了，你也不是读书的料。你以后就顶职到爹的厂里做煤饼吧。王小灶听到了爹温和的口气，这让他觉得不可思议。他伸出了冰凉的手，擦去爹的泪迹。王小灶想，大头说他长大了不会小于团长，而他最多只是一个生产煤饼的工人，吴曼莉会看得上自己吗，谁也不会看得上自己的。失败感再一次袭击了他，他开始为自己的举动后悔。

王小灶在家里待了一个月，娘让他跟着去捡菜叶，他不愿去。他只是每天站在门口看走来去走的人。人家说，王阿大的尾巴，你怎么没去读书。碰上是年纪大的，王小灶就笑笑说，我不读了，读书有什么用，我不读了。碰到年纪轻的说这话，王小灶就冷笑一声，瘪三，王阿大是你叫的吗。王小灶有一天看到天德又背着老掉牙的德国造双筒猎枪从门口经过，王小灶说，天德，我跟你去山上，天德迟疑了一下，天德迟疑是因为他听说王小灶突然变得很横了。但最后天德还是摇了摇头，天德想我有枪的，我不怕你，你再横也没有用。王小灶望着天德远去的背影说，天德，我叫你后悔，我一定会叫你后悔的。

王小灶的日子很寂寞，所以他常去学校门口转悠。他看到吴曼莉和大头有说有笑地走进了学校，看到那些胸前挂着子弹壳的男同学走进了学校，又看到瓜子进了学校。瓜子看到了王小灶，瓜子说，小灶，大头最近的成绩好了不少，他爹答应如果能考到80分就让他去城里。王小灶想，看来最惨的还是我了。他看到教室装着的明晃晃的新玻璃，他就想起了星期天他捅玻璃的情景，他捅红了眼，手都破了。那时候他想的是，如果我捅了玻璃，同学们就都会把目光投向我了。

这天王小灶在镇子上闲逛，他把两只手插在裤兜里，走路一晃一晃的。他走过了百货商店，商店里那个镇长的老婆正和大家高声谈笑，一边笑一边嗑着瓜子。那是一个卷着头发而且胖得不成比例的女人，是一个让王小灶很厌恶的女人。王小灶走过了大庙，走过了知青饭店，然后他拐进了庙后弄，他不知道自己怎么会来到庙后弄的。他看到天德家的大门敞开着，他就走了进去，他说，天德，天德你给我出来。没有人回答。王小灶就上了楼，天德家是两层的水泥结构小楼。王小灶说，天德，你给我出来。天德还是没应声，这时候，他看到了那支德国造的双筒猎枪，像一个孤老太一样寂寞地立在墙边。王小灶顺手抓住了枪杆，枪很重，王小灶感到了枪的分量。王小灶的心跳加快了，一个念头闪了出来。王小灶被自己可怕的念头吓了一跳，但他还是拿着枪向楼下走走，到了楼梯中央，他想了想又折了回去，打开天德家的后窗，把枪扔了下去。天德家的后窗是一片长过膝盖的野草地，王小灶听到噗地响了一下，王小灶就拍了拍手。

　　王小灶又晃晃悠悠出现在街上。

　　王小灶又回到了家里。

　　王小灶又看到他的娘撅着肥大的屁股生煤炉。

　　王小灶想，为什么结过婚的女人屁股都大，比如镇长老婆，比如丁伟玲。他想，吴曼莉以后会不会是一个大屁股女人？

　　王小灶半夜的时候悄悄溜出了门。王小灶觉得夜里真的很冷，他直打着寒噤。王小灶颤抖着猫腰来到天德家的屋背后，在街上的路灯下他看到了自己呼出的热气。王小灶在草丛中摸索着，王小灶在长及膝盖的乱草中摸了很久，他终于摸到了冰凉的铁。他拾起那块铁，开始疯狂地奔跑。他进屋的时候，碰在了门上，爹咳嗽了一声，说谁。王小灶说，我，我小解。王小灶把猎枪藏在了床底下，然后他上床了，他的身子很久都没

王小灶 1986 | 223

热过来。他一夜没有睡着。王小灶想，有了枪，以后就可以像天德一样上山打猎了。

第二天王小灶病了，王小灶昨晚受了凉，所以他得了重伤风。王小灶的重伤风持续了七天时间才好转。王小灶的重伤风痊愈的时候，学校里已经开始期末考了。王小灶又把两只手插在裤兜里，他晃荡着去了学校。路上的时候，王小灶看到了天德，天德正在一家玻璃店前晒太阳。天德的双手相互搓着，那是因为他没有枪了，所以两只手很不习惯。王小灶不知道，他生病的第一天，天德就骂了一天的街。天德说，谁偷了枪，让他走火打死自己，让他被汽车火车撞死，让他被河淹死。天德第二天就不骂了，因为大家都听出来天德的嗓子已经哑了。天德变得很沉默，他老是在人家店门口晒太阳。王小灶说，天德，你今天不去打猎吗？天德突然发作了，他将脸涨成酱红色，愤怒地喊，王阿大的尾巴，你不要来挖苦我，你不要以为你敢对大头动刀子我就怕你。

王小灶想了想，最终他没有再吱声。他向学校走走，学校正在考试，他就踮着脚透过窗子看他以前的同学们考试。大头已经坐到了王小灶原先的位置，这让王小灶很不舒服，因为那样每天都可以看到吴曼莉的小辫。王小灶看到大头在偷看吴曼莉的卷子，而且吴曼莉把卷子拉得很低，这无疑是在配合大头偷看。王小灶很生气，他想，吴曼莉真是个狐狸精。他又想，大头考80分就可以到他爸爸那儿去了，就可以进城了。王小灶就猫下腰在窗下放尖声音大喊起来，大头偷看，大头偷看。监考老师本来是坐着的，现在他站了起来，他不是丁伟玲，他是外校的，对调着监考。他说，谁是大头。没有回音。他把手往桌子上一拍，很响的一声，讲台上就扬起了一蓬灰。他又说，谁是大头，给我站起来。大头终于站了起来，大头站起来时，狠狠地说，妈的王小灶。他听出了那种像太监一样的声音一定是王小灶发出来的。不是王小灶又会是谁呢。

　　学校放寒假了。瓜子来找王小灶玩，瓜子说大头恨死你了。王小灶就笑笑。王小灶带瓜子上了阁楼，他掏出了那支枪，他看到了亮蓝的颜色，他又看到了瓜子张大的嘴。瓜子说这不是天德的枪吗，王小灶说，现在是我的，你这个胆小鬼要是说出去了，我就一枪结果你。瓜子说，我怎么会。然后，瓜子也摸了摸枪，胆子渐渐大了，又抱过枪玩起来。瓜子说，这个天德，以前不准我们摸他的枪，现在哼哼，有我摸的。王小灶说，别乱动，小心走火，枪是有保险的，小心走火。他们想那个豆瓣一样的东西大约就是保险，但是他们不知道是关着的还是打开的，因为上面标着的是外国字。王小灶拿起枪瞄向窗外，王小灶让准星缺口和那些来来往往的人三点成一线，并且用嘴巴虚拟着开枪。啪，啪啪，啪啪啪。瓜子提醒说，这枪只能响两响，它是双筒，你刚才啪啪啪响了三下。王小灶愣了愣，他对瓜子的提醒很反感，但又说不出什么，只好说，你懂什么。

　　王小灶看到镇长女人扭着肥大的屁股向这边过来了。经过王小灶家的窗下，又走了过去。王小灶将枪对准镇长女人的屁股。王小灶说，啪，啪啪，啪啪啪。突然王小灶听到了一声真切的枪响，他看到一个女人跌倒了，他又看到瓜子青着脸一言不发地跑下楼去。王小灶想，不好了，怎么办，不好了，我把镇长女人打死了。他坐在楼板上想了很久，最后，他下了楼，并且向钟瑛山飞奔。他的心一直咚咚狂跳着，他想，现在，派出所海所长一定在叫，查，一查到底。他看到太阳落到了山的那边，他就抱了一些柔软的柴草堆在以前睡过的地方。第二天早上，王小灶觉得肚子很饿，阳光很刺眼。他看了看熟悉的小镇，然后向山的反方向走去。

王小灶突然失踪了，他很久都没有回到小镇。镇上的人在背后说，会不会在外面死掉了。大头没有考到80分，但还是进了城。大头进城的时候，他说他最想的是王小灶。这让瓜子大感意外。

五年以后的春天，王阿大和他老婆在院子里晒太阳，他们的头发白了，那是因为王小灶突然不见的缘故。王小灶以前经常挨打，现在人不见了，王阿大就感到很落寞，甚至很伤心。他们坐在院子里叹气，他们说，如果王小灶还在的话，今年十八了。这时候，他们看到家门口站着一个胡子拉碴的人，这个人很瘦弱，喉结一突一突的。这个人没有说话，只是看着他们俩。王阿大站起身来，走到那个人的身边，仔细地看了他很久，他看到这个人的眼里忽然有了泪痕。王阿大说，你不会是王小灶吧。那个人点了点头。这时候，王阿大才看清王小灶下身晃着一只空荡荡的裤管。他这个人就像一片树叶一样，随时会被吹走。

王阿大忽然发怒了，他说你跑哪儿去了，这么多年你跑哪儿去了。王小灶没有回答，过了很久，才谦卑地笑笑，轻声说，有饭吗。王阿大的老婆捧出了饭，他们看到王小灶狼吞虎咽地吃着。王阿大说，那个女人没有死，那个女人只是被响声吓了一跳，后来就爬起来跑了。但是那个女人后来还是死了，因为她奶子里生了东西。她的死与你是无关的。王小灶听到这里就猛拍了一下腿，拍下去才知道那地方是空的，他爬火车时从车顶上掉下来，被压断了腿。但是，假如他知道那女人只是吓了一跳，他就不会失去这一条腿。

王小灶的饭碗空了，他呆呆地坐着，很久都没有说话。王小灶忽然看到了王阿大凳子底下的一只小乌龟，五年过去了，小乌龟仍然只有这么大。王小灶走过去，捧起小乌龟，他看到乌龟的眸子里闪动着善良的光芒，并且向他点了点头。王小灶伸手揉了揉胀肿的眼眶，可是他的手，一下子就湿了。

五年过去了，现在是1991年。

卧铺里的鱼

苏杭随着人流进入站台的时候，老是觉得自己像一条鱼一样。在捕鱼期，这样的鱼群很容易被脸容黝黑的渔民们一网打尽。其实有许多时候他就觉得自己是一条草鱼，在浑噩的水里游泳。宽大的电子显示屏跳出红色的汉字，上上下下的电梯上站满了人，像是一群停在电线杆上的鸟一样。苏杭又看了看手中的票。那张票是苏杭刚刚买到的，苏杭不知道自己为什么就跑到了火车站，而且对着那个小小的窗口说我想去诸暨，有去诸暨的票吗。

售票的女人三十多岁年纪，长了许多的雀斑，这是许多女人共同的悲哀，年过三十总是有那么多的色素会在白嫩的皮肤上沉淀下来。女人给了苏杭一张票，苏杭抓紧时间问有卧铺的吗。女人愣了一下，然后很坚定地摇了摇头，女人有一个粗糙的嗓门，女人说你去车上补一张吧。这个时候女人打了一个哈欠，苏杭看到了女人脸上纵欲的迹象，苏杭恶毒地想，这个女人一定在来火车站上班之前，抓紧时间做过一回了。苏杭的心里笑了一下，像是路边枯草在风中轻摇似的那种笑。苏杭想，一定是自己的脑子出了问题，或者是自己的思想素质极其低下。

现在苏杭手中的这张票已经变得皱巴巴了,上面标着黑体字 K101。苏杭最近手心里老是出汗,那一定也是一种虚脱的表现。苏杭混在一群黑压压的鱼中,排队检了票。到了站台上的时候,苏杭才知道这儿完全没有了候车室的温暖。苏杭将衣服的领子竖了起来,然后他灵活地避开那些磕磕碰碰的鱼,然后他上了车,然后他找到了自己的座位。座位是靠窗的,意味着苏杭可以在二十四小时不到一点的行程中很方便也很惬意地看到窗外的景色。苏杭对面坐着一对民工模样的年轻人,他们像是在谈恋爱,女孩子老是剥着廉价的橘子给那个木讷的男孩子吃,他们的年纪都不是很大。苏杭想,如果这个男孩子去演《射雕英雄传》里的郭靖的话,一定要比李亚鹏演得好。这时候苏杭想到了小忆,小忆最近一直在看《射雕英雄传》,小忆一边说着新版的不如1983年香港版的好,一边却仍然面对电视机把自己坐得像一尊雕塑一样。苏杭一般都会坐在一边抽烟,他在烟雾里看着小忆。小忆是个很容易满足也很容易快乐的人,小忆和苏杭的生活很平静,只是两个人一直都还没有孩子。现在苏杭的旁边坐着一位老太太,老太太一上车就摆出了睡觉的姿势。这让苏杭想到了母亲,苏杭的母亲略略有些肥胖,年轻时是一个歌舞团里的台柱子,没想到后来发福了,她不再有自己的市场。母亲很喜欢睡觉,下午的午觉是雷打不动的。醒着的时候,母亲就那么不停地絮絮叨叨。苏杭很奇怪父亲会有那么好的忍耐力,父亲总是选择阳台的一角晒太阳,终于有一天苏杭发现父亲的耳朵里塞着一小块棉花,这个发现让苏杭大笑起来,笑得很久都没有停。父亲的脸红了,像是被人发现秘密一样,最后父亲放低声音说,你不要告诉你妈妈,你不可以告

卧铺里的鱼

诉你妈妈的。

晚上十一点十分，车子开动了。这个时候酒吧的生意正是红火的时候，这个时候喜欢过夜生活的人群极有可能刚刚从家里走出来。车窗外先是灯火通明的，这就是北京，北京人就算再节约也不会节约电。北京的站台越来越远了，车窗外只能看到几点零星的灯火。老太太发出了轻微的鼾声，她甚至把头靠在了苏杭的肩上。苏杭笑了一下，他老是觉得这样的老太太一定心地善良为人慈祥。民工模样的男孩和女孩在谈论着一些什么，他们的方言苏杭一句话也没有听懂，他只看到穿红色衣服的女孩子的眼神，充满着爱怜。女孩子不时用肘子撞着男孩子的胸，要么就用拳头捶着男孩子。苏杭想笑，苏杭想，这些都是特定年龄或是恋爱中的特定阶段才会使用出来的动作。女孩一定注意到了对面男人的目光，她红着脸整了整衣服，然后一只手掌托着腮看着窗外渐渐稀少的灯火，很安静的样子。白白的灯光下有一些人在走过，苏杭突然感到很奇怪，这不是一车鱼吗，这是一车不知道夜晚来临的鱼。

苏杭一直没有想睡的迹象，车子过了廊坊，又过了天津西站，这个时候苏杭突然想起了那个卖票女人说的话，女人让他去车上补卧铺票。在苏杭站起身来之前，他轻轻推醒了老太太，老太太懵懂中醒来时发现自己的头靠在苏杭的肩上，她的脸上忽然泛起了红晕，她说对不起。苏杭笑了，苏杭想，可爱的老太婆。苏杭起身在过道上走着，他不知道是列车在摇晃，还是自己的步子有些晃，反正他觉得自己走路的时候一点也不稳。有人在打牌，有人在睡觉，并且打着呼噜，甚至流着涎水。是列车把那么多的鱼聚在了一起，而这些鱼不知道收敛一下自己的本来面目，就连放一个响屁都是那么无所顾忌。苏杭想，这是一条河沟，我们都是河沟里的鱼，这条河沟有水草也有空气，但是却同时有着污浊但养料丰富的河水。苏杭看到了一个穿着制服的女人，她坐在列车员室里，很安静的样子。她的身边有一把水壶，也许在不久以前，她就提着这把水壶在车厢里走来走去。一个同样穿制服的男人站在列车员室里，他留着一撮小胡子，把身子靠在了墙上。在苏杭出现之前，他一定是在和女人说着什么话。他厌恶地看了苏杭一眼，他一定是因为苏杭的出现突然使他停下了话题。苏杭说我想补一张卧铺票，有没有卧铺票了。男人说没有了，现在哪里还有卧铺票。女人白了男人一眼，女人站起身来，说你跟我来。这时候苏杭突然想，男男女女在列车上工作的人，会不会因为寂寞而干出一些欲火焚身的出格事呢。苏杭的心里又叽叽叽地轻笑了一下，像一只小鸟的欢叫一样。他跟着女人走，他还回过头来对着那个懊丧的男人露出一个胜利的微笑。女人的身段很好，个子高挑，走出了妖娆的味道。苏杭一直看着女人扭动的屁股，苏杭说，那个男人一定是在勾引你。女人笑了，她回过头轻蔑地哼了一声。苏杭知道这个女人的一声哼，表明那个男人恐怕是一辈子都不会在这个女人身上占到一点便宜了。女人又说去哪儿的。苏杭说去诸暨。女人皱了一下眉头，女人说那是个小站，你去诸暨干什么。苏杭说我也不知道。苏杭紧接着又说，真的，我也不知道。女人在车厢连接处站定了，女人一转身刚好把脸对着苏杭的脸，苏杭愣了一下。女人说你耍我，你不知道你去诸暨干什么？女人的眼睛很大，眨巴着，苏杭笑了，说我真想咬你一口，火车呀火车，真是一个充满欲望的地方。女人说你说对了，

卧铺里的鱼 | 231

旅途总是寂寞的，而人，是最不愿忍受寂寞的动物。

苏杭在进入卧铺之前，一直想着女人的这句话。苏杭想了很久以后，也觉得这句话其实是很有道理的一句话。苏杭补的是软卧，苏杭走进软卧的时候已经是凌晨一时十九分了。他先是靠在软卧的门上站了一会儿，软卧里已经有了三位客人，他看不清他们长什么样，他小心地爬到了上铺，把毛毯盖上身上后，苏杭开始思考一个非常重要的问题，那就是为什么买票上车，为什么要去诸暨。在赶到北京站买票以前，他一直和几个书商在三里屯的一家酒吧里喝酒，他们谈着的事情是有些重要的事情，那几位爷请苏杭策划编一套丛书。苏杭是一家名声不太响亮甚至是极不响亮的出版社的编辑，他的工作很轻松，所以在更多的时间里，苏杭是替一些出版社或是书商扛活。扛活的结果是苏杭在北京这座大都市里生活得很轻松，当然这指的是物质生活上的轻松。苏杭的酒喝得稍多了些，因为他自己也觉得自己讲话的时候，舌头大了起来。他不太记得清楚那天的全部过程，只记得他摸过一个女人的胸，那个女人吃吃地笑了一会儿。但是他清楚地记得结果，结果就是他接下了一套丛书的编辑工作，那是四个大都市的爱情故事，就连找作者的任务都委托给了苏杭。

苏杭把两只手枕在头下，他的耳边老是响着单调但是却极有韵律的火车行走的声音。火车正在把一条条的鱼送到很远的地方，让那些鱼可以在遥远地方的阳光下游泳。苏杭想到了小忆，小忆现在一定也睡了。有许多时候，苏杭都夜不归宿，有时候是喝醉了，有时候是和朋友一起玩得很晚了。小忆从不说他，小忆有一天站在窗前，光影把小忆小巧的身子包裹了起来。

那天小忆对坐在沙发上抽烟的苏杭说，不是我不关心你，是我觉得你的心里一定有着苦楚，所以不忍心来说你而已。苏杭像一只正在飞翔的鸟突然被一粒子弹击中一样，他挣扎了一下，才发现自己的心口流出了许多黏糊糊的鲜血。苏杭佯装要笑，并且想要为自己辩白一番。但是苏杭突然发现自己肚子里能够熟练使用的词汇和国宝熊猫一样少得可怜。苏杭后来打消了辩解的念头，苏杭站起身子只说了一句话，谁说我心里苦了。小忆不屑地笑了一下，她站在窗前摇摆着身子，两只手玩着一条刚刚织起来的辫子。她是想要织双辫的，但是这个时候她只织好一条辫子，还有一半长发就那么半遮着她的脸，像是从山川上挂下来的黑色瀑布。

不时有一些小站一闪而过，小站就像是苏杭曾经做过的一件事，或者是认识的一位朋友，或者是少年时候不小心打碎的一只酱油瓶子。苏杭觉得那些小站细碎得像一粒粒沙子一样，他的睡意一点也没有，这样让他有些担心，他担心自己睡不好以后眼球充血会出现红红的血丝，像要吃人的饿狼一样。苏杭想要快点入睡，他不想再考虑自己为什么要从北京去诸暨这样一个问题，但是他越是想睡着的时候就越是睡不着。对面上铺的一位客人翻了一个身。灯光一明一暗地闪过，苏杭看到了那个人的轮廓。这是一个女人，这个女人将一丛头发露在毛毯外，她是朝里侧睡的，所以苏杭看到了她突起的肩，然后是纤细瘦削的腰，再然后是臀部呈现出的优美弧度，然后是一双纤长的脚。女人露给苏杭的只是一个背影，但是女人裹在毛毯里的身体却透出了一种力量，这种力量把苏杭的目光拉得笔直。苏杭突然感觉到了软卧里的温暖，他觉得自己的选择极为明智，不

卧铺里的鱼 | 233

然的话，他的肩头上将仍然睡着那位爱打瞌睡的老太太。

　　列车到达德州的时候，苏杭还是没有睡着。苏杭看了看窗外，这个时候已经是凌晨三点二十八分了。苏杭感到有人上车，也有人下去。车站的人不多，声音也不响，只有惨白的灯光泛着青绿的颜色。这样的颜色，只有在寂寂的长夜里才会有，和办公室里照明用的白亮日光灯是完全不同的。苏杭想，我为什么要去诸暨，马上就要天亮了，我为什么还是没能睡着。他的耳边忽然又有了那几位书商在酒吧里的笑声，他们让苏杭在三个月内把书稿收齐。苏杭爽快地答应了，他知道现在卖文为生的那些人写字的速度。

　　苏杭迷迷糊糊地睡着了，但是他始终认为这个晚上的睡眠质量并不怎么好。清晨五点多钟的时候，苏杭醒了一次，他看到对面那个女人现在将脸朝向了外边。窗口的光线投在了女人的脸上，这是一张好看女人的脸，她的睫毛很长，嘴唇小巧，而且有着优美好看的弧度，这让苏杭的心情忽然好了许多。他笑了一下，然后翻转身，又睡了过去，他很知道现在他不能醒来，他的睡眠时间还没够。苏杭真正醒过来的时候，车子已经快到徐州了。苏杭坐起身子，他看到对面的那个女人正在描眉，显然她已经洗漱过了。女人朝苏杭笑了一下，然后她继续描眉，很显然她呈现给苏杭的笑容，可以算作是清晨的一个问候。苏杭没说什么，他觉得自己的骨头架子要散开来，很有一种慵懒的味道。下铺一个三十多岁有些像是小县城政府官员的男人正在打电话，他打一会儿电话又发一会儿短信，很像是跟几位小蜜同时打情骂俏。下铺的另一位乘客是一个老太婆，老太婆有些胖，有些俄罗斯大妈的味道。她在不停地吃东西，她吃的是火腿肠,还有小京生花生,还有方便面,还有沙嗲牛肉干。那个放果壳垃圾的盘子,已经堆得像一座小山。老太婆从不拿眼看一下其他的人,老太婆大约一直在想,这是她一个人的卧铺。男人还在打电话,男人说我给你带来了好东西,那边的人大概在问是什么好东西,男人说等我回来了你就知道了宝贝。那边的人大概在撒娇,大概一定要让他说出带来的是什么。但是男人坚持不说,脸上却堆满了笑容。男人说你听话,我马上就回来了,我先去你那儿,就说我出差迟了一天回家,你做好菜给我吃行不行。那边大概说不行。男人于是又笑了,说听话听话。苏杭的心里又笑了一下,叽叽叽叽的。苏杭想,这个男人就算是在偷情,也是一个幸福的人,因为这个男人看上去有着健壮的身体。

  苏杭起身,去洗漱了一下。在去盥洗间的路上,他看到了卧铺车厢里有许多人坐到了走道上的简易凳子上,那儿靠着窗,是看风景的最好地方。苏杭刷牙洗脸忙完了,往回走的时候,突然看到了三个警察和一个犯人在一个卧铺包厢里,三个穿着黑色制服的警察正在打牌,他们的衣服扣子都已经解开了。犯人很开心地在一边看他们打牌,只不过他的手上铐着一副手铐,他的脸上堆满笑容,乐得好像是三个警察的老朋友似的。一个小个子警察抬头看了一眼苏杭,他说干什么,你想干什么。苏杭愣了一下,苏杭想这些警察会不会把自己想象成半路上劫犯人的。苏杭说没什么,我只是路过,我去一个叫诸暨的地方,我今年三十六岁,是本命年。我在出版社工作,最近要编一套爱情小说为主题的丛书。警察们笑了起来,犯人也跟着笑,说真逗。苏杭的心里也叽叽叽地笑着,苏杭心里想,我怎么了,我为什么要和他们说那么多，我又没犯法，我长着眼睛看到他们打牌了，这有什么法子。苏杭就笑着离开了，他来到了自己的铺位。他看到女人已经描好了眉，她坐在过道上的简易凳子上抽烟，她的肘部就支在那块小巧的架子上，她还朝苏杭笑了一下。苏杭推开卧铺包厢的门，老太婆正在吃一个橘子，她吃橘子的时候，顺着嘴角流下了不少的水，但是她好像完全没有知觉，只是不停地嚅动着嘴巴。这个时候苏杭才知道自己其实对这样的行径是多么厌恶。那个男人还在打电话，好像是打给自己家里的，因为苏杭听到他在跟一个小孩子说话，那么这一定是他的儿子。男人说小刚你乖一点，爸爸过两天就回来了，爸还给你买了一把手枪呢，很好玩的。苏杭听出了男人浓重的南方口音，有些像江苏普通话。苏杭在大学上学的时候，就有一位很要好的江苏同学，操的就是这样的普通话。苏杭斜了男人一眼，男人朝苏杭点了点头。

苏杭安静下来，开始继续想一个问题，那就是他怎么就会突然之间想到要去诸暨，并且从酒吧一出来就打的到了车站，乘上了去诸暨的火车。那个女人一直坐在过道上抽烟，喝水。苏杭就把身子倚在门边，看着女人抽烟。他们谁也没有说话，经常在火车掠过一个窗外有着绿色风景的地方时相互对视一笑。苏杭看到女人的下眼袋稍有浮肿，这完全是因为缺少正常的夜间睡眠而导致的。这个时候老太婆停止了吃东西的声音，她站起身来，不停地拍打着衣服裤子上的食物残渣，她拍打臃肿的身体，就像是在拍打一只巨大的篮球一样。苏杭知道她一定是要下车了，她吃了那么多的东西，现在停止了吃食，现在她就要下车了，这让苏杭的心里又叽叽叽地笑了，好像占到一个极大的便宜一样。男人也收起了手机，在打电话的过程中，他已经换过了电板。他微微发胖的脸上堆满了笑意，这样的笑可以让人感觉得到他的生活一定过得很滋润。苏杭不禁对这个男人有了一丝丝的羡慕，苏杭想，我这一辈子恐怕很难会有这样的笑容。男人和老太婆一前一后下的车，老太婆脸上没有表情，让人以为她的脸部神经一定是出了问题。她的眼睛一直看着前方，哪怕是下车的时候她也没正眼看一下苏杭和另一个女人。男人拎着一只硕大的苹果牌旅行包，他朝苏杭笑了一下，又朝女人笑了一下，算是告别。苏杭看到女人也笑了，露出很小一部分牙齿，就像是线一样的一条细小的嘴缝。于是苏杭也笑了一下，他望着男人和老太婆向车厢的门走去，然后，这辆车缓缓停了下来。苏杭看到了两个字，南京。苏杭抬腕看了一下，时间显示，下午一点四十分。

  这是一个温暖的午后，这样的午后如果在北京的话，苏杭可能会睡它一个美美的午觉。一向以来苏杭都有午间休息的习惯，这样的话下午的工作才会更有效率。苏杭下了车，他在车站上转了一圈，他站到了车站月台上的阳光底下，伸伸懒腰像是要做一下第六套广播体操开头的那个动作。他看到许多人向出口处拥去，其实他从没来过南京，其实他可以在南京逗留一下，看看这个六朝古都的颜色。他看到的是车站上一条条的鱼，这是一个不太新不太大也不太小的车站，鱼们游向出口处就像是游向一个闸门一样。在火车重新开动之前，苏杭以小跑的姿势跑向火车并跳上了车门处的踏板。他看到卧铺里的那个女人，她倚在车厢的连接处抽烟，她向苏杭吐了一口烟，然后斜着头看着苏杭。苏杭笑了一下，苏杭听到了来自心里的笑声，叽叽

卧铺里的鱼 | 237

叽，完全是一条快活的鱼的欢叫。苏杭说，咱们回卧铺吧。苏杭被自己的话吓了一跳，他怎么那么自然地就说了"咱们"这两个字，而且这是他和女人说的第一句话。但是他很快又释然了，女人点了点头，笑了一下。

这才是安静和干净的卧铺。苏杭关上了门，现在只有苏杭和女人了。苏杭在想怎么样开始和女人的谈话，当然这样狭小的空间里，一个男人和一个女人近距离的对话和谈话，无疑是一件充满暧昧情调的事。苏杭说你叫什么，苏杭又说我叫苏杭。那个女人想了一想，说我叫辛迪。苏杭觉得这是一个很熟的名字，苏杭说你为什么要姓辛呢，是不是和辛弃疾有一种血缘关系。女人笑了，女人说我也不知道为什么会姓辛，我只知道我的父亲我的爷爷都姓辛，所以我就姓辛了，你说你的问题傻不傻呀。苏杭想要说一句什么话，但是他想不好该说哪样的话，最后他嘿嘿地笑了一下。倒是这个叫辛迪的女人说了一句话，辛迪说你去哪儿。苏杭说我去诸暨。辛迪说我也去诸暨。苏杭说你为什么要去诸暨呢。辛迪说诸暨本来是我的家，你又为什么要去诸暨呢。苏杭说，我也不知道，我明明在酒吧里喝酒的，不知道怎么的就跑到了车站，还买了票上了车。辛迪大笑起来，辛迪说你真逗。苏杭跟着辛迪笑，等辛迪笑完了，苏杭说，真的。辛迪看了看苏杭，点着了一支烟，没再说话。

这个时候苏杭才想起来自己没有吃中饭，辛迪也说没吃饭，但是不想吃了，看着老太婆吃的样子就已经饱了。苏杭说那我请你吃晚饭，辛迪说好的。两个人说说停停，窗外的树影和草垛以及湖泊，一闪一闪地闪过，忽明忽暗的光线就打在辛迪的脸上。苏杭忽然想起了有一个国外的明星，就叫作辛迪·克劳馥。那是一个演过许多片子的女影星，苏杭仍然能记得那个外国女人的模样，以及他想不起来片名但是可以零星记得的几个电影情节。下午五点钟的时候，车子已经过了芜湖，苏杭看了看辛迪，辛迪笑着点了点头，于是他们站起身向餐车走去。餐车车厢里坐着许多人，他们在白晃晃的灯光下吃着东西，还喝着酒。苏杭想，这么糟的地方怎么可以喝酒呢。穿着脏兮兮的白色工作服的服务员们开始上菜，他们毫无表情并且显得很忙碌的样子。苏杭和辛迪坐下来，苏杭说吃点什么，辛迪说我想吃鱼。苏杭点了一个白菜，一个酸辣土豆丝，一个清蒸小黄鱼，还有一个番茄炒蛋，很干净的四个菜。然后苏杭又要了两小碗饭，再拿了两张纸巾，放在餐桌上。辛迪说你身边一定有许多女人吧，苏杭摇了摇头说没有，但是过了一会儿他又改正了说法。不多，苏杭说，不太多。辛迪笑了，四个菜就那么安静地躺在他们的面前。苏杭看到了那条小得可怜的鱼，苏杭叫住一个服务员指着鱼说这是什么动物。服务员说这是鱼呀，服务员"喊"地笑了下，服务员说你连鱼也不认识吗。苏杭说，这也能叫鱼吗，这最多只能算是一条蚯蚓。辛迪的一口饭就在这个时候喷了出来，她无所顾忌地大笑起来。服务员的脸青了一下，他很想发一次火的，但是他最后没有发火，他只是轻声对着苏杭说了一句，弱智。苏杭的心里就快活地叽叽叽笑起来，像是夏天一只刚刚爬到树梢上拼命叫着的知了一样。

那是一条小鱼，它的身子被油炸了，所以它身上的皮就有了那么一点脆脆的褶皱。它的眼睛完全没有了它在水中时的那种灵气，它的全身都被油盐酱醋这些调料包围着，它完全沉没在一堆叫作"味道"的东西里。苏杭说我们多么像鱼呀，许多

卧铺里的鱼 | 239

时候在感情上，多么像一条端上餐桌的鱼，那么无助。辛迪说你酸巴巴地说这些干什么，一双一次性筷子伸过来，辛迪夹断了鱼身，辛迪吃鱼的样子很英勇，像是爱上了鱼，或者是和鱼的前世有仇一样。后来在软卧包厢里，苏杭说我闻到了你身上的腥味，你是一条大大的活鱼。辛迪斜着眼睛充满诱惑地看着他，辛迪说你还闻到了其他的味道吗。苏杭说，女人的味道。

　　苏杭一直以为这样的旅程看来要发生一段即兴的爱情了，如果结了婚的人不可以说爱情两个字的话，那么至少要发生一段即兴的感情了。夜幕已经降临，可以看到外面的灯火零星地闪着。这让苏杭想到了童年，苏杭上学的时候，回家很晚，每次他都可以远远地看到胡同深处他家里射出来的灯光。苏杭对江南的印象，是从电视、电影和报纸杂志上得来的，苏杭第一次去的一座叫诸暨的小城，就属于江南。再过几个小时，苏杭就会在这座城市的小站下车，当然和他一起下车的是一个叫辛迪的充满女人味道的江南女人。

　　这是一个冗长的夜晚，但是如果是一个女人和一个男人待在同一个角落里，那么时间就会过得飞快。他们在各自的铺位上躺了下来，他们不知道为什么那么早就躺下来了。其他铺位的人，这个时候一定还在打牌，或者讲黄色的笑话，或者在议论美国和伊拉克的战事，好像他们是新闻发布官一样。苏杭和辛迪是面对面睡的，他们的眼睛都还睁着，他们想要寻找一个话题。苏杭终于说，你在北京是干什么的，辛迪想了想，想的时候辛迪闭起了眼睛。辛迪睁开眼睛的时候，她开始不停地说话。苏杭吓了一跳，苏杭想辛迪怎么可以这样，说出的话像无数个空气泡泡一样，不停地从她的嘴角飘出来。火车的声音咣当咣当地响着，辛迪的声音也夹在其中。苏杭对北京这座巨大的灰黄色城市太熟悉了，他看到辛迪穿着性感的衣服，在接到一些电话后，频频出没在酒店和宾馆的一些房间。就连辛迪的笑声，也充满着一种诱惑。这个江南的女人出没在北京的大街小巷，像一条想要融进大河的鱼一样。在来到北京之前，辛迪在诸暨城里有一个男朋友，他们出没在公园或其他幽会场所的时候，总是装出很甜蜜的样子来。辛迪在老家开了一家服装店，代理着一个品牌，那个品牌是一位红得很的女艺人的名字。但是辛迪输了，她赔了钱。这个时候辛迪的男朋友离开了她，然后辛迪坐上了去北京的火车。辛迪很快又有钱了，当然辛迪的钱来得很辛苦。辛迪并不想做一个北京人，辛迪很快就要收手了，她有了钱，而且在老家一个花园住宅小区里买下了一幢房子。她已经不太相信爱情，她只想过很平淡的生活。没人知道她在干什么，只知道她在北京做生意，而且赚了许多钱。苏杭的目光在一座小城和一座巨大城市之前来回飘忽着，他看到了两种形态下的一个女人，像一条游得很累的鱼一样游在尘世间这条大河里。当然辛迪也会嫁人，可能还会生下一个孩子，但是沧桑已经像密密麻麻的蚂蚁一样，在这个女人的心窝里做了一个窠。辛迪的声音突然断了，火车车轮奔跑的充满硬度的声音就更加清晰起来。很长一段时间的安静，两个人都没有说话，只知道火车在宣城停了一下，又在长兴停了一下，又在湖州停了一下。有许多人上车和下车，到处都是挤来挤去的鱼。

你为什么要去诸暨呢？你为什么要去诸暨！辛迪用完全不同的语调说了这两句一模一样的话。苏杭陷入一团迷雾中，是啊，我为什么要去诸暨呢。苏杭叹了一口气，苏杭叹气的时候，列车在茫茫的夜色中不紧不慢地前行。苏杭突然想起了一个叫顾燕的女人，顾燕是他的同学，但是他已经记不清顾燕长什么样的了，只记得顾燕的个子不高不矮，头发是短发，而且普通话也是属于江浙一带的普通话。苏杭记得自己当年曾经狂追顾燕，但是却一直都没有成功，就在顾燕对他报以微笑，让他看到胜利曙光的时候，一个打篮球的高个子男同学成功地和顾燕恋爱了。那段时间里苏杭老是把自己灌醉，这让那个江苏的好同学很担心，好同学像亲人一样一刻也不离苏杭的身边。之后的一段时间里苏杭对女同学们突然一下子失去了兴趣，在很久以后，他又谈过一个，当然不是小忆，那个女孩子在小忆之前。而真正让苏杭走进婚姻的，却是这个叫小忆的青岛女孩子。那天在郊外，在一片很大的草地上，苏杭向小忆表白了他的爱意。小忆的第一句话却是你考虑清楚，我已不是处女。这句无比直白的话，就像面前那么多在风中摇头摆尾的草那样真实地呈现在苏杭的面前。苏杭先是"哦"了一声，但是他在极短的时间内就接过了话茬。苏杭说，没关系的。小忆没说什么，目光望着远方，其实远方什么也没有，仍然只是茫茫草地。苏杭以为小忆没有听到，苏杭又重复了一遍。苏杭说，没关系的。小忆随即说，如果你不后悔的话，我现在就可以答应你。

　　苏杭当然仍然有着顾燕的音讯，那都是一些邂逅的同学偶尔提起的。但是令苏杭奇怪的是顾燕长什么样，他竟然已经记不起来，而当初他曾经那么狂热地爱上了顾燕。顾燕是诸暨人，顾燕常和苏杭提起的是一个叫西施的女人。苏杭觉得西施这个名字真是很熟悉，果然西施就是两千四百年前到现在都名气很大的名女人。西施让一个叫"吴"的国家破灭，自己被越国的王后投进了水里喂了鱼，结果也变成了一条在水里哭泣的伤心的鱼。顾燕还提起了一个叫五泄的地方，那儿是一个森林公园，那儿有西源，有东龙潭等一些景点。辛迪吃吃地笑了起来，辛迪说你一定是去看顾燕的，你一定是去会你的老情人的。苏杭说我不知道我怎么来了，我又怎么能找得到她，如果找到了她又会不会见我。嘿嘿，我怎么就一不小心上诸暨来了呢。

　　火车钻过了山洞，也跨过了桥梁。火车呼啸的声音是不同的，苏杭的耳朵能敏锐地分辨出什么样的声音是盆地，什么样的声音是平原、山谷、山洞或者河流。苏杭说，辛迪我是不是真的想见顾燕才来的？我再告诉你，我最多只有半年时间了，医生说我只有半年时间，小忆是不知道的，如果知道了，那么这个世界上最伤心的就是小忆。我没有告诉任何人，我乘上火车的那天晚上，我还接下了编一套丛书的活呢。辛迪忽然伸出了手，辛迪将手悬在半空中，苏杭愣了一下，于是将手也伸了出去。他们都躺在上铺，他们面对面躺着，他们的手在空中交会，然后握紧了。辛迪说，你去诸暨就是去见顾燕的，顾燕是你的一个梦吧。

　　辛迪后来从上铺下来，辛迪说我想出去抽支烟。辛迪在过道上抽烟，她坐在简易的可以翻起来的凳子上，看着车窗外冷冷的夜的颜色。后来她重又走进了卧铺包厢，苏杭感到辛迪带进来一股冷的气息。辛迪爬上上铺的时候，苏杭看到了辛迪的瘦腰上露出白白的一圈皮肤。苏杭伸出手去，说确切一点是苏杭伸出了一根食指。他的食指触到了辛迪的腰肢，他感受到了一种柔软的力量，将他的食指紧紧吸附。苏杭的手指就那么缓慢地在腰肢上走着，很像是一头老年的蚂蚁爬行的速度。辛迪僵在那儿，辛迪一动也没有动，她只是战栗了一下，但是很快她就平静了，在她的生命中，她已经历过太多男人的手，长的短的胖的瘦的黑的白的细腻的粗糙的，她已经是一个不会再轻易有感觉的人。

火车停了下来，这是一个叫杭州的站台。辛迪拍掉了苏杭的手，辛迪说你知不知道，这座城市又叫爱情城市。苏杭看了看车窗外面的月台，这个月台和大部分月台都是一样的，如果要说婉约的话，大概这儿的空气也是属于婉约的吧，这和北方的苍凉是不同的。再过一个小时，就要到诸暨了。辛迪说，我陪你去订一下饭店，你好好睡一觉，明天你去找顾燕吧。火车又开动了，上来一些叽叽喳喳的鱼。他们鱼贯着进入了车厢，在这样一个安静的夜晚。

苏杭用手支起他的上半身，辛迪也用手支起上半身。苏杭慢慢地探过头去，辛迪也慢慢地将脸贴了过去。苏杭想要吻一下这个女人，但是女人搞不懂苏杭想要吻的是脸还是唇，但是不管怎么样，女人很乐意地将脸伸了过去。门口传来了响动，接着门被拉开了，苏杭看到一个穿着铁路制服的女人出现在他们面前，这让他的这个动作僵在了那儿。女人好像弱视一样什么也没看到，女人用手里拎着的一串钥匙敲了敲墙说，下车了，就快下车了，换票吧。他们从女人手里接过了票，然后各自把一块牌子递了过去。苏杭看到女人的手胖得像一块面包一样，让他突然有了想要呕吐的冲动。不久，又有人进来了，他们是补票进卧铺车厢的，一个是三十多岁拎着一只苹果牌旅行包的男人，一个是带着许多零食的老太婆。辛迪笑着摇头叹了口气，苏杭心里也咕咕咕地欢叫起来，像一只鸽子一样。果然没过多久，男人开始躺在床上没完没了地发短信，老太婆则开始吃方便面和牛肉干，以及一大堆的爆米花。

苏杭和辛迪在诸暨下车的时候，是晚上十点四十三分，火车开了将近二十四个小时，当然火车的方向还在前方，K101 的终点是一个叫温州的地方。苏杭感到有些冷，是那种属于江南的潮湿的冷，这和北方的冷是不同的。苏杭把衣服领子竖起来，然后他和辛迪一起走向了出口处。他们混在一堆鱼中间，拥向了狭小的闸门。然后辛迪为苏杭找了一家宾馆，那是一家小宾馆，但是却很实惠，就在车站附近。这座城市不大，但是夜间却异常亮堂，一些酒楼茶楼仍然在营业，这个地方带着一种富气。辛迪说那我走了咱们再见。苏杭想说一句什么话，但是他没有说出来，他用眼睛告诉辛迪说你不如留下来吧。辛迪的眼神犹豫了一下，随即辛迪就笑了，辛迪轻轻摇了摇头，她从包里拿出一张纸，飞快地写了一行字，然后交给苏杭说，这是我的电话号码，你明天还是去五泄看看吧，明晚呢，你可以找一找你的顾燕。

苏杭看着辛迪融进了一堆浓重的夜色中，辛迪像是一条黑色的鱼。苏杭听到火车长鸣了一声，大约是另一辆火车进站了。苏杭想，这么小的一座城市，火车一叫，全城都能听得到了。这个晚上苏杭睡得很踏实。

第二天苏杭果然去了那个叫五泄的地方。苏杭终于看到了江南的山是怎么样的水是怎么样的，他脱掉鞋子踏入了水中，他看到西源潭底的水中，游弋着许多细小的石板鱼。苏杭开始寻找，哪一条鱼长得像自己，哪一条鱼长得像顾燕，哪一条鱼长得像小忆，哪一条鱼又长得像辛迪。阳光照在水中，从水底反射的飘忽的光线很快让苏杭的眼睛花了。后来苏杭躺在了一块巨大的卵石上，阳光就洒在他的身上，他掏出手机给辛迪打电话，他想告诉辛迪说，其实顾燕一直住在北京，顾燕的日子过得很不错，在一家公司里任部门主管。顾燕嫁人了，有了孩子，但丈夫不是那个喜欢打篮球的高个子男孩。尽管他已记不清顾燕长什么样，但是他知道，顾燕在北京一直很好，他并不是为了顾燕来诸暨的。电话一直没有打通，因为一个温柔的女声一遍一遍地用中英文告诉他，您拨的号码是空号。苏杭的心里又叽叽叽地笑了几下，像是一条蚯蚓的哭泣一样。苏杭果真就哭了，他的眼泪掉在卵石上，也有不小心掉入水中的。他看到泪水掉入水中，荡起了很小的涟漪。涟漪的下面，生活着一群细小的石板鱼。苏杭想，不如做了一条石板鱼吧。这个时候，电话铃响了，电话那头传来轻微的呼吸声。苏杭眨了眨眼睛说，小忆，小忆我很快就会回来的。

蓝印花布的眼泪

1938 年春天

　　婉儿站在家门口的屋檐下一抬头，就能看到对面半山腰升起的青烟。燕子已经在衔泥作窠了，婉儿不知道今年的燕子是不是就是去年落脚她家的燕子。婉儿会常常倚在门框上，看着半山腰的青烟。青烟的下面，是她的男人塔在烧炭。塔长得就像塔，塔挑着烧好的炭下山的时候，脚步飞快像一阵风一样。塔能喝酒，塔喝完一大碗米酒后嘴巴一撸，就把婉儿从娘家接到了这个叫花明泉的村庄。塔抱起婉儿从轿上下来，塔把婉儿抱入洞房，塔让婉儿从羞羞答答中怀上了孩子，塔的儿子见风就长一转眼就能在地上爬，再一转眼能摇摇摆摆地走路，再一转眼能在地上和孩子们疯玩了。塔把儿子叫作泥巴，塔希望儿子像泥巴一样厚实。

　　婉儿总觉得日子像梦，在她生活着的江南村庄里，油菜花开了一度又一度，燕子来了一度又一度，她的日子一成不变。她惯常的姿势就是望着对面半山腰的青烟，那里有她守着炭窑的男人。塔下山的时候，会抱起婉儿一阵昏天暗地，让婉儿有一种虚脱的感觉。塔一定是不想让她活了，一定是想把她揉碎了。然后，婉儿会守着一大把平静的日子。塔有时候像山上的烟一样，显得缥缈和不真实。有时候她望着在地上玩的儿子泥巴，怀疑自己是不是躺在这个叫花明泉的村庄里，一年一年地做着梦。塔的影子太模糊了，只记得伟岸；只记得他的力气像泉水一样，用完了又能汩汩地冒出来；只记得他让婉儿变成了女人变成了泥巴的娘。婉儿，是江南的小妇人。

然后，婉儿看到了柳。柳的草棚搭在村庄边缘，那儿种养着一小片油菜和罗汉豆，不远的地方有一条河。婉儿牵着泥巴的手去河边割草，她抬头的时候，从油菜花缝隙里看到了一个男人，男人有着洁白的牙齿和孩子一般的笑容。男人叫柳，来自通州，男人的身边有几只硕大的缸，男人的身边还有高高的毛竹搭起来的竹架子，像一扇婉儿眼熟的门，但是婉儿记不起来这是一扇通往哪儿的门。婉儿站起身子来，有风从她的额头匆匆跑过，她的头发有些乱了。泥巴站起身来，他的一双脏兮兮的手牵住了婉儿的手，然后他吸溜了一下鼻涕，发出了很响亮的声音。柳看到了母子俩，柳正拿着一根木棍在缸里搅拌着什么。婉儿抬起头，她看到了永远袅袅不断的半山腰的青烟。那个叫塔的男人，现在在做什么？

泥巴去捉蚂蚱，几乎所有的农村孩子都喜欢捉蚂蚱，他们找不到比捉蚂蚱更有趣的游戏方式。柳笑了一下，笑容淡淡的，像青烟一样。这是一个干净的男人，不知道为什么，他突然就把村边这块空地搞得像一幅画一样。婉儿听到了不远处传来的水声，那是一种让人宁静的水声。婉儿也笑了一下，她想着水流过河床时的样子。她的头发老是在风中飘忽不定，于是她抬手整理头发。一些小鸟从她的头顶飞过去了，一些蜜蜂从她的头顶飞过去了，一片云从她的头顶飞过去了，悄无声息。婉儿又笑了一下，婉儿笑完了才知道这个男人叫柳，来自通州，他会染蓝色的花布，他是一个染布匠。这个叫花明泉的村庄，是他满师以后独自出门的第一站。第一站他就看到了瑰丽的风景。

婉儿第二次来到这儿的时候，是一个人来的。婉儿挎着竹篮，她去割草，但是明明猪栏里已经有许多草了，她还是要去割草。她不知道为什么要割草，为什么要一个人去割草，她只觉得自己心里像长了一棵草一样，歪歪扭扭疯狂生长。婉儿的心里什么都没有，在走向村庄边缘的过程中，她的心被掏空了似的，什么都没有。这一次，她看到了竹架上面，飘荡着的蓝色的布，那是已经染成的布，在阳光下那样的蓝色飘忽不定，那块布就像是从天上挂下来似的。柳笑了一下，他站在高大的架子下面，两只手反背着。柳说婉儿，你们这儿的蜜蜂真多。婉儿想要说一句什么话的，但是她始终想不起来该说什么话，所以她就笑了笑。后来婉儿说，我来看你的布，让我看看你的布。

婉儿看到的是"百子图"，白白胖胖的孩子在棉布上显出笨拙的可爱模样，他们统一长着圆脸，大眼睛，细长清秀的眉，像藕一样的手臂和腿。柳说这是"百子图"，适合做被面的。那些孩子在婉儿眼里变成了泥巴，她仍然记得泥巴就在床铺里露出白嫩的皮肉爬来爬去，那都还是眼前的事。婉儿抓住蓝布，她把鼻子贴在棉布上，闻到了一种略带腥味的草的清香。她突然想打一个喷嚏，她一抬眼看到了刺眼的阳光，就舒舒服服地在阳光下打了一个温暖的喷嚏。柳笑了，柳在草棚前像一棵江南纤纤的树一样。

婉儿问，你为什么要把布做成蓝色的。柳说这叫蓝印花布啊，在通州，这是一门独特的手工艺。柳手心里突然有了一棵草，柳说你看这是蓝靛草，花布的蓝色就来自这种草。蓝靛草在阳光下，嫩嫩的，泛着淡光，婉儿能看到那上面的细密的绒毛。婉儿说你为什么要到花明泉来。柳愣了一下，柳说我也不知道。村子里的一些女人出现在草棚前，像是从地里冒出来一样。她们来扯花布，她们要用这些棉布做衣裙、做被褥、做枕头、做手帕、做头巾、做背包，做她们想要做的东西。柳被女人们包围了，他拿着一把亮闪闪的剪刀，剪下一块布，又剪下一块布。婉儿站在旁边看，柳被女人们包围住了，这让她很不开心。她一低头，看到空空的竹篮里连一根草也没有。她一抬头，仍然看到了半山腰的青烟。一粒小小的瓢虫爬在竹架的竹竿子上，暗红色的外壳在阳光下闪着光。

花明泉突然之间多了一种蓝色，这是一种宁静的有渗透力的蓝，她把这种颜色传达到家家户户，柳也成了这个村庄里人人都知道的染匠。人们叫他布郎，叫他柳布郎。婉儿也扯来了一块蓝印花布做被面，春天，还是盖薄被的辰光呢。柳布郎说你先漂洗一下，然后再做被面吧。在通州，新郎新娘结婚用的被面才不漂洗，他们的皮肉上，还会染上百子图的花纹，那是一种吉祥的图案。婉儿的心底笑了一下，但是她什么也没说，把钱放到了柳布郎的手心里。然后婉儿斜了柳布郎一眼，婉儿说，布郎，你有没有娶老婆。柳布郎的脸红了一下，他有些局促的样子，还没有呢。柳布郎说，还没有呢。婉儿又笑了，她突然想起那个叫塔的男人，那个男人在一阵风的时间里让她做了女人，但是，她却不太记得清这个长年住在山上烧炭的男人长什么样。

婉儿没有去河里漂洗蓝印花布，她把它直接做成了被面。她和儿子泥巴盖着充满中药气息的蓝布睡觉。一些月光漏进窗户，她的身子就在月光下蜷缩成虾的形状。她哼了一下，又哼了一下，月白的小裌子被她脱掉了，她赤裸着身子躺在薄被下面，身子就像被软软的水托着，被一千双手托着，被一群阳光托着。她睡得很舒坦，睡姿安详，她甚至想这样一辈子睡下去该有多好。第二天晨曦微露的时候，她起身站到窗前，她看到了自己雪白的肌肤上有了淡淡的蓝色印痕，她的身体像被谁盖下了印章买走了似的。有些春寒，让她在这个清晨有了些微的颤抖。她的手指掠过乳房和小腹，能明显地感知汗毛笔直地竖着，毛茸茸的，很有质感。她叹了一口气，重又钻进蓝色的被子里面，被子盖到眼睛以下，所以她又闻到了中药和棉花夹杂着的气息，这种温暖的气息让她又打了一个喷嚏，喷嚏声中泥巴醒来了，他揉了揉眼睛，揉下无数细碎的眼屎。他说，爸很久没回家了。

塔下了一次山，塔来去匆匆的样子。那个黄昏婉儿在井台边洗菜，塔突然出现了，他浑身墨黑，挑着两麻袋青炭。清冷的水在婉儿身边淌来淌去，她突然看到了一双脚，那一定是塔的脚。婉儿还没多想什么，身子就已经离开了地面，塔提着婉儿进了房，他把婉儿放到床上。婉儿说你不能慢点吗，你又不是牛你不能慢点吗。

塔像风一样，塔做什么事都像一阵风。后来婉儿告诉他，

蓝印花布的眼泪 | 251

村里来了一个叫柳布郎的染匠,这床蓝色的被面就是从他那儿扯来的布。塔看了蓝印花布的被面一眼说,什么布做被面都是一样的。婉儿低了头,婉儿听到耳朵里却成了什么女人做老婆都是一样的。婉儿抚摸着塔的胸,那儿有着富有弹性的肌肤,皮肤下面包容着一种惊人的力量。那是男人的力量,那是她男人的肌肤,但是她不太喜欢塔,她不喜欢塔的来去匆匆,不喜欢塔的粗枝大叶,她需要一种精细的东西。他们的儿子泥巴站在了院子里喊爹,他说爹,爹你回来了。塔起身穿衣,他笑了一下,一定是歇在家门口的两麻袋炭告诉了泥巴自己的行踪。

　　婉儿再次来到花明泉这座村庄的边缘。她看到了八只一米多高的染缸,底部埋进土里,缸里漂着浅蓝色的泡沫。高高的竹架上挂满了蓝布,就连油菜花附近的空地上,也铺满了蓝色的布。它们像跑道一样,伸向远方。婉儿觉得自己的身子也变成了蓝色,她伸出手,看到手臂上蓝蓝的血管,她想,蓝色为什么那么漂亮呢?柳布郎睡在门口的一架竹榻上,脸上盖着一顶大大的草帽。柳布郎后来坐直了身子,但是他没有从竹榻上下来,他只是坐在竹榻上一言不发地看着婉儿。婉儿一抬头,阳光直直地扑下来,让她又有了打喷嚏的欲望。婉儿想,真是该死,是不是自己得了什么病,老是要打喷嚏。她说柳布郎,我想打一个喷嚏。柳布郎笑了,说你打吧,你打喷嚏吧。一个温婉而细碎的喷嚏就响了起来,她看到了自己在阳光下飞舞的喷嚏里的雾球。

　　婉儿的脚边放着镰刀和竹篮,婉儿的双手下垂着,她仰起头,看着头顶的云。她仰头的姿势让她的胸高高地挺了起来,她什么话也不说,就那样站着。柳布郎无声地从竹榻上下来,他向婉儿走来,他走过来的时候呼吸声盖过了自己的脚步声。他都想不清为什么自己的呼吸声会如此响亮,他开始颤抖着伸出手,他的手指绞住婉儿的手指时,婉儿的眼角忽然有了一滴泪。她看到了青烟,看到半山腰飘荡着的青烟,像一条蛇一样,在她的视野里扭动着。柳布郎弯下了腰,塔也常有弯腰的举动,但是这个弯腰的举动在婉儿眼里是不一样的。柳布郎抱起了婉儿,他冲向油菜地,并且顺手从竹架上扯下了一块蓝印花布。

　　婉儿被一种蓝色淹没了,她从来没有被如此单一而美丽的色彩淹没过。在很长的时间里,她的眼里只有蓝色,她躺在一堆蓝色里。她清楚地看到自己的小褂子被柳布郎撕开,几粒扣子因为柳布郎用力过猛的缘故被扯脱了,跳了起来,落在泥土里。柳布郎像一只充满温情的小兽,这让婉儿的心里布满甜蜜。柳布郎的手摸到了婉儿的屁股,他开始颤抖和呜咽,那种绵软让他沉醉。于是他在急切中寻找,他摸到了那个地方,那个地方温暖潮湿,像江南的一场雾,一场雨,或者一小片细碎的阳光。婉儿伸出了一只手,婉儿的脸涌着一大片的潮红,她的舌尖就在唇边徘徊。她把柳布郎牵过来,牵进自己的身体里面,然后她倒吸了一口凉气,嘶嘶的声音像一条菜花蛇吐信发出的声音。这个时候,柳布郎才知道自己被淹没了,自己掉进了一团棉花里,是棉花让他手足无力。婉儿听到了不远处传来的水声,那是河水的声音,那是一条傍着村庄的河。婉儿觉得自己像躺在水面上一样,她的身下是一片巨大的叶片。那片叶子在波动,让她也随之波动着。婉儿喜欢上了水的声音,好像从遥远的地方传过来一样。她轻轻搂住柳布郎的头,抚摸着他的头发。那是一头短发,她摸到了柳布郎耳根的短发,于是她轻轻

蓝印花布的眼泪 | 253

拔着那些短发，她知道这会让柳布郎稍稍有些疼痛。她喜欢让柳布郎痛，她甚至预备着在柳布郎的肩膀上留下一串细碎的牙印。想到这里她毫不犹豫地张开了嘴，先是轻轻吮着柳布郎的肩头。后来她动用了牙齿，那是一种锋利的能让人记忆深刻的工具。果然柳布郎感受到了疼痛，他像受惊的小鹿一样，快速奔跑起来。这个时候婉儿抱紧了柳布郎的头，她喜欢柳布郎的快速奔跑，眼泪越来越多地从她的眼角涌了出来。1938年春天，婉儿还没有掌握幸福这个词，她用身体的颤抖和听似痛苦的呜咽来表达自己的感受。柳布郎捏紧了婉儿的肩头，他想把整个身体都钻进婉儿的体内。婉儿闭上眼，感觉自己快要晕过去了，她仍然能看到那些油菜的缝隙里漏下的阳光，斑驳地打在他们脸上。而他们的身子全部藏在宽大的蓝印花布里，他们找不到自己的身体了。他们的身体像鸟儿一样，飞了出去，在天空上自由地飞着。

　　婉儿看到黄昏来临的时候，天空中飞过一片麻雀，它们的叫声铺天盖地地落了下来。她的竹篮里仍然没有一根草，只有一把躺了很久的安静的镰刀。之前她的头发都湿了，腮边和额上的头发就那样软软地搭着。一阵风吹过来，汗湿过后的身体就有些凉，那是一种黏糊糊的不太妙的感觉。整个身子，已经被柳布郎拆开，骨头扔得四处都是，没有力气完成拼凑的过程。婉儿站在地上，她看到柳布郎拖着那一溜蓝印花布从油菜地里出来，像拖着一条巨大的蓝色的蛇一样。黄昏给了这间草棚灰黄的颜色，那些挂在竹架子上的蓝印花布随风飞舞。凤凰、百合花、许多种婉儿不知名的植物的花卉呈现在花布上，那都是柳布郎一手制作的。婉儿突然问，布郎，竹架多么像一扇门啊，我好像在哪儿见到过这样一扇门，它是通往哪儿的一扇门呢。婉儿的声音软软的轻轻的，像一张飘落下来的纸片悄然落到地上。柳布郎站到她的身边，他没有坐下来，所以婉儿只看到他穿着布鞋的一双脚。柳布郎说，哪里会有那么高大的门。他说话的时候目光向上抬着，看到高高的竹架。竹架上面，又飞过了一群麻雀，它们在回家的路上。

远远的半山腰上，仍然飘荡着青烟。婉儿用手指了指那缕青烟，告诉柳布郎说，他在那儿烧炭。婉儿不知道自己为什么要跟柳布郎这样说，但是婉儿这样说了。柳布郎愣了一下，说他是谁。婉儿捋了捋头发，妩媚地笑了，说他是塔。

2003 年春天

苏宁的网名叫长袖善舞，苏宁想了很久以后才用了这样一个网名的，她是市歌舞团的舞蹈演员。2003 年春天，苏宁三十一岁，她端坐在电脑前上网，在聊天室里，她是一个叫作长袖善舞的女人。电脑旁边放着一杯安静的开水，她穿着长裙，像一朵淡菊一样。她的老公是个商人，很忙的商人，老公清早就开车出去了，说要去谈一笔业务，也许今晚就不回来。苏宁还没有孩子，苏宁不想很早就有孩子，老公催了几次就不催了。

长袖善舞对所有人说：有谁喜欢蓝印花布。

长袖善舞对所有人说：有谁知道蓝印花布的制作方法。

长袖善舞对所有人说：谁愿意和我聊蓝印花布的话题。

长袖善舞等了很久，一个叫柳浪的人搭上了话。

柳浪说：你为什么喜欢蓝印花布。

长袖善舞说：不知道，就是喜欢而已。你为什么叫柳浪，这是一个很轻佻的名字。

柳浪说：这不是网名，这是真名，你为什么不把浪理解成浪花。

长袖善舞说：浪当然花。

柳浪说：我知道一点点蓝印花布，我还在桐乡乌镇见过染匠制作花布。现在手工花布已经很少了，比如通州，现在能在通州买到的差不多都是机印的。

长袖善舞说：那你是哪儿人呢。

柳浪说：我老家通州，但是现在生活在 A 城。

长袖善舞的心猛跳了几下，现在，她就在 A 城的某幢房子里上网聊天。

柳浪又说：蓝印花布用的颜料是一种植物，叫蓝靛草，也叫板蓝根，那是一种充满着药味的中草药。经过一段时间把它沤成染料，然后把染料倒在大缸里，把布浸入缸中。

长袖善舞说：你怎么会知道得那么清楚，你是专门研究蓝印花布的学者吗。

柳浪说：我不是学者，但是这种棉花加上蓝靛草的布匹，是一种温暖的布，它会让你不再寒冷。你冷吗？

2003 年春天的风急急奔走，它窜进窗户，吹起苏宁的裙角，让她感到些微的冷，于是她用自己的双手抱紧了膀子。

柳浪又说：蓝印花布上的图案都是用雕花板印制的，雕花板的木材有着很好的质地，把两片雕花板夹紧了，蓝色染液渗不进去的地方，就成了白色的图案。所以蓝印花布的图案，其实是一种本白色。

长袖善舞说：谢谢你。

柳浪说：不客气，但是我想知道你为什么对蓝印花布有那么大的兴趣。

长袖善舞说：我小时候生活在农村，我对蓝印花布特别有兴趣。

沉默了许久以后，柳浪说：你是一个棉质的女人，让人感到你的温情。如果你是 A 城人，我想请你喝咖啡。

长袖善舞说：我是 A 城人，但是凭什么我就得答应你和你一起喝咖啡呢？

柳浪说：不凭什么，就凭你很寂寞，凭我给了你许多蓝印花布的知识。

长袖善舞说：你又是怎么确定我寂寞的呢？

柳浪说：网上聊天的人，都寂寞，这一点不容置疑。

已经晚上十点了，苏宁看了看挂钟，她突然很想赴这个约会，她想见一见这个知道蓝印花布的人是怎么样一个人。

柳浪说，我们在尚典碰头好不好？

苏宁想了想，打出一个字：好。

苏宁在旗袍式长裙的外边套了一件外衣，这样的穿法让她更多了一分妩媚。大学毕业后她就一直生活在这座城市，并且对蓝印花布有了一次长时间的寻访。她终于知道万寿街上有一家专营蓝印花布的店，但是她还没有去，她想找一个时间去寻找那家店。苏宁的个子高挑，她拎了一只小巧的手袋，走进了一堆夜色里。那只手袋做工并不精致，但是面料却是蓝印花布，在一个旅游景点，苏宁毫不犹豫就买下了它。

苏宁打车来到尚典，她挑了一个二楼靠窗的位置。窗外是一棵法国梧桐，在夜色中它的叶片显得有些诡异，好像藏着一个很大的谜团似的。她没有要咖啡，只是先要了一杯柠檬水，她要等一个叫柳浪的人。柳浪出现了，他从一辆车里钻出来，然后他站在车门边对着二楼看了许久。苏宁笑了，她想柳浪一定是一个聪明的人，不然他不会在下车后对二楼有一个长久的张望。这个张望的动作告诉苏宁，他知道苏宁已经到了。柳浪关了车门，苏宁看到街灯下柳浪的影子苍白得有些夸张，他有些纤瘦，是那种恰到好处的纤瘦，却透着一种精气神，很像一个苏宁一直都喜欢着的外国的热爱体育运动的元首。

柳浪在二楼大厅里扫视了一眼然后径直走到苏宁的身边说，长袖善舞你好。苏宁笑了，这是一个绝对聪明的男人，但是她并不很喜欢太聪明的男人，这样的男人容易让人时时想到一直都处于一种陷阱中。柳浪坐了下来，柳浪像一棵江南的柳，柳浪是一个看上去很干净的男人。柳浪替苏宁点了极品蓝山和点心，这个漫长的黑夜，终于有了一个开始。

1938 年春天

塔又下了一次山，塔下山的时候仍然挑着两麻袋的青炭。塔仍然像一阵风一样，把在井台边洗菜的女人婉儿抱到床上。婉儿把头埋在塔的胸前，她开始有了一点挣扎，但是塔没有在意婉儿的挣扎，这是一种毫无力度可言的挣扎。泥巴在晒谷场上玩，泥巴看到一个叫塔的男人挑着两麻袋青炭下山了，但是泥巴没有跟着塔回家，塔从来都不曾给过他一些温暖。塔守着的是炭窑和一缕青烟。炭是一种温暖的东西，塔拿着这种东西去卖,他年复一年地出售着温暖。

塔坐在床上喘气的时候,看到女人像一只小猫一样蜷缩着。她不说话,一句也不说。塔说你怎么啦,你不要给我看这样的脸色,我在外边烧炭那么辛苦,你不要给我脸色。婉儿抬起头笑了下说,你多心了。婉儿呈现给塔一个疲惫而牵强的笑容,她必须做出一个笑容给塔看,因为她是塔的女人,因为塔用卖炭得来的钱支撑着一户人家。

婉儿说,那个姓柳的染匠用毛竹搭了一个大大的架子,我怎么看都觉得那像一扇门。我老是觉得我在哪儿见到过这样的一扇门。塔说你管他门不门的,人家是拿这门手艺来吃饭的,就好比我在山上烧炭。婉儿说,我想再买一块布来,我想做一身蓝布衣裳。塔开始从裉子里掏钱,很细碎的声音响了起来,那些钱充满着金属的质感,闪动着些微的光芒,依次落在了婉儿的手心里,像一串跳上岸的鱼。

婉儿再一次来到柳布郎的草棚前,这次她没有拎着竹篮,她是去买布的,又不是去割猪草的,要拎什么篮子呢。她的手心里捏着钱,钱已经被她的手汗打湿了。婉儿看到了阳光下的柳布郎,柳布郎用木棍搅动着缸里的染料,那些蓝色的泡沫就浮在水面上。竹架上的布又开始在风中飘荡起来,像一场舞。柳布郎扔掉手中的木棍,他笑了笑说,来啦。他的眉眼在笑的时候弯了过来,这样的笑容是勾人的。婉儿把眼帘低垂下来,看着自己的脚尖。婉儿说,我想买布,我想做一身蓝布衣裳。

柳布郎看了看四周,他很轻地笑了,他说我给你剪布,我送给你好了。婉儿说不要,我不要你送。柳布郎不再说话,他拿着一把剪刀走到竹架旁边,一手抓住了布,另一手的剪刀就

蓝印花布的眼泪 | 259

哗哗地过去了，像是小船里的桨用力拨开河水一样，很细碎很慰帖的一种声音。

柳布郎把布塞到婉儿的手里，他的手在婉儿的手上稍稍有了停顿。他的手是一双染匠的手，染匠的手必须充满灵气，不然的话会破坏布匹的色泽。他的手指轻轻触碰了一下婉儿的手背，后来他就用手盖住了婉儿的手背，像一床被子盖住一个需要暖意的人一样。婉儿一抬眼，阳光就刺痛了她的眼睛，所以她闭了眼睛，只有她的胸部因为呼吸的原因而起伏着。柳布郎的手指触到了婉儿的睫毛，这个时候，婉儿的眼角突然滚出一粒泪珠。柳布郎再次弯腰，他弯腰的动作和上次一模一样。

婉儿一直被油菜地里斑驳的阳光照耀着，她的身体像是花妖的身体一样。她开始用手背搭在额上遮挡阳光，倒并不是想阻挡阳光的到来。她想的是哭，她突然觉得很幸福，她幸福得想哭。柳布郎小心翼翼，柳布郎恣意骄横，柳布郎把婉儿揉成一团面粉。婉儿的眼泪奔涌，她想多么好的阳光啊，多么好的河水的声音啊。水的声音仿佛很遥远，但是婉儿觉得水的声音和她血管里的声音连在了一起。安静下来以后，柳布郎和婉儿并排躺着，他们用蓝布盖着身体，他们一起看风中摇曳着的油菜花，以及偶尔飞过的蜜蜂。有一个声音在叫，娘，娘，娘。娘，娘，娘。是泥巴的声音，婉儿坐直了身子，泥巴的声音带着些惊恐，这样的声音让她感到很不安。婉儿穿衣，婉儿穿上裤子和鞋子，婉儿娇羞地冲柳布郎笑笑，婉儿整理了一下头发。她的头发垂在背后，用一小块碎蓝花布缚住了，像是大肚娘鱼的尾巴。在起身之前，她看了看柳布郎，柳布郎仍然躺在棉布的下面。婉儿掀开棉布，俯下身在柳布郎的胸前轻轻咬了一口。

然后她站直了身子，她闻到了花香，也看到了遥远的风向她奔来，让疲惫的她有了一些舒坦。她的脸也在这一刻一下子白了，她看到了塔，塔拎着儿子泥巴，泥巴在挣扎，但是泥巴的嘴却被塔捂住了。她终于想到，为什么泥巴会用惊恐的声音喊着娘，她凄惨地笑了笑，对一点也不知情的柳布郎说，布郎你起来，有人来找我们算账了。

柳布郎的头从油菜花丛里抬起来，他的脸也一下子白了，除了看到塔以外，他还看到了四个手持扁担和麻绳的男人，他们是塔的堂兄弟，他们像四大天王那样站在四只角上。塔把泥巴扔在了地上，塔说到底是你生的儿子，到这份上了居然还向着你。婉儿说，你想要怎么样？塔说我不想怎么样，我很难过，我想让你们也难过。你们刚才不是很快活吗，你们像打架的妖精一样。那么好的油菜地都给你们糟蹋了，你们只知道自己开心，我要让你们难过。我不让你们难过，我就不是人。

柳布郎被关在了柴房里，婉儿被吊在一棵树上。那是村子里最大的一棵樟树，婉儿努力抬起头，她看着远方，其实远方什么也没有，但是她仍然看着远方。塔在喝酒，喝那种米酒，他的身边放着一根鞭子。他什么话也没有说，其实他是想说很多话的，比如我那么辛苦地养着你你为什么要偷人。但是他不想说了，他很难过所以不想说了，他只想喝酒和打人。婉儿很痛，她的身上都是伤，她已经不是塔的女人，所以塔让她的身子很痛。村子里来了一些人，他们看着婉儿被打，有许多女人走过来，她们朝她吐着唾沫，她们的脸上挂着怪异的笑容，还有人拿起鞋底抽了婉儿的脸。婉儿不知道谁吐她了，也不知道谁抽她了，她不想知道那么多，她很累，她只想看着远方。远

蓝印花布的眼泪 | 261

方是什么,是一条河吗,河看不到,但是可以听到水的声音。远方是什么,是一个草棚和一片油菜花吗,还有那一块一块在风中飞扬着的蓝印花布。

  整整一个晚上,塔都在不停地抽着婉儿。婉儿好像要睡着了,天快亮的时候,她抬起了眼帘,看到了柳布郎的染布坊。婉儿看到那个竹架,像一扇门,无比熟悉的门,她终于想起来了,那是一扇通往一个地方的门,她现在就想通过那扇门了。清晨的风有些凉,让她感到了寒冷。九爷来了,九爷是一个有着长而茂密的白胡子的老人,他在村子里德高望重,他的出现将要延续的是一个落俗套的故事。村子里的许多人都拥来了,他们看到婉儿被一块蓝印花布包了起来,和婉儿一样被包起来的还有一个来自通州的年轻男人,他的眼神充满了惊恐,他的身上也伤痕累累,一定是塔的四个堂兄弟的杰作。两个人像两只粽子一样被抬到了河边。

  婉儿听到水声了,婉儿笑了一下,她冲柳布郎笑,她说布郎,我看到了那扇门,我终于想起那是一扇什么样的门了。柳布郎一句话也没说,他显然被吓坏了,他的脑子里一片空白。人群中突然爆发出一阵大笑,因为有人看到包着柳布郎的蓝印花布湿了,那是柳布郎被吓出来的尿。婉儿闭上了眼睛,她有些后悔,也有些失望。那个叫塔的男人没有出现,那个叫泥巴的孩子也没有出现。婉儿感到自己离开了地面,她听到了风声,她在风声中感到自己就像一条飞向河里的鱼。然后,她听到了水的声音,水声在她头顶响着,她还看到几个气泡,还看到水草摇摆的样子,看到鱼在游泳的样子。接着,又一条鱼跌入水中,那是柳布郎。婉儿想伸出手去,但是她的手被包在蓝布里了，她变成一条鱼了，鱼没有手的，鱼只有鳍。婉儿的眼角，再次沁出一滴眼泪来。她透过透明的水，看到岸上的人群歪歪扭扭的样子。

花明泉少了一个染布匠，少了一个叫婉儿的女人，依然很平静。就像半山腰上的青烟，仍然会袅袅升起。

2003 年春天

苏宁和柳浪走出尚典时是晚上十一点三十分，这座城市的一条江边，一座大钟当地敲了一下。苏宁上了柳浪的车，柳浪开的是一辆桑塔纳2000，显然他并不是一个成功的有钱人。苏宁问你是干什么的？柳浪说我做布生意的，经常去的地方是一个叫柯桥的地方，那儿到处都是布匹，说夸张一点，马路都是布做的。苏宁说怪不得你知道蓝印花布那么多。柳浪发动了汽车，笑了笑。

柳浪并没有开走汽车，他只是望着苏宁。他们像一对多年不见的老朋友一样，并不感到生疏。柳浪看着苏宁，又看着苏宁，再看着苏宁，眼睛里有一些内容。苏宁的脸红了红，她终于笑了一下，对柳浪点了点头。

柳浪和苏宁一起走进酒店大厅，大厅里人很少，总台服务员打着哈欠，苍白的灯光能照见服务员脸上细小的皱纹和雀斑，还有擦着的粉。她们看了柳浪和苏宁一眼，表情漠然地办了登记，并且用一成不变的机械性的问好送走了柳浪和苏宁。他们住在十二楼，在窗口能看到城市的夜景。苏宁就站在窗边看着夜景，柳浪关了灯，两个人陷入一片黑暗中。柳浪走到窗边抱

蓝印花布的眼泪 | **263**

住苏宁，苏宁颤抖了一下，一回身吻住了柳浪。黑暗是一种最好的色彩，黑暗之中柳浪剥开了苏宁的衣衫，剥开了旗袍式长裙的盘扣。他是用牙齿去剥除衣衫的，苏宁突然想，这个人一定是风月场的高手。苏宁用手环住柳浪的肩膀，一纵身像一只青蛙一样跳到了柳浪身上，两条腿环住柳浪的腰，很像一个准备放纵的女人。苏宁说，你抱我去卫生间，我要洗澡。

　　苏宁包着浴巾从卫生间里出来，然后她躺倒在床上，在黑暗中睁着一双眼睛等待着柳浪。苏宁听到了水声，这种水声在她刚才洗澡时并不强烈，但是现在却像一条奔涌的河一样传过来。她惧怕这样的水声会将她淹没，会让她在这座城市里迷失自己。这时候她想到了老公，一个生意越做越精越做越好越做越红火的商人，他现在在哪儿呢？苏宁开始后悔，她从床上跳下来想要穿衣离开，她不想因为知道了一点关于蓝印花布的东西而把自己随意地献出去，尽管她的血管里奔涌着欲望，她的皮肤渴望被触摸。柳浪挡住了她，柳浪的身子还没有完全擦干，他突然从卫生间里出来，突然一把抱住了苏宁，他把整个身子贴上去，他的某些局部在急切地寻找着什么。他果然轻而易举地找到了，他听到了苏宁的一声低吟，低吟过后，苏宁把他紧紧抱住。

　　窗外突然有了一阵雨声，那是一场急急奔来的春天的雨。苏宁的耳畔落满了这种押了韵的水声。她想起自己在聊天室里问所有人有谁喜欢蓝印花布。接着一个叫柳浪的人搭上了话，现在这个人就伏在自己的身上，双臂张开，环着自己的脖子。后来柳浪腾出了一只手，柳浪用另一只手托起了苏宁，苏宁不由得低低叫了起来。苏宁说，你这个流氓。柳浪无声地笑了。

遍地烟缘

手机响起来，在苏宁的耳边响，苏宁一侧头就可以看到手机的屏幕。柳浪停了下来，问要不要接。苏宁想了想说要接的，手机不响了，一会儿又响起来，苏宁已经恢复了平静，但是她仍然用一种做作的声音接着电话。号码显示是老公的电话，但是却不是老公打来的，是一个女人。女人说她是医生，女人说在这只手机的电话簿里翻到了这个号码，女人说手机的主人现在是他们主任的病人，手机的主人出了车祸，正在抢救，如果你是他的朋友请转告他的家属。苏宁说好的，在哪个医院。女人就说在中医院，在市中医院。苏宁关上了电话，她的身子稍稍有些凉了，是因为她的上半身裸露在外的缘故。她重新抱住柳浪，说再来吧，我们接着来。柳浪再次托起了苏宁，柳浪像一条在河里时常跃出水面的鱼一样。苏宁突然问，你觉得蓝印花布的手艺会失传吗？柳浪愣了一下，但是他没有停止，他只是说，有可能吧，但是手艺失传不等于工艺失传，现在有的是机器，它能印制色泽和图案都呆板的花布。苏宁说，我们多么像机器啊，我们就是两架机器。柳浪又愣了一下，他好像是有些生气了，动作显然有些愤怒，但是他没有想到苏宁表现出了比他更加强烈的愤怒，苏宁说他妈的你有完没完怎么这么久还没做完，你真的是机器呀。苏宁被自己尖厉的声音吓了一跳，她多么像一只愤怒的母豹。苏宁蹬开柳浪，苏宁拿过一卷纸擦着，苏宁穿衣，苏宁看了一眼发愣的柳浪说，对不起。

　　苏宁离开了那家酒店。柳浪跌跌撞撞地跟上来，柳浪说我送你。苏宁想了想说，好的，去中医院。柳浪的车冲向了中医院，在中医院的门口苏宁说，你回吧，我们的缘尽了，记住是蓝印花布给你带来的艳遇，这样的艳遇不会发生第二次了，你真好运。柳浪没有说什么,无奈地摇了摇头。苏宁走进中医院的时候,柳浪的车仍然像一只乌龟一样一动不动。苏宁想,要是明天一早,柳浪还等在中医院门口,那么在以后的日子里,她愿意继续和柳浪发生一些什么。

急救室外有一个医生,他让苏宁等在门外。苏宁就坐在了长凳上,这个时候她才开始感到寒冷。春天总是给人温暖的假象,春天最容易让人生病。现在苏宁担心的不是生病,担心的是老公,那个将要和她同一屋子里生活一辈子的人。她在长凳上把自己的身子蜷缩起来,蜷缩成大虾的形状,刚才,这只大虾还和一个素昧平生的人在床上欢娱,这真是一个可笑的世界和一件可笑的事情,但是却异常真实地发生着。苏宁有时候起身在走廊里走走,有时候则在长凳上静静坐着。

天一点点亮了起来,露出了鱼肚白。急救室的门吱呀一声打开了,拥出来许多人。像电影里的镜头一样,苏宁很焦急地问主刀医生,医生说没有大碍,只是脑子受伤很重,可能会失忆一段时间。还有一个女病人,伤势较轻,已经能开口说话。仍然像电影里的镜头一样,医生说完就匆匆走开了。这个时候苏宁才知道还有一位女病人,她突然对女病人产生了兴趣,她要见女病人。

在病房里,她看到了女病人,女病人睡着了,女病人很年轻,长得很美。女病人的身边,居然放着一块蓝印花布。女病人的家属也来了,家属说她和男朋友一起去了乌镇玩,说好了不回来的,不知道什么原因男朋友急着要赶回来,开夜车在高速公路上走着,就出了事。那块蓝印花布,无疑就是从乌镇买回来的。女病人的家属来了好几个,看上去都是知书达礼的人。

苏宁不说话，苏宁只是站在窗口看着窗外的景色，楼下的人越来越多了，新的一天已经来临。突然有人注意到她，问她是谁。这个时候女病人睁开了眼睛，苏宁就走过去，冲着女病人妩媚地笑笑，然后对女病人的家属们说，你们不认识我的，我是这位女病人的男朋友的夫人，不对，是老婆。苏宁说完了，就转身走出了病房，她什么声音也没听到，很长一段时间里，病房里鸦雀无声。

走出中医院的时候，她看到柳浪的车子已经不在了，这反而让她有了一些失望。她不想回家去，她打电话通知了公公婆婆，告诉他们自己先休息一下，然后会尽一个妻子的责任陪护老公的。然后苏宁打的去了万寿街，那是一条老街，那条街上有老式的茶馆，甚至还有老虎灶。那条街上有小吃，有日杂商店，有许多市井里面常见的东西。她终于找到了那家专营蓝印花布的店，店的上方大大地写着一个"蓝"字，这个"蓝"字突然让苏宁觉得有了一种力量，所以她站在门口看了很久。然后她走进店里，一条腿有些不太好使的女孩子接待了她。她拿起一件已经做成的短旗袍，很朴素的式样，没有纷繁复杂的工序，但是她一眼就看出这件旗袍一般人是不敢穿的，这是一件穿上去妖娆又不失庄重，让人觉得不能冒犯的旗袍。她抚摸着蓝色的盘扣，一些工艺显然都是手工的，好像并不来自本城。苏宁问，你哪儿的。那个女孩子说是从通州来的，店是他堂哥开的，堂哥姓柳，一直做布生意的。苏宁笑了笑，她的眼前浮起了那个开着桑塔纳2000的男人，那个和她在床上有过片刻欢娱的男人。

苏宁到试衣间换了旗袍，然后对着镜子看着。那个女孩子

蓝印花布的眼泪 | 267

显然不太会做生意,她只是默默地在旁边看着,或者只是替苏宁拉平一些褶皱,这反而让苏宁对她有了一些好感。苏宁的脸色不太好,有些灰黄,但是这宁静的蓝色让她感到舒坦和安心,她太需要宁静了,特别是她有可能要一生陪伴着一个失忆的男人,这样的生活,需要更多的蓝色。

苏宁对着镜子妩媚地笑了,在镜子里,她突然看到一个叫婉儿的女人,在油菜花地里奔跑。一个叫柳布郎的染匠,笑吟吟地站在草棚前,手拿木棍搅动着缸里的染料。一个叫塔的男人,一个叫泥巴的孩子,一缕半山腰上的青烟,一些场景快速地闪过。她的身子快要虚脱了,脸上冒着虚汗。她上大学前生活在一个叫花明泉的村庄,她的父亲有个小名,叫作泥巴。

苏宁付了钱,从蓝印花布店里出来,她没有脱下那件棉布旗袍,她穿着这件蓝色低开衩旗袍的样子果然妖娆而高贵。她的手里晃荡着塑料袋,那里面是她换下来的衣服。她看到前面的大街上有不少人,她向那些人走去,很快她就隐在了人堆里。太阳越升越高了,苏宁的手指轻轻触摸着蓝色的盘扣,那像是她生命的一个结一样,她的眼角,突然有了一滴眼泪。

瓦窑车站的蜻蜓

瓦窑镇有一条唯一通往外界的路,如果那座简陋的车站是一个肚脐眼的话,那么那条通往外界的道路就像是一条来不及剪掉的脐带,细细长长歪歪扭扭地伸向远方。瓦窑车站聚集了这个镇上的许多人,他们想要从这个肚脐眼出发,沿着脐带走向精彩的世界。当然也有县城省城的人偶尔光顾小镇,他们是来这个叫瓦窑的地方听听蝉声和鸟叫的声音的。瓦窑的四周都是山,山上是碧蓝的天,每一辆汽车在脐带上跑过都会留下痕迹,它们会掀起滚滚的黄尘,像是拖着的一条硕大的黄色尾巴。

瓦窑车站的站长是一个从部队退伍回来的老兵,大家都叫他毛大。毛大是个癞子,但是毛大混进了革命队伍里。毛大一共当了六年兵,戴了六年军帽。毛大复员后仍然一年四季戴着帽子,他在部队里留下的趣闻是有一回紧急集合时,因为有人藏起了他的帽子所以他没能找到帽子。那时候他脸上的汗都掉下来了,最后他还是扎着武装腰带亮着一颗黄灿灿的头站到了队列中间。连长站在队列前皱了一下眉头,连长说毛大你为什么不戴帽子,你是不是觉得你的头比别人的头要漂亮。大家都笑了起来,那时候毛大希望自己是一只穿山甲,那样的话可以立马钻到地底下去。

现在毛大是站长了。车站里有五个职工，都归他管，他还管着儿子毛小军。毛小军已经十四岁了。毛大看到儿子毛小军又在车站的停车场里抓蜻蜓，这是一个蜻蜓的季节，空气温暖而潮湿，蜻蜓喜欢在这个初夏的日子低空飞行。毛小军穿着一件暗红色的薄毛衣，袖口的线脱了开来软绵绵地在那儿挂着，像是一丛女人的头发。毛小军患的是小儿麻痹症，他上过两年学，后来他不上学了，因为在他上学的过程中，经常发生他被同学骑在身上的事情。作为毛小军的父亲毛大很爱自己的儿子，毛小军像一片柳叶在风中打着战，这样的姿势在毛大的视线里飘忽不定。他害怕一阵大风会把这棵嫩嫩的柳树连根拔起并且吹向天空。毛小军听到了蜻蜓的歌声，他看到了密密麻麻的蜻蜓布满天空。许多时候这些暗绿色或嫩绿色的生命会突然静止在半空中，这是一件令毛小军感到无比奇怪的事，他希望自己也能像蜻蜓一样，学会飞翔甚至能在半空静止，那将是一件令他热血沸腾的事。毛小军的两只手掌都朝后翻着，两条腿的上半部分紧紧靠在一起扭捏着，像是有强烈尿意的样子。他的手里努力地举着一个绑着竹竿的小巧网兜，在看准了一只蜻蜓以后，猛地挥动竹竿。大部分蜻蜓都能灵活地逃开，但是也有不小心落入网中的。毛小军很兴奋，他抬头看了一下天，没有太阳的天空上居然会有那么多蜻蜓在飞翔。他有些累了，能感觉到后背出了汗以后才会有的那种阴冷与潮湿，这样的潮湿令他很不舒服，他想剥去身上破旧的毛衣，但是他很难顺利地剥除毛衣。

这件暗红色的毛衣是黄秀英在三年前给他织的，黄秀英是毛小军的娘，同时还是毛大的老婆。黄秀英有着一个肥硕的屁股，这个屁股常常能和许多人的目光相连，那些细细长长充满韧性的目光扯也扯不断。毛大的一个战友来看望毛大，并且在毛大家里住了三天，三天以后战友走了。战友是做电瓶灯生意的，战友走的时候没有和毛大打一声招呼，和战友一起在瓦窑车站或者说瓦窑镇消失的，还有一个叫黄秀英的女人。那时候毛大把自己关在房间里，像是要虚脱的样子，躺在床上一动不动。毛小军就坐在床前，毛小军在第二天的中午费力地拉开了窗帘，一群阳光像鸟一样叽叽喳喳涌了进来。毛小军又费力地打来一盆水，费力地绞了一块毛巾。那块毛巾由于毛小军手上无力的缘故，还在湿答答地滴着水。毛小军为毛大擦脸，毛大不耐烦地一挥手，毛小军就跌倒在地上，和毛小军一起跌倒的是一只搪瓷脸盆，脸盆发出一连串清脆的声音，盆里的水在地面上向四处漫延，一会儿就形成了一个黑色的包围圈，把毛小军包围了起来。毛小军就坐在一堆水中，他感到屁股底下一股凉气在向上升腾，钻进了他的皮肉和骨头，像是把他浸在还略带一些寒意的春天的一口井中。毛小军流下了眼泪，他不想哭的，他看到这个有着黄灿灿的癞子头的父亲懊丧的脸时，就感到有些难过。他一点也不怪黄秀英，他老是觉得这个大屁股女人总有一天会出点什么事情。后来毛大终于起床了，毛大叹了一口气，然后他把毛小军从湿湿的地上拎了起来，并且轻轻拍了拍毛小军的脸。他从一只陈旧的樟木箱底翻找出一条呢裤，并且给毛小军换上。然后毛大走出了屋子，屋外有很多阳光，毛大一走出屋子马上被阳光包围住了。毛大不由得打了许多个喷嚏，然后他抓起胸前的铁哨子放进嘴里，嘤嘤嘤地猛吹了起来。响亮的哨声仿佛是在告诉别人，他毛大离开那个大屁股女人照样把日子过得好好的。

现在毛小军在一个台阶上坐下来，他看到了毛大胸前挂着一只闪亮的铁哨子，正站在很远的地方看他。在毛小军的眼里，毛大的形象很模糊，显然毛大已经到了发胖的年龄，其实他已经发胖了，他的形状像一只圆柱形的木桶。毛小军手里有了一只蜻蜓，他用两只手抓住蜻蜓的两只翅膀，举起来，并稍稍用力向外张把蜻蜓的身体最大限度地展现在自己的面前。他抬起头看到了阳光穿透云层，然后又穿透蜻蜓的翅膀，然后轻轻拍打着他的脸。翅膀上的脉络异常清晰，小巧而颀长的身子由于挣扎或者渴望重新飞翔的缘故而剧烈震动起来，最后蜻蜓终于无力了，它一动不动地任由毛小军的两只手抓着它的两只翅膀，像抓着两只绵软的小手一样。小仙女，毛小军笑着暗暗地叫了一声，小仙女，他想蜻蜓多么像是一个绿色的仙女。这时候毛小军看到不远处一团红色的身影，像一个火球一样飘了过来。火球在毛大身边站住了，毛大把双手放在裤袋里，摆出一个很随意的姿势和火球在聊天。毛小军知道那团火球叫红红，是个二十岁的姑娘，高中毕业在瓦窑汽车站做临时工。毛小军还知道红红为了能做上售票员，托自己的舅舅给毛大送了两斤绿剑茶和两条利群牌香烟。毛小军仍然举着蜻蜓，他在等着红红向这边走来，太阳光刺得他的眼睛生疼，但他还是透过蜻蜓的翅膀看着云层和阳光，以及天上偶尔飞过的一只鸟。毛小军知道红红一定会向这边走来，因为红红要经过这儿去她的卖票房上班。毛大一直叫那个卖票的地方叫售票室，但是毛小军喜欢叫那儿卖票房，他认为这样的叫法才更加贴切。毛小军喜欢红红走路的样子，红红走路不快不慢，迈着两条好看的长腿，而且她的脸稍稍向上仰着，手里叮叮叮叮地摇着一串钥匙。红红果然走了过来，红红在毛小军面前站住了，红红问毛小军说你在干什么。毛小军笑了一下，毛小军说我在和小仙女玩，你看这就是小仙女。毛小军手中的蜻蜓又挣扎起来，剧烈地震动着。红红笑了，红红说你不要玩死了蜻蜓，蜻蜓是益虫，它是专门吃蚊子的。红红的声音很悦耳，是让人舒服的那种悦耳。声音传进了毛小军的耳朵，毛小军就觉得自己浑身的毛孔都张开了。毛小军说红红我又没说蜻蜓不是益虫，我只是跟它玩玩。毛小军说话口齿不清，嗡嗡嗡地响着，但是红红还是听懂了毛小军想要说的话。红红笑了一下没再说什么，她又摇起了她的钥匙走向卖票房。

毛小军后来回到了家里，那是一间阴暗的屋子，屋子里乱七八糟地堆着一些东西，那完全是没人整理的结果，当然那个叫黄秀英的大屁股女人还没有离开这个家的时候，这样的情形也不会好到哪儿去。毛小军家住二楼，从他家窗口望下去，能看到红红卖票的窗口。毛小军在屋子里仍然玩着小仙女，他家屋子里已经有许多蜻蜓在飞了。毛小军小心地撕去了蜻蜓薄薄的翅膀的一部分，然后松开了手。蜻蜓像是得到自由一样，毛小军听到了蜻蜓的欢呼声，然后蜻蜓轻松地飞离了他的手掌。但是蜻蜓飞不高了，它会在飞的过程中跌跌撞撞。毛小军笑了起来，在床上和衣躺了下来，床上有股淡淡的霉味，这是这个季节特有的味道。毛小军并不想睡着，他只是想看着许多蜻蜓在屋子里飞来飞去。这个漫长的午后毛小军其实是很寂寞的，许多时候他的耳朵里除了蜻蜓在飞翔的声音以外，再也听不到别的声音。而楼下车站的停车场里车来车往,伴随着喇叭声和毛大吹哨子的声音。这个时候毛小军会想到毛大挥动着两只胖手的样子,像一个威风凛凛的指挥官一样。毛大喜欢这样的感觉,毛大在部队时的最高级别是做到班长,多时管十二个人,少时管八个人,在数量上要比现在管五个职工要多。但是现在毛大还管着那么多车子和车子里坐着的旅客,他们在他哨音的指挥下才能离开这个瓦窑小镇,这样的感觉比在部队里的时候要好得多了。但是现在毛小军的耳朵里听不到哨音和汽车喇叭声,他听得更多的是蜻蜓振动翅膀的声音。那都是些翅膀被毛小军破坏了一半的蜻蜓,它们像毛小军一样不再是健全的,毛小军喜欢这样,他喜欢和这些蜻蜓生活在一起。

后来毛小军从床上坐直了身子,他想看看红红,他走到窗前看到了卖票房的窗口前站了三个年轻人。他们并没有买票的意思,他们在抽烟,并且笑着不停地说些什么。毛小军还看到有一个留着小胡子的年轻人把一口烟往窗口里喷,毛小军想这些人一定是看上了红红。毛小军以前也常看到镇上的一些年轻人来红红这儿胡闹,毛小军很厌恶这些年轻人。他在屋子里走来走去,后来他终于想到了什么,从他睡的床里取出了一把弹弓。这是一项伟大的工程,这个潮湿而闷热的下午毛小军费了很大的劲才把一把弹弓绑到了窗户的两根栅栏上。栅栏是十毫米的钢筋制成的,上面涂着红色的防锈漆。太阳已经一点点西斜了,所以阳光无力地把一团黄晕投进毛小军的房间里。毛小军看着几个年轻人,他们好像有了那种想要离开的意思。毛小军心说不要走,你们先不要走。他去了一趟楼下,就蹲着身子在离卖票房不远的地方捡小石子。没有人知道他在干什么,没有人想要去看他一眼。他听到了几个年轻人的笑声,他们在说一个黄色的笑话,他们讲这个笑话的目的是想让红红脸红,然后他们会感到开心。毛小军步履蹒跚地上楼去,他的脸上盛开着怪异的笑容,嘴角微微有些歪了,也许这是心底爆发出笑声的缘故。他走回房间,走到窗前,把一粒精巧的小石子裹在了弹弓的那块皮里。他的手使不出劲,所以拉动弹弓费了他很大的力气。一粒小石子终于飞了出去,像一只正在学习飞翔的麻雀一样,跌跌撞撞地从毛小军的屋子里飞出去,然后落在了年轻人的脚边。悄无声息得让三个年轻人一点感觉也没有。毛小军看到他们脸上挂着淫邪的笑容,嘴巴仍然在动着,那就是说他们一定是又开始讲另一个黄色的笑话了。毛小军再次拉动了弹弓,他的身子夸张地扭曲着,像是一个愤怒但却瘦弱的螳螂想要去挡住一辆车的车轮一样。石子又飞了出去,石子仍然显得有些无精打采,它飞翔的姿势没有力度,它甚至在离年轻人很远的地方就停住了,然后磕磕绊绊地翻了几个跟斗。毛小军有些急了起来,毛小军甩动了一下手臂,他想借来一点力气,他是一个只有很小的力气的人。第三粒小石子装了上去,他把目标锁定在小胡子的脸上,然后他用两只手使劲地拉着弹弓。他的脸已经涨红了,而且还因为用力太猛的缘故放了一个屁。他没有去管这些,他的手松开了,石子飞了出去,这粒石子像一只冲向云层的欢叫的云雀,它奔向了那个留着小胡子的年轻人。毛小军看到小胡子的笑容突然凝固了,他的一只手掌盖在脸上,惊愕地向着四周张望着。毛小军笑了起来,笑出了声,浑身的肌肉和骨头也发出了夸张的笑声。显然小胡子不可能找到袭击者的方位,他甚至连发生了怎么样一回事都不知道。他只知道脸上突然被什么东西咬了一口，火辣辣地生痛。他什么也没说，因为他说什么也不好。后来他招呼着另外两个年轻人灰溜溜地离开了卖票房，他们的神情有些沮丧，而且没有了刚才谈笑风生的模样。接着红红走出了卖票房，她在卖票房前舒展了一下身子。她的样子好像是闷坏了，三个无聊的年轻人的离开让她得到了解放。毛小军看到红红在舒展身子的时候，红色的上衣向上拉起，露出了腰间的一段雪白的腰。那段腰像一把钩子，飞快地奔过来，钩住毛小军的目光，把毛小军的目光拉得又细又长。毛小军的口水不经意间流了下来，毛小军时不时就要流口水，倒并不是因为看到了红红的腰的原因。毛小军的口水在昏黄的阳光下显出一种亮晶晶的颜色，有着那种良好的黏度。它挂了下来，挂在毛小军的鞋面上，积成一个圆形，仍然闪着淡淡的光。

　　门被打开了，毛大一闪身走了进来，他的脸上红红的，像是喝了酒一样。看上去他有些兴奋，接着一个女人也一闪身走了进来，毛小军闻到了咸菜的气味。有那么一段时间里，毛小军家经常吃咸菜，那是毛大从菜市场上买来的。毛小军对这种气味很反感，他甚至有那种呕吐的欲望。这是一个从乡下村子里到镇上来卖菜的女人，她是个瘦女人，脸上看不到一丝笑容，毛小军怀疑她屁股上只有骨头没有肉。或者说是皮包骨头。她的眼圈深黑，有了轻微的眼袋。她烫了头发，由于长时间没有洗的缘故，她的头发呈现出灰黑的颜色，干燥而杂乱，顶着头发就像顶着一个鸡窝。她穿了一件绿色的上衣，这是一种触目惊心的颜色。而且毛小军还看到女人那无比粗糙的手，这是一个辛苦女人的手，手指甲里嵌了许多的泥。而女人的耳朵上，居然挂着两个亮闪闪的黄金耳环，就像挂在大宅院大门上的门环一样。毛小军不喜欢这个女人，说明白一点是很不喜欢这个女人。这个女人不太说话，但是她一说话就会发出粗哑毛糙的声音，像一头驴子的鸣叫。毛小军对这个女人最为不满的原因，无疑是女人身上的咸菜的气息，他不太喜欢吃咸菜，而毛大却一次次地从这个女人那儿买来咸菜。咸菜的气息是一浪一浪的，像波涛一样，它们不间断地钻进毛小军的鼻孔，所以毛小军看女人的目光里就有了些反感的内容。女人却没有看毛小军一眼，她把两只很大的红色塑料桶和一根扁担扔在了地上，塑料桶里还斜斜地伸出一杆秤，像是一个被河水淹着了的人绝望地伸在水面上的一只手。毛小军发现女人其实是长得很高的一个人，她有一双又瘦又长的腿，就那样岌岌可危地立在那儿，像是圆规的两只脚。女人捋了捋头发，有一些头皮屑飞扬起来，飞扬的头屑让毛小军想起了去年冬天的一场小雪。然后女人把自己靠在了门背上，她的头斜着一句话也没有说，她的目光也斜斜地投了过来。那是一种有着咸菜气味的目光，这样的目光像一层黏糊糊的蛛网，把毛小军包裹起来让他喘不过气来。日头终于完全沉没在山的那一边了，没有了昏黄的夕阳，只有一种沉郁的灰黑色的颜色，这样的颜色会一点点变成深灰和深黑，然后才会再有昏黄的灯光从一个个窗口亮起来。

　　毛大挤出了一个胖乎乎的笑容，毛大胸前的哨子在不停地晃动着，他俯下身子抚摸了一下毛小军的头，然后他用一双肥胖的手轻轻拍了拍毛小军的脸。这样的抚摸传达着一种温暖，它像一只美丽的飞鸟欢快地钻进毛小军的胸腔一样让他感到了温热。毛大的手上有许多手汗，毛小军闻到了手汗的气味，有些酸涩和亲切。毛大在口袋里摸索着,他掏出了两毛钱,他把那张皱巴巴的纸币递到了毛小军的眼前,毛小军感到了一种淡淡的有些橘黄的颜色一下子布满了他的视线。毛小军接了过来,他听到了毛大的声音,毛大的声音好像从很遥远的地方飘过来似的,毛大说去,你去打台球,你去老三的球摊那儿打台球。毛小军接过了钱,他走向门口的时候看到卖咸菜的女人挪动了一下身体,露出了意味深长的笑容。她的意思是长着这样一副绵软的身体也能打台球?毛小军有些气愤,他很有抬脚踢她一脚的欲望,但是他没有抬脚。他怕一抬脚自己先跌倒了,他看到女人露出了一排黄牙。毛小军打开了门,艰难地从女人身边侧身而过,尽管他屏住了呼吸,但是那些咸菜的气味还是钻进了他的鼻孔,并且顺着鼻孔下滑,进入了他的胃部。他的胃因此痉挛起来,冒起了酸水,像井底的喷泉一样。

毛小军悄无声息地走出了门,在车站的停车场走来走去。停车场上停了许多大小不一的车子,有大客车也有招手车,这些车子像巨兽一样,发出一阵阵汽油的气味。毛小军就在这些车组成的小弄堂里穿来穿去,他一抬头,又看到了蜻蜓在飞舞,红红说它们是益虫,那么它们一定在飞翔的过程中捉着蚊子。毛小军还看到了红红,她从卖票房走出来,她白皙的脸稍稍上抬,其实她的目光也稍稍有些上抬,能看到他的头顶。她仍然摇着那串钥匙,脚步轻快地走出了车站。天色越来越暗了,那些灰暗的颜色中毛小军看到了安静的车站。车站的地上有许多纸屑,还有许多甘蔗的皮,青哑哑地横陈在破旧的地面上,像等待腐败的尸体。毛小军就在车站里走来走去,后来他坐到了候车室的长椅上,候车室有许多长椅,但是候车室里只坐着毛小军一个人。毛小军坐在长椅上，像一个五线谱上孤独的音符，他在等待天完全黑下来，在等待的过程中，他想起了那个叫黄秀英的大屁股女人。那是一个让家充满了温情的女人，她就像从一潭水的上空飞过的蜻蜓一样，偶尔在水面上一点，一潭水就活了起来。现在这个女人正和毛大的战友在走南闯北卖电瓶灯，他们心安理得地背叛了战友和丈夫。毛小军勾着头，候车室里的安静有些可怕，他后来还是走出了候车室，走出候车室的时候，许多户人家已经开始亮起昏黄的灯了。他有些愤怒，他其实并不想要那两毛钱，他要留在属于自己家的那间屋子里。但是毛大让他出来了，让他去打台球。他又不会打台球，毛大却让他去打台球。

毛小军用自己微弱的力气叩击着门，门的声音有些暗哑沉闷。毛小军的手翻转着，他用手背敲门，整个人都侧了过来。门开了，一条门缝露了出来，然后亮起了灯光。毛小军看到了赤着膊的父亲，他穿着一条裤衩，很滑稽地站在那儿。他的身体太过肥胖了，在毛小军的眼里那无疑是一团肉。女人仍然坐在床沿上，她穿着一条红色的内裤，很肥大的那种。那鲜艳的红色在暗暗的白炽灯下发出灼人的光芒，让毛小军感到逼仄，他想躲闪，但是他无处可躲。女人身上的咸菜气味在屋子里弥漫，毛小军看到了女人赤着的上身，两只绵软的乳房低垂着，像两条秋后的丝瓜，在寒风中挂在枝头，细细长长的。丝瓜旁边是两排肋骨，它们排得整整齐齐像搓衣板上的槽一样，它们显现出愤怒的神情，它们是想突破那层薄而松弛的皮的。毛小军闻到了另一种气味，那是男女混杂才会产生的气味。他的胃部又开始冒出酸水。他走到了窗边。

你要干什么？毛小军站在窗边没有说话。你要干什么？女人喑哑的声音又传了过来。毛小军的手伸向了插梢，他想打开窗，让风涌进来。女人的声音显得有些慌乱，她快速而胡乱地往身上套着衣服，她一定是担心一阵风涌进来会吹破她少得可怜的皮肉。毛小军终于打开了窗门，他看到的是漆黑的夜，还有在一团漆黑中悄悄潜伏进来的一阵风。风一下子把屋子灌满了，风在驱赶着浑浊的空气，有几只缺少翅膀的蜻蜓在跌跌撞撞地飞舞。蜻蜓布满了房间，它们甚至有些像是一个小分队，在黑夜来临时悄悄行动。毛大对这些蜻蜓表现出了从未有过的反感，他有些厌烦这些能够飞翔的昆虫了。他咽了一口唾沫，毛小军看到他的喉结滚动了一下。女人已经完全穿好了衣服，女人走到门边，捋了捋自己的头发。她弯下腰拿起了扁担和塑料水桶，然后她用扁担钩住两只塑料桶并且放到了肩上。在走出门之前，她笑了一下，她用喑哑的声音说，你儿子也能打台球吗，做梦去吧你。毛大突然咆哮了，他几乎是在大吼，毛小军从未想到过毛大会有如此大的嗓门。毛大说闭上你的臭嘴，我不许你这样说我的儿子。女人吓了一跳，她撇了撇嘴，本来想反抗一句什么的，但是她始终一句话也没说，她怕愤怒的毛大会跳起来打她一顿。她的脸上有了委屈的神色，在电灯光下显得有些灰黄。毛大的口气也温和了下来，他大概不想得罪这个自从黄秀英走后经常出现在他身子底下的女人。毛大说我送你吧，我送你回村。他们一前一后地走出了屋子，走出屋子的时候毛大朝毛小军看了一眼。他们走出很远了，毛小军走到窗边，他对着窗外"呸"了一下，他的意思是要"呸"那个讥讽他不能打台球的女人，其实他根本看不到人影，他只看到黑漆漆的夜,他对着夜的幕布狠狠地"呸"了几下。风仍然一阵一阵地灌进来,夹带着一丝热气,那是天气越来越暖和了,他感到身子骨懒洋洋的,他想这些风要是一刻不停地吹着的话,那么他的骨头可能就要被风吹得拆离身体了。

毛小军常去红红的卖票房,没事的时候红红喜欢修手指甲。红红的手是很漂亮的,纤长而白皙,十个手指头血肉丰满,闪着淡光。红红老是把她的手翻来覆去地看,有时候会拿嘴亲一下手。毛小军坐在卖票房里很安静,那是一间很小的房子,但是却暖和。夏天即将来临的时候,这样的小房子其实不需要暖和,需要的是凉爽。红红不大和毛小军说话,红红不知道毛小军为什么喜欢坐在她这儿。有一天红红看到了毛小军手中的蜻蜓,红红说毛小军你不要老是玩蜻蜓,我不是跟你说过吗,那是会吃蚊子的益虫。毛小军的两只手抓着蜻蜓的两只翅膀,毛小军用含糊的声音说蜻蜓怎么啦,蜻蜓就是跟我一起玩的。红红不再说话了,她不太想和毛小军说话。

毛小军又看到了几个年轻人出现在售票窗前,其中有一个是被毛小军的弹弓打了一下的小胡子。小胡子笑了一下,他的胡子轻轻抖动了起来,小胡子说红红你寂寞吗我们来陪你,我们还想请你看一场电影呢。那是一部新片子,叫《周渔的火车》。你想不想看?红红把自己的身子坐直了,红红对着那个小小的窗口说我不想看,我想看也不会跟着你们去看。毛小军听到了窗口外面飘进来的放肆的大笑,然后他听到那个小胡子说,那不是毛大的儿子吗,毛大的儿子你坐稳点,你坐不稳的话会从椅子上掉下来的。毛小军的脸立即涨红了,红红回头看了一眼,然后红红对着窗口骂,红红说你们是不是人,你们取笑别人小心自己生了小孩没屁眼。毛小军想要笑,毛小军想红红说的没屁眼其实比他还要痛苦,人怎么可以没屁眼,没屁眼怎么活。但是毛小军没有笑出来,他想回到自己的屋子去,他想再一次在窗户的铁栅栏上架起弹弓,再给那个小胡子来一下子。但是小胡子他们离开了,他们嘻嘻哈哈地离开了售票窗。

  天气开始渐渐转暖,汽车站停车场上的蜻蜓一点也没有少下去,它们扇动翅膀的样子毛小军没能看出来,他只能看到这些小仙女的翅膀在轻轻地颤动。毛小军看到了大头,大头背着一只书包,手里挥舞着一根桑秆。桑秆不但剥去了桑叶,而且被剥去了皮,白花花的一长条捏在大头的手里。大头是毛小军两年读书生涯的同学,也是常骑在毛小军身上的其中一员。大头的爹是镇里的干部,所以大头老是把自己也当成了干部。大头向汽车站的停车场走来,他挥舞了一下桑秆,又挥舞了一下桑秆,终于有一只蜻蜓跌落了下来。大头大笑起来,小肚皮一颤一颤的。毛小军说大头你干什么,你不要打死蜻蜓,红红说蜻蜓是益虫,蜻蜓是会吃蚊子的。毛小军含糊不清的声音和蜻蜓在空中振动翅膀的声音混合在一起,他讲了好几句话,所以用去了他很长的时间。大头盯着毛小军看了很久,然后他冷冷地笑了一下,又挥舞了一下桑秆。一只蜻蜓跌落下来,跌到毛小军的面前。毛小军听到蜻蜓惨叫了一声,是那种惊恐而且愤怒的声音,异常尖细,像要刺破一些什么似的。毛小军吃力地弯下腰去,他听到桑秆挥舞的声音,呼啦啦地响着。他还听到了蜻蜓们一声又一声的惨叫,几只蜻蜓就那样安静地躺在毛小军面前,它们还没有完全死去,但是它们纤长的身子显然已经烂了,毛小军看到了它们破烂不堪的湿答答的声体。它们的翅膀还在轻微颤动，像是要重新起飞。毛小军把这些蜻蜓拾起来放在手心里，他的手心里湿糊糊的，他看不到蜻蜓的血液，但是他想那些湿漉漉的汁液无疑就是蜻蜓的血或者忧伤的眼泪。他再一抬起头的时候看到了脸上布满得意笑容的大头，大头愣了一下，因为他发现毛小军的眼睛已经红了，毛小军的手里捧着一捧没有生命或者生命正在离去的蜻蜓。大头感到有些害怕，果然他听到了毛小军一声令人毛骨悚然的号叫，他没有听清那句含糊不清的话具体说的是什么，但是他明白毛小军显然是愤怒了。大头举起了桑秆，他为自己壮了壮胆所以他挥舞起桑秆。毛小军挺直身子向大头走来，他的身子因为愤怒而斜斜扭扭的，显得异常夸张。大头不想用桑秆抽毛小军的，但是桑秆还是下意识地挥向了毛小军。毛小军看到了一条细长的白色，那么纤秀地向他奔来，然后他感到脸上火辣辣的，辣得他睁不开眼睛。大头惊呆了，大头看到了毛小军脸上一条斜斜的血痕，他不由自主地抛掉了桑秆，用颤抖的声音说毛小军你想干什么。毛小军什么也没说，毛小军撞在了他的身上所以他们一起跌倒在地上。毛小军的手是没有劲的，但是他的嘴有劲牙齿有劲，他穿衣服的时候常用嘴去叼住衣领，现在他叼的不是衣领，他叼住了大头的肩膀。然后人们都听到了一声惨叫从汽车站的停车场传来，接着又是一声惨叫，毛小军的嘴始终没有离开大头的肩膀。后来大头终于从毛小军的嘴里夺回了自己的肩膀，他一蹿一跳地手捂伤口逃离了停车场。然后有一些司机围了上来，他们看到毛小军躺在停车场的地上，翻转的手中还捧着那些已经不再动弹的蜻蜓。他挣扎着想爬起来，但是他努力了无数次也没有爬起来，他的腿快速而用力地蹬着地面，很可笑的样子。

终于有一个人抓住毛小军的衣领把他拎了起来，毛小军站住了，他愤怒地看了看围观的人群。有人说毛小军你去找毛大，你要把今天的事告诉毛大。毛小军没说什么，他是去找毛大的，他要告诉毛大自己差点把大头的肩膀咬下来了。

　　毛大在红红的卖票房里，毛大的声音有些颤抖，毛大说红红我可以给你办转正，我在县运输公司里有人，经理是我的战友。你依我一次好不好，你依我一次我就给你办转正。毛小军走到卖票房门边的时候，听到了毛大熟悉的声音。毛小军有些累了，他的脸上仍然火辣辣地痛着，他翻转的手心里仍然握着许多只没有生命的蜻蜓。卖票房传来了毛大粗重的呼吸声，毛大说红红红红红红。然后毛小军听到红红的声音，惊恐而尖细，像一枚缝衣针一样。红红说毛大叔，毛大叔你干什么干什么。毛大带了一些哭腔，毛大说红红你应我一次我给你办转正。红红说不行，红红说我还没嫁人呢我不可以。毛小军冷笑了一下，他举起了无力的手轻轻拍打着卖票房的门，很显然里面的动静太大所以里面的人没有听清敲门声。毛小军站起身用身体去撞开那扇门，门打开了，毛大红着一双眼睛回头看了一眼。红红站起身躲到毛小军的身边，毛小军突然感到从未有过的温暖，也许那种感觉不是温暖，那是一种毛小军说不出来的感觉，毛小军觉得他是一个已经长大了的正常男人，他很喜欢红红躲到他的身边。毛大看到毛小军脸上的血痕吓了一跳，毛大说你来干什么你脸上的血痕是怎么回事。毛小军闻到了红红身上淡淡的香味，红红一定是往身上喷了香水。红红的长睫毛一闪一闪的，红红的胸脯起伏着很紧张的样子。远处传来了猫的叫声，毛小军说你怎么会像春天的猫一样。毛大生气了，毛大说你在跟谁说话，我不许你这样说。但是毛大说完以后他低下了那颗黄灿灿的癞头，他向外面走去。

那天午后毛小军就坐在红红的卖票房里。红红用毛巾替毛小军擦掉脸上的血污。卖票房里很安静，红红没有和毛小军说话，她想不起来应该和毛小军说些什么。其实毛小军也没想要说话，他只要看着红红卖票就行了，他很喜欢这样的安静。那几只死去的蜻蜓毛小军用白纸包了起来，他准备着在黄昏来临之前把它们埋掉。毛小军在卖票房里坐到傍晚，他看到红红整理了一下卖票房，然后他和红红一起走出屋子，然后红红锁门，然后红红笑着抚摸了一下毛小军的脸。毛小军闭上了眼睛，他突然想哭，他想那个叫黄秀英的女人离开家门很久了，在离开家门前黄秀英也没如此抚摸过他的脸。他想红红要走了，红红要摇着她的钥匙走了。果然他听到了叮叮叮的声音，他睁开眼睛的时候看到红红微昂着头向自己的家里走去。

毛小军在停车场附近的一块小土丘上埋掉了那些蜻蜓，它们离开这个世界已经好几个小时了，它们很安静地躺在一张白纸里。白纸上有了绿色的汁液，那是蜻蜓身体的颜色。毛小军挖了一个很小的坑，然后小心地把蜻蜓们放了进去，然后用两只手的手背去培土。泥土温暖而潮湿，发出淡淡的腥味，沾在手上有些微的凉意和黏稠。毛小军后来离开了那堆土丘，他回到了自己的家，看到毛大居然烧了一碗红烧肉，毛大一言不发地替毛小军洗手，洗那些沾在手上的泥巴。洗手的时候毛大抽了抽鼻子，眼圈忽然红了。但是他的动作却无比温柔，他像一个女人一样仔细地捧着毛小军有些异样的手，仔细地洗着，仔细地用一根小竹签挑掉了嵌在毛小军指甲里的泥。后来他们坐

瓦窑车站的蜻蜓 | 285

在昏黄的白炽灯下一起吃饭,他不停地往毛小军碗里夹着红烧肉。毛小军一抬头,他看到了那些在屋子里飞着的蜻蜓,那些蜻蜓逐渐模糊起来,变成椭圆的形状,而且渐渐变大。最后蜻蜓们的影子映在他往下掉的泪水里滑落下来。毛小军想,那个叫黄秀英的女人,怎么还不回来,是不是一辈子都不愿回来了。

　　下了一场雨,然后天又放晴了,很高远的那种天空,连云也不太能看得到。蜻蜓已经开始选择高空飞行,它们在毛小军的眼里越来越小,像是一粒粒的灰尘浮在半空中。毛小军也愿意做那些小小的灰尘,浮在半空中,但是他做不成灰尘,他是一个活着的人。他仍然选择一些孤独的午后去红红的卖票房里坐着,一坐就是半天。有时候红红会回过头来冲他笑一笑,那是毛小军最幸福的时光。毛大没有跨进红红的门,毛大显得异常沉默了,有时候毛大会领着那个充满咸菜气息的女人到家里来,来的时候毛大仍然会给毛小军两毛钱,让他去打台球。毛小军不会打台球,他是小儿麻痹症怎么可能打得准台球呢。但是他会收下钱,他口袋里已经有好几块钱了。毛小军看到一辆黑色的车子在停车场停了下来,车门打开了下来一个年轻人。年轻人戴着副眼镜,身体瘦削但脸很白。年轻人抬头看了看天空,他皱了一下眉头说,蜻蜓真多。然后他走向了卖票房,他推开了门看到毛小军时愣了一下。毛小军看到了他黑亮的皮鞋,他还看到红红对那个男人笑了一下,眼睛弯弯的很有一种妩媚。毛小军的心忽然酸了一下。红红说小军你出去玩好不好,我们有点事要谈。毛小军很不乐意,但是他还是推开门走了出去。他知道那个年轻人的目光一直投在自己的后背上,他一定在看着自己走路时摇摇晃晃的姿势。

很久以后年轻人才走出了卖票房，年轻人的脸上漾着笑意，很显然他有些开心。然后他上了车，一辆黑色的车子轻轻地发动了，悄无声息地驶出了停车场。毛小军一直望着这辆车的远去，像在目送一位亲人的远去一样。一直到那辆黑色的车子完全不见了，毛小军才重新回到卖票房里。红红勾着头在发呆，红红的脸很红，红红偶尔会笑一下子。毛小军的心里越来越酸了，毛小军终于用含混的声音说他是谁，红红姐那个人是谁。这时候红红才发现毛小军走进了卖票房，红红说那是我的男朋友，我就要离开瓦窑镇了，我要去城里的一家药厂工作。我的男朋友在文化局里给局长开车，他让我不要再待在瓦窑镇，他要让我去县城。红红说了许多话，毛小军笑了一下，他很安静，他就那么一言不发，他坐在一条长凳上听着红红说话。红红说小军明天上午我还来上班，我跟他已经讲好了，中午就要走，我要离开瓦窑镇。

第二天的早上下起了小雨，是那种雾般的小雨。毛小军从自己家里出来，他去了街上。他的手里捏着一大把的两毛纸币。毛小军走过了知青饭店，走过了大庙和文化馆，又走过了五金生资商店。后来他看到了一块淡黄色的方格子围巾。他问女老板多少钱，女老板听不清他说什么，但是女老板还是报出了一个数字，女老板说五块钱你拿走好了。毛小军的头发已经打湿了，衣服也有些湿，他在很认真地数着掌心里的钱，数到后来他有些失望。他一共数了三遍，数来数去只有三块六毛钱。他想要离开的时候女老板叫住了他，女老板笑了，女老板说你把手上的钱给我，围巾你拿走吧。毛小军笑了，他把那些汗津津的钱交给了女老板，然后从女老板手里接过了那条毛绒绒的围巾。他把围巾放在鼻子下面闻着,有一股好闻的毛织物的气息。他一边闻着一边往汽车站走,他走到了瓦窑汽车站,走进了卖票房。

红红看到毛小军把围巾递给她时愣了一下,然后红红突然哭了,她把毛小军抱在了怀里。毛小巾感到了女性身体的绵软,这个时候他也想哭,但是他没有哭,他想他长大了不能再哭,所以他用一只手轻轻拍着红红的后背。红红把围巾围在脖子上,很灿烂地笑了一下,笑容在这个湿漉漉的雨天像一束不知从哪儿射来的阳光。中午的时候红红走了,毛小军躲在自己家里,他在窗口看着一辆黑色的车子飘进了车站,然后红红上了车,然后车子又飘走了。毛小军陷入了一片孤独中,他坐在床沿上,看着屋子里的一些蜻蜓飞来飞去的样子。后来他打开了窗,窗口有很淡的一丝风,夹杂着雨的潮湿气息。这是一种很小很小的江南的初夏会经常出现的雨,没多久它也会把你淋得精湿。一只蜻蜓飞了出去,在雨中跌撞了几下消失了,又是一只飞了出去,好几只蜻蜓飞了出去,然后屋子里就更加寂静了,只留下毛小军孤零零的一个人。毛小军后来去了停车场,他看到毛大肥胖的身子就站在雨中,很神气地指挥着一辆汽车倒车。毛小军在一些停着的汽车中间来回走动,闻着汽油的气味。从他一生下来开始,他就闻到了这种气味,这种气味越来越浓烈,变成了一种清香。毛小军看到一个水洼,不时有许多细小的雨滴滴入其中。毛小军还看到了一只蜻蜓,在那一层薄薄的水面上停留着。翅膀在振动,细脚就那么在水中一点一点。他看到了细小的东西落入了水中,那是她在产卵了。毛小军的心就那么痛了起来,他知道只要一个太阳,这个水洼就会干涸,也就是说那些还没来得及形成的小小生命也会随着水蒸气升腾到空中。毛小军挥手驱赶那个小母亲,但是小母亲仍然坚持着在那儿点着水。后来毛小军不再重复那个驱赶的姿势了,毛小军离开了那个水洼,他救不了那些小生命。

整个下午毛小军都坐在候车室里,候车室里没有多少人,有些人在抽烟,有个小孩在随地小便。毛小军不知道自己坐了多长时间,他的屁股都有些发麻了。人一个一个离去,乘着车离开了瓦窑镇。瓦窑镇就嵌在山洼里,能被那么多山上葱茏的树木包围着,是这个镇特有的温暖和幸福。毛小军其实很热爱这个小镇,他压根没有想要有一天像黄秀英一样拍拍肥大的屁股离开小镇,他想守着这个车站一辈子,当然他也没有能力离开瓦窑镇。他坐在长长的有着靠背的椅子上,仍然像一粒孤独的音符。候车室里真是太静了,后来他索性在长椅上躺了下来,但是他的目光飘向了屋外,屋外飘着似雾似雨的东西,像一层纱一样把瓦窑镇罩住了。农民们开始种番薯,那些流着白色汁液的番薯藤的清香让毛小军很是喜欢。他甚至可以预见秋天的时候一整车的番薯安静地躺在车里运往征天水库的糖厂。

黄昏终于来临了,黄昏的来临说明红红离开瓦窑镇已经整整半天。毛小军在想着红红在城里是怎么样生活的,那间药厂一定像镇卫生所那样充满着药品的味道,红红在药厂里不知道是干什么工作的。毛小军就这样想着,他还想到红红像一只长着翅膀的蜻蜓一样飞出了瓦窑镇,她是小仙女,以后是小母亲,她把笑容留给县城那个给局长开车的年轻人。毛小军走出了候车室,他在停车场走来走去,雨仍然没有停,但是那些蜻蜓好像不怕雨水,它们在低空飞行,密密麻麻像部队出动的战斗机

瓦窑车站的蜻蜓 | 289

一样。毛小军看到了淋得半湿的毛大的身影闪了一下,和毛大在一起的是那个充满咸菜气息的女人,女人仍然挑着一对空的塑料桶,他们一起消失在停车场。毛小军知道他们去干什么,他对着那个女人的背影"呸"了一下,唾沫落在了水洼里,那些白色的小泡就稍稍有些散了开来。毛小军又"呸"了一下,水洼里落满了大大小小的唾沫。毛小军不喜欢那个女人,尽管黄秀英并不怎么疼爱毛小军,但是毛小军却爱着他的母亲。毛小军显得有些无聊,他不想再去敲门要那打台球的两毛钱了,他在停车场驱赶着那些蜻蜓。他是驱赶不了蜻蜓的,蜻蜓们仍然像一群妖怪一样,在低空飞舞着。毛小军笑了,毛小军想蜻蜓的腰怎么那么细,比红红的腰都还要细。毛小军的手掌乱舞,终于有一只蜻蜓落了下来,落在水洼中。它的翅膀被打湿了,有些狼狈,绵软的身子骨也湿了,沾着许多水。毛小军哑哑地欢呼,他弯腰抓起了蜻蜓,并且把蜻蜓的翅膀分开。他就透过那薄薄的翅膀看着那些开进停车场或开出停车场的车子。

毛小军当然不会想到一个叫黄秀英的女人在这个时候回来了。黄秀英离家的时间并不长,但是毛大的战友把她甩了,他在领略了大屁股的无数妙处后把黄秀英给甩了。她乘着一辆中巴车回来,她打算要在毛大面前跪一个晚上,然后请求毛大的原谅。除了毛大这儿,她没有其他地方可去了。她望着车窗外边越来越近的瓦窑镇,望着迎面而来的熟悉的车站,她的心就越跳越快。她乘坐的这辆车进站了,同时有一辆车出站了,两车在出口处附近的一堵墙边交会,然后一辆车子驶出了车站。但是在不远的地方车子停住了,从车上跳下来许多人向墙边奔来。

毛小军手里还抓着那只蜻蜓，他站在墙边做了一个向上爬的姿势，他站立不稳所以他做出的姿势是无比丑陋的。事实上他很想学会像蜻蜓一样飞，或者可以自由自在地停留在半空，或者说他其实就是想做一只蜻蜓，那样的话他会飞去药厂，看红红怎么样生产药品。后来他觉得胸口紧了紧，心头突然涌起了一种恐惧。事实上他没有喊叫，因为他根本没能喊出声来。他只是觉得自己贴到了墙上，长出了翅膀真的想要飞起来了。他没有听到后来纷至沓来的脚步声，也没有看到许多从车上下来的乘客那惊恐的眼神。他只是觉得心口很甜，他想这个时候毛大和咸菜女人一定已经坐到了床沿上，屋子里的空气一定很浑浊，夹杂着咸菜和男女汗液的气息。他回去以后一定要打开窗，好好地通一通风。当然他也不知道一只蜻蜓被他捏死了，那只蜻蜓其实感受到的是毛小军几个指头的温柔，它想毛小军一定会放了它的，不会像别的孩子那样要么扯下它们整只的翅膀，要么就一把拧下它们的头颅。它一点也没有感觉到危险，但是突然毛小军的手紧了一紧，它还没来得及尖叫一声，就变成了湿答答的一团。身体里的液体喷溅出来，温热而充满腥味。

有人看到毛小军那时候像贴在墙上的一幅画一样扁平，那辆该死的汽车，那个该死的司机。毛小军的身子鼓鼓地装在已经扁得不成样子的衣服里，那件衣服就像挂在墙上一样。后来毛小军掉到了地上，仍然是扁扁的，他的脸上盛开着扁扁的笑容。蜻蜓们仍然在低空飞行，那个司机的脚一软跌倒在地，毛大和咸菜女人在潮湿而充满霉味的床上，黄秀英下了车，她看到许多人围在一堵墙的旁边，于是她也向那堵墙走去。

在她发出一声惊叫以前，谁也没有注意到这个大屁股女人。

她穿着时髦的薄毛衣，下身穿着一件大花的长裙，她跳过了几个水洼，像一只笨拙的腹中抱着仔的母蜻蜓。她抬头看了一眼天空，除了细雨外就是密密麻麻的蜻蜓。她甚至还嘟哝了一声，她说瓦窑车站上空的蜻蜓怎么还有那么多，她说这话的时候皱了一下眉头。然后她到了墙边。

人们听到了一声尖厉的叫声，划破了黑沉沉的天空。声音就在雨阵和蜻蜓飞舞的空间钻来钻去。

有间酒吧，有家米店

A1

晚上九点三十分，柳浪和闻莺手牵着手走向有间酒吧。

柳浪说，你如果来的话，我带你去喝酒，你酒量好吗？闻莺在另一台电脑前无声地笑了，闻莺说，女人从来不会说自己酒量好。柳浪说，那你喜不喜欢去酒吧，有间酒吧坐落在西街，很安静的一个地方。闻莺说，我会去的，我喜欢安静。你是不是常去酒吧？柳浪说是的，我常去酒吧，我去得最多的是有间酒吧。这是柳浪和闻莺在聊天室里的对话，柳浪在一个安静的午夜挂在线上，边抽烟边看着别人聊天。他突然看到一个叫闻莺的女子出现了，柳浪就奋不顾身地迎上去说，你好，可以聊聊吗。闻莺微微笑了一下说，好。柳浪说，聊什么呢。闻莺说，就从你的名字开始，你的名字是不是姓柳这个人很浪的意思。柳浪很委屈地说，不是的，我们这座城市里有个地名叫柳浪闻莺，爸就给我取名柳浪，等生下小妹取名闻莺，但是我妈一直没有替我生下小妹。你又为什么叫闻莺？闻莺说，我妈生我时听到鸟叫,就叫闻莺了。柳浪说,那你得叫我哥了。闻莺甜甜地叫,哥。这个时候,柳浪是一个有时候有工作,有时候没工作,有时候有一些钱,有时候不太有钱的杭州男人。这个时候,闻莺是深圳的一个外资企业里的高薪白领。之前,他们没在线上聊过,也不认识。现在他们就要认识了,因为闻莺飞来了杭州,闻莺说你来机场接我吧,我要来杭州和你去你说的有间酒吧,看看你的酒量如何。

在杭州萧山机场,柳浪一眼看到了拖着滑轮皮箱的闻莺。闻莺的脖子上系着一块丝巾,她拖着皮箱的样子有些像是空姐。柳浪微笑着,一言不发,他看到闻莺向他走来。闻莺在他面前站定了说,你一定是柳浪。柳浪也说,你一定是闻莺。然后柳浪说,对不起,我没有准备鲜花,也不敢在人前拥抱你。说完柳浪拖着闻莺的皮箱向底层的停车场走去。柳浪有一辆二手的桑塔纳,柳浪说,闻莺你将就着点,这辆破车等于是我半个家了。闻莺笑笑看着窗外,把两只手叠在一起,没说话。

他们一起吃饭,一起去苏堤和白堤散步。他们手挽手的样子,有些像是热恋中的情人。忘了要说的是,柳浪看上去是一个没有老婆的人,看上去没有不等于实际上没有,实际上柳浪老婆在北京读研。闻莺倒是没结婚,没结婚不等于没有男人,她心爱的男人是一个大款,一半时间生活在天上,飞到东飞到西。在飞的过程中,就有大把的钞票落入了他的口袋。男人说,今年下半年我们结婚吧。闻莺说好的,结婚吧,我要嫁给一个虚无缥缈的神仙。男人笑了,说你把我当什么人了,你不就是嫌我成天飞来飞去吗。闻莺说,飞来飞去是好事,没钱怎么能飞来飞去,飞来飞去更有钱了,我喜欢钱,你知道。

柳浪和闻莺对对方都感到满意。其实两个人都是长得非常漂亮的人，他们庆幸没有像传说中见网友那样"见光死"。柳浪和闻莺出现在有间酒吧的门口时，是晚上九点三十分。这是一个安静的处所，闻莺看到有间酒吧旁边，有间米店，上面就用黑漆写着四个字：有间米店。闻莺说，酒吧和米店都有这么怪的名字。米店早就关门打烊了，卷帘门呈现出灰暗的颜色。闻莺站到有间米店门口，对着这家小店久久凝望着。柳浪的声音飘过来，在夜风中显得有些倦怠和潮湿。柳浪说你对米店有兴趣吗？闻莺抬起了眼帘，她把目光投向柳浪，她说我爷爷曾经在解放前开过米店的，生意很不错。解放的时候，他的米店就一下子姓公了。现在的米店多好，现在的米店开得最大也不会姓公的。柳浪在黑暗里无声地笑了，他的目光在暗淡的灯光下亮了一下。这个时候，闻莺看到了柳浪背后站着一个十一二岁的小姑娘。小姑娘一言不发地站在有间酒吧门口，她的手里握着一捧鲜艳的暗红色玫瑰。在柳浪和闻莺手挽着手走进酒吧以前，小姑娘说，哥哥，买朵花送给姐姐吧，姐姐那么漂亮，你买朵花送给姐姐。柳浪和闻莺对视了一眼，柳浪显得有些尴尬。闻莺回头看了小姑娘一眼，小姑娘的眸子很亮，小姑娘的人中笔挺，小姑娘露出了失望的神色。柳浪和闻莺走进黑色的门，像被一种黑暗淹没一样。酒吧里的灯光暗淡，闻莺却还在想着门外那个卖花的小姑娘。为什么她的眸子如此忧伤？

　　这是晚上九点三十分的有间酒吧。对于有间酒吧来说，现在是一天之中的清晨。客人们三三两两地来了，像没头没脑撞进来的麻雀。闻莺和柳浪挑了一张小方桌坐下来，服务生谦恭地递上价目牌。柳浪说，你想喝什么。闻莺说，我不太会喝酒，来一杯百利就行。柳浪点了一杯百利，一杯杰克·丹尼。柳浪刚点完酒，音乐声就向他和闻莺涌了过来。一个白胡子的美国老头抱着吉他在弹唱乡村民谣，好像要向大家诉说他的家乡风光无限的样子。他长得有些胖，已经不年轻了，但是他的笑容却很年轻。闻莺轻声对柳浪说，我喜欢他，你看他显得那么真实。柳浪说是的，我也喜欢，只是我们好像被什么东西重重包裹着似的。闻莺说，是什么，是棉花吗。柳浪说不是的，又有点像。对了，你说我们像不像蚕蛹，蚕蛹是被茧重重包裹着的。闻莺说，蚕蛹生活在黑暗里，蚕蛹很安静，蚕蛹一定只常常怀想它年轻的时候，沙沙沙吃桑叶的情景。我们生活得不如蚕蛹呢。柳浪笑了，说，神经病。美国老头在唱第二首歌了，一个装模作样的留着小胡子的男人在敲爵士鼓为他伴奏，他的样子显得有些夸张和不真实，让闻莺心生厌恶。这时候，闻莺在想，有间酒吧门口的卖花小姑娘，她是不是还站在暗淡的灯光下卖花。

只是，他们都不知道，卖花小姑娘的名字，叫作童童。

A2

上午九点三十分的阳光，斜斜地从对面大厦的高楼上挂下来，一丝一缕地落在了有间米店的屋脊上。还有一些阳光滚落了下来，滚在"有间米店"四个看上去显得无比蹩脚的汉字上。我们还看到了少妇小红的脸，很大的眼睛，很长的睫毛，只是她的脸上有了明显的雀斑，眼角有了明显的鱼尾纹。她把头探出米店，抬头望了一下天。其实这只是她的一个习惯动作而已,她抬头看天并没有看出什么名堂来。天还是那么窄窄的,像一条很小的河。这个时候,她看到了隔壁有间酒吧的门吱呀开了,然后,一块"正在营业"的牌子放了出来。有间酒吧里面是什么样子的,有什么样的人在里面喝酒,喝的是什么样的酒,她一点也不知道。如果她想在有间酒吧喝一杯酒,那么她得用这家小小米店做一天的生意赚来的钱,才够她抿上几口酒。这个时候,她还看到了一辆平板车歪歪扭扭地向这边过来了。她看不清拉车人的脸,拉车人将自己的身子奋力前倾,但是她仍然能想象一下拉车人的脸。短发,小眼睛,厚嘴唇,人中笔挺,很有男子汉的力度。这是一个名叫阿三的男人,肩膀上搭着一块毛巾。小红店里的各种米,都是他送来的。

　　阿三的车停了下来。阿三抬起头的时候,看到了微笑着的老板娘小红。阿三的眉眼随即舒展开来,像是冬天的一场雪后,突然来了暖暖的太阳,惹得山暖水也暖的模样。阿三开始往下搬米袋,他没有把米袋放到肩上,而是抓住米袋的两只角,像拎着一只小猪的两只耳朵一样,把米袋扔到有间米店的后半间屋子里。阿三说,老板娘,这是糯米,这是粳米,这是早米。阿三说,老板娘,这是鸡血糯,这是泰国米,这是黑米。阿三边说边搬,他开始流汗,汗水很快在他的后背形成一个椭圆形的图案,这个图案紧紧贴着他的皮肉。然后,小红笑了起来,笑的时候露出一嘴白牙。小红看到阿三粗壮的手臂上肌肉因为运动的缘故一鼓一鼓的,看到许多粒汗珠组成河流的形式,缓缓从手臂的肌肉上流下来。小红的心里激灵了一下,像是湖面上投进一粒小石子一样,她的身体有了轻微的颤动。所以,为了保持平静,她再次把目光投向了店门口。一个小姑娘站到了她的面前，十一二岁的样子。小姑娘在微笑，她的微笑刚好在一小团太阳的光影下盛开，所以小红能看到小姑娘脸上的酒窝。她还能清晰地看到小姑娘脸上淡黄色的绒毛。小姑娘很安静，几乎是在刹那间，她就喜欢上了这个安静的小姑娘。于是小红也笑了一下，小红看到了小姑娘手中拿着的米袋，她知道小姑娘是来买米的。阿三在店门口走进走出，像一粒蚂蚁一样辛苦搬运着粮食。小红觉得这个世界在突然之间安静了下来，她看着小姑娘的眼睛，小姑娘的眼睛可以让人一望到底。小姑娘的笑容却显得有些苍白，是那种瘦弱的绵软的微笑。这种微笑像是茅草的边缘那软软的锯齿一样，能割痛人。小红说，你叫什么名字，你想买米是不是？小红不知道自己怎么会问这样一个问题，但是她还是问了。阿三像一个影子一样，嘴里念叨着粳米早米糯米，飘进飘出的。小红忽略了阿三的存在，小红只是看着小姑娘。小姑娘笑了，不是阳光灿烂的那种笑，而是满含忧伤的那种笑。小姑娘看到有间酒吧的木门晃动了一下，有一个门僮在门口闪了闪，又进去了。站在玻璃门边，像一个机器人一样。小姑娘的眼睛看着有间酒吧，每天晚上她都在有间酒吧的门口卖花。小姑娘虽然目光投在别处，但她还是认真地回答了小红的问题。小姑娘说，我叫童童，我来买米，家里已经没有米了。

童童话音刚落，人就站在了小红的面前。小红想要说什么，但是她不知道该说些什么。后来她终于明白，她很希望这个童童就是她的孩子，她太喜欢她了。小红为童童称米，一把小铲子插进米里，"嚓"的一下，让人觉得很舒服的一种声音。又"嚓"的一下，小红的手上有了些微的米的粉尘，白白的，像

298　遍地烟缘

涂在脸上不均匀的珍珠粉。童童帮小红撑着袋口,童童说,这米真好,那么白,白中透着亮,真好。小红不知道为什么鼻子有些酸,小红说,童童,你告诉我是不是你妈病了。童童眨起了那双大眼睛,她说,你怎么知道的,我没有告诉过你呀,你怎么知道的。小红也弄不明白自己是怎么知道的,她就是那样猜了,她就觉得童童来买米那样子,就是妈妈病了的样子。

童童后来付了钱,拎着米袋走了。她走路的样子有些吃力,身子斜了过来。其实她是瘦弱的,像一根草一样。小红一直目送着童童的远去。小红常看到童童,当夜幕刚刚降临的时候,像一个幽灵一样抱着一堆花站在有间酒吧的门口。她是来卖花的,但是看上去生意并不怎么样。小红不太喜欢米店旁边的这家酒吧,在西街,只有这么一间档次不算低的酒吧,甚至老是有老外出没其间。但是小红觉得米店旁边不能有酒吧,米是那么朴素,而酒是米的产物,是经过变更的,是不再朴素的。不过她无力阻止一个个衣着考究的男女笑着走进酒吧,木门一开一合,音乐声也就一强一弱地钻出来,常常光顾她的耳朵。阿三的声音突然响了起来,阿三说,你知不知道,这个孩子很懂事的,如果她愿意,我愿意收她做女儿。小红说谁愿意让你做爹。但是小红心里也动了一下,她喜欢这个女孩子,像是亲人。

这是上午九点三十分,有间酒吧刚开门不久。阿三给有间米店拉来了米。小红望着童童的远去,身子隐进一个拐角,像隐进一堵墙里头去似的。一抬头,日光不温不火软软地挂在对面高楼上,有一些落在了蓝色玻璃窗上,玻璃就有了一小块白亮的东西,像棉花。

B1

晚上十点三十分，柳浪开始和闻莺说话。柳浪说，这个女孩子长得像一只狐狸。

闻莺把头抬起来，她看到一个穿着黑色薄毛衣的女孩子走到麦克风前。薄毛衣是紧身的，加上她有一双好看的长腿，看上去骨肉匀称。她的头发软软地绾在脑后，让人想到一个刚刚睡醒的居家女人，在屋子里光着脚走动，喝水，眺望窗外，或者按遥控板，或者给花浇水的样子。她的脸色很白，显现着一种妩媚，怪不得柳浪说她长得像一只狐狸。但是，闻莺以为，这是一种女人味很重的味道。柳浪说，中国男人形成了一个概念，像一种模式一样，就是骨子里喜欢着狐媚的女子。中国男人希望自己刚强，善战，同时有些像小孩子似的，渴望着母性，渴望着被融化。闻莺说，你搞得像学者似的，你以为你是谁。柳浪轻声笑了，他端起那杯杰克·丹尼，看着这种暗黄色的液体时，眼前突然出现了美国那块盛产上好玉米、黑麦以及大麦芽的田纳西山谷。他看到了把威士忌酒在10英尺厚的用糖枫树烧成的炭上面过滤的情景。什么叫情有独钟，也许这就是情有独钟，就像爱一个女人一样爱着杰克·丹尼。有时候喝这种酒的时候，他都希望自己永远未婚，永远生活在那个山谷里做酿酒师，生活在一百三十年前这种酒刚刚开始酿制成功的年代里。他抿了一下酒，酒属于烈酒，但是怎么可以和中国的烧酒相比。如果二锅头是个猛张飞的话，那么杰克·丹尼无疑就纤弱得像一个捧心的西施。柳浪很久没有说话，他在转动酒杯，在看着台上那个女人微微扭动的腰肢。女人扭动的幅度不大,她把两手插在裤袋里,在唱着一首叫夜来香的歌曲。

后来柳浪说,闻莺,我想和你聊聊一夜情,我很想和你一夜情。闻莺抬起头来妩媚地笑了,闻莺说,你看看我,我有那个唱歌的女人妩媚吗。柳浪想了想说,没有的,那个女人是从骨子里妩媚的,你不是,你只妩媚在面上。柳浪的话让闻莺有些生气,闻莺说,我大老远从深圳赶来,原来是想要你在我身上泼冷水的。柳浪又笑了,柳浪说,我没说错,我不太喜欢说违心话的。有许多时候,人的身上有着一种动物性,无可改变。一般来说,人类的文明进程无法在极短的时间内改变这种性质。闻莺说,不见得,我相信在文明的无形枷锁下,动物性能被锁住。

柳浪皱了一下眉,柳浪说,那么我问你,如果我不认识你,我们一起被遗弃在荒岛上,除了一起吃喝拉撒外,我们会很自然地做爱,你信不信。闻莺也把她细小的眉毛拼凑到了一处,闻莺说,那我如果不爱你,我相信也能守住阵地,关键是,我们同吃同住,如果你不是一个十恶不赦的坏蛋,我怎么会不心动,不和你产生感情呢。柳浪说,那如果你不愿意,而我因为荒岛没有法律而强奸你,你又怎么办?这就是动物性。闻莺故意把牙齿咬得咯咯响,闻莺说如果是那样,我就杀了你。柳浪说,你杀我吧,但是请你温柔地杀我。闻莺不想继续这个话题了,闻莺说,别说这些了,这些都是毫无意义的,我不愿意和你在想象中一起去荒岛。如果做爱,我更愿意寻找一张柔软而舒适的爱床。

柳浪说那你觉得我和你一起会好吗?闻莺说,没试过,我不知道，也不想试。柳浪突然无比恶毒地笑了，柳浪说一定会很好，因为我的眼睛很尖，一眼就能从你那么好的身段里看到，你在某些时候一定会龙腾虎跃的。闻莺的脸在黑暗中红了一下，她想到了柳浪话中的情景，她说，你别惹火我，惹火了我怕你那点水浇不灭。柳浪说，你一定是动心了，两个人在同一个酒吧里谈论这个问题，就一定是双方都有心的。闻莺说，你别美了，你这个银样镴枪头。柳浪说，你怎么知道的，那你试试再下结论也不迟嘛。闻莺不再说话，她不想再说话了，突然觉得有些无聊。她有些后悔从那么大老远赶来，见这个温文尔雅的流氓。尽管她对柳浪的印象还是不错的，但她仍然有了些微的后悔。唱歌的女人将嘴唇贴在麦克风上，唱着一首叫《月亮代表我的心》的歌曲。她的歌声很柔软，身体也是。一个下巴上蓄着小胡子以示性感的男人，不经意地用双手轻轻拍打着爵士鼓。闻莺不喜欢这个男人，她的目光穿过女人留下的一小块缝隙，在暗暗灯光下看到了那个男键盘手。男键盘手的脸色白净，没有一点阳刚的痕迹，但是他的脸很有轮廓，而且给人一种无比洁净的感觉。眼睛也是明亮的，在黑暗中一闪一闪。他很认真，低头摆弄键盘，偶尔一抬头，和唱歌的女人对视一眼。闻莺想，这一眼一定是一种交流，闻莺突然很羡慕这种交流，她想，现在她的大款男人，是不是在漆黑的天空中飞行。是不是在天亮以前，抵达另一座城市，并且和不同肤色的女人做爱？

闻莺举起杯抿了一小口百利甜酒，她喜欢"爱尔兰"这个地名，这三个字是一个奇怪的组合，让她感到干净无杂质和一点点的温暖。就像"爱尔兰"盛产的这种酒一样，有着淡淡的巧克力的芬芳。她喜欢这样的芬芳，柔软的酒接触到她的唇，经过她的舌头,滑入她的喉咙,然后在喉咙里下滑的过程让她感觉到了什么。她想不起来,在女人的歌声中她想了很久,才突然想到这感觉就像是小时候祖母给她翻晒过的一床小被,她小小的身子蜷起来躲在被子下,像一粒虫子躺在一枚偌大的树叶下一样。温暖温暖温暖。这时候闻莺觉得自己来这儿还是有所收获的,尽管她从深圳飞杭见网友一点也没想过要和人上床做爱。她没有去理睬柳浪,柳浪也不说话,突然之间沉默成黑暗之中的匹诺曹。爱尔兰奶油和上等的爱尔兰威士忌调和起来的酒,让闻莺有了感叹。她又抿了一小口,她想这种酒是不会醉人的。她抬起头把目光越过了柳浪的头顶,看到附近桌子上多多少少放着一两杯百利甜。闻莺就想,这就是大众口味,不像柳浪,老是叫嚷着人的动物性。

  女人还在唱着温软的歌,她和男键盘手开始对唱一首歌。歌的名字叫《知心爱人》。闻莺不太能记得具体的歌词了,她记得好像有不管风雨会不会来,要坚定相守的意思,就想起了她的大款男人。一个在天上飞的男人,谈不上相守和不相守,谁来给她这个承诺,就像她也没给谁承诺一样。这时候,她突然想要给谁承诺,她看到了男键盘手唱歌的时候,一直注视着女人,女人唱歌时也是,看着男人,像在舞台上演出一样。男键盘手的声音却充满着男性,很干净的声音,让闻莺有了些微的迷恋。闻莺没有看到男键盘手一直在上下舞动的手指头,但是她想,那手指一定颀长,白皙,舞动的样子像是燕子低飞。她又抿了一口百利甜,看了身边的柳浪一眼。柳浪的目光没有看着她,还是四散开来,投向四面八方。他的目光是迷乱的,像没有了眼神一样。他不能想许多问题,或者是人为什么会有动物性这个问题,所以他显现出一种迷惘来。

音乐戛然而止,像一个刹车声,或者像一块玻璃的突然碎裂。女人在费力地把麦克风插到固定的座桥上。男键盘手站了起来,他们后来和那个下巴上蓄着小胡子的男人坐在了一起,装出一种谈笑风生的样子。闻莺想,这也是一种生活,这种生活是在黑暗里的一种精彩,和白天无关。

B2

上午十点三十分,阿三开始给有间米店的老板娘小红讲一个黄色笑话。

阿三看到小红目送着来买米的小姑娘童童远去,阿三已经把米全部从板车上卸下来了。阿三点了一根烟,他很深地吸了一口,像要吞下什么东西似的。然后他说,小红,我给你讲一个笑话好不好。小红说,你哪里会有什么好的笑话?小红的目光从远处拉了回来,她并不想要听阿三的笑话,她想阿三的笑话一定是黄色的,但是她却摆好了一个听黄色笑话的姿势。阿三笑了起来,吐出一口烟。阿三说,那也不叫笑话,让你猜一个成语吧,谜面是女人生小孩,你猜一个成语。

小红想了很久。小红没有拼命地想成语,她在想童童拐进墙角的样子,多么像突然隐进了一堵墙,或者被墙吸进去了似的。阿三已经把一支烟抽完了,阿三问,你有没有猜到。小红说,没有,我根本就没怎么猜。阿三听了有一些失望,他看到隔壁的有间酒吧里开始有零星的客人了,是早上来喝咖啡的。阿三说,真是作,真是在作了,那不等于烧钱吗。他们喝一杯咖啡，吱溜一下就没了，付出的钱和我拉一天的车挣的工钱差不多。阿三愣愣地看了那个门僮很久，他戴着一顶红色的平顶帽子，有很大部分的头发露了出来。他的身影若隐若现的，却体现着一种干净。在酒吧里，不说一尘不染但也是相对干净的。阿三喜欢这样的干净，但是他是拉板车的，替粮店送粮食，所以他的身上始终有着米的粉尘，头发也是灰中带白的。

小红把身子靠在柜台上，看着不远处的墙角，好像要用目光把童童从那个地方吸出来一样。阿三想起小红还没有问他的谜底呢，他显得无比失望，把一个吸完了的烟屁股扔到地上，用脚踩住，再狠狠地碾了一下，像是要表达自己的不满或者轻度愤怒。他终于忍不住了，放大嗓音说，血口喷人。小红被吓了一跳，她惊讶地看着阿三说，阿三你怎么啦，你说谁血口喷人。阿三看了小红很久，终于放低了声音说，刚才的谜底是血口喷人，我不是说你血口喷人。小红想了一下刚才的谜面，是女人生小孩。小红大笑起来，笑着笑着她停了下来说，阿三你真恶心，天底下找不到像你这样恶心的人了。你真是一堆狗屎。

阿三没有恼，而是心平气和地找了张凳子坐了下来，好像要长谈的样子。他又点了一根烟。小红说你怎么还不走，你不卸完米了吗。阿三说，我想和你说说话，说说话也不行吗。小红说，那你快说吧，我要听听你到底能说出什么人话来。阿三说，你怎么这样说话，你不把我当人看是不是，再怎么说我也是现代的祥子，属于名人。小红说，祥子是谁？阿三说，祥子都不知道，祥子是老早的时候拉板车的。小红"嗤"地笑了，笑声中表示出一些不屑。

时钟跨过十点三十分，就是上午的尾巴了。在这个尾巴上，阿三要和小红谈心。板车就停在有间米店的门口,像一只睡在家门口的癞皮狗一样,显得无精打采。阿三说,小红,你老公是不是又出门了,你老公什么时候回来?小红说我老公出门关你什么事?阿三说,那我想找个机会亲近你啊,我想弄你,你说好不好。小红冷笑了一下,但是她的冷笑有些底气不足。她没有想到阿三会说出一个"弄"字,这个字像从远处伸过来的手一样,抚摸了一下她的身子,让她有了些微的颤动。小红说,你做梦。

阿三笑了笑,他很从容地又点上了一根烟。烟雾就开始在他的头顶弥漫,小红做了一个挥手赶烟的手势,并且皱了皱眉。她突然发现阿三是个难缠的家伙,因为阿三像一个男人,就算是一个下作的男人他也是一个男人。而他的老公不是,像一粒病枣一样,还三天两头出门去,说是要做一笔大买卖。他老是向小红要钱,他把自己藏在一套显得过于肥大的西装里,成天搓着手,呵呵着说话。他说呵呵小红给我点钱,呵呵小红这次的大买卖一定能成,赚他个十几二十万的,呵呵小红你知道,我也想为家里赚一些钱的,我是男人嘛。老公的最后一句话让小红感到恶心。小红不给他钱了,小红的钱差不多让他赔完了。但是他仍然出去,小红不知道他的车钱是从哪儿来的,他说这次要做五金生意。他一点也不懂五金的,却说要做五金生意。阿三头顶的烟雾仍然在升腾着,他显得安静多了,尽管他的目光仍然投在小红的身上,但是他没有说话。阿三知道小红一定在想着什么问题,不然不会低着头显现出惘然若失的样子来。小红不年轻了,但是小红是个充满诱惑的女人。小红脸上有雀斑,眼角有鱼尾纹,脖子上也有了皱纹。但是这算得了什么,她有小腰和一个饱满的屁股,有一双浑圆的腿和胳膊。阿三就喜欢这样的女人,阿三看不惯电视上那些个子高高但瘦骨嶙峋的女人。他甚至恶毒地想,男人睡在女模特身上,一定会硌着骨头的。阿三的烟吸完了,他把烟头扔在地上,仍然用脚碾了一下。这次他表达的不是不满和轻度愤怒,这次他伸出脚去的时候有些小心翼翼,好像是某一件事情的前奏开始时心中忐忑的样子。烟雾仍然没有散去,最后一缕烟雾在他的头顶上升腾起来。

小红看着有间米店门口的街面。街面上这个时候人不多,一个谢了顶的大肚子男人夹着一个包正在用手机通话。他把嗓门放得很大,好像要买下整个城市似的。她眼角的余光却看到阿三站了起来,阿三是一个壮实的男人,他走到了小红的身边。小红的眼睛眯成了一条缝,她装出平静的样子,但是她闻到了一股男人的味道。是烟味和汗味组成的。门口的板车仍然像是一只癞皮狗一样躺着,小红突然觉得有些热,有些不可思议的热。她扯了一下自己的领口,想要是有风跑来灌进去该有多好。她又希望板车真的成了一只癞皮狗,慢悠悠地踱进来,咬着阿三的裤管把他拉出店门外。

米店显得很静。那些各种品种的米,安静地躺在自己的位置上。它们的身上插着竹做的标签,标明着各自的身份。小红开始感到没有由来的慌张。阿三低声说,小红,我想弄你,我一定要弄你。小红的喉咙像被什么卡住似的,她的脸像是在燃烧的一片云一样。她想要说什么,但是她说不出来,倒是阿三又平静地说,小红,我想弄你,我一定要弄你。小红想完了完了,我怎么一点力气也没有了。她的身子像被开水烫过的肉皮一样舒展开来,她知道自己身上有一扇门已经悄无声息地打开了。完了完了,这个天杀的阿三,他想干什么。小红终于说出了三个字,但是三个字显得那么苍白和有气无力,不像是骂人,却像是呻吟。三个字是:不要脸。

C1

午夜十二点的时候,柳浪和闻莺走出了有间酒吧。

柳浪和闻莺从里面走出来,像一对影子一样飘到了有间酒吧门口的路灯下。这时候有了些微的寒意,并不是特别冷,只是稍稍有些寒意像一只凉凉的手在裸露的肌肤上游走一样。他们仍然能听到音乐声,和很轻的笑声,从门缝里溜出来,像一条削尖脑袋的蛇一样,缓慢地游走在他们的身边。木门又闪了一下,一个披散着头发的女人跌跌撞撞地出来了,她的手里抓着一只皮包细长的包带。那只黄色的包就在她脚边晃荡。她显然已经醉了,闻莺看到她刚才在酒吧里,仅仅喝了两瓶嘉士伯啤酒,却醉成了这个样子。闻莺断定这个女人的醉一定和所谓的感情创伤有关。女人没有停步,她穿着一双高跟的拖鞋,十个脚指甲都涂了红色的指甲油,在暗暗的路灯下有着鬼魅一样的味道。女人的喉咙里咕咕地响了一下,好像是一场呕吐的前奏。柳浪不喜欢这个女人,一点都不喜欢,他见不得女人醉酒和呕吐。

女人远去了,拖鞋的踢踏声也渐渐远去。酒吧门口重又安静下来,这是一条安静的西街,多么美丽的西街。两人站着一动不动,突然闻莺看到了那个卖花的小姑娘,她居然躲在角落里，一言不发地用一双大眼睛看着她。闻莺说你过来，小姑娘就过来了。闻莺说你叫什么名字，这么晚了还在卖花。小姑娘说我叫童童，我正打算回去呢。童童仰着头，看着穿得干干净净长得面容姣好的闻莺，她笑了一下，她心底里有些喜欢这位阿姨了。闻莺说，是谁让你来卖花的，这么晚了还不回去，你赶紧回吧。童童说是我自己来卖花的，我妈妈一直在生病，我不卖花赚钱的话，谁来卖花？童童的话有些轻描淡写的味道，但是闻莺却把身子蹲下来了。

闻莺蹲下身子开始抚摸童童的头发。童童的头发显得有些干燥，呈现出灰黄的颜色。闻莺把手指插在童童的发丛里，轻轻梳理，目光中流露出一种温柔的母性。然后她又开始抚摸童童的眼睛，鼻子，嘴巴和身体。闻莺说，好孩子，你是好孩子。这时候童童眼角忽然挂下了眼泪，童童说，阿姨你别这样，你这样我会难受。闻莺抱紧了童童，闻莺抱着童童拍着她的背。柳浪觉得闻莺真是有些不可思议，他把自己靠在了一堵墙上。墙上挂着一盏路灯，光线就半明半暗地投在了他的身上。这让他想起了一部叫作《花样年华》的电影，电影里梁朝伟也靠在墙上摆出了这样一个姿势。

闻莺站起身来，她开始掏钱。她掏了许多钱出来，塞到童童的手中。柳浪看不清闻莺拿出了多少钱，他听到童童有些慌张的声音，童童说我不要，要不你买一朵花吧，我只要你付一朵花的钱。闻莺说，钱你拿着，算是我买了你一朵花。童童挑了一朵花，一朵暗红色的玫瑰，她把玫瑰递到了闻莺的手中，然后把一把钱塞进闻莺的手里。闻莺的眼睛忽然就热了，她有一种把童童养作女儿的欲望。闻莺说你走吧，童童你别傻了，你妈等着你的钱呢。这么晚了，你走吧。闻莺一边说着，一边重又把钱塞入童童的怀里。童童走了，她说阿姨再见，她抱着她的花和闻莺给她的钱，慢吞吞地向前走。突然她开始奔跑，一边奔跑一边哭着，她叫的分明是阿姨，阿姨。闻莺的眼泪终于没有忍住，她哭了起来，她在路灯下抹眼泪，像她知道自己的初恋已经夭折时的哭泣一样。她想起那是在十七岁，一个和她要好的同班男孩回宁波老家去读书。她哭了，哭了整整一个晚上。现在她看到童童在不远处的墙角一闪不见了，像被一堵墙吸了进去一般。

　　闻莺站在有间酒吧的门口很久，握着一朵午夜的玫瑰。她不知道过了多长时间，只知道有些人从酒吧里出来，奇怪地看着握着鲜花的一个女人。很久以后，她才想起她是从深圳来的，她是来杭州赴一场约会的。她用目光寻找那个男人，那个男人把自己贴在了墙上，像一只硕大的蝴蝶。她笑了一下，走到柳浪跟前站着，不说话。柳浪也不说话，他们的目光对视着，但是目光中都有着一种迷乱和疲惫。闻莺望着手中的玫瑰，玫瑰已经有些干瘪，花边也有些卷曲了，但是花骨朵里还残存着童童洒上去的水。闻莺想，这朵玫瑰多么像是现在的自己。她把玫瑰送到自己的鼻子下面闻了闻，有一种淡淡的味道，不是花的清香，更多的是植物散发出的气息。这让她想起了大学时代的爱情，她生日那天打开抽屉，发现了一盒堆在玫瑰花瓣下的巧克力。看到这些的时候，她一下子奋不顾身地陷入一场爱情中。她是被玫瑰花瓣击倒的，像一粒又一粒柔软美丽但却又杀伤力极强的子弹。她并不是钟情玫瑰，而是在意那个男生的用心良苦。没有结局的爱情早已远去了，仅仅是把两个人的身影遗落在树林里而已,仅仅是湿润的唇的接触而已,仅仅是年轻得像一堆火一样的身体的相互接触与抚摸而已。

闻莺和柳浪相对站着。闻莺理了理头发,歪着头对着柳浪说,柳浪,我今天很想和你一起堕落一回,然后,把你忘掉,把今天的事忘掉,把西街的有间酒吧忘掉。闻莺说这话的时候,脑子里老是有一种声音在轰鸣。她不知道是一种什么样的声音,后来她想起来了,一定是那个大款男人乘坐的飞机发出的巨大声响。闻莺轻笑了一下,大款男人见鬼去吧。闻莺的眼波流转着,突然有了一种妩媚的样子,显得风情万种。闻莺说,柳浪,我想我就成一摊水了,我们走吧,我想放纵与堕落。柳浪仍然把自己贴在墙上,好像要做一只坚贞不渝的蝴蝶。他把目光投过来,投在一个女人的身上。女人是骨肉匀称的好女人,女人用意乱情迷的目光迎向他,女人的头发是卷曲的,女人的呼吸声在这个静夜里响了起来。那是一种母性的呼吸,有着温馨的味道。

柳浪把自己的两条腿绞成麻花状。他看着闻莺说,我刚才还口口声声在说着人的动物性,但是我现在一点兴致也提不起来。我不知道是不是我身体的某个零件已经失灵了,我觉得我很累很疲惫但是又不愿在夜里把自己沉沉地睡过去。闻莺,我爱你,我爱女人,我也爱这个世界。闻莺的眼色中掠过了一丝失望,他们仍然对视着,但是闻莺身上那种妩媚的气息在一点点退去。慢慢漫上来的,是一种高贵女子的气息。那个唱歌的女人从有间酒吧里出来了,她看了柳浪和闻莺一眼,走向一辆红色的桑塔纳。那是一辆陈旧的车子。女人打开后备厢,取出许多条新皮带,去掉包装,然后在身上比画着。后来女人上了车,上车之前看了一眼柳浪。柳浪吹了一个响亮的口哨,口哨划破了寂静的长夜,显得有些凄厉。女人笑了,她打了一个飞眼,歪着头看着柳浪。闻莺也笑了,她定定地看着柳浪说,你看看你,像一个不折不扣的流氓。柳浪说,流氓就流氓,比盲流强多了。

女人的汽车开远了,像一只红色妖狐的远去。柳浪和闻莺离开了有间酒吧的门口。柳浪抱紧闻莺,像一对热恋的情侣,他们相拥着向远处的大街走去。街道显得有些冷清,这时候,他们不约而同地看到了有间酒吧隔壁的有间米店,像一个小男人那样窝着,很不显眼的样子。四个黑字倒有些夺目,有间米店。他们看了这家米店很久,他们都想起了小时候买米的情景。然后,他们离开了。

C2

中午十二点,阿三把小红压在了有间米店后半间的米袋上。

小红说"不要脸"的时候,自己的脸已经很红了。她不知道自己的手应该做些什么,她就把自己的十个手指头相互绞着。阿三站在小红的身边,阿三又说了一句。小红,我想弄你,我就要弄你了。小红的身体开始颤抖了,她无法阻止自己的身体颤抖。太阳已经挂在有间米店的正上方,一天之中数这个时候的光线最好。光线白白地投在小红的十个手指上。这是十个长得一点也不漂亮的手指,因为它们一天到晚都在辛苦地劳作。小红看着自己的手指,她不知道自己的手指为什么那样绞来绞去。而她的耳边,是阿三说话时喷出来的热气,像一根软草一样,在她的耳畔鼓捣着,让她痒得有些难受。

小红看到手指头多出了许多的时候吓了一跳,她开始数数,一下子数到了十五只手指头。这时候她想到,还有五个多出来的,并且和自己十个手指纠缠在一起的,一定是阿三的手指头。但是她分不清哪些是自己的指头,哪些是阿三的。阳光真白,白白地映着十五只手指头。阿三的手指头有了轻微的牵引,阿三其实没有用多少的力气,但是小红却感到了一种很大的力量,牵着她的手指头向里半间走去。有间米店的里半间,被木板隔开了,是一个隐蔽的空间。小红开始迈步,小红的腿打着战,她想这是怎么啦,自己怎么被一个叫阿三的男人如此轻易地牵起来就走。而且阿三仅仅是有两个手指牵着她其中一只手的中指而已。她想站住的,她想我不能进去不能进去,这时候她想到了那个穿着肥大西装,喜欢叫着我要做生意去我要做生意去的病枣男人。不管病枣是好是坏,都是她小红的枣子,所以她是不能走向里间的。她开始用力拒绝进入里半间,她开始想要挣脱阿三的手指,但是这时候她突然发现,自己的力气已经消失了,消失得无影无踪。自己像一团阳光底下的棉花,或者像被拆除了骨头,软得不成样子。

阿三把小红牵进了有间米店的里半间,像牵一只温顺的绵羊。然后他转过身来,看到小红的嘴唇都在哆嗦着。阿三笑了,轻声说,你别怕,你怕什么。阿三的一双手扶在小红的腰上,小红的腰是细的,但是阿三仍然能摸出小红腰上一点点的赘肉。阿三就用双手握着小红的腰,他一用力,小红的整个人就飞了起来。小红觉得自己像一只轻巧的玩具一样,可以被阿三拎来拎去的。果然她飘了起来,像一只从天空中跌下的纸鸢一样,落在米袋上。然后她闭上了眼睛,她不想闭上眼睛的,但是她闭上了眼睛。

阿三压了下来,他的嘴开始胡乱地拱着小红的身体,小红其实是喜欢这样的迷乱的。小红身下的米袋硌痛了小红,她觉得自己身上的肉有些胀痛。但是这些胀痛都是无足挂齿的,因为阿三的存在。阿三的手异常灵动,这是小红没有想到的。小红想,自己已经化成一摊水了。小红有些恨自己的不争气,怎么就轻易地受了诱惑,难道是看上了阿三胳膊上的肌肉吗,肌肉有什么了不起,又不能卖钱。但是小红脑子里却四处晃动着男人的肌肉,小红想把自己彻底地打开了,小红想阳光来吧,雨露来吧,风来吧,我要把自己整个身体都打开。

阿三的手落在小红的裤腰带上。那是小红从小商品市场花了一块五角钱买来的人造革皮带。阿三解了很久都没能解开这根皮带,这让他有些恼火。他一用力,皮带断了,露出了里面杂色的人造革。然后,他的手带着一股热气开始自由伸展。小红轻轻叫了一下,小红想,完了完了,就要被他拿走了。那个穿着肥大西装的瘦弱男人,你怎么就不好好在店里守着自己的老婆呢。小红的脸上和头发上都沾上了米的粉尘,她的脸上有一小块一小块的灰白,她闻到了各种米夹杂在一起的气息,那是粮食的温暖气息。小红的鼻孔痒了痒,她开始打喷嚏,她自己也没有想到喷嚏会一个接着一个。她一共打了六个喷嚏,从她嘴里喷出的细碎液体溅了阿三一脸,让阿三有些扫兴。但是一等她打完喷嚏,阿三随即又重重地压上了她。阿三张嘴咬住了小红的唇,一股强烈的烟味冲撞过来,让她感到有些失去了兴致。而阿三正将自己顶住了小红的一扇门,阿三腾出一只手来的时候，小红说等等。小红像是竖着耳朵听什么的样子。阿三说，没人的，说完就动手了。小红奋力挣脱着，她不是不想要男人，她是突然没了兴致。阿三急得满头大汗，他想，一个女人正在渐渐远去，像一艘明明已经进港但却又渐渐驶远的船一样。小红说，有人来了，我听到有人来了。她用双手支起身子，然后开始用手整理衣裳和头发。她把断裂的皮带解了下来，扔在米袋上。皮带软塌塌的，像一条毫无生机的黑色的蛇一样。她把裤子的扣子扣上了，这样可以使她的裤子保持惯常的姿势而不往下滑。阿三又拉了他一下，被小红一掌打了回去。小红咬着嘴唇说，去你的，狗屎。阿三像被从头上浇下了一盆冷水，所有兴奋都像一只林中奔跑的野兔一样，突然之间消失得无影无踪。他有些颓丧地坐在米袋上，呆呆地坐着一言不发。

　　小红站起了身。小红看了阿三一眼说，你走吧。然后小红走到了外半间，她果然看到了店门口安静站着的童童，她的手里仍然提着那袋米，她在阳光底下微微地笑着。小红再次异常清晰地看清了她脸上的酒窝，看清了她脸上细密的淡黄色茸毛。小红说，童童你怎么啦，怎么回事？童童说，妈让我来换米，妈说你给我的是粳米，粳米比早米贵，如果买早米，就可以买更多一些。小红一言不发地接过了米袋，她把粳米倒了出来，米扬起了灰白色的粉尘，像细小的精灵一样在阳光下飞舞着。小红又打了一个响亮的喷嚏，她不停地往米袋里装着早米，足足多给了十斤。米袋转到了童童手中，童童掂了掂，疑惑地说，有那么多吗，有那么多的米吗。小红笑了，说傻瓜，早米比粳米便宜，有那么多的。你回去吧。

　　童童笑了一下，转身走了。童童无声的笑，突然像细小的麦芒一样，轻轻地在小红的心尖上扎了一下。小红看着童童再次在拐弯的地方消失，再次像被一堵墙吸进去。然后她看到了一个叫阿三的男人，一脸失败地从里间出来。他一言不发地拉起了他的板车，然后他和他癞皮狗一样的板车都在小红的视线里消失了。消失之前，小红鄙夷地望了望这个曾令她瞬间心动的男人的背影。接下来是一段安静的时光，她一动不动地站在米店里，望着她的早米粳米糯米，望着她的黑米泰国米鸡血糯。她仿佛听见了叽叽的笑声和说话声，那都是她的米发出来的。那么多米挤在一起，总是要吵闹的。她说别吵，你们给我别吵。她把两只手都插入了米中，米挤压着她手上的皮肤，让她感到有些庠。然后，她把脸埋进了米堆中。她的呼吸有些困难，她闻到的都是米的气息。她想，米，实在是一个看上去很漂亮的字啊。

小红抬头的时候，有许多米粒沾到了她的脸上。然后，她看到几个男人正在向这边靠近，他们的手里拿着红色的油漆桶，像是拎着一桶血似的。小红能想象桶里面黏稠的液体。那几个人走近了，说，老板娘，我们要在你墙上写几个字，我们已经写了很多这样的字了。

D

第二天晚上九点三十分，柳浪和苏白出现在有间酒吧的门口。

上午的时候，柳浪在电话里说，苏白，我请你喝酒。我的一个朋友从深圳来看我，又回去了。今天我特别想喝酒，你能不能陪我喝酒？苏白正在公司的办公大厅里转悠着，手机响了，是柳浪的声音。苏白想了想说，好的。去哪儿？柳浪说，九点半，西街的有间酒吧。

苏白关了手机，她的眼前浮现出一个年轻人的形象，温文尔雅，干净。他们是通过朋友的一次聚会认识的，有时候他们走得很近，一天打几个电话，柳浪会在电话里说，我想你。但是苏白不知道柳浪的这三个字是调侃还是真话。有时候他们走得很远，会几个月不打一个电话，若即若离的样子，已经有了一年。柳浪问苏白为什么取了这样一个名字，苏白说，我妈怀我的时候，常去苏堤和白堤走走，所以取了这样一个名字。这个名字有什么不好的。柳浪说，好是好，但是太绢秀，没分量。苏白说，我不需要分量。

现在柳浪和苏白出现在有间酒吧的门口，他们碰到了一个叫童童的卖花女孩。童童看了苏白一眼，一声不响。柳浪觉得奇怪，他想起了昨天童童的话，哥哥，买朵花送给姐姐吧，姐姐那么漂亮，你买朵花送给姐姐。但是今天童童没有说。柳浪像闻莺一样，蹲下身子抚摸着童童的头发，童童的神态就显得有些局促起来。柳浪掏出了钱，柳浪说，叔叔不买花，你把这钱给你妈看病好吗？童童没有接，童童说我又不是要饭的，我不想要你的钱。童童的目光抬起来，落在苏白的身上。苏白穿了一件淡绿色的紧身薄毛衣，月白色的长裙，有一种亭亭玉立的味道。苏白看到童童在看着她，就微笑了一下，低垂着眼帘，低垂着长长的头发，眼光却落在别处。童童的目光里含着少许的不友善的成分。童童对柳浪说，昨天那个阿姨呢，你为什么不和昨天那个阿姨来。柳浪愣了一下，他仍然蹲着身子，保持着和童童平等说话的姿势。柳浪说,阿姨回深圳了,她的家在深圳,她回家有事的。你知道深圳吗?童童不说话,她忽然轻轻推开了柳浪抚着她头发的手,退到墙角站住了。柳浪手里拿着钱,有些尴尬的样子。苏白望着自己的脚跟,那是一双水晶拖鞋。她又笑了一下。

灯光洒在三个人的身上,三个人成了一只等边三角,或者像是竖着的三枚钉子。突然开始下了一场秋雨,先是很小的,后来渐渐变大,声音也大了起来,像是蚕在吞吃着桑叶的声音。苏白进了屋檐下,她没有去催柳浪,她就安静地站在童童的身边。童童对她的敌意也好像在一点点消失。她伸出了白皙的手,她的手指很漂亮,手指触到了童童的脸庞。童童抬起头来,很轻地说,阿姨,我送你一朵玫瑰好吗,我不要你钱的,因为你很漂亮。苏白也蹲下了身子,她接过了童童递给她的一朵玫瑰。玫瑰因为沾上了雨水,在暗夜里发出一种光芒。苏白想,花也会在灯光和雨中跳舞,花也是有力量的,花还会唱歌。女人,就像花的一生一样,含苞、绽放、枯萎,最后凋零。苏白将唇轻轻在童童的耳边触了触,轻声说,下雨了,早些回家吧。童童说还早呢,我卖花要卖到十二点。苏白不再说话,她站直了身子,但是她的手仍然轻握着童童的手。

他们看到雨中站着的一个男人,手中握着一小沓钱,一动不动的样子。一辆旧的红色桑塔纳开过来,停下了,从车上下来一个女人。她是来唱歌的,她是这儿的驻唱,再过一会儿,酒吧里就会响起《夜来香》的歌声了。柳浪吹起了口哨,口哨声在雨中穿行着。女人回过头,冲柳浪笑了一下,然后她推开了有间酒吧的门。酒吧里,是无雨的世界。而柳浪就那么站着。

苏白笑了，说你刚才吹口哨的样子真像一个流氓。柳浪想了想说，流氓就流氓，比盲流要好多了。他把钱放进口袋，他想走进有间酒吧。这时候他注意到有间酒吧和有间米店的墙上，突然比昨天各多了一个"拆"字。也就是说，一段时间以后，这里可能就是一片平地了。

柳浪站在雨中央，用手指指酒吧和米店，轻声说，有间酒吧，有间米店。他不知道是说给谁听的，他只知道一抬头，雨越来越大了，铺天盖地地落在他的脸上。

城里的月光把我照亮

1

芬芳从发廊出来的时候，看到了一大片的月光，就在发廊的玻璃门外游来淌去。芬芳停住了脚步，在发廊门口站定了。月光和发廊透出的粉红光线，对比明显，光影把芬芳的身影拉长，疲惫地扔在街面上。芬芳很想拾起地上自己的影子，她觉得那影子太过虚弱与柔软。发廊里的小琴小英小雅小芳们，表情木然地用目光捧着一只二十一英寸的长虹牌电视机，看着电视屏幕上的各式广告。她们一个又一个地打着哈欠。这时候芬芳突然渴望一场雨的到来，那样的话，她可以站在发廊的玻璃门内，对着檐滴发呆。但是雨迟迟都没有来，只有铺天盖地的月光。霜降已经过了，芬芳开始觉得寒冷，她用双手抱了抱自己，觉得自己的手臂有了微微的温暖。

芬芳是去买豆腐串的，她有些饿了。芬芳又在发廊门口的空地上站了一会儿，然后她向桥头走去。桥头有一个卖炸豆腐串的老女人，老女人的身上，散发着油炸豆腐的气息。她很辛苦。辛苦得让芬芳感到她连一个笑容都不肯浪费。芬芳一直都在想,老女人为什么要那么辛苦?但是芬芳一直都没有问,因为她觉得没有问的必要。但是有一天,在芬芳接过了豆腐串准备反身回发廊的时候,老女人叫住了她。老女人的声音,喑哑得像一面被敲破的铜锣。老女人说,你为什么要那么辛苦?芬芳手里拿着豆腐串,一下子愣住了,她没有想自己原来是辛苦的,甚至可以比老女人辛苦。芬芳缓慢地转过身去,对老女人笑了一下,说那你为什么那么辛苦?老女人说,为了活着。老女人紧接着又说,难道不是吗?

芬芳什么也没有说,她转过身来,趿着海绵拖鞋,在路上走出了S形的路线。她的心里一直在唱着一首歌,原来老女人是为了活着。一个年老的女人,活着对她有那么重要吗?

雨一直没有来。雨当然不可能在天空下着月光的时候来。芬芳又轻笑了一下,离开发廊门口那一小片粉红的灯光,向桥头走去。芬芳远远地看到了桥头的一盏灯下,老女人孤独得像一个木偶的身影。芬芳想,如果换成是自己,如此呆板地守着一座桥一盏灯一个小摊,如此乏味地把每一个夜晚,都关在屋外,那还不如跳下河去算了。芬芳离桥头越来越近了,这时候,芬芳看到了几只柴油桶。柴油桶零乱地站在一家汽车修理铺的门口。修理铺早就打烊了,芬芳记得修理铺的师徒两人,都长得高大健壮,像公牛一样。他们的嗓门巨大,老是对着司机们吼。但是他们的手艺是一流的,芬芳听到好些司机都说了。那些车子坏了的司机,偶尔会走进发廊来,把疲惫的身体躺下,任由小姐们没有规则地拿捏,或者在狭小的空间里,大汗淋漓地做一回猪头。

芬芳没有再向前走。因为芬芳听到了细微的声音，像是一枚树叶的呓语。芬芳站定了，她的手里握着几枚硬币，现在这几枚硬币，在芬芳温软的手心里，感到温暖而熨帖。月光多么凉爽啊，芬芳又抬头看了看月色，她喜欢那样的月色，透明而温情。芬芳后来走向了柴油桶，她站在了一个小小的包裹前。包裹里是一个月光下的婴儿，婴儿睁着一双眼睛，眼睛里看不出一丝内容。芬芳一下子喜欢上了这个安静的婴儿，但是她没有俯下身去。她久久地站着，看着婴儿。一辆车子开过，雪亮的车灯下，芬芳看清了婴儿的眉眼，那是惹人爱的眉眼。芬芳又抬头望了望月色，她的心情在片刻之间充满了母性。

芬芳终于抱起了婴儿。她忘记了还要去不远的桥头买豆腐串。她抱着婴儿向发廊走去。走到发廊门口的时候，她才突然想起自己是去买豆腐串的。她迟疑了一下，回头望望桥头守着小摊的孤独的老女人。最后，她抱着婴儿迈进了发廊。玻璃门打开了，粉红色的灯光，像一只突然伸出的手，把芬芳从清冷的月光之中拉进了屋内。小琴小英小雅小芳把目光从电视机上收回，她们都看到了去买豆腐串的芬芳，突然之间怀里多了一个婴儿。

小琴说，谁的孩子呀？

小英说，是不是捡来的？

小雅说，一定是捡来的！

小芳说，看看，是男孩还是女孩。

五个女人把包裹打开了。是个女孩，包裹里有一张小纸条：张瑶，满月，谢谢。

小琴笑了，说，叫张瑶，这个孩子叫张瑶。

芬芳突然像是想到了什么似的，猛地拉开了发廊的门，像一只兔子一样跳到了门口的马路上。马路上空无一人，小琴小英小雅小芳吃惊地看着她，她们看到芬芳失望地回到了发廊内。

小琴问，怎么了？

芬芳说，没怎么。

小琴又说，她叫张瑶。

芬芳没有说什么，而是把包裹重新包了起来。芬芳把脸贴在了孩子的脸上，那粉嫩如豆腐的皮肤，和清新的奶香，让芬芳慢慢闭起了眼睛。

小琴再一次说，她叫张瑶，芬芳，她叫张瑶。

芬芳睁开了眼，说，她不叫张瑶。她叫程小月。

小琴小英小雅小芳相互对视了一眼，她们都知道芬芳姓程，她们都没有再说什么。这时候玻璃门被推开了，进来一个男人。男人穿着黑色的衣裳，他的目光落在了芬芳的身上。

芬芳抱着婴儿，把婴儿紧贴在自己的怀里。婴儿突然哭了起来，哭得中气实足。芬芳头也不抬地说，我没空。男人挖了挖自己的后脑勺，小琴伸过一只手去，把男人牵进了里面昏暗的小间，像牵一头羊。羊在进入小间的时候，轻声而好奇地问，那个人怎么了？她怎么会有孩子？小琴笑起来，嘎嘎嘎，像河塘里的鸭子，在暗夜里显得无比夸张。小琴说，女人没有孩子，才不正常呢。

发廊的外间，响起了一长串的笑起。笑声穿过了玻璃门，在空无一人的马路上穿梭。桥头，一个老女人在等待着芬芳。每天晚上她都在等待着芬芳，但是芬芳今晚却没有来。老女人觉得有些失落。那些从发廊钻出来的笑声，从远处漫了过来。

老女人叹了一口气,抬头看了看昏暗的桥头灯。她开始在灯光下收拾自己的小摊。

2

这是一座飞起来的城市。说它飞起来是因为短短几年时间,这座城市已经不像县城,而像中等的城市了。芬芳从遥远的玉山县,赶到这儿的时候,站在火车站广场上,感到了城市的气息,从四面八方向她涌过来。

芬芳在这儿干过很多工种,超市的营业员,衬衫厂女工,医院的护工,小饭店里的收银员。芬芳在做收银员的时候,因为弄错了一笔账,让自己倒赔了好多钱。芬芳没有钱,那个长着大胡子的老板也说不用赔。但是大胡子半夜摸进了芬芳的房间,被芬芳踢了出来。第二天,芬芳就走了。芬芳漫无目的地走,其实她并不爱这座城市,但是她却爱上了这座城市的月光。她在这座城市的月光下,徘徊了三天,最后她出现在发廊门口。小琴就倚在发廊门口,她在嗑瓜子,瓜子皮不停地从她猩红的嘴里飞出来,落在路面上。她朝芬芳笑了一下。芬芳的脸上没有表情。她又朝芬芳笑了一下。后来她告诉芬芳,她其实一眼看出来了,芬芳是愿意在发廊留下的。

芬芳就留了下来。发廊的日子,让芬芳无精打采。在这个昏暗狭小的气味暧昧浑浊的空间里,芬芳爱上了打哈欠。她不停地打哈欠,流眼泪,像永远也睡不醒似的,这令她的客人们很不高兴,离去的时候,嘴里总是骂骂咧咧的。所以,芬芳的生意不太景气。现在,芬芳有了一个孩子,她的生意就更加不景气了。因为她要像一个妈妈一样,为程小月泡奶粉,换尿布。小琴小英小雅小芳起先觉得很好玩,后来她们厌倦了,她们懒得和一个孩子玩。她们闻到这个发廊里,又是香水味又是小孩的尿味,这种复杂的气味令她们不舒服。而发廊门口不远处的铁丝上挂着的尿布,更让人觉得这实在是一个看上去无比滑稽的场所。而且,程小月的到来,无疑影响了她们的生意。她们在小包间里卖力地做着生意的时候,会突然听到外间传来的婴儿啼哭,接着她们会看到客人们发绿的脸和紧皱着的眉头。

牛蛙经常来看芬芳。牛蛙也是玉山人,他在一家个体锯板工场替人锯木头,他的身上永远荡漾着木屑的清香。那天晚上他带着他的木屑清香,在桥头买豆腐串的时候,碰到了穿着拖鞋的芬芳。也许是玉山口音,也许是一种气味,他们相互很淡地笑了一下,然后,牛蛙就边吃豆腐串,边跟着芬芳走到了发廊面前。芬芳刚想推开玻璃门的时候,牛蛙突然说,我是玉山的。芬芳推门的动作就停住了,像被封了穴道似的。牛蛙接着又说,我猜你也是玉山的吧。芬芳终于回过身去,笑了笑说,是的。

后来牛蛙就经常来找芬芳。牛蛙喜欢上了芬芳。大家都知道牛蛙喜欢上了芬芳,只有芬芳自己当作不知道。那天牛蛙买来最便宜的那种冰淇淋,请小琴小英小雅小芳和芬芳吃。大家都起哄,芬芳不动声色,拒绝了吃冰淇淋。那冰淇淋最后化成了一堆染着颜色的水。把整个夏天都染绿了。

但是牛蛙仍然来,不再买冰淇淋,而是傻傻地在发廊门口张望。小琴喜欢倚在门边嗑瓜子,她对牛蛙一脸坏笑地吐着瓜子皮。瓜子皮飘飞起来,在牛蛙定定的眼神里,像一场雪一样。

直到有一天，他看到芬芳的怀里，抱着一个婴儿。牛蛙的心里一下子就空落了，像是被谁掏走了一样。但是他很快定下心来，他知道怀胎需要十个月，孩子肯定不是芬芳的。难道芬芳会像变法似的变出一个人来？

芬芳却把孩子看成是自己的人。她像变了一个人一样，她看上去其实就是一个合格的小母亲。程小月已经离不开她，程小月嫩嫩的目光，在发廊里穿梭，穿过几条白晃晃的大腿，落在勤奋洗尿布的芬芳身上。程小月一个多月的心灵里，就泛起了淡淡的甜蜜。她随时爆发的哭声和尿液也充满了淡淡的甜蜜。但是小琴小英小雅小芳开始烦这一对母女，她们在发廊里的生活秩序被打乱了。小琴是发廊老板。其实小琴也不是老板。小琴只是老板最信任的人，让她管理着发廊。老板是个隐身人，不太出现在发廊里。小琴有一天终于在嗑完了半斤瓜子以后，对芬芳说，芬芳，还是把孩子送了别人吧。你想想，在发廊里养了一个孩子，是多滑稽的一件事。

芬芳后来还是点头了。芬芳那时候正抱着孩子，她听到这话愣了一愣，然后把目光在小琴小英小雅小芳的脸上一一扫过。她们都低下了头，什么也不再说。芬芳想了想就点了点头，她一边点头一边眼泪不停地流下来，滴在程小月粉嫩的小脸上。

几天以后，一个老太太出现在发廊。老太太的头发已经花白了，她是从一个叫桃岭的山村里来的。她的儿子生了两个孩子，按规定儿媳妇就绝育了。做完绝育手术没几天，两个孩子都在小溪里玩水不小心淹死了。老太太呼天抢地地号了一通，直号到天昏地暗，从此头发变白，嗓子变得哑哑的。见到别的孩子时，老太太的眼睛就鼓出来，喉咙咕咕作响，像是要吃掉孩子似的。这是一种可怕的变化，是由失去了自己的亲骨肉造成的。现在，小芳的一个电话打到了她家后，她简直是奋不顾身地就直扑城里来了。她敲开了发廊的门，看到了一群白晃晃的大腿。老太太昏花的目光艰难地在大腿丛中寻找到了芬芳。她走到芬芳面前，急切地抱过芬芳怀里的程小月。

老太太笑了，她闻到了孩子身上散发出的奶腥味。程小月哭了起来，老太太又笑了，老太太说，哭得多响，是个健壮孩子。

芬芳说，她叫程小月。

老太太说，我一看就知道是个健壮孩子。

芬芳说，你可以改姓，但是千万不要改名，就叫她小月吧。那天捡到她，月亮旺得很。

老太太说，咱们王家又有后了。

芬芳说，今天是孩子出生的第四十八天。孩子要少吃多餐，这孩子乖，夜里从不吵夜。她的换洗衣服我都准备好了，你可以带走。还有，奶瓶仍然用我买的，扔掉可惜。奶粉的牌子是贝因美的，她已经习惯喝这个，你不要换了。

芬芳说着说着，哭了起来。她不停地用手抹着眼泪，老太太连看都没看她一眼，只顾着看着孩子笑。小琴小英小雅小芳看到芬芳哭，有些过意不去。小琴就拿过一张纸巾来，说，擦擦，擦擦。芬芳接过纸巾擦眼泪，眼泪却停也停不下来，不住地往下掉。

老太太说，那我走了。

老太太迈出了发廊的玻璃门。芬芳站在了发廊门口，看着老太太兴奋的背影渐渐远去。老太太走到不远的汽修店的门口，

城里的月光把我照亮 | 327

那儿零星地站着几只柴油桶。这时候,程小月响亮的哭声响了起来。在她的哭声里,芬芳连想也没有想,趿着拖鞋奔跑起来。芬芳不小心在路上摔倒了,膝盖、手上和脸上都擦破了皮,全是灰。芬芳冲向了老太太,挡在老太太面前。老太太一下子愣了,说,怎么了。芬芳什么话也不说,只是喘气,两手张开,阻止着老太太的前行。

老太太最后没有能抱走程小月。用芬芳的话来说,是程小月离不开芬芳。芬芳从老太太怀里接过程小月时,程小月的哭声马上停止了。老太太失落地望着到手的孩子再一次离去,像是重重地从天上摔落了下来一样。老太太望着芬芳的背影,芬芳的背影慢慢地泅进一家不起眼的发廊里。

小琴小英小雅小芳一直都在呆呆地望着芬芳。她们看到芬芳的身上伤了很多处,膝盖在不停地往下流血,血水已经凝固了起来,像一根红色的面条。芬芳紧紧抱着程小月,用脸贴着程小月的头。芬芳进入发廊后,把程小月小心地放在沙发上,然后她开始无声地整理东西。她把自己的东西都塞在一只不大的布包里,然后她背起布包,又抱起了程小月。

她离开了发廊。一直没有回头。小琴和小英小雅小芳呆呆地看着程小月和芬芳一起消失。芬芳走出很远的时候,小琴突然喊,芬芳你要来看我们的,你如果不来看我们,就太没良心了。芬芳停了一下,她一定是听到了这句话。但是芬芳没有回答,而是继续向前走去。

3

在芬芳的眼里，那是一所天堂一样的学校。学校的绿化很好，芬芳就经常在绿树下穿行。最重要的是，副校长让总务室分配给她一间小屋，让她可以安顿程小月。芬芳是在零星打了几处短工以后，才找到了这样一份工作，她觉得无比幸福。而且她认为，让程小月在成长的过程中，多听听学生们读书的声音，哪怕是眼保健操的广播声，也是好的。

芬芳在这所小学里，帮老师们烧开水，收发信件，分报纸，打扫公共卫生。程小月觉得这活实在是太轻松了。副校长姓崔，崔副校长每天都要来芬芳的小屋里转一转，告诉她如果有困难，可以向校部反映一下，但是，工作是必须做好的。芬芳说，谢谢你。芬芳说，我没有困难。芬芳说这些的时候，眼睛里装满了崔副校长的大脸，和他光秃秃的脑门。脑门上的几缕头发，被夏天的风轻轻吹起。这时候，芬芳看到了远处的球场，以及球场边的几棵树，她的心情一下子愉悦起来，眼睛里放着光芒说，真好啊。

崔副校长愣了一下，以为芬芳在说自己，他的脸略略红了红，说，一般一般。后来他转身走出了芬芳八个平方米的小平房，在夏天的风里，崔副校长的骨头都在咯咯地欢叫着。他一下子觉得年轻了，而且走路的时候，老是有那种飞翔的感觉。

芬芳的生活一下子平静了。芬芳需要，也喜欢这样的一种生活。她走路的时候步子是轻的，生怕惊醒地下蚯蚓的梦。她走路的时候，心里也在欢唱着，她的脸上始终挂着微笑。而且，她和学校里的老师、校工们相处得都不错。每一个黄昏，芬芳抱着程小月，在学校里散步。她希望一辈子就住在学校里，直至有一天程小月离开了她，直至自己安静地死去。

　　这是一个安静的午后，但是这样的安静，没有多久就结束了。学校不久就要放假了，程小月本来是躺在床上睡一个绵长的午觉。远处的远处，有蝉声隐约地传来。这是一个普通的夏天，一切夏天的故事有条不紊地进行着。崔副校长又出现在芬芳的屋子里，他的手里提着几条瘦骨嶙峋的鱼，说是学校里发的。芬芳从没有见过如此瘦弱的，长得像蚯蚓的鱼，她不由得大笑起来。大笑声中，崔副校长关上了门。芬芳的笑容就戛然而止了，在门上撞了一下，又弹了回来。崔副校长在这个故事进行到恰到好处的时候，很合时宜地伸出了那只白胖的手，伸向芬芳愤怒外突的胸。

　　芬芳猛地推开了崔副校长的手。她看到了副校长鼻尖上的汗，就说，崔校长你长的是一个蒸笼鼻，你看看你的鼻子边上都是汗水。崔副校长继续把手伸过去，手像一只大鸟一样，栖息在芬芳的屁股上。芬芳没有了再打圆场的耐心，本来就不太喜欢笑的她迅速地收起了笑容。说，你想干什么？崔副校长的眼神里掠过一丝慌乱，但是他很快就镇定了。他很轻地笑了一下，说，听说你在发廊干过。崔副校长边说边掏出一个小耳勺掏耳朵，他掏着掏着，脸上就浮起了满意的笑容。看上去掏耳朵令他充满快感。后来崔副校长收起了小耳勺，他从后面轻轻抱住了芬芳，他的声音像是在催眠，带着热气的话在芬芳的耳边，像一朵春天的花一样开放着。芬芳咽了一下唾沫，她觉得这个肥胖的副校长一定是有催眠术的。崔副校长的手，像八爪鱼一样慢慢箍住了芬芳,芬芳觉得自己已经在这个很像春天的夏天,融化了。她的心里一直在喊叫,但是她的喉咙发不出声音来。床上的程小月,睁着一双乌黑的眼睛,一动不动地看着他俩。崔副校长弯腰抱起了她,慢慢走向床边。芬芳开始挣扎,她的手胡乱地挥舞着,然后她听到了一声脆响。

一切都安静下来。崔副校长把芬芳放了下来,他的脚边是一摊水。一只陈旧的竹壳热水瓶已经碎了,伏在地上奄奄一息的样子。崔副校长没有说话,他望着大口喘气的芬芳,慢慢笑了一下。芬芳看到崔副校长的手垂下去,落在裤管边,然后轻轻提起了裤管。这时候芬芳发现,崔副校长腿上的皮肤,被开水烫得红了一片,而且他那双亮亮的黑色皮鞋已被开水泡软了。芬芳无措地蹲下身去,拼命地替崔副校长擦鞋上的水,却始终不能擦干。崔副校长叹了一口气,他的手落在蹲着的芬芳的头上,轻轻地抚了一下。然后,崔副校长转身走了。崔副校长刚走出芬芳的小屋子,远处的蝉声就蜂拥着钻进了芬芳的房间。

这是一个像春天的夏天。芬芳感到一点也不热。风很凉爽,风一次次地从窗口跑进来,拂一拂芬芳的刘海。整个下午,芬芳就呆呆地坐在床边,她的一只手不停地轻拍着程小月。这样的轻拍下,程小月显得无比安静。程小月本来就是安静的。芬芳突然想到自己是从发廊出来的,从发廊出来的人,为什么要像一个良家妇女一样,在这个夏天去打碎一只热水瓶。打碎热水瓶,可能就是打碎一种平静而且略带美好的生活。

生活果然就打碎了。崔副校长仍然对芬芳很热情,仍然很关心她,但是崔副校长不再造次。有好几次,芬芳想对崔副校长说那天的事,想说对不起。但是崔副校长不允许话题的深入,总是在芬芳将要说的时候，马上转移了话题。再不久，许多老师和校工都开始在背后议论她。芬芳不知道他们在议论什么，但是从他们的神情上，芬芳觉得他们一定在议论自己曾经是发廊里的发妹。有一天在礼堂，芬芳正在帮总务处的人布置会场，这儿要开一个学生的联谊会。总务处主任把芬芳叫了过去，他说芬芳你过来一下。芬芳笑笑，她像料到好多事一样，走到总务处主任的身边说，黄老师，你这件衣服式样有些老了，你让师母给你买件新的。接着芬芳又说，黄老师，学校是不是不要我了。

黄老师一下子愣住了。他本来想婉转地说这件事的，他甚至已经想好了，可以推说教委一个官员的亲戚想要来顶替她的岗位，但是现在他想说的话全都没用了。黄老师只好嘿嘿地笑，笑到最后黄老师自己都觉得没劲。芬芳又笑了一下，芬芳说黄老师我以前在发廊干过，学校不要在发廊干过的人，我能理解的。我下午就走。让我和他们把礼堂布置好，就走。

黄老师叹了一口气。他还想再说什么，芬芳已经走了，芬芳和总务处的人一起布置礼堂。芬芳后来开始唱歌，她唱的是好一朵美丽的茉莉花。她是玉山人，那是浙江和江西的交界县，但是她却把一首江苏的民歌唱得充满了江苏的味道。芬芳自己也没想到自己会那么江苏。芬芳的歌声让校工们都面面相觑，他们什么话也没有说，他们知道芬芳要走。

芬芳是在下午走的。走的时候，礼堂里欢笑声一片。芬芳的背上，是程小月，程小月被芬芳用布包起来背着，这样背孩子的方法有些像少数民族的女人。芬芳的手里提着一只布口袋，那口袋里装着芬芳的家。芬芳站在操场上，她先听了一会儿礼堂传来的欢笑声,然后又听了一会儿远处几棵大树上传来的蝉声。蝉声里芬芳一步步从操场走向礼堂。礼堂里坐满了学生,他们都没有去注意芬芳。只有崔副校长注意了,他肥胖的脸上泛起一丝笑意。芬芳经过崔副校长身边时,轻声说,你真是个畜生,你是个畜生,畜生。芬芳把一口唾沫吐在了崔副校长的脸上,是唾沫。本来芬芳想吐痰的,但是芬芳吐不出痰来,只好吐了唾沫。崔副校长的脸一下子变了,但是他不敢发作。芬芳经过崔副校长的身边,若无其事地穿过礼堂,走出了校门。

芬芳站在了校门口。校门口对着一条街。街上车水马龙的,芬芳就站在车水马龙中间。那些汽车的挡风玻璃,在阳光下泛着刺眼的白光,这样的白光让芬芳眯起了眼睛。芬芳在眯眼的时候,看到了不远处站着的牛蛙。他一步步向芬芳走来,手里举着的仍然是最便宜的那种冰淇淋。芬芳闻到了牛蛙身上木屑的清香,芬芳在这样的清香里,慢慢接过了冰淇淋。这一次芬芳把冰淇淋全吃了,她突然觉得这冰淇淋虽然便宜,但是味道还是不错的。

牛蛙接过了芬芳手里提着的布口袋。路上,牛蛙滔滔不绝地说着自己如何在四处寻找着芬芳。芬芳没有说什么,她心里一直在提醒着自己,要试着爱牛蛙,要试着感受一下爱情。但是她的努力效果不大,她在心里叹了一口气,在无处可去的时候去牛蛙的住处,当然不是为了爱情,而是为了生计。而且,是为了程小月。程小月让芬芳觉得,自己就是一个母亲。

4

　　但是芬芳仍然在寻找着虚幻的爱情。她要带牛蛙去看月光。

　　这座城市的边上,有一个叫鹭鸶湾的村庄。村庄临着一条水,那是一条清凉透明线条很好的水,像一个十八岁的女孩。芬芳很喜欢这条水,以及这条水面上荡漾着的月光。芬芳在程小月睡着以后,拉着牛蛙的手去鹭鸶湾。在走出低矮的工棚前,牛蛙的手落在了芬芳的屁股上,手在勤快地摸索,但是却被芬芳打开了。芬芳在牛蛙的眼睛里看到了欲望的火焰。芬芳觉得面前这个男人的皮肤下面,隐藏的全部都是欲望。但是芬芳还是努力地把牛蛙拉到了鹭鸶湾的那条水边。这让牛蛙感到很不开心。

　　芬芳选择了一棵贴着水面斜着生长的树。树的某些枝丫已经伸入了水中。芬芳和牛蛙就坐在树的枝干上,把脚伸进水里,不停地晃荡着。一根手臂粗的枝丫,刚好像靠背一样地贴在芬芳和牛蛙的后背上。这样,就使得芬芳和牛蛙,像坐在椅子上一样。月光从很远的天空掉下来,掉到水里,和水融在了一起,慢慢向芬芳流了过来。远处,是城市的灯火,这样的灯火能让芬芳感知人间烟火,又能在闹中取静。芬芳对牛蛙说,这是城里的月光。

　　牛蛙说,城里的月光怎么啦?城里的月光多少钱一斤?

　　芬芳说,你真俗。

　　牛蛙说,你高雅。高雅多少钱一斤。高雅能当饭吃?

　　芬芳说,你是不是觉得现在是你在养着我,就高高在上。

你是不是觉得我离开你就没饭吃？告诉你牛蛙，我愿意在月光里饿死，行了吧。

牛蛙说，好了，我不和你争。我明天还要锯木头呢，累都累死了。

牛蛙果然是累了。芬芳拒绝和牛蛙上床，让牛蛙对今天的夜晚无比失望，所以他很快就累了。他坐在树身上进入了梦乡，扔下芬芳一个人在月光的柔软包裹里，一次次地用脚荡起水来。芬芳怎么也想不明白，自己是如何爱上无边无际的月光的。

芬芳当然没能找到努力想找的爱情，这让她明白爱情的氛围不是可以营造起来的，爱情是与生俱来的。但是芬芳要吃饭，要让程小月喝上贝因美的奶粉，所以芬芳必须替牛蛙做饭，整理家务，当然在不太能推的情况下，也要让牛蛙爬上身子，像一头机器一样吭哧吭哧地忙碌一番。芬芳觉得自己够对得起牛蛙了。白天牛蛙操作着锯木头的机器，像一个日本鬼子一样戴着披风帽。乏味的工作让牛蛙自己也变成了一架没有情趣的机器。在不久以后，牛蛙开始不喜欢这样的生活，他觉得芬芳的菜做得不怎么样，有点偏淡。而他干的是体力活，必须多补充盐。芬芳带着的孩子，让牛蛙被一起干活的工人们耻笑。工人们说，天上掉下的老婆和孩子，让你省下了生孩子的力气。牛蛙觉得很不开心，终于鼓起勇气，让芬芳把孩子送人，或者放回到那间汽修店门口的柴油桶边去。

那仍然是一个绵长的下午，夏天还在不紧不慢地走着。牛蛙在午睡，因为天气太热，锯板场让每一个工人都关掉机器，可以在中午睡那么几支烟的工夫。牛蛙醒来的时候，红着眼睛，他看到芬芳正在喝一杯开水。芬芳的怀里，抱着熟睡的程小月。

牛蛙盯着程小月看了好久，他也承认程小月是一个漂亮的孩子，但是程小月不是他亲生的，他觉得让他养着一个不是亲生的孩子，亏大了。牛蛙说，芬芳，把小月送人吧。芬芳没有听清，她侧过脸来认真地看着牛蛙。她的意思是让牛蛙再说一遍。牛蛙望着窗外白晃晃的阳光，一字一顿地说，芬芳，把小月送人，我们自己生一个。牛蛙说话的样子，好像是在对窗外的白光说，而不是在对芬芳说。

芬芳又喝了一口水。她平静地笑笑。她怎么都没有想到，为什么自己可以变得如此平静。后来她突然想到了月光，一定是月光让她平静的。芬芳笑着说，牛蛙，你是不是觉得小月拖累了你？是不是心疼你那几个钱了？牛蛙没说话，好久才一侧头说，反正，反正大家都在笑话我。芬芳说，你自己有没有笑话自己？牛蛙没再说什么，起了床走出了工棚。他走出工棚的时候，重重地摔了一下门，这让芬芳紧紧地皱了一下眉。

这一个绵长的下午，芬芳又开始收拾自己的行李。她要像离开学校一样离开牛蛙的工棚，她觉得当初吃了牛蛙的冰淇淋，其实就是错误的开始。这个傍晚，芬芳为牛蛙做好了晚饭，然后她打开了工棚的门，背着程小月离开了锯板场。

那个晚上，芬芳漫无目的地在城市里行走。她经过了曾经工作过的发廊，并且看到了小琴仍然倚在门边嗑瓜子。但是小琴并没有看到她，小琴在红色的光线里，晃动着白晃晃的大腿。芬芳走过了发廊门口，经过了汽车修配店，然后她站在了桥头。这个时候，月光还没有来，月光来得有些晚。芬芳在桥头的灯光下，看到了那个卖豆腐串的老女人。老女人也看到了她，但是她什么话也没有说。芬芳走过去，递给老女人一块钱，从老女人手里接过一串豆腐干。然后芬芳头也不回地从桥上走过。在芬芳走出很远的时候,老女人的声音追了上来。老女人说,你很久没有来了。

芬芳略略停了停,又向前走去。芬芳吃完豆腐串的时候,月光来了。桥上铺满了月光,桥上空无一人,桥上无比安静。芬芳就站在桥栏边,望着那条穿城而过的水。这时候芬芳很想做一条鱼,她觉得鱼是水里的鸟,都是自由的。而人,没有翅膀。至少她没有翅膀。

那天晚上,芬芳坐在大桥旅馆的屋檐下,紧紧地抱着程小月坐了一晚。她的身上盖着毛毯,整个晚上似睡未睡。她的脸一直贴着程小月的脸,她喜欢闻程小月身上的奶香。后半夜的时候,月亮隐进了云层。芬芳是被一场雨的雨声敲醒的。她听到了绵密的雨声,醒过来后,才发现斜雨洒进了屋檐,冰凉的雨零星洒在了她的身上。程小月睡得很香,芬芳紧了紧怀里的孩子,她不愿意程小月醒来。一会儿,街灯下出现了一个失魂落魄的人,他完全湿透了,在街上漫无目的地走。他像是突然发现了芬芳和程小月,跌扑着撞了过来。他是牛蛙。

牛蛙伸出一只手,来拉芬芳。说,回去吧。

芬芳没有说话,她的脸上没有表情,她的目光有些冷,冷得像月光。

牛蛙看了看空无一人的大街的两头。密集的雨从远处赶来,紧紧地罩住屋檐外的牛蛙。

牛蛙慢慢地跪了下来,跪在芬芳面前。牛蛙说,回去吧,我找你找到现在。我以后再不说那样的话了,我以后一定对小月好。

芬芳仍然没有说话。芬芳在想，如果饿死了，就和程小月一起饿死吧。

这时候芬芳听到了牛蛙的哭声。那是一个男人的哭声，他伏在芬芳的脚边，呜咽着，像一头牛在远处的草丛里叫。芬芳的心里突然升起了愉悦，她觉得牛蛙其实比自己还要可怜。芬芳在等待着雨停下来，雨是在凌晨停的。芬芳站了起来，她发现自己的腿脚麻了。而牛蛙还在不知疲倦地呜咽着。芬芳说，走吧，我跟你回锯板场。牛蛙一子愣住了，他以为芬芳已经铁了心。他不知道的是，为了程小月，芬芳必须有一个可以安身的家。

湿漉漉的牛蛙在一个夏天的凉爽的清晨，牵着芬芳和程小月回了工棚。他的心情一下子好了，而且他还吹起了极难听的口哨。芬芳低下脸，在程小月的脸上亲了一口。她们就像一大一小两头羊，被牛蛙牵回了工棚。回到工棚的时候，牛蛙豪迈地拿出钱来，说，芬芳，去买肉。

芬芳的生活一下子又平静了。牛蛙在锯板场的收入，足够三个人开销。很偶尔的时候，芬芳也会对牛蛙嘘寒问暖，这令牛蛙异常感动，觉得家真是一个好地方。这样的日子没过多久，大概是初秋吧，或许初秋的日子还未到，最多算是夏天的尾巴。芬芳和程小月在工棚里午睡，那天的天气凉爽，芬芳的午睡无比惬意。她甚至再一次梦到了童年，黄阿姨领着她在院子里走来走去。她不时地抬起头望着黄阿姨笑，她和黄阿姨在一起时就感到无比甜蜜。这时候响起了凌乱的脚步，脚步声一直奔到她的梦里头，让她的梦被脚步声踩醒。门被猛地推开了，一个敞着怀红着眼睛的男人气喘吁吁地站在门口的白亮光影中。芬芳坐起了身子,她看到了和牛蛙一起搭班的工友,一个叫小石的男人。他的胸前的肌肉上,流着大片的汗水。

芬芳疑惑地看着小石,等着小石说话。小石的喉结在拼命地滚动,他终于说了出来,他说牛哥的胳膊被锯掉了,现在已经送往医院。芬芳的脑海里一下就空了,她能看到自己的脑海,成了一间四壁空空的大房子。大概在一分钟后,芬芳猛地抱起了熟睡中的程小月,和小石一起奔出了工棚。

在赶往医院的三轮车上,芬芳的脑海里四处飞舞着红色的手臂。芬芳像想起什么似的,对小石说,手臂呢,手臂呢。小石说,送牛蛙到医院后,才想起手臂忘了拿,忙赶回去,发现空无一人的锯板场里,那手臂正慵懒地晒着太阳。小石扑向了手臂,他分明地看到,手臂的断口处,几只老鼠盘踞在上面。小石想,完了,这条被晒了一个多小时的手臂,又被老鼠咬,恐怕没用了。

医生对芬芳说,手臂没用了。芬芳抱着孩子站在走廊上想,牛蛙真可怜。

牛蛙的手臂没有了。牛蛙知道自己的手臂没有了。在手术后醒来的一天一夜里,牛蛙一直都在微笑着,他什么话也不说,他的目光飘忽不定。很多时候,他的目光会飘向窗外,窗外有一<u>丛</u>开得很艳的美人蕉。芬芳一直都在忙碌着,她做得像一个合格的妻子,只是她不会拿言语去安慰牛蛙。她每天都给牛蛙煮汤喝,有一天她觉得应该用言语安慰一下牛蛙,想了半天,终于说,牛蛙,我不会离开你的。牛蛙听了这话并没有反应,他的目光仍然落在窗外的那丛美人蕉上。好久以后,牛蛙才转过头来对芬芳说,芬芳,你看那<u>丛</u>美人蕉,开得像不像火。

城里的月光把我照亮 | 339

那果然是一丛开得像火的美人蕉。那时候芬芳觉得,牛蛙说的话怎么会那么有诗意。

锯板场停工了,老板付了一半医药费就跑了,而且搬走了机器。牛蛙想,老板肯定会又在另一个城市找一块空地,把机器一装上,就是又一间便携式工厂。牛蛙用完了差不多所有的积蓄,他怏怏地像一只被掏空了的疲软口袋一样,和芬芳回到了尚未拆除的工棚。

牛蛙站在工棚前面的空地上,他的耳朵里,再次响起了锯板时机器发出的巨响。他用一只手虚拟着送木材迎向刀口的动作,一遍一遍不知疲倦。他大概是在用这样的方式,和他的谋生手段做告别。他的右手袖口里,空荡荡的。风轻易地就把袖口吹起来,又落下,再吹起,再落下,像是那些生活在水中的摇摆不停的水草。芬芳抱着小月,站在他身后忧心忡忡地看着他。芬芳觉得,牛蛙好像一下子苍老了十岁,而且他的语言功能已经退化了许多。

5

半个月后。半个月后当然已经是初秋了。孩子睡在床上,芬芳和牛蛙各坐在小方桌的两边。芬芳说,牛蛙。

牛蛙说,嗯。

芬芳说,我想回发廊去。

牛蛙没有说话。

芬芳说,你放心我不卖身。你在家带着孩子吧。

牛蛙笑了说,我有什么好不放心的。

芬芳听了牛蛙的话，异常失望。她突然觉得牛蛙在意的只是他自己。芬芳叹了一口气说，我想回到原来的发廊去，那样的话，和小姐妹们有个照应。家里已经没钱了，我得去赚钱。

牛蛙不再说什么，他的左手指甲不停地在小方桌的板面上划动着，一会儿就在松木板上划出了一道很深的印记。芬芳低眼看了看他，芬芳看到牛蛙的眼睛里汪着一眼眶的水，随时都会掉下来。芬芳不再说什么，她向门外走去，她向发廊走去。她一下子就走进了秋天之中。在走向发廊的过程中，她一直都在想念着桥头那个卖豆腐串的老女人。因为她又要开始吃她的豆腐串了。

小琴小英小雅小芳把芬芳迎进了发廊。四双白晃晃的腿把芬芳包围了起来。她们问了芬芳很多的问题，芬芳没有说话的欲望，所以很快就把自己的故事讲完了。芬芳又开始在发廊里上班了。夜里，芬芳想吃豆腐串，芬芳就去了桥头。芬芳看到了老女人，仍然在昏黄的路灯下，乐此不疲地炸着豆腐串。芬芳手心里捏着一块钱硬币，慢慢走近老女人的时候，老女人头也不抬地说，你终于回来了，我等你好久了。

芬芳从老女人手里接过了豆腐串。她什么话也没有说，转身向发廊走去。经过汽修店门口的时候，她仍然看到了那几只孤零零站着的柴油桶。她就突然想起，几个月前，在这儿抱起了程小月。仅仅几个月，就好像发生了许多变故，比如她离开发廊，去了学校，又回到发廊。比如她多了一个程小月，而牛蛙少了一条胳膊。

起先的时候，牛蛙来接她，两个人踩着一地的月光回去，都不说话。但是芬芳总是觉得，这样和幻想中的爱情稍稍近了一些。回到工棚，芬芳可以看到已经熟睡了的程小月，小小的人躺在小小的光影里。芬芳觉得这时候自己的心里才是温暖的。

牛蛙在慢慢变化着。起先，他只是哭。某一个夜晚芬芳醒来的时候，听到了遥远的哭声，丝丝缕缕。芬芳看到身边的牛蛙不见了，牛蛙坐在不远的小方桌边，正襟危坐的样子，很正规地呜咽着。芬芳没有起身去劝，但是她睡不着了。牛蛙大概以为，失去了一条手臂，自己就成了半个男人。牛蛙就这样隔三岔五地在半夜里起床哭。后来牛蛙不哭了。牛蛙不哭了，他的另一种生活开始了。他开始喝酒，把自己喝得东倒西歪的。他开始骂人，摔东西，喝醉了以后在地上爬来爬去，吐得满地都是。芬芳本来想劝劝他，但是最后没有劝。芬芳只是看着他在地上爬。芬芳的心里一下子就长出了一大片的荒草。她觉得心里杂乱无章，没有方向。有一次芬芳看到喝醉了酒的牛蛙用独手举起了程小月，只要他一松手，程小月的小命就没有了。芬芳吓得睁大了眼睛，她没有叫喊，而是看到牛蛙慢慢把程小月放回了床上。牛蛙转过身来怪异地笑了，说，芬芳，我吓你的。芬芳说，你以后不要再这样吓我，我很讨厌你。

牛蛙说，我知道你讨厌我，你什么时候喜欢过我？

芬芳没说什么。

牛蛙接着说，把这个小杂种卖了吧。我们要她干什么？我们把她卖了换酒喝。

芬芳淡淡地说，你卖了她，我一定杀了你。

牛蛙红着眼，吭哧吭哧地说，我就是想要让你杀了我。

芬芳说，你不是个东西。我看错了你。

牛蛙说，我就不是个东西。你是东西？你算个什么东西。

你在发廊里服侍男人,你为什么不服侍我。来吧,过来,过来服侍我。

牛蛙用一只独手一把揪住了芬芳的头发,使劲一掀。芬芳跌撞着扑向了小方桌,重重地撞了一下,额头随即挂下了血水。她的头皮被撕开了。

芬芳的日子,从此不再安宁。牛蛙闹够的时候,会伏下身来,抱着芬芳的腿哭。芬芳觉得累了,她害怕牛蛙有一天真的把程小月给卖了。她总是会在发廊上班的时候,突然借口取衣服什么的,回工棚看一看。那天晚上,芬芳去桥头买豆腐串的时候,老女人对她笑了一下,说,你累不累?

芬芳其实是不太愿和老女人说话的。她仍然没有理会老女人,她总是觉得老女人身上,有一种怪异的东西。

一个下午。一个芬芳昏昏欲睡的下午,小琴在和一个男人打情骂俏,小英小雅小芳在百无聊赖地看电视。芬芳好像是睡着了,醒来的时候,玻璃门外是一大片的刺目阳光。芬芳洗了一把脸,那些清凉的水从脸上滑下来。芬芳又用手掀起一大片水,水再次落下来。芬芳慢吞吞地拧干了毛巾擦脸,她突然之间愣住了,呆了大概有一分钟,她猛地把毛巾扔在了水盆里,拉开玻璃门就往外冲。

芬芳穿着海绵拖鞋,在一条马路上疯狂地奔跑着。阳光直直地拍打着她,很快她就满脸汗水了。许多人都在惊讶地看着她。她跑过了一棵树,又跑过一棵树,她跑过了老旧的化肥厂,然后她跑向了废弃的锯板场。这时候她看到了牛蛙站在一堆木头的边角料旁边,他的独手神秘地放在身后。芬芳直喘着粗气,她冲向了工棚,一脚踢开了门。床上没有了程小月。

芬芳披头散发地折回来。她对着牛蛙大吼,程小月呢。牛蛙显然被这么粗大的声音吓了一跳,他没有想到芬芳的嗓音可以这么大。牛蛙没有说话。芬芳看了看四周,她突然看到远处,有一对中年夫妇背对着她,正向前走着。男人走路的样子,好像是怀里抱着什么。芬芳疯狂地向前奔跑起来,后来她甩脱了拖鞋赤脚向前奔跑。路上的行人,都在奇怪地看着她。有一些人还跟着她跑了起来。芬芳冲向了中年夫妇,芬芳把手搭在了中年男人的肩上,男人转过身来,男人抱着一对刚买的枕头。男人说,怎么啦,你怎么啦?你不要吓人倒怪的。芬芳仍然喘着气,芬芳的整个下午都在喘着气,芬芳喘着气说,对不起我认错人。

大家都笑了起来。芬芳没有笑,她觉得自己就像是在寻找着丢失的阿毛的那个祥林嫂。芬芳没有看过那个小说,但是她看过电影,那是一部黑白的电影,电影里祥林嫂失魂落魄地寻找着阿毛。芬芳不再说什么,赤着一双脚往回走。这时候大家都看到,芬芳的脚已经破了,血从脚底流出来,和灰尘混合在一起,泛着灰黑的颜色。有人说,喂,你的脚,你的脚破了。芬芳没有答话,她继续向前走,她的目光直了。她轻声说,程小月,如果你不见了,那牛蛙的命也就丢了。

这时候芬芳却看到了程小月。芬芳走到了三十六洞附过,这儿是一个中巴车的停车场,这些中巴车将开往各个乡镇。芬芳抬头看了一下天,已经是傍晚了。秋天的残阳,血红血红的,像鸡冠一样红着。芬芳把目光一寸寸移下来时,看到了一个年轻男人抱着程小月上车。中巴车车门刚好合上了,芬芳冲上去猛拍着车门,车门又打开了。芬芳不上车,对着那对年轻的夫妻说,下来,给我下来。年轻的夫妻悟到了什么,为难地对视了一眼。芬芳大吼一声,下来,你不下来我咬死你。所有的旅客都笑了起来,芬芳没有笑,她紧紧地咬着自己的嘴唇,嘴唇皮被咬破了。她的眼眶里,含着一眼眶的泪水。年轻夫妇下了车,芬芳一把夺过了程小月,紧紧地抱在怀里。这时候,蓄在眼眶里的泪水,才全部掉落下来。

芬芳用自己的脸,紧紧贴着程小月的脸。她头也不回地赤着脚在前边走着,年轻的夫妻紧紧跟在后面。女人在低声地命令着男人,大意是让他赶紧上去。男人终于冲到了芬芳面前,说,那我们的钱,我们的钱来得不容易,你得还我们的钱。芬芳看了男人一眼,又看了女人一眼,说,跟我走,我还你们的钱。

芬芳带着男人和女人向锯板场走去。芬芳一脚踢开了工棚的门,这时候男人望了女人一眼,在他们的眼里,芬芳已经疯了。芬芳赤着脚踢门,她却没有痛感,她脚上的血已经结成了血痂,她的头发散乱着,只有眼神没有乱。芬芳没有在工棚里看到牛蛙。芬芳说,畜生,畜生出来。畜生并没有出来。芬芳把程小月放在了床上,然后她又走出工棚。天慢慢黑了下来,芬芳拉亮了门口的灯,那是一盏很暗的灯,只有十五瓦的灯泡。暗淡的灯光下,站着异常失落的年轻夫妻。芬芳看得出来,这是一对敦厚的夫妻。芬芳说,你们放心,我就是卖血也会赔你们的钱。

三个人都不再说话,呆呆地站在光影里。一会儿,芬芳听到了不远的一堆木头后面传出哼哼唧唧的声音。芬芳走了过去,她看到牛蛙摇摇晃晃地站了起来,嘴里呼呼地喷着酒气。牛蛙刚站起来，芬芳就猛地把他扑倒在地上了。

年轻的夫妻目睹了他们看到过的最为激烈的搏斗。牛蛙的酒醒了，他虽然只有一只手，但是他的劲大。他一挥手，一个耳光抽在芬芳的脸上，芬芳就晕头转向了，嘴角马上挂下了一串血来。芬芳跳了起来，跳到牛蛙的身上，用两只脚环住牛蛙的腰。她用嘴咬，用长长的指甲抓，一会儿牛蛙的脸上就开了花。牛蛙最后还是被压倒在地上，芬芳从牛蛙的口袋里掏出了一沓钱。芬芳拿着钱站起身来，走到年轻夫妻的身边，递给他们。

女人接过了钱，她和男人对视了一眼，两个人一起走了。十五瓦的灯光不能送他们走多远，所以很快他们就走进了一片黑暗里。黑暗里传来女人的声音，小妹，你带着孩子离开这样的男人吧。

芬芳突然觉得累了，她转过身看了地上的牛蛙一眼。牛蛙像是死了一样，一动不动的，但是他的眼泪却在哗哗地奔流着。芬芳想，是的，我要离开这样的男人。芬芳这样想着，走进了工棚，走到床边。她看到了程小月，小月冲芬芳笑了一下。芬芳的所有委屈与苦累，就一下子在这个细软的笑容中，消失得无影无踪。这时候，脚上的剧痛传了上来，痛得芬芳弯下腰去。她才发现，她的右脚大脚趾甲盖已经被掀了起来，血肉模糊。

6

芬芳穿得干干净净。她抱着程小月出现在发廊里。

芬芳说，小琴小英小雅小芳，我不在发廊里做了，我也要离开牛蛙了。牛蛙已经不是一个男人，他甚至连人也不是了。

小琴小英小雅小芳愣愣地对视了一眼。小琴说，什么时候走？

芬芳说，我下午就走了，我一定要找到程小月的妈妈。我要把程小月还给她。

小琴说，芬芳，你何苦，程小月本来就和你不相干的。

芬芳说，我也不知道。我觉得这孩子和我有缘分，这孩子就像是我自己的孩子一样。

小琴说，那你吃了中饭再走。

那天芬芳在发廊里吃了中饭。那天芬芳还喝了啤酒，小琴小英小雅小芳都轮流敬了她。芬芳也回敬了她们。芬芳要抱着程小月离开的时候，小琴提过一个袋子说，这里面是四袋贝因美奶粉，我们一人送你一袋。我们没很多的钱，所以你莫嫌少。芬芳笑了起来，笑得眼泪一股脑儿下来了。芬芳不知道最近怎么会有那么多的眼泪，她打开玻璃门的时候，看到了门口的马路上，站着牛蛙。牛蛙右手空空的袖管，依然很潇洒地在风中飘荡着。

牛蛙说，能跟我回去吗？

芬芳摇了摇头。

牛蛙说，别闹了，我给你下跪不行吗？

芬芳仍然摇了摇头。

牛蛙跪了下去。芬芳笑了，轻声说，牛蛙，咱们互不相欠，你也别老是下跪。你这不是男人干的事。

芬芳背着程小月，拎着那只布口袋，头也不回地向前走去。

牛蛙求助地望着站在发廊门口的小琴小英小雅小芳。牛蛙说，小琴，小琴。小琴没有理他，带着小英小雅小芳走进了发廊的门，又把门关上了。小琴透过玻璃，看到绝望的牛蛙，在马路上仰天躺了下来。小琴笑了，对小英小雅小芳说，这样的男人，到我们发廊来消费，我们都不欢迎。切。小英小雅小芳也大笑，都说，切。

芬芳买来了一把吉他。其实她是不会弹吉他的。但是芬芳还是站在李字天桥上弹起了吉他。她唱那首很江苏的茉莉花，她把程小月放在一张铺开的塑料纸上。天桥上清凉的风，让芬芳感到无比惬意。芬芳想，为什么不早一些出来卖唱。没有人愿意听她唱的歌，但是却还是有好些人，在她面前丢下了硬币。

晚上，芬芳也去天桥上唱。天桥上挂着白亮的路灯，芬芳就觉得这是一个属于她的舞台。她在上面旁若无人地唱。收工了，芬芳去每一个电线杆上张贴寻人启事。她要寻找张瑶的母亲。张瑶就是程小月。她要告诉张瑶的母亲，不要随便丢孩子，要对孩子好。芬芳一点也没觉得累，身上的力气像井水一样涌出来。她在完成她的理想。有时候，芬芳甚至会在大街上大步地走。她找到了一个废弃的工棚，把它修好了。这个简单而温暖的工棚，可以安顿芬芳和程小月的肉身。

芬芳一天一天唱，一不小心把季节唱到了深秋。芬芳一天一天地去贴寻人启事，但是没有一丝消息。芬芳的寻人启事上，留的是小琴的小灵通号码。深秋的风中，程小月生了一场不大不小的病。那天芬芳收起了吉他，当她抱起地上的孩子时，发现程小月发烧了，烧得一塌糊涂。程小月是在芬芳的歌声中发烧的。芬芳从天桥上冲了下来，叫了一辆出租车，把程小月送到了医院。

程小月的高烧是不碍事的,但是却带起了许多病。医生说,这病再迟个几小时,恐怕就不简单了。芬芳问不简单是什么意思?医生瞪了她一眼说,不简单就是有可能完了。芬芳吓出了一身冷汗,心想幸好自己及时把程小月送到了医院。出院的时候,程小月要付五千多块钱。这是一场要命的高烧,把芬芳的心情也烧坏掉。芬芳没有那么多钱。在医院的走廊里,护士长和芬芳面对面地站着。护士长说,要不孩子我们看着,你去凑钱。芬芳咬咬嘴唇说,好。芬芳头也不回地走了。护士长望着她的背影说,芬芳,医院也不容易,你得理解。芬芳转过身来,给了护士长一个笑容,说我知道。

那天晚上的月色异常明亮。芬芳出现在城东的别墅区。芬芳望着一幢幢清冷的别墅,富人住的地方总是冷清,穷人住的地方总是热闹。芬芳翻墙进入了一户人家的院子,家里没有人,窗户又打开着。芬芳进入了窗户,芬芳爬窗的时候想,自己的身手原来像特工。芬芳在黑暗中摸黑前行,她摸到了楼上,摸到了一间房间里,打开了一只抽屉。

芬芳果然摸到了钱,有好多。但是芬芳只拿了上面的一部分,估计够自己付医药费。芬芳想要下楼的时候,借着月色看到了房间的墙上,挂着一张裹着黑纱的女孩的照片。那是一张遗像,遗像里的女孩似笑非笑。芬芳的后背一下子凉了,她飞快地后退,退到了楼梯边,向楼下去走。

芬芳要从窗口爬出去的时候,灯亮了起来。白亮的灯光让芬芳睁不开眼睛。芬芳知道自己不能再爬窗出去,她慢慢地转过身来,看到沙发上坐着一个中年男人。

中年男人说,你为什么要到我家来?

芬芳想了想，笑了，说你知道的，我是小偷。

中年男人说，那你为什么要做小偷。

芬芳说，我等着钱急用，我当然要做小偷。

中年男人说，你想不想我报警。

芬芳说，报吧。

中年男人说，那你告诉我钱是用来干什么的。

芬芳说，救人的，我女儿病了，病得差点死去。

中年男人沉默了，过了半晌说，你女儿的病要花多少钱？

芬芳说，五千多。

中年男人说，你连五千多块钱也没有吗？

芬芳说，五百多也没有。

中年男人拍了拍沙发的扶手说，我不报警了。你回去吧。

芬芳走到中年男人身边，从口袋里掏出一沓钱，放在茶几上。然后，她慢慢后退，退到门边向中年男人鞠了一躬。芬芳说，谢谢你。

男人说，把钱带走吧。这是小钱，对我来说无所谓，但是对你却是救命钱。拿走吧。

芬芳站在原地像傻掉了一样。

男人又说，拿走吧。我知道你不是真的小偷，因为你只拿了最上面的一小部分钱。

芬芳想了想，向男人走过去。她果然拿起了茶几上的钱。

这时候男人突然伸出手来，一把抓住了芬芳的手腕说，我女儿没有了，我女儿没有了。我相依为命的女儿没有了。

芬芳吓了一跳，她本能地挣了一下，然后她不动了，任由男人抓着手腕。男人像一个小孩似的哭了起来。芬芳这时候才发现，原来人是长不大的，一个男人，在七八十岁的时候大约也可以像小孩一样哭。芬芳想起了楼上房间里的那张照片，照片里的女孩长得很美。

在男人的哭声中，芬芳依稀明白了女孩的死因。父亲送给女儿一辆车，女儿刚学会开车就去兜风，结果撞车了。男人不停地哭着，芬芳就把自己的身体靠了过去，用小腹贴住男人的头，并且用手不停地抚摸着男人的头发。男人终于慢慢地平静下来。

男人挥了一下手，说，走吧，对不起你走吧。你别爬窗了，你从大门走。

芬芳走了。走到门边的时候，芬芳再次停下，她转过头来说，其实我的孩子不是我亲生的，就像你爱你孩子一样，我爱着她，我要找到她的亲生妈妈。

男人一下子愣了。他什么话也没有说，因为他说不出话来。他看到芬芳打开了门出去了，又合上了门。男人看着突然消失的芬芳，感觉像一场梦一样。月光慢慢从窗台上漫了进来，漫在这个无助的事业有成的男人身上。男人长长地叹了一口气。

7

在这座城市里，芬芳和程小月一起过着不紧不慢的日子。又一个夏天来临的时候，程小月已经能摇摇摆摆地走路了。偶尔，芬芳会带着程小月一起去发廊看看。发廊里，来了一些陌生的小姐。只有小琴还留着。小琴说小英父亲死了，他兄弟让他回去。小芳赚了钱，回到老家安庆，开了一家小的网吧。小雅去了杭州，去杭州的发廊做小姐了。现在，都是新人。芬芳说，那看来，我真的老了，成老人了。

芬芳贴出去的寻人启事，一点也没有消息传来。这一年多里，她和程小月的感情却是越来越深了。程小月会口齿清晰地叫她妈妈。那天芬芳抱着程小月从发廊里出来，这时候她却又看到了牛蛙。牛蛙蓬头垢面的，人没有瘦下去，却胖了不少。芬芳就感叹，现在是一个饿不死人的年代。牛蛙嘿嘿地冲着芬芳笑，他的衣服破旧而且脏，头发大概也有好几个月没有洗了，打着结。芬芳想，一个男人，因为失去一条手臂而死了。

牛蛙走近芬芳，芬芳闻到了一股异味。牛蛙说，芬芳你住哪儿？芬芳说，干什么？牛蛙说，我要和你一起住。芬芳说，谁要你住，走开。牛蛙没有走开，这时候程小月哭了起来，她害怕一个蓬头垢面的人。程小月紧紧地钻进芬芳的怀里。

芬芳走了。芬芳在前面走，牛蛙跟在后面。在十字路口，芬芳看到了一个交警。芬芳走上去和交警说了一些什么，交警转过身，向牛蛙走去。牛蛙站住了，望着越走越近的交警，转过身去飞也似的跑了。他右臂空荡荡的袖口，在不停地摆动着。

这个夏天，芬芳仍然在李字天桥上唱歌。除了江苏味道的茉莉花，她还学会了许多流行歌曲。她的吉他，是胡乱弹的，只要能发出声音就行。就像她的生活，粗糙一点没有关系，只要活着。她突然开始想念那个卖豆腐串的老女人，她想，什么时候再去买一串豆腐串吃。这个夏天，芬芳依然在电线杆上贴着寻人启事。她不死心。

但是有一天，一个戴大盖帽的人挡住了芬芳的去路。大盖帽是市容监察大队的。大盖帽反背着手说，撕下来。芬芳就听话地撕了下来。大盖帽说，谁让你贴的。

芬芳说，当然是我自己想要贴的。

大盖帽说，你知不知道这叫牛皮癣？

芬芳看了看贴上去的小纸条说，不像啊。

大盖帽说，要罚款。

芬芳说，我没钱，能不能不罚？

大盖帽看了看芬芳和她身边的程小月，又看了看小纸条上的内容。大盖帽想了想说，那算了。不过，你得撕一千张牛皮癣交到市容大队来。不然，我不放过你。我认得你，你在李字天桥上唱茉莉花。我大概听你唱过八遍的茉莉花。你不撕齐一千张牛皮癣，我让你在天桥上唱不成茉莉花。

大盖帽后来走了。芬芳望着大盖帽的背影，无奈地叹了一口气。她带着程小月开始撕牛皮癣。程小月却对这个单调的工作很感兴趣，她在芬芳的脚边绕来绕去，嘴里叽咕着说着一些什么。

一千张牛皮癣，让芬芳撕了足足三天。夏天差不多要把芬芳给烤干了，她觉得自己像一个快熟了的烤山薯。第三天下午，芬芳觉得身体很不舒服。她很想坚持，但是坚持了没多久，就觉得不行了。她抱起程小月往自己的工棚里走，踩在马路上的时候，她就感觉像是踩在软绵绵的棉花上。芬芳一进工棚，眼前就黑了，软软地倒了下去。程小月响亮的哭声也随即响起。

芬芳是第二天醒来的。那是一个清晨，芬芳睁开眼的时候，看到程小月在她的身边已经睡着了。芬芳知道自己是中暑了，但是现在她感觉到身体舒服了很多。她看到程小月拉的大小便，稀稀地糊在裤子上，发出一股难闻的臭味。芬芳笑了，说，臭东西。

　　这个夏天的上午，芬芳替自己和程小月好好地洗了一个澡，两个人又变得干干净净的了。芬芳看了看地上的塑料袋。塑料袋里是大盖帽让她撕的一千张牛皮癣。芬芳笑了一下，踢了塑料袋一脚，塑料袋飞了起来，里面的纸片飞出来，像一场雪一样。看着这场夏天的雪，程小月兴奋地欢呼起来。芬芳想，去他娘的，谁来交这一千张牛皮癣呀。芬芳的精神一下子好了很多。

　　晚上，芬芳又带着程小月去了李字天桥上唱歌。唱着唱着，她突然看到了牛蛙。芬芳看到牛蛙带着一个年轻的女孩走了过来，那个女孩看上去像是一个大学生。芬芳紧张地盯着牛蛙说，你想干什么。牛蛙说，你不是一直在找孩子的妈妈吗，孩子的妈妈按牛皮癣上的联系方法找到小琴那儿了，小琴让我来找你，小琴说，你在天桥。芬芳一下子愣住了，看看程小月，又看看那个女学生。女学生一下子哭了，蹲下去一把抱住了程小月，瑶瑶瑶瑶叫个不停。程小月被一个陌生的女人吓哭了。

　　牛蛙说，放心吧芬芳。我不会再来找你的，现在我生活得很不错。女学生站起身来，把几张百元币放到了牛蛙手心里说，你数数。牛蛙数了数，塞进口袋里，走了。芬芳一直冷冷地看着牛蛙，她看着一个业已死去的牛蛙，拿着钱的兴奋神色，就感到反胃。芬芳又望望女学生。女学生白净清爽，是个美女。女学生说，谢谢你。芬芳冷冷地看着她，她本来想骂她几句的，但是她忍住了，她觉得太没有意思了。

　　女学生要抱走程小月。

　　芬芳说，你抱走试试，你能抱得走，小月不哭死才怪。

遍地姻缘

女学生无助地说，那怎么办。

芬芳说，你让我再养三天吧，我也舍不得。你可以到龙山脚的旧工棚来找我。

女学生犹豫了一下说，好吧。三天后我来找你。

女学生后来走了。芬芳一直目送着女学生走下天桥，然后汇进人流。汇进人流以前，女学生向天桥上张望了一眼。芬芳望着女学生的消失，然后蹲下身，把程小月紧紧地抱在怀里。她突然后悔了，她不愿意程小月离开自己。她紧紧地抱着小月，让小月感到很不舒服，小月哭了起来。小月哭的时候，芬芳也哭了。

芬芳站直身子的时候，身子摇晃了一下，她觉得有些头晕，好像整个世界都在摇晃或者旋转。好久以后，她才手扶栏杆站定了，这时候世界变得无声，车流人流都是寂静无声的。她抬起头，看到了城市上空明亮的月光。芬芳想了想，扳着指头计算着，十二了。十二的月亮已经开始圆了。

这个晚上，芬芳没有睡。芬芳打开门，让月光流了一地。

芬芳一直都抱着程小月，不停地亲着她嫩嫩的小脸。

8

芬芳去了一下医院。芬芳对医生说，我中暑了，我头晕，好像世界都在旋转。医生笑笑，开给她一张单子，让她逐一检查。这时候芬芳才知道，原来医生查病有一种常用方法，叫排查法。

第二天傍晚，芬芳又去了医院，拿了化验的单子。那天芬芳把单子交给了医生，医生"噢"了一下，接过了单子，看了看。然后医生又抬起头。医生很轻地笑了，说，不是本地人吧。芬芳说，我是玉山人，知道玉山吗，浙江和江西交界的地方。那儿离三清山很近。

医生笑了，说，你适合做导游。

芬芳笑笑。她觉得这个医生可亲。医生甚至坐着和她拉起了家常。芬芳想，谁说医生冷酷，谁就是脑子有问题。后来，夕阳就要下山了，医生和芬芳说了一些话，把芬芳送出了医院。

芬芳对着夕阳，就笑了一下，想，这夕阳可真够红的，像血。

第三天的时候，芬芳一直在工棚里等待着女学生。芬芳给程小月洗了澡，换了新衣，然后一直抱着怀里。

芬芳说，小月，你就要走了，你又要被叫成瑶瑶了。小月是妈妈给你取的名。

芬芳说，小月，妈可真舍不得你，你是妈心头的肉。

芬芳说，你还那么小，你一定会忘了妈的，忘了妈和你度过了一年的时光。

小月用手玩着芬芳的头发，一声又一声地叫，妈妈，妈妈，妈妈妈妈妈……

芬芳就很难过。芬芳在无边无际的难过里，等待着女学生的到来。一直等到傍晚，女学生仍然没有来。芬芳的心又开始空落起来，她知道女学生变卦了，女学生不会再来了。芬芳的手掌就慢慢掩过去，盖在小月的头上，想，小月还是不能在亲妈妈的身边。

这天晚上，芬芳等小月睡着了，就抱着小月出了门。屋外的月色很清冷，照在工棚上，有了一种凄清的味道。芬芳打了一辆车，去了那个别墅区。芬芳敲开了曾经翻窗入室的那间别墅。门开了。

男人说，来了。

芬芳说，来了。

男人说进来吧。

芬芳就进去了。

男人说，孩子妈最后还是不要了？

芬芳说，对，不要了。你要对小月好一些。

男人点了点头，接过了芬芳手里的孩子，轻轻抱着，仔细地看了看，笑了，说，不错。

芬芳说，当然不错。

芬芳说，我走了。

男人说走吧。

芬芳说，我真的走了。

男人说好，你真的走吧。

芬芳说，那再让我亲一口小月。

芬芳说完，在小月脸上亲了一口。芬芳一下一下地亲着小月，她脸上的泪痕，在月色里像一条沟壑。

芬芳后来还是走了。男人望着芬芳的背影，叹了一口气。男人轻轻地把门给合上了。

然后，芬芳去了发廊。芬芳敲开了发廊的门，说，小琴，你出来。

大家都说，小琴，哪儿的小琴。小琴早就走了，回老家去了。

芬芳懵然地退了出来,她连小琴也找不到了。小琴悄无声息地回了老家。这时候芬芳想,这个城市看上去熟悉,其实是陌生的。芬芳从发廊退出来,她向桥头走去,她要去买一串豆腐串吃。她想到豆腐串的时候,胃部就条件反射地痉挛了一下。芬芳离开了发廊门口,走不多远,她突然看到一个男人进了发廊。

芬芳笑了,对着男人的背影,呸,呸呸啐了几口。男人右边空荡荡的袖管,在夜风中轻轻飘了一下。

芬芳继续走,走过了汽车修理铺的门口。柴油桶搬掉了,搬掉以后干净了不少,但是芬芳却觉得,这样的场景没有了亲切感,有些别扭。但是芬芳没有管那么多。芬芳走到了桥头,看到了那辆卖豆腐串的推车。推车旁边站着的却是一个老头子。

芬芳说,那个人呢?

老头子说,哪个人?

芬芳说,以前在这儿卖豆腐串的那个。

老头子说,那是我婆娘。她死了,死在这摊子边上。

老头子接着慢条斯理地说,像是在讲故事。老头子说,我看到婆娘的时候,婆娘已经气息奄奄了。婆娘说,为什么要那么累,就是为了活着呗,现在,不累了。说完,她就没了。

老头子接着又说,我和婆娘做了一辈子的夫妻,吵了一辈子。她走了,我才突然觉得心里空落落的。我坐不住,就学她的样来卖豆腐串。

芬芳买了一串豆腐串。边走边吃,她总是觉得这豆腐串没有老女人做的好吃。老女人不见了,在这个世界上像一缕烟一样地消失掉了。芬芳想着想着,不禁心中有些凄惘。

半小时后,芬芳出现在火车站。芬芳要回到玉山去,她坐上了火车。在晃荡的火车里,她望着火车外面田野上的月光。月光一望无际地罩着宁静的村庄。这个时候芬芳就想,月光真好。

月光下,芬芳从玉山火车站出来。凌晨三点多了,再一会儿天就要开始慢慢亮堂。芬芳从车站一路走着,走过了一条漫长的泥路,走到了一座小院前。然后芬芳就一直站在小院的院门口。月亮就挂在小院里的一棵树上,如此之近,仿佛触手可及。那大约是来自古代的月光。古代的月光,更显着一层层的阴冷,这样的阴冷让芬芳轻轻抱住了自己的身体。起风了,月光下的树影,就开始晃动起来。那些沙沙响着的树叶,令芬芳感到了玉山的清晨来临以前,无比芬芳。这儿是玉山,是江西,是故乡。

但是,芬芳真正的故乡在哪儿,她并不知道。她只知道自己在家乡小院里长大,小院里,两年前还有一个黄阿姨,现在黄阿姨已经不在了。是黄阿姨把芬芳养大的。后来芬芳说,我要去打工了,我要出去赚好多钱回来给黄阿姨用。黄阿姨一听这话,马上就哭了。黄阿姨果然没有用到芬芳的一分钱,一分也没有。芬芳慢慢移动了步子,走到小院门口竖挂着的那块牌子前,轻轻地抚摸着。牌子上写着,玉山儿童福利院。

夜越来越远,月光越来越淡,像一件即将被脱去的银灰色轻纱。夏天的清晨就要来到了。芬芳开始想念小月,小月一定躺在中年男人的身边,做着一个甜美的梦。小月一定会在中年男人那儿，有一个幸福的童年，和富足的生活。想到小月，芬芳的心就慢慢痛了起来。起风了，风吹起了芬芳的头发。芬芳不想再离开这儿了，她要一直待在福利院里。因为，她不想太累。桥头的老女人说了，为什么那么累，就是因为想活着。

起风了。起风了树叶就越来越响。一些树叶掉在了芬芳的脚边。芬芳小心地捡起来，芬芳弯腰的时候，却不小心从身上掉下了病历。病历上写着芬芳的病情。芬芳想起了医生的话，医生说，芬芳，你还有三个月时间。

芬芳迟疑了一下，她最终没有捡起病历。病历在风中哗哗响着，自动翻着页。一会儿，一阵大风，把病历给吹走了。芬芳笑了一笑，她蹲着捡树叶，身子越来越低，终于俯卧在地上。大地多么凉呀，泥土的气息钻进了芬芳的身体，多么芬芳。芬芳抬眼望了一下最后的月色，慢慢地合上眼睛。真累，她想。一串眼泪也慢慢滴落下来，从脸颊滚落，滴落在泥地上，泅进土里转瞬不见了。

俄底甫斯的白天和夜晚

上午

早上醒来的时候她看了一下墙上的钟,已经九点了。一些阳光从窗帘的缝隙里漏进来,洒在那床绵软的被头上。这是一床轻巧的云丝被,昨天下午她把被头搬出窗外,晾在竹竿上,被春天的阳光拍打了整整一个下午。晚上睡觉的时候,被子给了她特别的温暖,她闻着被头上残留的阳光气息,睡得很踏实。她还做了一个梦,梦中男人出现了,男人是个大胡子,但是他把胡子刮得青青的,棱角分明的脸和一副很浓的眉,让她喜欢。后来男人用下巴轻轻触摸着她的脸,她感到痒痒的。她笑了起来,是那种圆润的声音。后来她吃了一惊,看到男人因为突然用力而涨红的脸,她又笑了,放开了自己的身子。梦中醒来后她盯着那缕阳光看,昨晚梦中的那些细节让她脸红。她的手指纤长而不失肉感,手指在她的身体上散步,她把身子扭曲了一下。然后她听到自己心底发出的声音:该起床了。

敲门声响起的时候是九点十五分,敲门声很轻缓,像是犹豫不决的样子，明显没有力度。她趿上拖鞋去开门，开门前她从猫眼上看到门口站着一个男孩子，十七八岁的样子，尽管个子很高但却仍然显嫩。他胸前抱着一摞碟片，眼神闪烁不定。她搬到这儿才一个月，刚刚安顿好家。她知道他就住在对门，大概是个高中的学生。他的父亲不太能够见得到，好像很忙的样子。她从来没有见到过他的母亲。

  她把门开了一条缝，她说有什么事吗，依然是圆润而丰满的声音，像春天泼出去的一杯温暖的水。他说我想看碟，我们家的碟机坏了，不好意思吵醒了你，我想在你们家把这些碟看完。他的语速很急，好像事先想好该说些什么话。他说话的时候显出了一种腼腆，这样的腼腆让她对他添了几分好感。她把门打开了，说那你进来吧。她给他倒了一杯开水，让他在客厅坐下，他就在客厅里打开了影碟机和电视机。在给他倒开水的时候，她扫了一下那些碟片，一张是《天堂电影院》，还有一张是黑泽明的《流浪狗》，还有几张零乱地堆在茶几上。他好像很快地进入了角色，目光从来没有离开过电视屏幕。于是她去洗漱，她还穿着棉布睡衣，趿着一双软拖鞋。这个春天让她感到懒洋洋的，还有那绵软的阳光，和温暖的风。阳光和风钻进她的身体，把她的肉体和骨头毫无痛感地拆离开来，让她软成一摊泥。

  他盯着电视屏幕，其实那是一些他早就看过的碟，他是看着这个女人搬进来的，那时候在楼梯口碰到了，女人朝他笑了一下。他十八岁，上高中二年级。他的父亲是个出租车司机，白天和黑夜经常颠倒着使用，休息的时候喜欢叫一些同事来搓麻将。他的母亲两年前就不在了，生了一场重病，没能治好。

女人出现的时候，他常注意着女人的行踪，有时候他静静地站在阳台上，听只隔一堵墙的隔壁的阳台上传来的歌声。那是女人的欢呼，让他听了开心。他还会趴在阳台上看女人在楼下的空地上走过，女人是去买菜的，她穿着白色的套裙，细腰丰臀很有女人的味道。他就看着这个女人一寸一寸在视野里消失。

他的目光盯着电视机，但是余光却看着女人的一举一动。女人在刷牙和洗脸，然后女人对着一面镜子拔眉毛，拔了很长时间的眉毛。除了电视机发出的声音以外，屋子里很安静。女人穿着睡衣，女人穿着睡衣的样子让他感到温暖。这是一个骨肉匀称的女人，是他喜欢着的女人。女人突然问，你爸干吗的？他把目光投过去，看到女人在对着镜子涂口红，这是一个喜欢打扮的女人。我爸是个出租车司机。他说。女人笑了一下，又对着镜子抿了一下嘴。女人不再说话了，她开始搞卫生，她有多大了，应该有三十多了吧，最少也有三十岁了，他这样猜测着。后来他觉得这样的猜测没有意义，于是他不再猜了，他把目光又收拢到电视屏幕上，看他曾经看过的那些影碟。

十点五十分的时候，女人停止了家务，她坐到他的身边，她说你很喜欢看碟？说这话的时候她顺手拿起了几张放在茶几上的碟片，仔细地看着。她看到一部《半生缘》的碟，封面上站着忧郁的吴倩莲。女人说这不是张爱玲的小说改编的吗？他说是的，很安静的一部电影。他闻到了女人身上的气味，那是一种只有居家女人才会有的气味，淡淡的洗发水的味道和香水的味道掺和着，这是一个干净的女人，这样的女人很容易让人恋家，让人不愿离开家里在外奔波。他一抬头，突然看到了挂在墙上的照片。女人在照片里幸福地依偎在一个男人身边，女人披着婚纱,男人穿着西服。男人理着一个平头,是一个小眼睛但却很精神的男人。显然那是一张婚纱照,从时间上来猜测,这张照片拍了也有好几年了。因为照片上的女人是披肩的长发,而现在这个女人剪的是清爽的短发。

女人问,你妈是干什么的?他愣了一下,又笑了,他说我妈两年前就没有了。说这话的时候他想哭,但是他没有哭出来,他呈现给女人的表情是笑容。女人还是不好意思地笑了,女人说对不起我不该问那么多。女人接了几个电话,又去了一趟卫生间,他听到了卫生间里马桶响起了水声,他的心就往上拎了一拎,他在想象着女人上卫生间时细碎的情景。

女人后来又坐回到他的身边,女人在修手指甲,女人的手是很漂亮的一双手,十指长长,泛着一种近乎透明的玉色。女人的指甲像几只安静的淡色小甲虫,伏在她的手指头上。女人的手指甲并没有养长,看来女人喜欢的仍然是干净。女人一边修指甲一边往指甲上吹吹气。后来女人说了一句话,很温柔的一句话,你就在这儿吃中饭吧。说这话的时候是十一点十分,他下意识地抬眼看了一下墙上的挂钟。他本来想要表示一下感谢,但是最后由于不好意思他还是没能说出来,不过他对留下吃饭表示了认同。女人起身,她去淘米,洗青菜,很小巧的一捆青春,有几个胡萝卜,几只蛋还有一小片肉。很清爽的几个菜。女人的清爽使他愈加留恋这个一门之隔的处所。

下午

他们在一起吃中饭。菜就放在茶几上,一边看碟一边吃饭。

其实他根本没有心思看碟。一个是胡萝卜炒豆腐干，一个是西红柿炒蛋，一个是青菜腐皮，还有一碟熘肉丝。女人就坐在他身边，坐得很近，并且给他盛了饭。以前他吃父亲送来的快餐，或者自己直接叫快餐，两个男人的生活让他对一些生活细节变得马虎。现在女人往他碗里夹菜，女人开始一些小问题的提问，她一定是出于对对门邻居的好奇才问的。她问你读几年级了，他说高二。她问你想考哪一所学校，他想了想说浙大或者北大吧。她又问你多高。他说一米七八。她抬眼看了他一下，这是一个英俊的孩子，她笑了，把眼睛笑得弯弯的，眼角有了细小的皱纹。她的笑容充满了妩媚，她笑着把筷子含在嘴里不动，这样的小动作让她充满性感。他突然脸红了，一些隐秘的念头跳出来让他脸红。女人脸上仍然挂着笑，女人说，有很多女生喜欢你吧。他想了想，他想是的，有许多女生其实都喜欢他，特别是小倩。于是他点了一下头说，是的。

后来他鼓起了勇气，他问女人，你先生是干什么的。女人愣了一下，但是她脸部的表情马上舒展开来，女人说是个海员，风里来浪里去的。女人好像不太愿意多谈她先生的事，她又往他碗里夹了一筷子西红柿，她说多吃西红柿，对你身体有好处。他的心里涌着一阵阵热浪，他想如果每天都能这样吃饭该有多好，家里有这样一个女人该有多好。他的母亲去世两年了，去世以前母亲一直病恹恹的，母亲很瘦弱，母亲一句话也没留就走了。那时候他站在母亲身边哭，那个出租车司机也抹起了眼泪。其实司机老是和老婆吵架，一直吵到老婆查出得了重病，才不吵了，小心伺候她。司机的理由只有一个，那就是老婆苦，老婆没有享他一天福。

俄底甫斯的白天和夜晚

吃完饭女人把碗收到了厨房里,她没有立即洗碗。一点钟了,女人说你先看着碟,我想睡一会儿,我每天都睡午觉的,你要想睡你就睡沙发上。女人进了卧室,门合上了。他没有睡意,他看着乏味的影碟,说乏味是因为他看过这些碟片的。他只是找了个理由来和对门的女人交往。他走到阳台上,从六楼看下去,楼下空地上有一大片的阳光。他看到了晒在阳台上的女人的衣服和长裙,那是一条棉质的长裙,充满了柔软的力量。他还看到了女人的粉色内衣和内裤,像长着翅膀一动不动的大蝴蝶,异常美丽。他吸了吸鼻子,闻到了衣服上散发出来的洗衣粉的残留气息,这种气息在阳光照耀下升腾,他甚至能看到衣服上正在往上冒的水汽。他伸出手,手指触到了那条深蓝底的碎花棉布裙,那是一种粗糙中显现的软度,裙子呈半潮湿状态,他的手上也沾上了一些潮气。他轻轻抚摸着裙子,他想象着女人穿着这样一条裙子去街上买菜,去茶楼喝茶,去商场里购物,包括买化妆品。他甚至想象了女人去赴一个男人的约会,他对女人并不熟但是他这样想象了一下,他觉得不应该这样去想象一个女人的。

后来他仍然坐到了沙发上。下午的安静很容易让人入睡。他把电视机的音量开轻,然后在沙发上眯起了眼睛。他又看到了对面墙上披着婚纱的女人和理着平头的小眼睛男人,这是一张效果并不太好的婚纱照,至少他是这样认为的。后来他睡着了,他想他一定是睡着了。他醒来的时候只有两点二十分,也就是说他其实在沙发上只睡了很少一点时间。他醒来的时候看到屏幕上的蓝屏,碟片已经放完了,蓝屏上有陈佩斯亮着光头托着新科牌VCD的图像。他没有再放碟片进去,他突然对碟片完全失去兴趣，他为自己找了这样一个不高明的理由而感到沮丧。

女人仍然没有起床，他就坐在沙发上想象着女人的睡姿。女人仍然穿着睡袍，她是侧卧的还是仰卧的，或者有一段时间会将自己的身体卷缩起来俯卧，也或者抱着一个软枕头睡得很放松。他走到了卧室的门边，后来他把脸贴在了门上听着里面的动静。门忽然拉开了，女人的头发蓬松着，她显然是吓了一跳，她看到他的脸涨红了不知所措地站在门口。女人说你怎么啦，你想干什么。他什么也没说，只是回过头来走向沙发并在客厅的沙发上坐定。女人把身子靠在墙上，女人看了他很久，他很窘迫，坐在沙发上一动不动。女人笑了，女人又去洗漱。后来女人带着牙膏和洗面液的清香再次坐到他的身边。

女人说你下午不看碟了吗，为什么不看碟。他终于抬起头勇敢地迎向女人的目光，他说我不看碟了，我只想在你家坐坐。女人说你为什么想在我家坐坐，你是不是早就想来我家坐坐了。他说是的，我早就想来坐坐了，我也不知道为什么想来你家坐坐。女人说那你以后还想坐就过来吧，我没有工作，家里也闷得慌，你陪我聊聊天。他们有一搭没一搭地说话，觉得气氛有些怪怪的。后来女人用手托起了他的下巴，女人把眼睛仍然笑成弯月的形状，女人温柔地说，你是不是喜欢我。他不敢看女人的眼睛，他只是点了一下头，他闻到了女人手指上的清香，女人擦着美加净护手霜。

三点十分的时候，女人站起身来走进了厨房，女人说你过来。他走了过去，他看到一把明晃晃的菜刀和一只鸡，鸡就蜷缩在女人的脚边，它睁着一双惊恐的小眼睛。女人说你帮我杀鸡吧，我不敢杀鸡的。他其实也没有杀过鸡，他犹豫了一下，但是他没有说他也没杀过鸡，他拿起了那把菜刀的时候有些紧张，就好像是让他去杀一个人似的。女人拎起了鸡，她把鸡脖子上的一些鸡毛拔掉了，鸡开始挣扎起来，它好像不太愿意别人去碰它脖子上的鸡毛。一小碗清水已经准备好了，女人说来吧你动手。他一手拎住鸡头，一手拿着那把菜刀。女人则抓着鸡翅和脚。菜刀锋利的刃钻进了鸡脖子，一些细小的血球顺着菜刀流出来，血越来越多，流向那碗清水。那碗清水先是有丝丝缕缕浮浮沉沉的血在其中，后来血色越来越浓。鸡挣扎了几下，不动了，它已经没有力气了，但是它的眼睛仍然睁着。它的命运就是这样，从一开始被孵化成鸡就决定了有朝一日被人宰杀。女人拿来一盆滚烫的开水，把鸡放进了盆子里。这时候电话铃响了，女人迈着碎步冲向客厅。女人说你帮我退毛吧，等一下水冷了就退不下鸡毛了。

　　他待在厨房里帮女人退鸡毛，一股热气中夹杂着鸡骚味，他不太愿意闻这样的味道，他也是第一次为一只鸡洗热水澡。电话像是女人的海员老公打来的，因为他听到女人在向电话那边汇报家里的一些事，女人说家里一切都好你放心好了，女人说等着你呢，女人还问你什么时候回来，女人说下个月几号回来。他想女人的老公下个月就要回来了，女人会过上几天高兴的日子了。他退鸡毛的时候有些心不在焉，但是很快，一只鸡洁白的裸体就呈现在了他的面前。他支着耳朵听女人打电话，女人打了很长时间的电话，后来好像通话的对象也有了变换。女人的声音无比温柔，还吃吃地笑个不停。他退鸡毛以后不愿意再为女人清理鸡内脏了，他不想为鸡去开膛破肚。他洗净了手,走回到客厅里。女人看了看他,好像对一个熟悉的家里人说话一样,女人说退完毛了吗。他说好了,这只鸡很肥。电话那头大概在问女人跟谁说话,女人笑了,说我跟新认识的一个朋友说话呢。后来女人又吃吃地笑了很久,挂断电话后女人进了厨房,她去忙了。

他就坐在沙发上。他不想开碟机了,只想那么坐着,他甚至想在晚上仍然和女人一起吃晚饭,和女人吃饭是多么温馨的一件事。他的双手相互绞着,因为他无所事事。他把手指头卷起了麻花的形状,又解开来,又卷上,又解开来,乐此不疲。女人终于忙完了,女人重又坐到他的身边,女人说谢谢你帮我杀了鸡还帮我退了鸡毛。他笑了一下。抬眼看看墙上的挂钟,四点二十分了。女人终于说,你晚饭在哪儿吃?他想了想,他本来想说就在女人这儿吃的,他还可以吃上鸡肉呢,但是他没好意思说出口,所以他就没说话,仍然绞着自己的手指头。女人大概看出了他的心思,女人伸出了手抚摸着他的头发,那是一头浓密的并且略略有些卷曲的头发。女人的手指滑了下来,摸到了他的眉毛和眼睛,又摸到了鼻子,还有棱角分明的一张嘴,长而笔挺的人中。女人用两只手捧住他的脸,女人的动作细腻而且满含柔情。女人说真是个傻孩子啊,女人嘴里喷出的气息溅到了他的脸上,很好闻的一种味道。女人努起了嘴,女人的嘴在他的脸上轻轻触了一下。后来他把头靠在了女人的胸口,女人就那样轻拍着他的背半抱着他。他一点也不知道自己是什么时候开始流泪的,他曾经一度对一个教数学的女老师很有好感,后来那个女老师调走了。许多女生在他的周围像蝴蝶一样飞来飞去,但是他却没有和她们交往的激情。他闻到了女人胸前好闻的气味，那是女人特有的气息。他的脸就压迫着女人的胸，那是一个绵软而温暖的地方，让人留恋的地方。他不知道自己怎么会流泪的，反正后来他看到女人高高挺着的胸前洇了很大一片湿漉漉的水。那是他的泪水，他紧紧抱住女人，把眼泪洒在女人胸前。

女人轻轻推开了他，女人又笑了，她笑的时候鼻梁附近会有许多小小的细纹，那是一组好看的细纹，不是每一个女人都会有的。鸡肉的香味从厨房里飘了出来，女人已经在炉子上炖鸡肉了。女人终于说，我晚上有点私事，吃完饭马上就要出去的，所以我不能留你吃晚饭了，你不会生气吧。他摇了摇头，他说那我走了，他站起身来离开女人家的时候，突然用嘴角触了触女人的脸颊，女人被这突如其来的动作吓了一跳，但是她没有表示反感。她说你真像我的孩子，她又说，你去吹一个发型，保证有更多的女同学跟着你。

他打开门回自己的家中，打开门之前他看了一眼墙上的挂钟，五点零六分。他还看到女人把自己窝在沙发里，妩媚地朝他摆了摆手。

傍晚

他下楼的时候是傍晚五点二十八分，他只是想下楼去那片空地上走走，他已经像一只鸟一样在六楼待了一天了。他走到五楼的时候，看到了一个高个子的男人匆匆上楼。男人有着一副浓眉，他是一个络腮胡子，但是他的胡子刮得很干净，青青的有些性感。他奇怪地看着那个男人，他看到男人没有进五楼的门，那么男人一定是上了六楼，男人不是他家的客人，那么男人一定就是女人的客人。他有些不太舒服，因为明明女人说晚上有事要出去一下，原来是女人有一个客人要来。他重又折回六楼，男人已经没有了影踪，也就是说男人一定进了女人家的门。

他回到自己家里，双手不停地绞着，他不知道自己想要干些什么，脑子里塞着一团麻。后来他走到了小房间，小房间和女人家的客厅是相连的，他把耳朵贴在了小房间的墙上。他果然听到了男人和女人的笑声，很响亮放肆的笑声。他感到心痛了一痛，他不知道心为什么会痛起来的。后来男人和女人的声音越来越小，好像听到了茶几被撞的声音。他在想象着男人和女人在干些什么，但是他想象不出什么来，他脑子里全是两个人的笑声。

他一直像一只壁虎一样贴在墙上，他完全听不到一丝动静了却还是把脸贴在墙上。后来他感到整个身子都麻木了他才直起了身子。他在自己家客厅里又坐了很久，后来他终于站起身来走出门去，他站在女人的家门前举起了手，但是手却没有落下去。他知道这样做很不礼貌，但是他还是希望能打扰他们一下，这大概是出于对那个胡子刮得青青的男人的不满。

他的手还是敲了下去，发出了轻微的声音，接着他又敲了一下，再敲了一下，一连敲了好几下，每一下都越来越响，发出的声音单调而沉闷。女人惊恐的声音响起来，女人大约已经悄悄走到了门边，女人说谁。他说是我，我忘了拿碟片了，我想拿碟片。女人的声音显然有些不太耐烦了，她的声音里甚至有些生气的成分。女人说明天吧，明天拿不行吗。女人后来不再说话了,他也没再敲门,已经完全没有再敲门的意义。他把自己的身子靠在了墙上,有些伤心。

他回到自己家里,坐在沙发上一动不动。电话铃响了起来,他没有去接,铃声好像很嚣张的样子,在屋子里的每一个房间里窜来窜去。电话铃第二次响起来的时候,他站起身接了电话。是小倩打来的,小倩是他的女同学,常和他在一起玩。小倩说你来夜排档好不好,我们在火车站的夜排档吃饭。他想了一想,说好的。

他离开家的时候,已经傍晚六点三十五分。他走下了楼梯,然后走进一堆灰黑的夜色中。他开始跑步,他是一个跑步的好手,拿过学校运动会八千米的冠军。火车站在几里以外的一座小山脚下,那儿的夜排档生意很红火。他闻到了夜排档传来的气味,这些气味让人突然觉得肚子一下子空了。而此时他又想到了那只他亲手宰杀的鸡,他想那只鸡现在一定被那个男人享用着,他狠狠地咽了一下唾沫,喉结滚动了一下。

夜晚

晚上他喝了许多瓶啤酒,他想他一定是有些醉了,那完全是因为他惦记着对门的女人和那个把胡子刮得青青的男人。小倩和一帮男女同学在一起等着他,他们看到一个穿李宁服的高个子向这边跑步过来,看到高个子在他们身边坐了下来,看到高个子一声不响地拿起开瓶器打开啤酒,并且往嘴里倒。他喝了好些啤酒,后来说话时舌头都大起来了。同学们都笑,同学们都说他像是失恋的样子。小倩很不开心,小倩其实是很喜欢他的,小倩终于从他手里夺过了酒瓶,小倩说你不要再喝了好不好。

同学们离开夜排档的时候,小倩和他没有离开,小倩和他去了这座城市的一条江边。他们去散步,小倩紧紧搀扶着他,她生怕他一不小心跌倒了。小倩知道他喝多了,但是小倩喜欢搀扶着他的感觉。他说小倩你知不知道我的妈妈已经不在了,我的妈妈离开我已经有两年了。小倩愣了一下说知道啊,全班同学都知道啊。他说小倩你喜欢我吗。小倩的脸红了,小倩知道自己的脸红了,因为她烧得厉害,但是在夜色的掩护下没人能看到她脸红了。

后来他和小倩分了手,向自己家里走去。他把两只手插在裤袋里,摇晃着走路。走到自己家楼下的时候,看到空地上停了不少的警车,有一些居民围在那儿,警灯还在闪烁着。他的酒一下子醒了,他想会不会是对门的女人出了事。一些警察穿着警服从楼梯鱼贯而下,楼梯里的灯从一楼到六楼都开得亮亮的。他看到其中一个警察手里拎着一只透明的塑料文件袋。袋里盛着的竟是一把寒光闪闪的菜刀,菜刀上还沾着许多血浆。他的头一下子痛起来,他很相信自己的感觉,他认定这把菜刀就是他用来帮女人杀鸡的那把菜刀。他的酒完全醒了,他想跑上楼去,但是他一点力气也没有。警察上了车,然后车子拉响了警报,很凄厉的一种声音,渐渐地远去,那声音像是一条狗拖着的黄色大尾巴。他的耳朵里灌满了许多声音,邻居们杂七杂八的声音响了起来。他把耳朵里的声音整理了一遍,并且慢慢地在这堆像丝一样杂乱无章的声音里理出一个头来。他把那个头拎了起来,终于看到一个穿睡衣的声音甜润笑起来一双眼睛成弯月的女人，和一个个子高高胡子刮得青青的英俊男人，他们一起睁着惊恐的眼睛，倒在了一堆稠稠的血泊中。他们甚至能听到自己的血从血管里流出来的声音，听到菜刀砍进身体的噗噗声，他们的脑子一定快速旋转，他们想来不及看一眼这个世界了，他们果然没能再看一看这个精彩的世界，尽管他们离开人间时仍然睁大着眼睛。他们还没有来得及把味道鲜美的鸡肉全部吃光，就发生了一件他们做梦也没有想到的事情。

这些都是他的想象，他就站在楼下的空地里，他的想象完全正确，的确就是发生了一起命案，一男一女都倒下了，这一男一女他都见过。空地上的人渐渐散了，留下他一个人，显得有些孤单。他抽了抽鼻子，好像闻到了风中传来的血的腥味。他看到自己家里透出的灯光，那一定是开出租车的父亲已经回到了家里。他向楼上走去的时候脚步沉重，不知道走到楼上用去了他多少时间。他只知道推开门的时候，看到客厅里父亲正和另外一男两女在搓麻将，他们只字不提命案的事情。他抬头看了一下墙上的壁钟，时间显示是晚上十点四十八分。父亲朝他看了一眼，父亲说你在哪儿吃的晚饭，你早点休息吧，你看你的脸色多苍白。然后父亲打出了一张牌，牌落在桌面上的声音清晰地传到了他的耳朵里。他走到阳台上，阳台上的风有些大，血腥的味道更加浓烈。以前他能在这儿听到女人的歌声，现在和以后，都听不到了。

他把手伸进裤袋的时候，触到了一块丝巾。那是一块淡黄的丝巾，他不知道丝巾是怎么会到自己的裤袋里的，后来他终于想起自己在女人的阳台上抚摸那条棉布裙子时，顺手抓起了一块晾着的丝巾放到了自己的裤袋里。现在他把丝巾拿了出来，丝巾在风中飞扬着,他能从丝巾上闻到女人的脖子留在丝巾上的馨香。他轻轻地松了手,丝巾像一只纸鸢一样飞起来,飞向浓重的夜色。

有人敲门。他去把门打开,看到了两个穿着制服的警察,他看到他们都很年轻,比他大不了几岁,他们胸前佩着的警号闪着银光。警察笑了一下,说正忙着哪。他看到父亲的嘴巴张大了,因为他们每个人的面前都堆着一小堆钞票,他们一定以为警察是来抓赌的。警察说对门发生了命案,你们居然有心情搓麻将,真是一个奇迹。父亲把麻将牌一推说我们正要歇手了,我们是第一次赌博。警察又笑了,摆摆手说,你们继续吧,我们不是找你们,我们是找他。

警察的话让父亲感到紧张,父亲说他怎么啦,他不会就是凶手吧。警察拿出一些碟片,警察说这些碟片是你的吗。他点了点头,他看到的是一张《半生缘》的碟片,吴倩莲仍然一脸忧郁地站在碟片封面上。警察说你跟我们走一趟,我们有些事情要问问你。他说好的,然后回过头对父亲说那我走了,你以后开车自己小心。父亲突然哭了,他说怎么会是我的儿子呢,我的儿子怎么会呢。警察说你不要这样子,我们没说是你儿子干的,我们想问你儿子一些事情。他也对父亲笑笑说没什么的,你们搓麻将吧。

他跟着两个警察下楼,楼道黑漆漆的,警察打亮了每户人家门口的电灯。楼道一下子亮堂起来,但是他却希望走漆黑的楼道。他说不要开亮灯好吗,我不喜欢那么亮的灯光。警察没说什么,他们一前一后把他夹在中间,他们果然没有再开灯。他走到楼下空地上的时候,看到了停着的一辆警车。他向警车走去时，突然听到了一个男人的一声长号，异常凄厉地划破了夜空。这个男人在喊一个名字，那是他的小名，男人的呼喊让他的眼睛湿了。他感到这个马虎的中年男人，辛苦忙碌开出租车的男人，还是爱着他的。他又笑了一下，走进了警车。

公安局里灯火通明，两个警察手中仍然拿着许多碟。他们领着他到一块巨大的玻璃窗前站定了，这是一种只能看得清里面不能从里面看清外面的玻璃。他看到里面坐着一个人，他正在抽烟，这是一个很眼熟的男人。警察问你认识他吗？他说很眼熟，他开动脑筋想起来，他终于想起这个男人就是女人墙上照片里的男人，他理着小平头，有一双小而精神的眼睛。他还是一个海员，在电话里告诉自己的女人他要一个月后才回到家里。

他的脸一下子白了，他对警察说那个人明明说要一个月后才从海上回来的，怎么突然出现了。警察笑了一下，说你的碟片怎么会跑到对门去的。警察让他坐下来，给了他一杯开水。他就捧着那杯开水，他想他一定喝了许多杯开水，他想起了那个女人把他抱在怀里，拍着他的后背。他想起那个女人温软的胸，他的眼泪打湿了她胸前很大的一块。他想起了女人曾经努起嘴，在他的脸颊上亲了一口。他还想起那时候他真的好想抱紧她，真想叫她一声妈。他喜欢那个女人，他喜欢这个女人一直一直都出现在他的生活中。

后来他开始讲，他说我抱着一摞碟片去敲门的时候是早上九点十五分。

他抬头看了一下公安局这间屋子的墙上，壁钟显示现在是晚上十一点五十七分……

创作谈

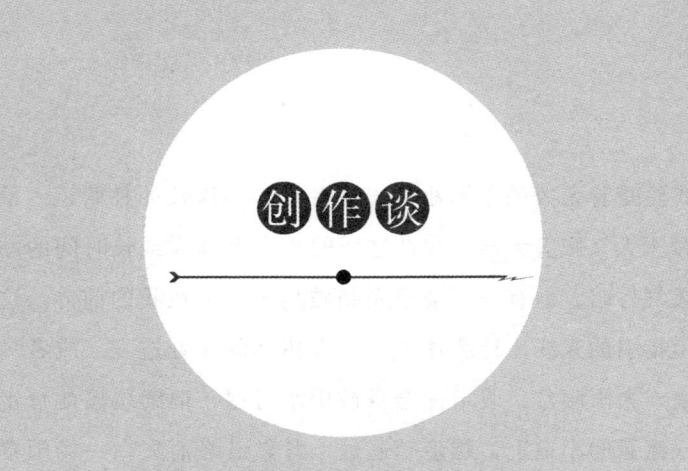

漫长的告别，或深海潜行的鱼
——写在《海飞自选集》出版之际

我热爱着无数的羊肠小道，或者幽暗与深长的林荫道。最好四顾无人，寂静无声，我在这样的小道上徜徉或长时间的站立。天气昏暗，但有一小缕阳光刺破乌云，落在我的前方。这像一道指引的光线，让我往大山或者树林的深处进发。或者乌云压境，大雨倾盆，假定你全身被雨水打湿，继续缓慢地行走在水气氤氲的小道上，越走越遥远，背影最终消失在一场雨幕中。多么萧条而冷清的人生，只有身边的草木是蓬勃的，它们在呼啸与欢叫中拔节、生长，你因此闻到了汹涌的生命的气息。一只野鸟隐在时间的深处，隐在某棵不知名的树上，在此时发出巨大的野性实足的叫声。

于我而言。人生就是羊肠小道，写作也是。而文学是那一声野性的呼喊。

那时候我比现在年轻得多。我生活在县城，热烈地爱上了写作，一边在化肥厂打工谋生，一边看书写字。喝最劣质的啤酒，写平庸的文字，像一只最普通的蚂蚁。

我总是在现实的车水马龙中，向往着古代的黄昏。在高楼楼顶装满空调外机的露台上，希望邂逅一位古代的农民或剑客。地球上生生不息的人们，像一茬茬麦子，或者土埂边的胡葱，倒下又生长，植物浆汁的气息迅猛。传诵千年的故事也是如此，还有小说和诗歌，经历了数千年变迁，在野地里发芽与成长，腐烂，再发芽，再成长。我乐此不疲地种养文字，等待收成，像一个老实巴交的农民。

到现在为止，我写了快三十年了。一生之中，我们能有多少件事，是重复地去做三十年的。我误打误撞，误入歧途，像误闯了一片文学的森林。这片森林就在郊外不远的荒地上，需要骑上一辆28寸的脚踏车前往，需要乘坐一辆简陋的马车前往，需要搭一条小木船前往。森林幽暗，深藏着秘密，特别是山风阵阵灌进你的耳朵。你被人遗忘，像一片路上的落叶一样被人遗忘。但你却心头窃喜，你完全占领了安静，并且沉醉在这样的安静里。

我觉得这幽暗森林里面有恶作剧的鬼，也有充满欲望的神仙，他们眉来眼去，乐此不疲地享受凡人的生活和乐趣。堂吉诃德和六个小矮人，还有白雪公主，住在我们村生产队的养猪的房子里。敲钟人卡西莫多，在丹桂房一座叫彩仙的山上砍柴。贾宝玉和林黛玉，结伴住进了森林深处的一个养猪场，他们的四周布满了荒坟。梁山的一百零八将，热闹非凡地在伐木场工作，宋江是他们的工头，而三个女人负责食堂工作。蒲松龄生活在山林的一座破庙里，他人鬼不分，生活寒碜但还有买酒的钱。他热爱着周传雄的那首《黄昏》，所以能写出《聊斋志异》里的各路鬼怪。当然，黄昏是人与妖、人与鬼的一条分界线，黄昏以后黑夜降临，短篇小说大师蒲松龄开始与妖仙鬼怪对话。在森林的一个水塘边，镜一样的水面倒映着大树，水塘边站着来自日本的川端康成，他沉郁在他的《雪国》里，在忧伤中久久不能自拔……那种忧伤的气息，令树叶微微颤动，藤蔓伤心得停止生长……

这是文学的森林。我进入这个世界里，渺小，虔诚，惶恐，又特别渴望遇见妖怪。比如说远远看到四个人一匹马，在我们村外的小路上与我相遇。马上一位姓唐的先生说，阿弥陀佛。而不远的森林里，一片忧伤的树叶下，聂小倩一双美目顾盼，正在张望着来路上是不是出现宁采臣。

文学，就是妖怪啊。

很多时候我如同老僧入定，坐在一堆深夜里久久不语，关掉灯，夜的黑色就是你的衣裳。比如此刻，正在进行的这个午夜，我需要想起我为什么写作。我最初的写作，十分笨拙，在粉尘满天的化肥厂造气车间的水泥工作台上，我摊开稿子，装模作样进行书写。那时候的人们和时间，空间和空气，都显得陈旧而拙朴，朴素得像一种叫卡其的布料。我爱上文字，爱上笔下的人们，爱上这充满烟火的人间，不如说我爱上了写作这份差事。

能和小说相遇，是一种缘分；最终还能以写作谋生，是一种运气，我喜欢用"运气"来说事。2005年是我写作的一个分水岭，从那年开始，我创作或者说发表了《干掉杜民》《看你往哪儿跑》《到处都是骨头》《往事纷至沓来》等一系列的小说，我很喜欢这些小说，我觉得这些小说是蓬勃的，有弹性的。

大约是 2010 年以后，我开始写作《捕风者》《麻雀》《长亭镇》《秋风渡》等一系列小说，这些小说和之前的小说不同，这些小说故事的密度开始增加，不像以前那样荒诞，充满寓言的气息……

这些小说，与长篇无关，都是短篇和中篇。这些小说，风格、方向、语言的变化与不变化，都不那么重要。重要的是我一直在写着。就像我一直走在羊肠小道上，什么都没有改变。除了年岁。

我是愿意在荒郊走进聊斋的，残阳下的荒坟和寒鸦，十分文学。而春雨锁城，而码头孤舟，充满着唐诗的意象。我也愿意在越剧里存活，因为有上虞县祝家庄玉水河边，有越剧的发源地嵊州崇仁古镇，我更愿意在鲁迅的《故乡》中，不仅能看到脖子上戴着银项圈的少年闰土，也能看到烟波浩淼的绍兴。

要感谢花城出版社推出《海飞自选集》，让这些陈旧的文字，有机会再次集合在一起。这些字能在一起窃窃私语，于它们而言像是一场即举的私奔。这套书一共四本，分别是《干掉杜民》《像老子一样生活》《遍地姻缘》《赵邦和马在一起》，语言风格稍有出入，故事题材也不相同。我却怎么都觉得，这好像是一场告别，告别一个时代，告别我之前的写作。人生之中，总是会有马不停蹄的相遇与告别，《廊桥遗梦》里，罗伯特和弗朗西斯卡，不是也在雨中告别了吗，告别得肝肠寸断，告别得无声无息。《美丽人生》中，父亲不是和女儿告别了吗？告别得温情而决绝。雨水告别天空，黎明告别长夜，我们告别过往，我告别某一个写作的时段。

有告别，就会有回望。回望从青春开始的写作旅程，像回放一部充满长镜头的电影。村庄，甘蔗林，火车，军装，原野，森林，农田，工厂，方格稿子，昏黄的灯光，胡子拉碴的脸……写着写着，物是人非，写着写着，年华老去。

　　此刻，是凌晨三点二十八分的厦门，能隐隐听到海潮的声音。深夜并不漫长，但和那么多旧文字的告别是漫长的。而即将写下的新的文字，像对岸的红衣少女，在雾中若隐若现。新的文字，在发酵，生长，在寂静无声的长夜里开出花朵。所以，写作的人，多么像深海潜行的鱼。

　　花是花，树是树，生活中的我们，却从来都不是真实的自己。但幸好写作，可以把自己还给自己。能在这一行当里乐此不疲地存活与创造。我真是幸运。

　　再漫长的告别，也是要结束的。那么再见。

2023 - 06 - 05　03:20　于厦门
2023 - 06 - 10　11:35　改定于杭州